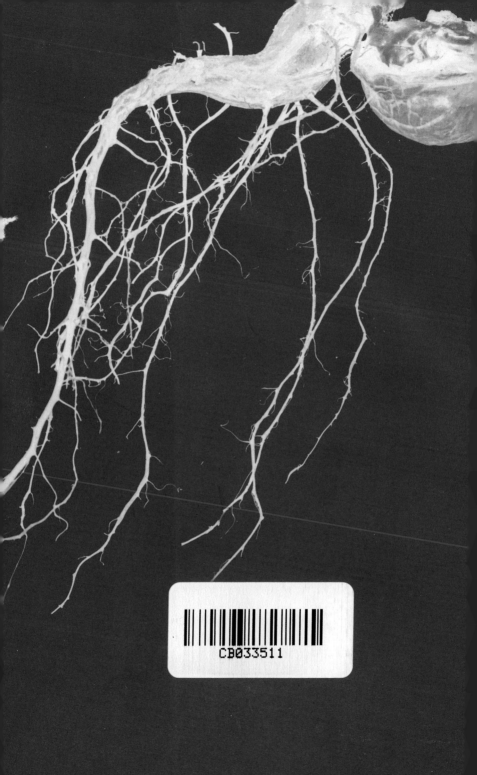

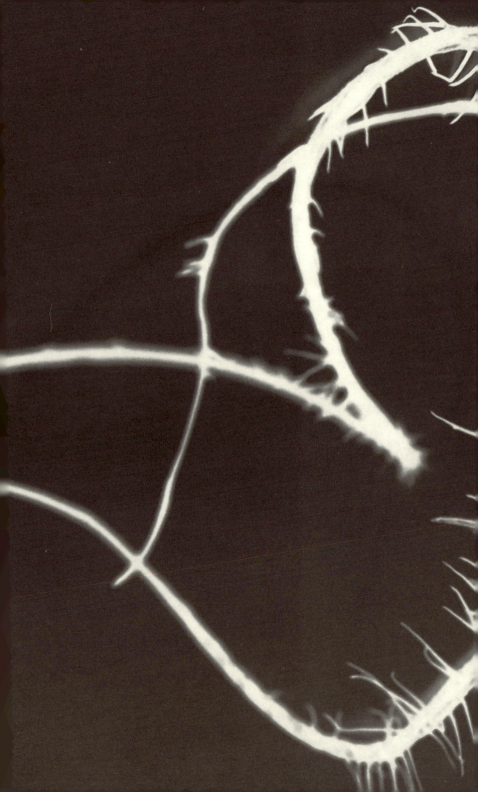

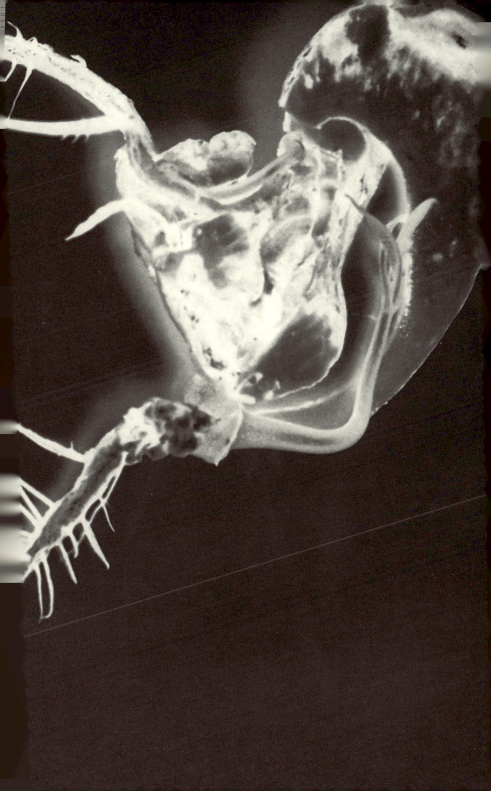

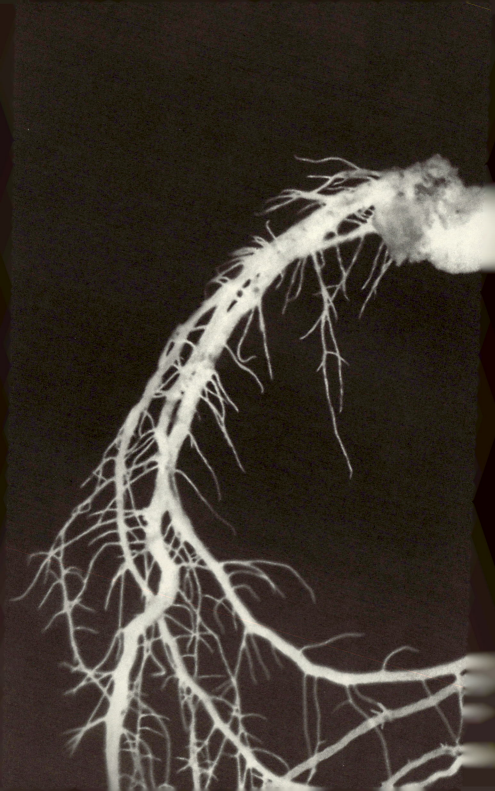

OCTAVIA E. BUTLER

SEMENTE ORIGINÁRIA

O PADRONISTA VOL. 1

TRADUÇÃO
HECI REGINA CANDIANI

MORROBRANCO
EDITORA

Copyright © 1980 by Octavia E. Butler
Publicado em comum acordo com © John Mark Zadnick e Ernestine Walker Living Trust, c/o Writers House LCC.

Título original: Wild Seed

Direção editorial: Victor Gomes
Acompanhamento editorial: Aline Graça e Cintia Oliveira
Tradução: Heci Regina Candiani
Preparação: Bárbara Prince
Revisão: Karine Ribeiro
Design de capa: © Hachette Book Group
Adaptação de capa original: Eduardo Kenji Iha e Gustavo Cardoso
Projeto gráfico e diagramação: Beatriz Borges
Imagens de miolo: © Usplash, © Envato Elements e © Shutterstock

Esta é uma obra de ficção. Nomes, personagens, lugares, organizações e situações são produtos da imaginação do autor ou usados como ficção. Qualquer semelhança com fatos reais é mera coincidência.

Todos os direitos reservados. Proibida a reprodução, no todo ou em partes, através de quaisquer meios. Os direitos morais do autor foram contemplados.

Dados Internacionais de Catalogação na Publicação (CIP)

B985s Butler, Octavia Estelle
Semente originária/ Octavia E. Butler; Tradução Heci Regina Candiani. – São Paulo: Editora Morro Branco, 2021.
p. 384; 14x21cm.
ISBN: 978-65-86015-36-2
1. Literatura americana – Romance. 2. Ficção científica. I. Candiani, Heci Regina. II. Título.
CDD 813

Todos os direitos desta edição reservados à:
EDITORA MORRO BRANCO
Alameda Santos 1357, 8º andar
01419-908 – São Paulo, SP – Brasil
Telefone (11) 3373-8168
www.editoramorrobranco.com.br

Impresso no Brasil
2021

Para Arthur Guy.
Para Ernestine Walker.
Para Phyllis White, pela escuta.

LIVRO UM
PACTO – 1690   10

LIVRO DOIS
DESCENDENTES DE LÓ – 1741   183

LIVRO TRÊS
CANAÃ – 1840   269

EPÍLOGO   371

QUESTÕES PARA DISCUSSÃO   374

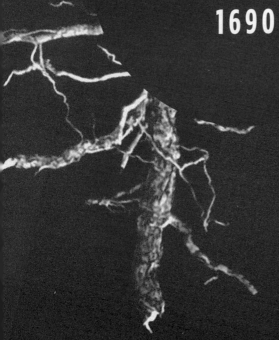

LIVRO UM

PACTO
1690

1

Doro descobriu a mulher por acaso quando saiu para ver o que restara de um de seus povoados-semente. O povoado era um lugar confortável, com muros de barro, rodeado por campos e árvores esparsas. Mas Doro percebeu, bem antes de chegar ao local, que a população tinha desaparecido. Traficantes de escravos estiveram ali antes dele. Com armas e ganância, desfizeram em poucas horas o trabalho de mil anos. Os moradores do povoado não haviam debandado, haviam sido massacrados. Doro encontrou ossadas humanas, cabelos, pedaços de carne ressecada deixados pelos abutres. Parou diante de um esqueleto muito pequeno, a ossada de uma criança, e se perguntou para onde teriam sido levados os sobreviventes. Para que país ou para qual colônia do Novo Mundo? O quanto ele teria de viajar para encontrar remanescentes de um povo que fora saudável e tenaz?

Por fim, cambaleando, afastou-se das ruínas com uma raiva amarga, sem saber ou se importar com o próprio destino. Para ele, era questão de orgulho proteger os seus. Talvez não os indivíduos, mas os grupos. Gente que lhe devotara lealdade e obediência, e que ele protegera.

Ele havia falhado.

Vagou rumo à floresta ao sudoeste, partindo como chegara: sozinho, desarmado, sem suprimentos, resignando-se à savana e depois à floresta com a mesma facilidade com que se resignava a qualquer terreno. Foi assassinado muitas vezes, por doenças, animais, pessoas hostis. Aquela era uma terra inóspita. Ainda assim, ele continuou avançando, de forma impensada, rumo ao sudoeste, desviando da região da costa onde o navio esperava por ele. Depois de algum tempo, percebeu que já não era a raiva pela perda do povoado-semente que o guiava. Era puxado por algo novo, um impulso, um sentimento, uma espécie de contrafluxo mental. Poderia ter resistido com facilidade, mas não o fez. Sentia haver algo para ele mais adiante, um pouco mais adiante, logo à frente. Confiou nesses sentimentos.

Nunca, em várias centenas de anos, chegara a um ponto tão distante a oeste, por isso podia ter certeza de que, não importando o que encontrasse, quem encontrasse, seria uma novidade, algo novo e potencialmente valioso. Ele avançava com avidez.

O sentimento se tornou mais aguçado e pungente, transformando-se em uma espécie de sinal que Doro em geral só esperaria receber de pessoas que conhecia, como os moradores perdidos do povoado, a quem ele deveria estar procurando naquele momento, antes que fossem forçados a combinar suas sementes com as de estrangeiros e propagar todas as qualidades especiais que ele valorizava. Mas seguiu para o sudoeste, aproximando-se de sua meta.

***

Os ouvidos e olhos de Anyanwu eram bem mais apurados do que os de outras pessoas. Ela havia intensificado a própria sensibilidade de propósito depois da primeira vez que homens a perseguiram, com facões empunhados e intenções claras. Naquele dia, tivera de matar sete vezes, sete homens assustados que poderiam ter sido poupados, e ela mesma quase morrera, tudo porque permitira que pessoas a encontrassem sem serem percebidas. Nunca mais.

Naquele momento, por exemplo, estava muito consciente do intruso solitário que rondava o arbusto próximo. Ele se mantinha escondido, se movia em direção a ela como fumaça, mas ela o ouvia, o acompanhava com os ouvidos. Sem dar nenhum sinal externo, continuou cuidando da horta. Enquanto soubesse onde o intruso estava, não teria medo dele. Talvez ele perdesse a coragem e fosse embora. Por ora, ela se ocupava das plantas daninhas entre os inhame-coco e as ervas. As ervas não eram as tradicionais, cultivadas ou colhidas por seu povo. Apenas ela as cultivava, como elixires para cura, usados quando as pessoas levavam até ela seus doentes. Muitas vezes ela não precisava de nenhum elixir, mas guardava isso para si. Ajudava as pessoas oferecendo alívio da dor e doença. Além disso, as honrava ao permitir que espalhassem as informações sobre as habilidades dela às populações vizinhas. Era um oráculo. A mulher através da qual a divindade falava. Pessoas vindas de fora pagavam caro por seus serviços. Pagavam a seu povo, que depois pagava a ela. Era como deveria ser. O povo percebia que se beneficiava de sua presença e que tinha motivos para temer suas habilidades. Dessa forma, estava protegida deles (e eles, dela) na maior parte do tempo. Mas, vez ou outra, alguém superava o próprio medo e encontrava um motivo para atentar contra a longa vida dela.

O intruso se aproximava, ainda sem permitir que ela o visse. Ninguém com intenções honestas se aproximaria de modo tão furtivo. Então, quem era ele? Um ladrão? Um assassino? Alguém que a culpava pela morte de um parente ou por algum outro infortúnio? Durante suas várias juventudes, ela fora muitas vezes acusada de causar infortúnio. Tinha sido envenenada no teste de bruxaria. Submetera-se ao teste, todas as vezes, de bom grado, sabendo que não tinha enfeitiçado ninguém, e sabendo que nenhum homem comum, com escassos conhecimentos sobre venenos, poderia prejudicá-la. Sabia mais sobre venenos, tinha ingerido mais venenos em sua longa vida do que qualquer pessoa poderia imaginar. Passou no teste todas as vezes, os acusadores foram ridicularizados e multados pelas falsas denúncias. Ao longo de suas vidas, conforme ela ficava mais velha, as pessoas pararam de acusá-la, embora não parassem de acreditar que fosse uma bruxa. Algumas tentaram se encarregar da situação e matá-la apesar dos testes.

O intruso acabou passando à trilha estreita, com a clara intenção de se aproximar dela, depois que já a espionara por bastante tempo. Ela olhou para cima como se acabasse de perceber a presença dele.

Era um forasteiro, um homem esguio, mais alto do que a maioria, e com ombros mais largos. A pele era tão escura quanto a dela, e o rosto era largo e bonito, a boca trazia um leve sorriso. Era jovem, nem trinta anos ainda, pensou ela. Com certeza jovem demais para representar qualquer ameaça. Ainda assim, algo nele a preocupava. A exposição súbita depois de tanta dissimulação, talvez. Quem era ele? O que queria?

Quando ele chegou perto o suficiente, dirigiu-se a ela, e as palavras a levaram a franzir o cenho, confusa. Eram palavras estrangeiras, completamente incompreensíveis, mas havia nelas uma estranha familiaridade, como se devesse tê-las compreendido. Ela se levantou, disfarçando um nervosismo que não lhe era característico.

— Quem é você? — interrogou.

Ele ergueu um pouco a cabeça enquanto ela falava, parecendo prestar atenção.

— Como podemos conversar? — perguntou ela. — Você deve vir de muito longe, já que sua fala é tão diferente.

— Muito longe — disse ele na língua dela. As palavras eram claras naquele momento, embora o sotaque a fizesse lembrar do modo como as pessoas falavam havia muito tempo, quando ela era jovem de verdade. Ela não gostou disso. Tudo nele a deixava apreensiva.

— Então, você consegue falar — concluiu.

— Estou me lembrando. Faz muito tempo que falei sua língua. — Ele se aproximou, observando-a. Por fim, sorriu e balançou a cabeça. — Você é mais do que uma mulher idosa — falou. — Talvez nem seja uma mulher idosa.

Ela recuou, confusa. Como ele poderia saber qualquer coisa sobre ela? Como poderia sequer desconfiar sem ter nada além da aparência e de algumas palavras como prova?

— Sou idosa — falou, mascarando o medo com raiva.

— Eu poderia ser a mãe da sua mãe! — Ela poderia ser uma ancestral da mãe da mãe dele. Mas guardou isso para si. — Quem é você? — quis saber.

— Eu poderia ser o pai da sua mãe — respondeu ele.

Controlando o medo crescente, ela deu outro passo para trás. Aquele homem não era o que parecia ser. As palavras dele deveriam ter sido recebidas como uma zombaria sem sentido, mas, pelo contrário, pareciam revelar tanto e tão pouco quanto as que ela mesma dissera.

— Fique sossegada — advertiu-a. — Não pretendo fazer nenhum mal a você.

— Quem é você? — repetiu ela.

— Doro.

— Doro? — Ela repetiu a palavra estranha mais duas vezes. — Isso é um nome?

— É meu nome. Entre meu povo significa leste, a direção em que o sol nasce.

Ela colocou a mão no rosto.
— Isso é um truque — falou. — Alguém está rindo.
— É você quem diz. Quando foi a última vez que teve medo de um truque?

Fazia mais tempo do que ela era capaz de se lembrar, ele tinha razão. Mas os nomes... A coincidência era um sinal.
— Você sabe quem sou? — perguntou ela. — Veio até aqui sabendo ou...
— Vim por sua causa. Não sabia nada a seu respeito, exceto que você era incomum e estava aqui. A consciência a seu respeito me desviou muito de meu caminho.
— Consciência?
— Tive uma sensação... De alguma maneira, pessoas muito diferentes como você me atraem, me chamam, mesmo a grandes distâncias.
— Não chamei você.
— Você existe e é diferente. Foi o suficiente para me atrair. Agora, diga-me quem você é.
— Deve ser o único homem desta região que não ouviu falar de mim. Sou Anyanwu.

Ele repetiu o nome dela e olhou para cima, compreendendo. Sol, era o significado do nome dela. Anyanwu: o sol. Fez um movimento afirmativo com a cabeça.
— Nossos povos se afastaram um do outro por muito tempo e uma distância enorme, Anyanwu, e ainda assim escolheram bem nossos nomes.
— Como se fôssemos feitos para nos encontrarmos. Doro, qual é seu povo?
— Eram chamados Kush, na minha época. O território deles é distante, a leste daqui. Nasci entre eles, mas há muitos anos não são meu povo. Não os vejo, talvez, há doze vezes mais

tempo do que você tem de vida. Quando eu tinha treze anos, me separei deles. Agora meu povo é aquele que me oferece lealdade.

— E agora você acha que sabe a minha idade — respondeu ela. — Algo que nem pessoas do meu povo sabem.

— Não tenho dúvidas de que você se mudou de cidade em cidade ajudando-as a esquecer. — Ele olhou ao redor, viu uma árvore caída ali perto. Foi até ela e se sentou. Anyanwu o seguiu quase contra a própria vontade. Por mais que aquele homem a confundisse e assustasse, também a intrigava. Fazia muito tempo que não lhe acontecia algo que nunca lhe acontecera antes, muitas vezes antes. Doro voltou a falar. — Não faço nada para esconder minha idade, mesmo assim algumas pessoas de meu povo acharam mais cômodo esquecê-la, já que não podem nem me matar nem ser como eu.

Ela chegou mais perto, olhando-o de cima a baixo. Ele estava claramente afirmando ser como ela, longevo e poderoso. Em tantos anos de vida, ela nunca conhecera um igual. Desistira havia muito tempo, aceitado a própria solidão. Mas agora...

— Continue — falou. — Você tem muito a me contar.

Ele a estivera observando, a olhara nos olhos com uma curiosidade que muitas pessoas tentavam esconder. Diziam que ela tinha olhos de bebê, com o branco muito branco, os tons castanhos muito profundos e claros. Diziam que nenhum adulto e decerto nenhuma mulher idosa deveria ter aqueles olhos. E evitavam encará-la. Já os olhos de Doro eram muito comuns, mas ele conseguia fixá-los nela como faziam as crianças. Não tinha medo algum e, provavelmente, vergonha alguma.

Ele a surpreendeu ao pegar a mão dela, fazendo com que se sentasse a seu lado no tronco da árvore. Anyanwu poderia ter se livrado do aperto dele com facilidade, mas não o fez.

— Percorri um caminho muito longo hoje — explicou Doro. — Este corpo precisa de descanso para continuar a me ser útil.

Ela pensou sobre aquilo. "Este corpo precisa de descanso." Que jeito estranho ele tinha de falar.

— Passei por este território pela última vez há mais ou menos trezentos anos — disse ele. — Estava procurando um grupo que se desgarrou de meu povo, mas as pessoas foram mortas antes que eu as encontrasse. Seu povo não estava aqui na época, você não tinha nascido. Sei disso porque sua diferença não me atraiu. No entanto, imagino que você seja fruto do encontro passageiro de meu povo com o seu.

— Quer dizer que entre seu povo pode haver parentes meus?

— Sim. — Ele examinava o rosto dela com muita atenção, talvez procurasse alguma semelhança. Não a encontraria. O rosto exibido não era o seu verdadeiro.

— Seu povo cruzou o Níger... — Ele hesitou, franzindo a testa, em seguida deu ao rio o nome apropriado —... o Orumili. A última vez que vi pessoas de seu povo, elas moravam do outro lado, em Benin.

— Cruzamos o rio há muito tempo — afirmou ela. — As crianças nascidas naquela época envelheceram e morreram. Éramos Ado e Idu, subjugados a Benin antes da travessia. Então lutamos contra Benin e cruzamos o rio para Onitsha, para nos tornarmos pessoas livres, nossos próprios mestres.

— O que aconteceu com o povo Oze que estava aqui antes de vocês?

— Uma parte fugiu. Outra foi escravizada por nós.

— Então, vocês foram expulsos de Benin, depois expulsaram outras pessoas daqui, ou as escravizaram.

Anyanwu desviou o olhar e falou com rispidez:

— É melhor ser mestre do que ser escravo. — Foi o que o marido dela disse na época da migração. Ele vislumbrara se tornar um grande homem, um mestre de uma grande família com muitas esposas, descendentes e escravos. Anyanwu, por sua vez, fora escravizada duas vezes na vida e só escapara ao trocar completamente de identidade e encontrar um marido em outra cidade. Ela sabia que algumas pessoas eram mestres e outras, escravas. Sempre fora desse jeito. Mas aprendera, pela própria experiência, a odiar a escravidão. E, em anos mais recentes, tivera dificuldades em ser uma boa esposa devido ao modo como uma mulher deve abaixar a cabeça e se submeter ao marido. Era melhor ser o que era: uma sacerdotisa que falava com a voz de uma divindade e era temida e obedecida. Mas o que isso significava? Ela mesma se tornara uma espécie de mestre. — Às vezes, é preciso se tornar mestre para evitar se tornar escrava — falou, em voz baixa.

— Sim — concordou ele.

Ela voltou a atenção de propósito para as ideias novas que ele lhe dera para pensar. A idade dela, por exemplo. Doro estava certo. Ela tinha por volta de trezentos anos, um fato em que ninguém do próprio povo teria acreditado. E ele dissera outra coisa, algo que despertara nela uma de suas memórias mais antigas. Houve rumores, quando era uma menina, de que o pai dela não podia procriar, de que ela não só era filha de outro homem, mas de um forasteiro que estava de passagem. Perguntara à mãe sobre isso, e fora a primeira e única vez na vida que a mãe a agredira. A partir de então, ela assumira que a história era verdadeira. Mas nunca fora capaz de descobrir nada sobre o forasteiro. Não teria dado importância àquilo – o marido da mãe a assumira como filha e ele era um homem bom –, mas sempre se perguntou se o povo do tal forasteiro era mais parecido com ela.

— Estão todos mortos? — perguntou a Doro. — Esses... meus parentes?
— Sim.
— Então, não eram como eu.
— Poderiam ter sido, após muitas outras gerações. Você não é filha apenas deles. Seus parentes Onitsha devem ter sido extraordinários à própria maneira.

Com um lento movimento de cabeça, Anyanwu assentiu. Ela conseguia pensar em muitas características extraordinárias da mãe. A mulher tinha prestígio e influência, apesar dos boatos a respeito dela. O marido era membro de um clã bastante respeitado, conhecido pelos poderes mágicos, mas, na família dele, quem exercia a magia era a mãe de Anyanwu. Ela tinha sonhos proféticos muito certeiros. Fazia elixires para curar doenças e proteger as pessoas do mal. No mercado, mulher alguma era negociante mais hábil. Parecia apenas saber como barganhar, como se pudesse ler os pensamentos das outras mulheres. Tornara-se muito rica.

Dizia-se que o clã de Anyanwu, o clã do marido da mãe dela, tinha integrantes que conseguiam mudar de aparência, assumir formas animais quando desejavam, mas Anyanwu não vira neles nenhuma estranheza desse tipo. Foi na própria mãe que encontrou a estranheza, proximidade e empatia que iam além do que se poderia esperar entre mãe e filha. Ela e a mãe compartilhavam uma unidade espiritual que envolvia, na verdade, certo intercâmbio de pensamentos e sentimentos, embora fossem cuidadosas para não alardear isso diante dos outros. Se Anyanwu tinha dor, a mãe, ocupada com as negociações em algum mercado distante, sabia o que se passava e voltava para casa. Anyanwu não tinha mais do que espectros daquela proximidade inicial com os próprios filhos e filhas e com três de seus maridos. E ela havia procurado por anos, em seu clã, no clã da mãe, e em outros, por ao menos um espectro da maior singularidade dela, a mudança de aparência. Recolhera muitas histórias assustadoras, mas não conhecera outra pessoa que, como ela, pudesse demonstrar essa habilidade. Não até o momento, talvez. Ela olhou para Doro. O que era aquilo que sentia por ele, aquele estranhamento? Não compartilharam nenhum pensamento, mas algo nele a fazia se lembrar da mãe. Outro espectro.

— Você é meu parente? — perguntou ela.

— Não — respondeu ele. — Mas seus parentes me ofereceram lealdade. Isso não é pouca coisa.

— Por isso você veio quando... quando minha diferença o atraiu?

Ele balançou a cabeça.

— Vim ver o que você era.

Ela franziu a testa, com uma cautela súbita.

— Eu sou eu. Você está me vendo.

— Assim como você me vê. Você acredita que vê tudo?

— Ela não respondeu. — Uma mentira me ofende, Anyanwu, e aquilo que vejo de você é uma mentira. Mostre-me o que você é de verdade.

— O que você vê é tudo que verá!

— Você tem medo de me mostrar?

—... Não. — Não era medo. O que era? Uma vida inteira de disfarce, obrigando-se a nunca usar as próprias habilidades diante dos outros, nunca as ostentar como meros truques, nunca deixar que o povo dela ou qualquer pessoa conhecesse toda a extensão de seu poder, a menos que ela estivesse lutando pela própria vida. Deveria quebrar a tradição naquele momento apenas porque aquele forasteiro pedira? Ele falara muito, mas

o que lhe mostrara, de fato, a respeito de si mesmo? Nada.
— Será que meu disfarce pode ser uma mentira, se o seu não é? — perguntou ela.
— O meu é — admitiu ele.
— Então me mostre o que você é. Dê-me a confiança que me pede.
— Você tem minha confiança, Anyanwu, mas saber o que sou só iria assustá-la.
— Sou uma criança então? — perguntou ela, com raiva. — Você por acaso é minha mãe que precisa me proteger das verdades dos adultos?

Ele se recusou a ser insultado.
— A maioria das pessoas de meu povo fica grata porque as protejo de minha verdade particular — respondeu.
— Então, você diz que eu não vi nada.

Doro se levantou e Anyanwu se levantou para encará-lo; o corpo dela, pequeno e definhado, estava completamente coberto pela sombra do dele. Ela tinha pouco mais da metade de seu tamanho, mas estava acostumada a enfrentar pessoas maiores e sujeitá-las à sua vontade com palavras ou abatê-las ao ponto da submissão física. Na verdade, poderia ter feito de si alguém tão grande quanto qualquer homem, mas escolhera deixar que a miudeza continuasse enganando as pessoas. Na maioria das vezes, isso baixava a guarda de desconhecidos, pois ela parecia inofensiva. Além disso, fazia com que atacantes em potencial a subestimassem.

Baixando os olhos, Doro a observou.
— Às vezes, só uma queimadura ensina a criança a temer o fogo — disse ele. — Venha comigo até um dos povoados da sua cidade, Anyanwu. Lá mostrarei a você o que acha que quer ver.

— O que vai fazer? — quis saber ela, cautelosa.

— Vou deixá-la escolher alguém, um inimigo ou apenas uma pessoa inútil, sem a qual seu povo estaria melhor. Depois, vou matá-lo.

— Matar!

— Eu mato, Anyanwu. É assim que preservo minha juventude, minha força. Só há uma coisa que posso fazer para mostrar a você o que sou, e essa coisa é matar um homem e me vestir com o corpo dele, como se fosse um pano. — Ele respirou fundo. — Este não é o corpo no qual nasci. Não é o décimo que vesti, nem o centésimo, nem o milésimo. Seu dom parece ser do tipo suave. O meu não é.

— Você é um espírito — gritou ela, assustada.

— Eu disse que você era uma criança — falou ele. — Percebe como se assustou?

Ele era como um ogbanje, um espírito infantil maligno nascido da mesma mulher várias vezes, só para morrer e causar dor à mãe. Uma mulher atormentada por um ogbanje pode dar à luz muitas vezes e, ainda assim, não ter nenhum filho ou filha com vida. Mas Doro era adulto. Ele não entrara e reentrara no ventre da mãe. Não queria corpos de crianças. Preferia roubar os corpos de homens.

— Você é um espírito! — repetiu ela, com a voz estridente por causa do medo. Ao mesmo tempo, parte de sua mente se perguntava por que acreditava nele com tanta facilidade. Anyanwu também conhecia muitos truques, muitas mentiras assustadoras. Por que reagiria naquele momento como os estranhos mais ignorantes que costumavam procurá-la, acreditando que uma divindade falava através dela? Mesmo assim, acreditava e estava com medo. Aquele homem era muito mais extraordinário do que ela. Aquele homem não era um homem.

Quando Doro a tocou no braço, de leve e inesperadamente, ela gritou.

Ele emitiu um ruído de contrariedade.

— Mulher, se você atrair seu povo para cá com esse barulho, não terei escolha senão matar alguns deles.

Ela ficou imóvel, também acreditando naquilo.

— Você matou alguém no caminho para cá? — sussurrou.

— Não. Tive muitas dificuldades, mas evitei matar, por sua causa. Achei que você pudesse ter parentes aqui.

— Gerações de parentes. Filhos, filhos dos filhos e até filhos dos filhos dos filhos.

— Não gostaria de matar um de seus filhos.

— Por quê? — Estava aliviada, mas curiosa. — O que eles representam para você?

— Como você me receberia se eu me aproximasse vestido com a carne de um de seus filhos?

Ela recuou, sem saber como imaginar uma coisa daquelas.

— Percebe? De qualquer maneira, seus filhos e suas filhas não devem ser desperdiçados. Podem ser boas... — Ele usou uma palavra em outro idioma. Anyanwu ouviu com clareza, mas não significava nada para ela. A palavra era *semente*.

— O que é "semente"? — perguntou ela.

— Pessoas valiosas demais para serem assassinadas ao acaso — respondeu ele. Em seguida, em tom mais brando: — Você precisa me mostrar o que é.

— Como meus filhos podem ser úteis para você?

Ele lhe dirigiu um olhar demorado, sem palavras, e depois falou com a mesma brandura:

— Talvez eu precise ir até eles, Anyanwu. Podem ser mais dóceis do que a mãe.

Ela não se lembrava de já ter sido ameaçada com tanta sutileza, ou de modo tão efetivo. Os filhos dela...
— Venha — sussurrou. — Este lugar é muito desprotegido para que eu mostre.

Disfarçando o entusiasmo, Doro seguiu a mulherzinha encarquilhada até a minúscula gleba[1] em que ela morava. O muro, feito de argila vermelha e com quase dois metros de altura, lhes daria a privacidade que Anyanwu desejava.

— Meus filhos não seriam úteis para você — explicou ela enquanto caminhavam. — São homens bons, mas sabem muito pouco.

— Eles não são como você? Nenhum deles?

— Nenhum.

— E suas filhas?

— Também não. Eu as observei com atenção até partirem para as cidades de seus maridos. Elas são como minha mãe. Têm grande influência sobre os maridos e as outras mulheres, mas nada além disso. Vivem suas vidas e morrem.

— Elas morrem...?

Ela abriu o portão de madeira, conduziu-o para o outro lado do muro, depois travou a porta.

— Elas morrem — falou, com tristeza. — Como os pais.

— Talvez se seus filhos e suas filhas se casassem entre si...

— Abominável! — disse ela, alarmada. — Não somos animais aqui, Doro!

Ele deu de ombros. Passara a maior parte da vida ignorando tais protestos e fazendo aqueles que protestavam mudarem de ideia. Era raro que a moral das pessoas sobrevivesse ao ser confrontada com ele. Mas, por ora, sutileza. Aquela mulher

---

1. Habitação em terreno não urbanizado e cultivável. [N. da T.]

era preciosa. Se ela tivesse apenas a metade da idade que ele imaginava, seria a pessoa mais velha que já conhecera, e ainda era cheia de vitalidade. Descendia de pessoas cuja vida excepcionalmente longa, resistência a doenças e desenvolvimento de habilidades especiais as tornavam muito importantes para ele. Pessoas que, como tantas outras, foram vítimas de traficantes de escravos ou inimigos tribais. Restavam poucas delas. Nada devia acontecer a esta rara sobrevivente, este híbrido pequeno e afortunado. Ela tinha de ser, sobretudo, protegida do próprio Doro. Ele precisava evitar matá-la, por raiva ou acidente, e acidentes podiam acontecer com tanta facilidade naquela região. Precisava levá-la consigo para um dos povoados-semente mais seguros. Talvez ela ainda pudesse, em sua estranheza, procriar, e talvez, com os companheiros fortes que ele lhe poderia arranjar, desta vez as crianças estivessem à altura da mãe. Caso contrário, sempre haveria os filhos e filhas dela que já existiam.

— Você quer observar, Doro? — perguntou Anyanwu. — Isto é o que pediu para ver.

Ele concentrou a atenção nela, que começou a esfregar as mãos. As mãos eram as garras de uma ave, de longos dedos, atrofiadas e ossudas. Enquanto Doro observava, elas começaram a crescer, a ficar lisas, com aparência jovem. Os braços e os ombros dela ficaram cheios e os seios flácidos despontaram túrgidos e erguidos. Os quadris ganharam curvas sob o pano, fazendo com que Doro quisesse desnudá-la. Por último, ela tocou o rosto e amoldou as rugas. Uma antiga cicatriz sob um dos olhos desapareceu. A carne tornou-se lisa e firme, e a mulher, surpreendentemente bonita.

Ao final, ela estava ali diante dele, parecendo não ter ainda vinte anos. Limpou a garganta e falou na voz doce de uma jovem:

— Isso é suficiente?

Por um instante, ele só conseguia encará-la.

— Esta é você, de verdade, Anyanwu?

— Do jeito que sou. Como seria para sempre, se não envelhecesse ou me transformasse por causa dos outros. Esta aparência ressurge em mim com facilidade. Outras são mais difíceis de assumir.

— Outras!

— Achou que eu só poderia assumir uma? — Ela começou a amoldar o corpo maleável em outra aparência. — Assumo aparência de animais para assustar pessoas de meu povo quando querem me matar — contou. — Eu me transformei em leopardo e dei patadas neles. Eles acreditam nessas coisas, mas não gostam de ver as provas. Depois me transformei em uma serpente sagrada e ninguém se atreveu a me machucar. A aparência de serpente me trouxe sorte. Estávamos precisando de chuva para salvar a colheita de inhame, e enquanto eu era uma serpente, as chuvas vieram. As pessoas decidiram que minha magia era boa e levaram muito tempo para querer me matar de novo. — Tornava-se um homem pequeno e de músculos salientes enquanto falava.

Doro tentou tirar o pano dela, movendo-se devagar para que Anyanwu pudesse compreender. Por um instante, sentiu a força com que ela segurou sua mão e, sem qualquer esforço em especial, quase a quebrou. Em seguida, como ele controlou a própria surpresa, evitando reagir à dor, ela mesma desatou o pano e o tirou. Por alguns segundos, Doro ficou mais impressionado com aquela pressão do que com o corpo diante de si, mas não pôde deixar de perceber que Anyanwu se tornara um macho completo.

— Você poderia gerar uma criança? — perguntou ele.

— Com o tempo. Não agora.

— E já gerou?
— Sim. Mas apenas meninas.
Ele balançou a cabeça, rindo. Aquela mulher ia muito além de tudo que imaginara.
— Estou surpreso por seu povo tê-la deixado viver — falou ele.
— Acha que eu deixaria que me matassem?
Doro riu de novo.
— Então, o que vai fazer, Anyanwu? Ficar aqui com eles, convencendo cada nova geração de que é melhor deixar você em paz? Ou virá comigo?
Ela amarrou o pano em volta de si outra vez, em seguida o encarou; os olhos dela, grandes e claros demais, pareciam dissimuladamente gentis no rosto de homem jovem.
— É isso que você quer? — questionou ela. — Que eu vá com você?
— Sim.
— Então, esse foi o verdadeiro motivo para você vir até aqui.
Doro pensou ter ouvido medo na voz dela, e a pulsação na mão dele o convenceu de que não deveria assustá-la se não houvesse necessidade. Ela era muito poderosa. Poderia forçá-lo a matá-la. Ele foi sincero.
— Eu me deixei ser atraído para cá porque as pessoas que me prometeram lealdade foram levadas embora, escravizadas — explicou. — Fui ao povoado buscá-las, para levá-las a uma casa mais segura, e só encontrei... o que os traficantes de escravos deixaram. Saí de lá sem me preocupar com o lugar para onde meus pés me levavam. Fiquei surpreso quando me trouxeram para cá; pela primeira vez em muitos dias, fiquei satisfeito.

— Parece que seu povo é sempre tirado de você.
— Não parece; *é*. Por isso estou reunindo todos eles em um lugar novo. Lá, será mais fácil para mim protegê-los.
— Sempre protegi a mim mesma.
— Percebi. Você será muito valiosa para mim. Acho que poderia proteger os outros tão bem quanto a si mesma.
— Devo deixar meu povo para ajudá-lo a proteger o seu?
— Deve partir para enfim estar com alguém de sua própria estirpe.
— Com alguém que mata homens e se cobre com a pele deles? Não somos iguais, Doro.

Ele suspirou e olhou para a casa dela, uma construção pequena e retangular cujo telhado de palha, de inclinação acentuada, descia a poucos palmos do solo. As paredes eram feitas da mesma terra vermelha do muro da gleba. Perguntou-se vagamente se aquela terra vermelha era a mesma argila que vira nas habitações indígenas do sudoeste do continente norte-americano. Mas se perguntou, com mais urgência, se havia algum catre na casa de Anyanwu, além de comida e água. Doro estava cansado e faminto demais para continuar discutindo com a mulher.

— Anyanwu, me dê comida — pediu ele. — Depois terei forças para convencer você a deixar este lugar.

Ela pareceu assustada, depois riu, quase relutante. Ocorreu a ele que Anyanwu não queria recebê-lo para comer, não queria nem um pouco. Ela acreditava no que lhe fora contado, e temia que ele pudesse convencê-la a partir. Queria que ele fosse embora, ao menos uma parte dela queria. Com certeza havia outra parte que estava intrigada, que se perguntava o que aconteceria se ela abandonasse a própria casa, se fosse embora com aquele forasteiro. Era atenta demais, viva demais para não ter o tipo de mente que analisava, compreendia e vez ou outra a colocava em apuros.

— Um pouco de inhame, pelo menos, Anyanwu — disse ele, sorrindo. — Não comi nada hoje. — Sabia que ela iria alimentá-lo.

Sem dizer uma palavra, Anyanwu foi até uma construção menor e voltou com dois grandes inhames. Em seguida, levou-o até a cozinha e lhe deu uma pele de cervo para que se sentasse, já que Doro não trazia nada além do pano em volta das ancas. Ainda com a aparência masculina, ela gentilmente dividiu com ele uma noz-de-cola e um pouco de vinho de palma. Depois, começou a preparar comida. Além do inhame, tinha legumes, peixe defumado e azeite de dendê. Acendeu o fogo com as brasas de uma pira de pedras da fornalha e, em seguida, colocou para ferver uma panela de barro cheia de água. Começou a descascar o inhame. Ia cortá-lo e cozinhar os pedaços até que estivessem tenros o suficiente para serem socados, como o povo dela gostava de comer. Talvez fizesse uma sopa com os legumes, o azeite e o peixe, mas isso levaria muito tempo.

— O que você faz para viver? — perguntou a ele enquanto trabalhava. — Rouba comida quando está com fome?

— Sim — respondeu Doro. Roubava mais do que comida. Se não houvesse por perto pessoas que conhecesse ou se fosse até pessoas conhecidas e elas não o recebessem bem, ele simplesmente se apropriava de um corpo novo, forte. Ninguém, nenhum grupo, podia impedi-lo de fazer isso. Ninguém podia impedi-lo de fazer o que fosse.

— Um ladrão — disse Anyanwu, com uma aversão que ele não levou a sério. — Você rouba, mata. O que mais faz?

— Crio — disse ele, em voz baixa. — Vasculho o território em busca de pessoas que sejam um pouco, ou muito, diferentes.

Procuro por elas, as reúno em grupos e começo criar com elas um povo novo e forte.

Ela fixou os olhos nele, surpresa.

— Deixam você fazer isso, deixam que as arranque do povo a que pertencem, de suas famílias?

— Algumas trazem as famílias. Muitas não têm família nenhuma. A diferença as transformou em párias. Elas ficam felizes em me seguir.

— Sempre?

— Com frequência suficiente — disse ele.

— E o que acontece se não o seguem? O que acontece se disserem: "Parece que muitas pessoas de seu povo estão morrendo, Doro. Vamos continuar onde estamos e viver"?

Ele se levantou e foi até a porta do cômodo ao lado, onde dois catres de argila, duros, mas convidativos, tinham sido construídos saindo das paredes. Precisava dormir. Apesar da juventude e da força do corpo que usava, era apenas um corpo comum. Se o tratasse com cuidado, dando descanso e alimentação adequados, impedindo que fosse ferido, o corpo duraria mais algumas semanas. No entanto, se o arrastasse como o arrastara até chegar a Anyanwu, o esgotaria muito antes. Ele estendeu as mãos diante de si, com as palmas voltadas para baixo, e não ficou surpreso ao ver que elas tremiam.

— Anyanwu, preciso dormir. Acorde-me quando a comida estiver pronta.

— Espere!

A aspereza da voz dela o deteve e fez com que olhasse para trás.

— Responda — disse ela. — O que acontece quando as pessoas não seguem você?

Era isso? Doro a ignorou, subiu em um dos catres, se deitou na esteira que estava ali e fechou os olhos. Pensou tê-la ouvido entrar e sair do cômodo antes que ele adormecesse, mas não deu atenção. Descobrira havia muito tempo que as pessoas eram muito mais cooperativas se ele as fizesse responder por si mesmas perguntas como a dela. Apenas pessoas estúpidas precisavam, de fato, que ele respondesse, e aquela mulher não era estúpida.

Quando ela o acordou, a casa estava tomada pelo cheiro de comida e Doro se levantou alerta e faminto. Sentou-se com ela, lavou as mãos sem muito empenho na tigela de água que ela ofereceu e, em seguida, usou os dedos para juntar um pouco de inhame amassado do prato e mergulhá-lo em uma tigela partilhada de sopa apimentada. A comida era boa e substanciosa; por algum tempo, ele se concentrou na refeição, ignorando Anyanwu, exceto para observar que ela também comia e não parecia inclinada a conversar. Ele se lembrou vagamente de que, na última vez em que estivera com o povo dela, houvera alguma pequena cerimônia religiosa entre os atos de lavar as mãos e comer. Uma oferenda de comida e vinho de palma para as divindades. Perguntou sobre isso depois de aplacar a fome.

Ela o encarou.

— A quais divindades você presta homenagens?
— Nenhuma.
— E por que não?
— Cuido de mim mesmo — respondeu ele.

Ela assentiu.

— Ao menos de duas formas, você cuida. Também cuido de mim mesma.

Ele deu um sorrisinho, mas não pôde deixar de se perguntar o quanto seria difícil amansar, mesmo que em parte, uma mulher, semente originária, que vinha cuidando de si mesma havia trezentos anos. Não seria difícil fazer com que ela o seguisse. Anyanwu tinha filhos e se preocupava com eles, portanto, era vulnerável. Mas poderia muito bem fazer com que ele se arrependesse de tê-la levado, em especial porque era preciosa demais para ser morta, caso pudesse poupá-la.

— Para meu povo — contou ela —, temo às divindades. Falo com a voz de uma. Para mim... Em todos os meus anos, tenho visto que as pessoas devem ser as próprias divindades e fazer a própria sorte. O mal virá, seja como for.

— Você está muito deslocada aqui.

Ela suspirou.

— Tudo volta a esse ponto. Estou contente aqui, Doro. Já tive dez maridos para me dizer o que fazer. Por que eu deveria fazer de você o décimo primeiro? Só porque vai me matar se eu recusar? É assim que os homens conseguem esposas no lugar de onde você vem? Ameaçando-as de assassinato? Bem, quem sabe você não consegue me matar. Quem sabe devemos descobrir!

Doro ignorou o rompante dela, mas percebeu que ela havia assumido de imediato que ele a queria como esposa. Era natural que fizesse tal suposição, talvez uma suposição correta. Ele vinha se questionando com quem do próprio povo ela deveria ser acasalada primeiro, mas naquele momento sabia que ele mesmo ficaria com ela... por algum tempo, pelo menos. Sempre mantinha consigo as pessoas mais poderosas do povo dele, por alguns meses, um ano, talvez. Se fossem crianças, aprendiam a aceitá-lo como pai. Se fossem homens, aprendiam a obedecê-lo como mestre. Se fossem mulheres, aceitavam-no melhor como amante ou marido. Anyanwu era uma das mulheres mais atraentes que ele já vira. Pretendia dormir com ela naquela noite, e em muitas outras noites, até levá-la ao povoado-semente que ele estava montando na colônia de Nova York, de domínio britânico. Mas por que isso deveria ser o bastante? A mulher era um achado raro. Ele falou com brandura.

— Devo tentar matá-la, então, Anyanwu? Por quê? Você me mataria se pudesse?

— Talvez eu possa!

— Estou aqui. — Doro a olhou ignorando a forma masculina que ela ainda usava. Os olhos dele falavam com a mulher que havia ali dentro; ao menos, esperava que falassem. Seria muito mais agradável se ela viesse até ele porque queria e não porque estava com medo.

Ela não disse nada, como se aquela brandura a confundisse. Era a intenção dele.

— Seríamos perfeitos juntos, Anyanwu. Você nunca quis um marido que fosse digno de você?

— Você dá muita importância a si mesmo.

— E a você, se não, por que eu estaria aqui?

— Tive maridos que foram grandes homens — disse ela. — Homens com títulos de bravura comprovada, embora não tivessem nenhuma habilidade especial como a sua. Tenho filhos que são sacerdotes, filhos ricos, homens de prestígio. Por que deveria desejar um marido que precisa atacar outros homens como uma fera selvagem?

Ele tocou o próprio tórax.

— Este homem me fez de presa. Ele me atacou com um facão.

Isso a deteve por um instante. Ela tremia.

— Já fui cortada assim, fui cortada quase pela metade.

— O que você fez?

2

No dia seguinte, eles se levantaram antes do amanhecer. Anyanwu deu um facão para Doro e pegou um para si. Ela parecia contente ao colocar alguns dos pertences em uma cesta comprida que carregaria consigo. Uma vez que tomara a decisão, não expressava mais dúvidas sobre partir com ele, embora estivesse preocupada com o próprio povo.

— Você deve me deixar guiá-lo pelos povoados — explicou a ele. Usava mais uma vez o disfarce de homem jovem e torcera o pano em volta de si e entre as pernas, à maneira dos homens. — Existem povoados por toda minha volta, de modo que nenhum forasteiro possa se aproximar de mim sem pagar. Teve sorte por me encontrar sem ser parado. Ou, quem sabe, meu povo teve sorte. Devo garantir que eles tenham sorte mais uma vez.

Ele assentiu. Contanto que ela o mantivesse na direção certa, poderia liderar pelo tempo que quisesse. Anyanwu lhe dera inhame socado do jantar para quebrar o jejum, e durante a noite conseguira exaurir o corpo jovem e forte dele fazendo amor.

— Você é um homem bom — ela observou, alegre. — E há muito tempo eu não fazia isso.

Doro ficou surpreso ao perceber o quanto o pequeno elogio dela o agradou, o quanto a mulher o agradou. Ela foi um achado valioso em muitos aspectos. Observou-a enquanto ela lançava um último olhar para a casa, que deixou varrida e organizada, e para a gleba, arejada e agradável apesar de pequena. Ele se perguntou quantos anos Anyanwu passara naquela casa.

— Dei à luz quarenta e sete crianças de dez maridos — respondeu ela. — O que você acha que pode me mostrar?
— Se vier comigo, acho que algum dia posso mostrar crianças que você nunca terá de enterrar. — Ele fez uma pausa, vendo que conquistara toda a atenção dela. — Uma mãe não deveria ter de ver os filhos e as filhas envelhecerem e morrerem — continuou. — Se você vive, eles deveriam viver. Se morrem, é por culpa do pai. Deixe-me dar a você crianças que viverão!

Ela cobriu o rosto com as mãos e, por um instante, Doro pensou que ela estava chorando. Mas, quando ela o olhou, os olhos estavam secos.

— Crianças saídas de suas ancas roubadas? — murmurou Anyanwu.

— Não destas ancas. — Ele fez um gesto dirigido ao próprio corpo. — Este homem era apenas um homem. Mas prometo, se vier comigo, darei a você crianças de sua própria estirpe.

Houve um longo silêncio. Ela ficou sentada, olhando de novo para o fogo, talvez tomando uma decisão. Por fim, olhou para ele, analisou-o com tal intensidade que Doro começou a se sentir constrangido. A sensação o surpreendeu. Ele estava mais acostumado a deixar outras pessoas desconfortáveis. E não gostou do olhar fixo, avaliador, como se Anyanwu estivesse decidindo se o compraria ou não. Se ele conseguisse vencê-la, ensinaria a ela boas maneiras um dia desses!

Ele só teve certeza de que vencera depois que os seios dela começaram a crescer. Então, ele se levantou e, quando a mudança foi concluída, a levou para o catre.

— Quando posso, eu os assusto, só mato quando eles me obrigam. Na maioria das vezes, já estão com medo e é fácil afugentá-los. Estou fazendo os que estão aqui prosperarem, para que, por anos, nenhum deles quisera me ver morta.

— Conte para mim como você matou os sete.

Ela se levantou e foi para fora. Já estava escuro, uma escuridão profunda e sem lua, mas Doro não tinha dúvidas de que Anyanwu conseguia enxergar com aqueles olhos dela. Mas para onde ela foi e por quê?

Ela voltou, se sentou de novo e entregou-lhe uma pedra.

— Quebre isso — falou, em um tom de voz inexpressivo.

Era uma rocha, não barro endurecido e, ainda que ele pudesse quebrá-la com outra rocha ou um instrumento de metal, não conseguiria impressioná-la com as mãos. Devolveu-a, intacta.

E Anyanwu esmagou-a com uma mão.

Ele tinha que possuir aquela mulher. Era uma semente originária da melhor estirpe. Fortaleceria imensamente qualquer linhagem que gerasse nela.

— Venha comigo, Anyanwu. Seu lugar é comigo, com as pessoas que estou reunindo. Somos um povo do qual você pode fazer parte, um povo que você não precisa assustar ou subornar para deixá-la viver.

— Nasci entre estas pessoas — disse ela. — Meu lugar é aqui. — E insistiu: — Você e eu não somos iguais.

— Somos mais parecidos entre nós do que com outras pessoas. Não precisamos nos esconder um do outro. — Ele olhou para o corpo musculoso de homem jovem dela. — Torne-se uma mulher de novo, Anyanwu, e vou mostrar que deveríamos ficar juntos.

Ela esboçou um sorriso pálido.

— Eu... me curei. Nunca imaginei que poderia me curar tão depressa.
— Eu quis dizer: o que você fez para o homem que a cortou?
— Homens. Sete deles vieram me matar.
— O que você fez, Anyanwu?

Ela pareceu se encolher diante daquela lembrança.
— Eu os matei — sussurrou. — Para avisar os outros e porque... porque eu estava com raiva.

Doro ficou sentado, observando-a, vendo a dor da lembrança nos olhos dela. Ele não conseguia se lembrar da última vez que sentira dor por matar um homem. Raiva, talvez, quando um homem que tinha poder e potencial se tornou arrogante e teve de ser destruído; raiva pelo desperdício. Mas dor, não.

— Você entende? — disse ele, em voz branda. — Como os matou?
— Com minhas mãos. — Ela as estendeu diante de si, naquele momento eram mãos comuns, nem sequer estavam muito feias, como quando ela era uma mulher idosa. — Eu estava com raiva — repetiu. — Tive o cuidado de não sentir tanta raiva desde então.
— Mas o que você fez?
— Por que quer saber todos os detalhes vergonhosos? — questionou ela. — Eu os matei. Estão mortos. Eram do meu povo e eu os matei!
— Como pode ser vergonhoso matar aqueles que teriam matado você?

Ela não disse nada.
— Com certeza esses sete não são os únicos que matou.

Anyanwu suspirou e olhou para o fogo.

— Meus filhos me ajudaram a construir este lugar — contou ela, em voz baixa. — Eu lhes disse que precisava de um lugar isolado, onde ficasse livre para fazer meus elixires. Todos vieram me ajudar, exceto um deles. O mais velho dos meus filhos vivos, que disse que eu deveria morar na gleba dele. Ficou surpreso quando o ignorei. Ele é rico e arrogante, acostumado a ser ouvido mesmo quando o que ele diz é absurdo, como em geral é. Ele não entendia nada a meu respeito, então lhe mostrei um pouco do que mostrei a você. Só um pouco. Isso calou a boca dele.

— E não é para menos — riu Doro.

— Agora ele é um homem muito velho. Acho que é o único dos meus filhos que não vai sentir minha falta. Vai ficar feliz ao descobrir que parti, como certas pessoas, mesmo que eu tenha feito com que enriquecessem. Poucos têm idade suficiente para se lembrar de minhas grandes metamorfoses: de mulher para leopardo e então serpente. Só possuem suas lendas e seu medo. — Ela pegou dois inhames e os colocou na cesta, depois apanhou vários outros e jogou para as cabras, que primeiro se debateram para desviar deles, e depois para pegá-los. — Nunca comeram tão bem — disse Anyanwu, rindo. Logo depois, ficou séria, foi para um pequeno reduto no qual se encontravam estatuetas de argila representando divindades. — São para o meu povo ver — explicou a Doro.

— Estas e as que estão lá dentro. — Ela fez um gesto em direção à casa.

— Não vi nenhuma lá dentro.

Os olhos dela pareceram sorrir por trás da expressão sombria.

— Você quase se sentou nelas.

Assustado, ele rememorou. Em geral, tentava não afrontar depressa demais as crenças religiosas das pessoas, embora

Anyanwu não parecesse ter muita fé. Mas pensar que chegara perto de se sentar sobre objetos religiosos sem reconhecê-los...

— Você se refere àqueles pedaços de argila no canto?

— Isso — disse, apenas. — Minhas mães sagradas.

Símbolos de espíritos ancestrais. Doro enfim se lembrava. Balançou a cabeça.

— Estou ficando descuidado — falou, em inglês.

— O que você está dizendo?

— Que eu sinto muito. Estive longe do seu povo por muito tempo.

— Isso não importa. Como eu disse, essas coisas são para os outros verem. Preciso mentir um pouco, até mesmo aqui.

— Não precisa mais — respondeu ele.

— Esta cidade vai pensar que morri, finalmente — falou ela, olhando para as estatuetas. — Talvez façam um oratório e o batizem com meu nome. Outras cidades fizeram isso. Então, à noite, quando as pessoas virem sombras e galhos se agitando ao vento, podem contar umas às outras que viram meu espírito.

— Um oratório com espíritos vai assustá-las menos do que uma mulher viva, imagino — disse Doro.

Sem sorrir, Anyanwu o conduziu pelo portão da gleba, e eles começaram a longa caminhada por um labirinto de trilhas tão estreitas que só conseguiam andar em fila entre as árvores altas. Anyanwu carregava a cesta na cabeça e o facão embainhado ao lado do corpo. Os pés descalços dela e de Doro quase não faziam nenhum som pelo caminho, nada que confundisse os ouvidos sensíveis de Anyanwu. Enquanto se deslocavam ao ritmo definido por ela, uma caminhada rápida, ela se desviou várias vezes e deslizou em silêncio para dentro da mata. Doro a seguia com igual habilidade e, depois que se escondiam, sempre passava alguém. Mulheres e crianças carregando potes de água ou lenha na cabeça. Homens carregando enxadas e facões. Era como Anyanwu dissera. Eles estavam no meio da cidade, cercados por povoados. No entanto, ninguém de origem europeia teria reconhecido ali uma cidade, já que na maioria das vezes não havia nenhuma habitação à vista. Mas no caminho para chegar até Anyanwu, Doro se deparara com povoados, grandes glebas, uma após outra e, ousado, atravessara ou passara ao largo desses lugares como se tivesse propósitos legítimos. Felizmente, ninguém o desafiara. As pessoas quase sempre pensavam duas vezes antes de desafiar um homem que parecia importante e determinado. Entretanto, não teriam hesitado em desafiar pessoas desconhecidas que se escondessem, que parecessem estar espionando. Naquele momento, enquanto seguia Anyanwu, Doro se preocupava que poderia acabar usando o corpo de um dos parentes dela e criando sérios problemas entre eles. Ficou aliviado quando ouviu-a dizer que haviam deixado o território do povo dela para trás.

No início, Anyanwu conseguiu conduzir Doro por trilhas já abertas em um território que ela conhecia, ou por ter morado ali ou porque as filhas viviam ali. Houve um momento, enquanto caminhavam, em que estava contando a ele sobre uma filha que se casara com um jovem bonito, forte e preguiçoso, e depois fugira para ficar com um homem bem menos imponente, que tinha um pouco de ambição. Doro ouviu por algum tempo, depois perguntou:

— Quantas das crianças que você teve chegaram à idade adulta, Anyanwu?

— Todas — respondeu ela, orgulhosa. — Eram todas fortes e saudáveis e não havia nada de proibido ou errado com elas.

Crianças com as quais havia algo "proibido" ou errado... gêmeas, por exemplo, e crianças que nasciam pelos pés, crianças com praticamente qualquer malformação, crianças nascidas com dentes... Essas eram descartadas. Doro tinha obtido alguns dos melhores descendentes do povo dele a partir de culturas antigas que, por um motivo ou outro, abandonavam recém-nascidos à morte.

— Você deu à luz quarenta e sete crianças — disse ele, com descrença —, e todas sobreviveram e eram perfeitas?

— Perfeitas fisicamente, pelo menos. Todas sobreviveram.

— São filhos e filhas do meu povo! Talvez alguns deles e dos descendentes deles devessem vir conosco, afinal.

Anyanwu parou de maneira tão brusca que Doro quase trombou com ela.

— Você não vai incomodá-los — falou ela, em voz baixa.

Ele baixou os olhos para encará-la (ela não se preocupara ainda em tornar-se mais alta, embora lhe tivesse dito que poderia fazê-lo) e tentou engolir a raiva repentina. Ela falava como se ele fosse um dos filhos dela. Anyanwu ainda não compreendera o poder de Doro!

— Estou aqui — continuou ela, no mesmo tom de voz.

— Você tem a mim.

— Tenho?

— Tanto quanto qualquer homem poderia ter.

Aquilo o deteve. Não havia provocação na voz dela, mas ele percebeu de imediato que ela não afirmava ser dele por completo, propriedade dele. Estava apenas dizendo que ele tinha a pequena parte que ela reservava para os homens. Não estava acostumada com homens que pudessem exigir mais. Embora viesse de uma cultura em que as esposas literalmente pertenciam aos maridos, Anyanwu tinha poder, e esse poder a tornara independente, acostumada a ser ela mesma. Ainda não havia percebido que abandonara aquela independência ao abandonar o próprio povo e partir com ele.

— Vamos continuar — disse Doro.

Mas ela não se mexeu.

— Você tem algo para me contar — disse ela.

Ele suspirou.

— Seus filhos e suas filhas estão seguros, Anyanwu. — Por enquanto.

Ela se virou e assumiu a liderança. Doro a seguiu, pensando que seria melhor gerar nela uma criança o mais rápido possível. A independência dela se esvairia sem luta. Para manter a criança segura, Anyanwu faria tudo o que ele pedisse. Era preciosa demais para que a matasse e, se ele sequestrasse qualquer um dos descendentes dela, com certeza ela o incitaria a matá-la. Mas assim que estivesse isolada na América com um recém-nascido para cuidar, aprenderia a se submeter.

**

À medida que avançavam por uma região que Anyanwu não conhecia, as trilhas se tornaram luxos ocasionais. Cada vez mais, tinham de usar os facões para abrir caminho. Cursos d'água se tornaram um problema. Corriam depressa por estreitos profundos que precisavam ser atravessados de alguma maneira. Nos locais em que os cursos d'água interrompiam as trilhas, pessoas haviam colocado pontes de troncos. Mas nos pontos em que Doro e Anyanwu não encontraram nem trilhas nem pontes, eles mesmos tiveram de cortar madeira. A viagem tornou-se mais lenta e perigosa. Uma queda não teria matado nenhum deles diretamente, mas Doro sabia que se caísse, não poderia evitar se apoderar do corpo de Anyanwu. Ela estava perto demais dele. No caminho rumo ao norte, ele cruzara vários rios apenas abandonando o próprio corpo e se apoderando do primeiro corpo que se aproximasse dele do outro lado. E já que naquele momento ele liderava, permitindo que seu senso de direção o levasse até a tripulação a bordo do navio, não poderia mandar que ela fosse na frente, nem a deixar para trás. De qualquer forma, não queria isso. Estavam em uma região de gente que travava guerras para capturar pessoas e vendê-las como escravos aos europeus. Gente que cortaria Anyanwu em pedaços se ela começasse a mudar de forma diante de seus olhos. Algumas dessas pessoas tinham até armas e pólvora vindas da Europa.

No entanto, o lento avanço de Doro e Anyanwu não foi total perda de tempo. Deu a ele a chance de ficar sabendo mais sobre ela, e havia mais para saber. Ele descobriu que não teria de roubar comida enquanto viajassem juntos. Depois que os dois inhames foram assados e comidos, ela encontrou comida por toda parte. A cada dia, à medida que se deslocavam, Anyanwu enchia sua cesta com frutas, castanhas, raízes, tudo o que encontrava de comestível. Atirava pedras com a velocidade e força de um estilingue e derrubava aves e pequenos animais. No final do dia, sempre havia uma refeição substanciosa. Se uma planta não lhe era familiar, ela a provava e sentia dentro de si se era ou não veneno. Comeu várias coisas que disse serem venenosas, mas nenhuma pareceu lhe fazer mal. Porém, nunca ofereceu a ele nada além de boa comida. Doro comia tudo que ela oferecesse, confiando nas habilidades da mulher. E quando um pequeno corte que ele fez na mão infeccionou, Anyanwu lhe deu ainda mais motivos para confiança.

Quando ela percebeu o corte, a mão infeccionada começara a inchar e a adoecê-lo. Ele já estava decidindo como conseguiria um novo corpo sem colocá-la em perigo. Então, para sua surpresa, a mulher se ofereceu para ajudá-lo a se curar.

— Você deveria ter me contado — disse ela. — Causou a si mesmo um sofrimento desnecessário.

Ele a olhou, receoso.

— Você consegue as ervas de que precisa aqui?

Ela olhou nos olhos dele.

— Às vezes, as ervas eram para meu povo... como as divindades em minha gleba. Se você me permitir, posso ajudá-lo sem elas.

— Tudo bem. — Ele estendeu a mão inchada e inflamada.

— Vai doer — avisou ela.

— Tudo bem.

Ela mordeu a mão dele.

Doro suportou aquilo, mantendo-se petrificado diante da própria reação assassina à dor súbita. Anyanwu fizera bem em avisá-lo. Foi a segunda vez que ela esteve mais perto da morte do que poderia imaginar.

Durante algum tempo, depois de mordê-lo, ela não fez nada. A atenção da mulher parecia voltada para dentro, e ela não respondeu quando ele lhe dirigiu a palavra. Por fim, levou a mão dele à boca de novo e houve mais dor e pressão, mas sem mordida. Ela cuspiu três vezes, a cada uma delas retornando à mão dele, em seguida, pareceu acariciar a ferida com a língua. A saliva dela queimava como fogo. Depois disso, Anyanwu continuou vigiando a mão, cuidando dela mais duas vezes com aquela dor espantosa, ardente. Quase de imediato, o inchaço e a enfermidade desapareceram e a ferida começou a cicatrizar.

— Havia coisas em sua mão que não deveriam estar ali — disse a ele. — Criaturas pequenas demais para serem vistas. Não tenho nome para elas, mas posso senti-las e reconhecê-las quando as recebo em meu corpo. Assim que as reconheço, posso matá-las dentro de mim. Dei a você um pouco do arsenal do meu corpo contra elas.

Criaturas minúsculas, pequenas demais para serem vistas, mas grandes o suficiente para deixá-lo doente. Se a ferida não tivesse começado a cicatrizar tão depressa e não estivesse desinfectada, ele não teria acreditado em uma palavra do que ela dissera. Naquelas circunstâncias, no entanto, a confiança nela aumentou. Com certeza era uma bruxa. Seria temida em qualquer cultura. Teria de lutar para proteger a própria vida. Até mesmo pessoas sensatas que não acreditassem em bruxas se voltariam contra ela. E Doro, que era um reprodutor de bruxas, percebeu mais uma vez o tesouro que a mulher era. Nada, ninguém, deveria impedi-los de permanecer juntos.

Apenas quando ele chegou até um de seus contatos perto da costa alguém decidiu tentar.

***

Anyanwu nunca contou a Doro que era capaz de saltar por cima de todos os rios, exceto o mais largo daqueles que teriam de atravessar. Primeiro, ela achou que ele perceberia, porque vira a força das mãos dela. E suas pernas e coxas eram igualmente fortes. Mas Doro não estava acostumado a pensar nas habilidades de Anyanwu do modo como ela pensava, não estava acostumado a considerar naturais a força e capacidade de metamorfose dela. Nunca fez suposições, nunca perguntou o que ela era capaz de fazer.

Anyanwu não falou nada porque temia que ele também pudesse pular sobre os estreitos, embora, ao fazer isso, talvez tivesse de abandonar o próprio corpo. Ela não queria vê-lo matar por um motivo tão pequeno. Ouvira as histórias que ele contara durante a viagem, e parecia-lhe que ele matava com muita facilidade. Facilidade demais, a menos que as histórias fossem mentiras. Não achava que fossem. Não sabia se ele tiraria uma vida só para conseguir atravessar um rio depressa, mas temia que ele fosse capaz disso. O que a levou à ideia de fugir dele. O que a levou a pensar com nostalgia no próprio povo, na gleba, na casa dela...

No entanto, à noite se transformava em mulher para ele. Doro nunca teve de lhe pedir isso. Ela fazia porque queria, porque apesar das dúvidas e dos medos, ele a agradava bastante. Ia até ele como fora com o primeiro marido, um homem de quem gostava muito; para sua surpresa, Doro a tratava da mesma maneira que o primeiro marido dela a tratara. Escutava suas opiniões e conversava com respeito e camaradagem, como se falasse com outro homem. Seu primeiro marido fora ridicularizado, pelas costas, por tratá-la assim. Seu segundo marido era arrogante, desdenhoso e brutal, mas fora considerado um grande homem. Ela fugira dele como naquele momento desejava fugir de Doro. Doro não poderia ficar sabendo sobre os homens tão dessemelhantes que trazia à memória dela.

Ele ainda não dera nenhuma prova do poder que afirmava ter, nenhuma prova de que, caso ela conseguisse escapar, seus filhos e suas filhas correriam o risco de enfrentar um homem fora do comum. Ainda assim, continuava acreditando nele. Não conseguia se forçar a levantar e, enquanto Doro dormia, desaparecer na floresta. Para o bem das filhas e dos filhos, tinha de ficar com ele, pelo menos até que tivesse provas, a favor ou contra ele.

Anyanwu o seguia, quase contrariada, perguntando-se como seria enfim estar casada com um homem do qual ela não poderia escapar e que não morreria antes dela. A perspectiva a deixou cautelosa e afável. Seus maridos anteriores não a teriam reconhecido. Ela tentava fazer com que ele a valorizasse e cuidasse dela. Assim, talvez pudesse ter alguma influência, algum controle sobre ele no futuro, quando precisasse disso. E sabia que precisaria, um dia, por mais que estivesse casada com ele.

Naquele momento atravessavam as planícies, passando por uma região mais úmida. Chovia mais, fazia mais calor e havia muito mais mosquitos. Doro pegou alguma doença e tossia sem parar. Anyanwu teve febre, mas a expulsou de si logo que a percebeu. Havia sofrimento suficiente a ser enfrentado sem ficar doente.

— Quando vamos terminar de passar por esta terra? — perguntou ela, repugnada. Chovia. Eles estavam na trilha de alguém, esforçando-se para atravessar um lamaçal que sugava os pés até os tornozelos.

— Tem um rio não muito longe — explicou ele. Parou de falar por um instante, para tossir. — Tenho um acordo com pessoas da cidade ribeirinha. Elas vão nos levar de canoa pelo restante do caminho.

— Gente desconhecida — comentou ela, alarmada. Haviam conseguido evitar o contato com a maioria das pessoas cujas terras atravessaram.

— É você quem será a desconhecida por aqui — observou Doro. — Mas não precisa se preocupar. Essas pessoas me conhecem. Dei-lhes presentes, ou agrados, como elas chamam, e prometi mais se transportassem meu povo rio abaixo.

— Reconhecem você com este corpo? — questionou ela, usando a pergunta como desculpa para tocar no músculo liso e firme do ombro dele. Gostava de tocar nele.

— Elas me reconhecem — disse ele. — Eu não sou o corpo que uso, Anyanwu. Vai entender isso quando eu mudar, acho que em breve. — Então fez uma pausa para outro acesso de tosse. — Você me reconhecerá em outro corpo assim que me escutar falando.

— Como? — Ela não queria falar sobre a mudança dele, a morte dele. Tentara curar a doença, para que Doro não mudasse, mas embora tivesse aliviado a tosse, evitado que ele adoecesse ainda mais, não o curara. Isso significava que em breve poderia descobrir mais sobre a mudança dele, querendo ou não. — Como vou reconhecer você? — perguntou.

— Não há palavras para explicar... como acontece com as suas criaturas minúsculas. Quando você ouvir minha voz, vai me conhecer. É isso.

— A voz será a mesma?

— Não.

— Então, como...?

— Anyanwu... — Ele a olhou. — Estou dizendo, você saberá!

Assustada, ela se calou. Acreditou nele. Por que sempre acreditava nele?

O povoado para onde ele a levou era um lugar pequeno que não parecia muito diferente das comunidades ribeirinhas que ela conhecia, nas proximidades de casa. Aqui, algumas das pessoas olhavam para ela e para Doro, mas ninguém os importunava. Ela ouvia um falatório aqui e ali que, às vezes, tinha um som familiar. Achou que poderia compreender algo se pudesse chegar mais perto de quem falava e escutar. Mas daquele jeito, não compreendia nada. Sentia-se exposta, estranhamente desamparada entre pessoas tão estranhas. Andou logo atrás de Doro.

Ele a conduziu até uma grande gleba e pelo interior dela, como se o lugar lhe pertencesse. Um jovem alto e magro o confrontou de imediato. O jovem falou com Doro e quando Doro respondeu, os olhos do rapaz se arregalaram. Ele deu um passo para trás.

Doro continuou falando uma língua estranha, e Anyanwu descobriu que conseguia compreender algumas palavras, mas não o suficiente para acompanhar a conversa. Pelo menos, aquela língua era mais parecida com a dela do que a nova fala, o *inglês*, que Doro vinha lhe ensinando. O inglês era uma das línguas faladas na terra natal dele, ele dissera. Ela tinha de aprendê-lo. Mas, por ora, tentava apreender o que conseguia da linguagem tácita daqueles dois homens, a partir dos rostos e das vozes deles. Era óbvio que, em vez da recepção educada que Doro esperava, estava envolvido em uma discussão com o jovem. Por fim, Doro se afastou, indignado. Falou para Anyanwu:

— O homem com quem fiz o trato morreu — explicou. — Este idiota é o filho dele. — Fez uma pausa para tossir. — O filho estava presente quando eu e o pai dele negociamos. Viu os presentes que eu trouxe. Mas agora que o pai morreu, ele sente que não tem nenhuma obrigação para comigo.

— Acho que ele está com medo de você — ponderou Anyanwu. O jovem era valentão e arrogante; isso ela podia perceber, apesar dos idiomas diferentes. Ele tentava parecer importante. Porém, enquanto falava, seus olhos se moviam de um lado para o outro e ele só olhava para Doro de relance. As mãos dele tremiam.

— Ele sabe que está fazendo algo perigoso — disse Doro.
— Mas é jovem. O pai dele era um rei. Agora o filho acha que vai me usar para mostrar seu valor. Escolheu um péssimo alvo.

— Você prometeu mais presentes a ele?

— Sim. Mas ele só vê minhas mãos vazias. Afaste-se de mim, Anyanwu, perdi a paciência.

Ela quis protestar, mas, de repente, ficou com a boca seca. Assustada e silenciosa, deu alguns passos para trás, afastando-se dele. Não sabia o que esperar, mas tinha certeza de que o jovem seria morto. Como morreria? O que, exatamente, Doro faria?

Doro passou pelo jovem e foi em direção a um menino de uns sete anos que ficara apenas assistindo aos homens conversarem. Antes que o jovem ou a criança pudessem reagir, Doro desmaiou.

O corpo dele caiu quase em cima do menino, mas a criança saltou para fora do caminho a tempo. Depois, se ajoelhou no chão e pegou o facão de Doro. As pessoas começavam a acorrer quando o menino se levantou e se apoiou no facão. O som das vozes cheias de dúvidas e a concentração das pessoas ao redor quase abafou a voz do menino quando ele falou com o jovem. Quase.

O menino falou com calma, em voz baixa, na própria língua, mas quando Anyanwu o ouviu, pensou que ela mesma iria gritar. A criança era Doro. Não havia dúvida disso. O espírito de Doro entrara no corpo dela. E o que acontecera com o espírito da criança? Ela olhou para o corpo deitado no chão, depois foi até ele, virou-o. Estava morto.

— O que foi que você fez? — falou para a criança.

— Esse homem sabia quanto lhe custaria sua arrogância — respondeu Doro. E a voz dele era aguda e infantil. Não havia sinal do homem que ele havia sido. Anyanwu não entendia o que estava ouvindo, o que ela reconhecia na voz do menino.

— Fique longe de mim — disse Doro. — Fique aí com o corpo até que eu saiba quantos outros da família este tolo vai sacrificar pela própria arrogância.

Anyanwu não queria nada além de ficar longe dele. Queria correr para casa e tentar esquecer que alguma vez o vira. Abaixou a cabeça e fechou os olhos, lutando contra o pânico. Houve gritos à sua volta, mas ela quase não ouviu. Concentrada no próprio medo, não prestou atenção em mais nada, até que alguém a derrubou.

Então, alguém a agarrou com rudeza e ela percebeu que pagaria pela morte da criança. Empurrou o agressor para longe e ficou de pé, pronta para lutar.

— Chega! — gritou Doro. E então, mais baixo: — Não o mate!

Anyanwu viu que a pessoa que a empurrara era o jovem, e que ela o empurrara com mais força do que imaginava. Naquele momento ele estava atirado contra o muro da gleba, semiconsciente.

Doro foi até ele e o homem ergueu as mãos como se quisesse desviar de um golpe. Doro falou-lhe em um tom baixo e glacial que nunca deveria ter saído da boca de uma criança. O homem se encolheu de medo e Doro falou de novo, mais enfático.

O homem se levantou e olhou para as pessoas da casa que havia herdado do pai. Era nítido que elas estavam alarmadas e confusas. Em maioria, não tinham visto o suficiente para saber o que estava acontecendo, e pareciam questionar umas às outras. Olhavam para o novo chefe de família. Havia muitas crianças pequenas, mulheres, algumas que deviam ser esposas ou irmãs daquele jovem, e homens que eram provavelmente irmãos e escravos dele. Todos vieram ver.

Talvez o rapaz sentisse que tinha envergonhado a si mesmo diante de seu povo. Talvez estivesse pensando sobre como ele se encolhera de medo e choramingara diante de uma criança. Ou talvez fosse apenas o idiota que Doro via nele. Qualquer que fosse seu pensamento, o erro que cometeu foi fatal.

Gritando palavras que só podiam ser maldições, o homem tomou o facão da mão de Doro, ergueu-o e baixou-o, cortando o pescoço do corpo da criança, que não ofereceu resistência.

Anyanwu desviou o olhar, certa do que aconteceria. Houve tempo suficiente para a criança desviar da arma. O jovem, talvez ainda zonzo pelo golpe de Anyanwu, não se movera muito depressa. Mas a criança ficou parada e aguardou o golpe, encolhendo os ombros, com o cansaço de um adulto. Naquele momento ela escutava o jovem falando para as pessoas aglomeradas, e conseguia ouvir Doro na voz dele. Óbvio.

As pessoas fugiram. Várias delas correram para fora do portão da gleba ou pularam o muro. Doro as ignorou, foi até Anyanwu.

— Vamos embora — falou. — Vamos pegar uma canoa e nós mesmos remaremos.

— Por que você matou a criança? — sussurrou ela.

— Para alertar este jovem idiota — disse ele, batendo no peito do corpo esguio e novo. — O menino era filho de um escravo e não foi grande perda para a família. Eu queria deixar aqui um homem que tivesse autoridade e me reconhecesse, mas este homem não aprenderia isso. Venha, Anyanwu.

Ela o seguiu, em silêncio. Ele era capaz de deixar de lado dois assassinatos fortuitos e falar com ela como se nada tivesse acontecido. Estava claramente irritado por ter de matar o jovem, mas a irritação parecia ser tudo o Doro que sentia. Para além dos muros da gleba, homens armados os esperavam. Anyanwu diminuiu o ritmo, deixando que Doro avançasse bem à frente enquanto ele se aproximava dos homens. Ela tinha certeza de que haveria mais mortes. Mas Doro conversou com os homens, trocou apenas algumas palavras com eles, que saíram do caminho. Depois, fez um breve discurso para todos, e as pessoas se afastaram ainda mais dele. Por fim, conduziu Anyanwu até o rio, onde roubaram uma canoa e remos.

— Você precisa remar — falou para ele enquanto colocavam a embarcação na água. — Vou tentar ajudá-lo quando desaparecermos de vista.

— Você nunca remou uma canoa?

— Talvez não mais do que três vezes desde que este seu novo corpo veio ao mundo.

Ele assentiu e remou a embarcação sozinho.

— Você não deveria ter matado a criança — disse ela, com tristeza. — Foi errado, não importa o motivo.

— Seu povo mata crianças.

— Só aquelas que devem ser mortas, as abomináveis. E mesmo com elas... às vezes, quando o que havia de errado com a criança era pequeno, eu conseguia impedir a matança. Falava com a voz da divindade e, contanto que eu não violasse muito a tradição, as pessoas escutavam.

— Matar crianças é um desperdício — concordou ele.

— Quem pode saber se serão adultos úteis? Mesmo assim, às vezes uma criança precisa ser sacrificada.

Anyanwu pensou nos próprios filhos e nos descendentes deles, e concluiu que estava certa em manter Doro longe da família dela. Ele não teria hesitado em matar alguns para intimidar outros. Em geral, os descendentes dela eram bastante capazes de cuidar de si. Mas não poderiam ter impedido Doro de matá-los, de andar por aí usando a carne deles, de forma indecente. O que seria capaz de deter tal ser, um espírito. Ele era um espírito, não importava o que dissesse. Não tinha carne própria.

Não era a primeira vez, em seus trezentos anos de vida, que Anyanwu desejava ter divindades para as quais orar, divindades que a ajudariam. Mas ela só tinha a si mesma e à magia que podia realizar com o próprio corpo. De que servia isso contra um ser que poderia roubar-lhe o corpo? E o que ele sentiria se decidisse "sacrificá-la"? Irritação? Arrependimento? Ela o olhou e ficou surpresa ao ver que sorria.

Doro respirou fundo e expirou com visível prazer.

— Você não precisa remar por um tempo — disse a ela. — Descanse. Este corpo é forte e saudável. É tão bom não tossir.

3

Doro ficava sempre de bom humor depois de trocar de corpo, especialmente quando o trocava de forma sucessiva e rápida ou quando mudava para um dos corpos especiais que reproduzia para uso próprio. Desta vez, a sensação agradável ainda permanecia quando chegou à costa. Ele notou que Anyanwu ficara muito silenciosa, mas ela tinha seus momentos de silêncio. E acabara de ver algo que era novidade para ela. Doro conhecia pessoas que demoravam para se acostumar com aquelas mudanças. Apenas os filhos e as filhas dele pareciam aceitá-las com naturalidade. Ele estava disposto a dar a Anyanwu todo o tempo de que ela precisasse.

Havia traficantes de escravos na costa. Um mercador inglês, funcionário da Royal African Company, por acaso um dos homens de Doro, morava ali. Bernard Daly era o nome dele. Tinha três esposas negras, vários filhos mestiços e, ao que parecia, forte resistência às numerosas doenças locais. Também tinha apenas uma mão. Anos antes, Doro havia decepado a outra.

Daly supervisionava a marcação de novos escravos quando Doro e Anyanwu puxaram a canoa para a costa. Havia um cheiro de carne queimada no ar e o som de um rapaz escravizado que gritava.

— Doro, este é um lugar maldito — sussurrou Anyanwu. Ela se manteve bem perto dele.

— Ninguém vai machucar você — disse ele. Olhou-a. Ela sempre passava os dias como um homem pequeno e musculoso, mas de algum modo ele nunca conseguia pensar nela como masculina. Perguntara a ela uma vez por que insistia em andar por aí como homem.

"Nunca vi você andando por aí em corpos de mulher", retrucara Anyanwu. "As pessoas vão pensar antes de atacar um homem, mesmo um homem pequeno. E não ficarão tão zangadas se um homem lhes der uma surra."

Doro rira, mas sabia que ela estava certa. Como homem, ela ficava um pouco mais segura, embora ali, entre africanos e europeus que realizavam tráfico de escravos, ninguém estivesse de fato seguro. Ele mesmo poderia ser forçado a sair do novo corpo antes de conseguir alcançar Daly, mas Anyanwu não seria tocada. Ele garantiria isso.

— Por que paramos aqui? — perguntou ela.

— Tem um homem neste lugar que pode saber o que aconteceu com meu povo, as pessoas que vim buscar. Este era o porto marítimo mais próximo deles.

— Porto marítimo — ela repetiu as palavras porque ele as disse em inglês. Doro não sabia a palavra "mar" na língua dela. Descrevera a água ampla e à primeira vista interminável que teriam de atravessar, mas apesar da descrição, ela o encarava com temor silencioso. O som das ondas pareceu assustá-la ao se misturar aos gritos das pessoas escravizadas sendo marcadas. Pela primeira vez, parecia que tantos acontecimentos novos e estranhos ao redor dela poderiam dominá-la. Parecia que ela iria se virar e sair correndo para dentro da floresta, como muitas pessoas escravizadas tentavam fazer. Ela parecia assustada, o que era muitíssimo incomum.

Ele parou, olhou-a de frente, segurou-a com firmeza pelos ombros.

— Nada irá feri-la, Anyanwu — falou com absoluta convicção. — Nem esses escravos, nem o mar, nem nada. Não a trouxe de tão longe para acabar perdendo-a. Você conhece meu poder. — Ele a sentiu estremecer. — Esse poder também não vai feri-la. Aceitei-a como minha esposa. Só precisa me obedecer.

Enquanto Doro falava, ela o encarou, como se os olhos dela pudessem ler o semblante dele e discernir a verdade. Pessoas comuns não podiam fazer isso com ele, mas ela estava longe de ser comum. Anyanwu tivera tempo suficiente, em sua longa vida, para aprender a ler bem as pessoas, assim como o próprio Doro aprendera. Algumas pessoas do povo dele acreditavam-no capaz de ler os pensamentos não revelados delas, tal a transparência de suas mentiras para ele. Meias verdades, porém, poderiam ser uma outra questão.

Anyanwu pareceu relaxar, aliviada. Logo depois, algo chamou sua atenção e ela se retraiu.

— Aquele é um dos seus homens brancos? — sussurrou. Ele havia contado sobre os europeus, explicando que, apesar da pele clara, não eram albinos nem leprosos. Ela ouvira falar dessas pessoas, mas até então não tinha visto nenhuma.

Doro olhou para o europeu que se aproximava e falou com Anyanwu.

— Sim — disse ele —, mas é só um homem. Pode morrer com a mesma facilidade de um homem negro. Afaste-se de mim.

Ela obedeceu depressa.

Doro não pretendia matar o homem branco, caso pudesse evitar. Matara tantas pessoas do povo de Daly, na primeira vez que se encontraram, que poderia ter tirado o inglês do ramo. Porém, Daly provara ser fácil de lidar, e Doro ajudara-o a sobreviver.

— Bem-vindo — disse o homem branco, em inglês. — Você tem mais escravos para nos vender? — Era óbvio que o novo corpo de Doro não era desconhecido ali. Doro olhou para Anyanwu, viu como ela estava com os olhos fixos no traficante de escravos. O homem tinha barba, estava sujo e magro, como que destruído por uma doença, o que era provável. Aquela terra engolia os homens brancos. O traficante de escravos era um péssimo exemplar da estirpe dele, mas Anyanwu não sabia disso. Observava atentamente. A curiosidade dela parecia mais forte do que o medo naquele momento.

— Tem certeza de que me reconhece? — Doro perguntou ao homem, em tom manso. E sua voz teve o efeito esperado.

O homem parou, franziu a testa, confuso e surpreso.

— Quem é você? — perguntou. — Quem... O que quer aqui? — Ele não estava com medo. Não reconhecia Doro. Apenas supôs que tinha cometido um engano. Fixou os olhos no homem negro e alto, manifestando hostilidade.

— Sou amigo de Bernard Daly — disse Doro. — Tenho negócios com ele. — Falou em inglês, assim como o traficante de escravos, e não havia dúvida de que o homem o compreendia. Assim, enquanto o traficante continuava observando, Doro passou por ele e caminhou em direção ao local de marcação, onde podia ver Daly conversando com mais alguém.

Mas o traficante de escravos não estava satisfeito. Puxou a espada.

— Quer ver o capitão? — questionou. Daly não comandava um navio havia quinze anos, mas ainda tirava proveito do título. O traficante de escravos sorriu para Doro, mostrando alguns dentes amarelos esparsos. — Você o verá em breve!

Doro olhou para a espada, irritado. Com um único movimento, quase rápido demais para acompanhar, ergueu o pesado facão e derrubou a arma mais leve da mão do traficante de escravos.

Logo depois, o facão estava na garganta do homem.

— Poderia ter sido sua mão — disse Doro, em voz baixa.

— Poderia ter sido sua cabeça.

— Meu povo o mataria bem onde você está.

— E de que isso adiantaria para você... no inferno? — Silêncio. — Vire-se e vamos ver Daly.

O traficante de escravos obedeceu, hesitante, resmungando alguma obscenidade sobre os ancestrais de Doro.

— Outra palavra vai lhe custar a cabeça — avisou Doro.

Mais uma vez, silêncio.

Os três marcharam em fila única, passando por escravos acorrentados, pela fogueira, onde a marcação havia parado, e pelos homens de Daly, que os encaravam. Foram para a cabana triangular sob a sombra das árvores onde Daly estava sentado em uma caixa de madeira, bebendo de uma moringa de barro. Mas ele abaixou a moringa a fim de olhar para Doro e Anyanwu.

— Já vi que os negócios vão bem — disse Doro.

Daly se levantou. Ele era baixo, largo, bronzeado e estava com a barba por fazer.

— Fale de novo — rosnou. — Quem é você? — Tinha um pouco de dificuldade auditiva, mas Doro achou que o homem já ouvira o suficiente. Pôde perceber nele a estranha combinação de apreensão e expectativa que ele costumava esperar dos próprios homens. Sabia, assim que o cumprimentavam daquela forma, que ainda eram seus servos, leais e domesticados.

— Você me conhece — disse Doro. O mercador de escravos deu um passo para trás. — Deixei seu homem vivo. Ensine boas maneiras a ele.

— Vou ensinar. — Ele acenou para que o homem, confuso e irritado, saísse dali. O homem olhou para Doro e o facão, naquele momento abaixado. Por fim, se afastou, pisando duro.

Quando ele saiu, Doro perguntou a Daly:

— Minha tripulação esteve aqui?

— Mais de uma vez — disse o mercador de escravos. — Ontem mesmo, seu filho Lale escolheu dois homens e três mulheres. Pessoas negras, jovens e fortes, valiam muito mais do que cobrei.

— Verei isso em breve — disse Doro.

De repente, Anyanwu deu um grito.

Doro a encarou rápido, para ver se estava sendo importunada. Então, voltou os olhos para Daly e os homens dele.

— Mulher, você vai me fazer cometer um erro! — murmurou ele.

— É Okoye — sussurrou ela. — O filho da minha filha mais nova. Esses homens devem ter invadido o povoado dela.

— Onde ele está?

— Ali! — Ela apontou na direção de um jovem que acabara de ser marcado. Estava deitado no chão sujo, ofegante e machucado da luta para escapar do ferro quente. — Vou até ele — falou Anyanwu, baixinho —, mas ele não vai me reconhecer.

— Vá — disse Doro. Depois, virou-se para o inglês. — Posso ter mais negócios para você, Daly. Aquele garoto.

— Mas... aquele foi comprado. Um navio da companhia...

— É uma pena — disse Doro. — Então, o lucro não será seu.

O homem ergueu o coto do braço para esfregar o queixo peludo.

— O que você está oferecendo? — Tinha o costume de suplementar o parco salário negociando com intrusos, homens que não eram da companhia, como Doro. Especialmente Doro. Era um negócio perigoso, mas a Inglaterra ficava longe e não havia muitas chances de ele ser pego.

— Um instante — respondeu Doro, depois mudou de idioma. — Anyanwu, o garoto está sozinho ou tem outros membros da sua família aqui?

— Ele está sozinho. Os outros foram levados embora.

— Quando?

Ela conversou um pouco com o neto, depois virou o rosto para Doro outra vez.

— Os últimos foram vendidos para homens brancos, muitos dias atrás.

Doro suspirou. Então, não tinha jeito. Os parentes do garoto, desconhecidos para ele, estavam ainda mais perdidos do que as pessoas do povoado-semente. Ele se virou para Daly e fez uma oferta pelo garoto, uma que levou o traficante a lamber os beiços. Ele desistiria do garoto sem coerção e encontraria algum substituto para quem o comprara. O sulco enegrecido e queimado no peito do jovem havia perdido o significado.

— Solte-o — ordenou Doro.

Daly gesticulou para um dos homens dele, que removeu as correntes.

— Vou mandar um dos meus homens de volta com o dinheiro — prometeu Doro.

Daly balançou a cabeça e saiu da cabana.

— Vou acompanhar você — disse ele. — Não é longe. Alguém do seu povo pode atirar em você se o vir assim, com apenas mais dois negros como companheiros.

Doro riu e aceitou a companhia do homem. Ele queria mesmo conversar com Daly sobre o povoado-semente.

— Acha que vou enganá-lo? — perguntou. — Depois de todo esse tempo?

Daly sorriu e olhou para o garoto que caminhava com Anyanwu.

— Você poderia me enganar — disse ele. — Poderia me roubar quando quisesse, e ainda assim paga bem. Por quê?

— Talvez porque você seja sábio o suficiente para aceitar o que não consegue entender.

— Você?

— Eu. O que imagina que sou?

— Eu achava que você era o diabo em pessoa.

Doro riu de novo. Sempre dava a seus homens a liberdade de dizer o que pensavam, contanto que parassem quando ele pedisse silêncio e o obedecessem quando desse ordens. Daly lhe pertencia por tempo suficiente para saber disso.

— Então, quem é você? — perguntou ao mercador. — Jó?

— Não. — Daly balançou a cabeça, com expressão triste. — Jó era mais forte.

Doro parou, virou-se e olhou para ele.

— Você está satisfeito com a vida que tem — falou.

O homem desviou o olhar, recusando-se a enfrentar o que quer que o observasse através dos olhos bastante comuns que Doro usava. Mas quando Doro recomeçou a andar, Daly o seguiu. Iria segui-lo até o navio, e se o próprio Doro oferecesse pagamento pelo jovem escravo, Daly se recusaria a aceitar. O menino seria um presente. Nunca aceitava dinheiro das mãos de Doro. E sempre procurava ter a companhia do dono.

— Por que esse animal branco está vindo atrás? — perguntou o neto de Anyanwu em um tom de voz alto o suficiente para que Doro ouvisse. — O que ele tem a ver conosco agora?

— Meu mestre tem de pagar por você — explicou Anyanwu. Ela se apresentara ao menino como um parente distante da mãe dele. — Além disso — acrescentou —, acho que esse homem trabalha para ele de alguma maneira.

— Se o homem branco é um escravo, por que ele deveria ser pago?

Doro o respondeu.

— Porque eu decidi pagá-lo, Okoye. Um homem pode escolher o que fazer com seus escravos.

— Você envia os seus para matar nossos parentes e nos raptar?

— Não — explicou Doro. — Meu povo só compra e vende escravos. — E, se Daly o estava obedecendo, apenas certos escravos. Ele logo saberia.

— Então, eles enviam outros para nos atacar. É a mesma coisa!

— O que permito que meu povo faça é problema meu — respondeu Doro.

— Mas eles...!

Doro parou de repente e se virou para encarar o rapaz, que se viu obrigado fazer uma pausa estranha.

— O que permito que façam é problema meu, Okoye. Isso é tudo.

Talvez ser escravizado tenha ensinado o garoto a ter cautela. Ele não disse mais nada. Anyanwu olhava fixo para Doro, mas também ficou calada.

— O que eles estavam falando? — perguntou Daly.

— Eles desaprovam sua profissão — Doro contou a ele.

— Bárbaros selvagens — resmungou Daly. — São como animais. Todos canibais.

— Estes não são — disse Doro —, ainda que alguns vizinhos deles sejam.

— Todos — insistiu Daly. — Basta dar-lhes uma chance.

Doro sorriu.

— Bom, não há dúvida de que algum dia os missionários irão alcançá-los e ensinar-lhes a praticar apenas o canibalismo simbólico.

Daly deu um pulo. Considerava-se um homem devoto, apesar do trabalho dele.

— Você não deveria falar assim — sussurrou. — Nem mesmo você está fora do alcance de Deus.

— Poupe-me de sua mitologia — disse Doro — e de sua indignação moral. — Daly trabalhava para Doro havia tempo demais para que precisasse ser paparicado em tais assuntos.

— Pelo menos nós, canibais, somos honestos sobre o que fazemos — continuou Doro. — Não fingimos, como fazem seus traficantes de escravos, que estamos agindo em benefício das almas de nossas vítimas. Não dizemos a nós mesmos que capturamos as pessoas a fim de ensinar a elas a religião civilizada.

Daly arregalou os olhos.

— Mas... Eu não quis dizer que você era um... um... não quis dizer...

— Por que não? — Doro olhou-o de cima, divertindo-se com a confusão dele. — Garanto-lhe, sou o canibal mais eficiente que você vai encontrar.

Daly não disse mais nada. Enxugou a testa e olhou na direção do mar. Doro acompanhou aquele olhar e percebeu que havia um navio à vista naquele momento, ancorado em uma enseada pequena – o navio que lhe pertencia, o *Estrela Prateada*, de tamanho reduzido, mas robusto e capaz (mais do que qualquer um de seus navios maiores) de chegar onde não era legalmente bem-vindo e receber pessoas escravizadas que a Royal African Company reservava para si. Doro pôde ver alguns de seus homens a pouca distância, carregando inhames para dentro de um bote. Em breve, ele estaria voltando para casa.

***

Doro convidou Daly para ir ao navio. Lá, primeiro acomodou Anyanwu e o neto na própria cabine. Depois, comeu e bebeu na companhia de Daly e questionou o traficante de escravos sobre o povoado-semente.

— Não é um povo costeiro — disse Doro. — É uma tribo do interior, da pradaria, depois das florestas. Mostrei a você algumas dessas pessoas anos atrás, quando nos conhecemos.

— Esses negros são todos iguais — respondeu Daly. — É difícil dizer. — Ele tomou um gole de conhaque.

Doro esticou o braço por cima da mesinha e agarrou o pulso do homem bem acima da única mão dele.

— Se não consegue fazer melhor do que isso — falou —, você não tem serventia para mim.

Daly congelou, apavorado, interrompendo um esforço repentino para puxar a mão. Ficou imóvel, talvez lembrando-se de como seus homens haviam morrido anos antes, tivesse Doro tocado neles ou não.

— Foi uma piada — sussurrou, com voz rouca. Doro não disse nada, apenas olhou para ele. — Seu povo tem sangue árabe — disse Daly, prontamente. — Lembro-me do aspecto das pessoas, da língua delas, que você me ensinou, e de seu péssimo temperamento. Não é um povo fácil de escravizar e manter vivo. Nenhum deles passou pelas minhas mãos sem ser testado.

— Diga as palavras que lhe ensinei.

Daly as disse, as palavras na língua do povo-semente, perguntando se eram seguidores de Doro, se eram "sementes de Doro", e Doro soltou o pulso dele. O traficante de escravos dissera as palavras com perfeição, e ninguém dos povoados-

-semente de Doro deixara de responder. Eram, como Daly dissera, pessoas difíceis, mal-humoradas, mais desconfiadas do que a maioria em relação aos desconhecidos, mais dispostas do que a maioria a assassinar uns aos outros ou atacar vizinhos distantes, mais dispostas a satisfazer seus costumes e sua fome por carne humana. Fora por esse exato motivo que Doro isolara aquelas pessoas na savana pouco povoada em que viviam. Se chegassem um pouco mais perto das tribos maiores e mais fortes das redondezas, teriam sido exterminadas como uma amolação.

Também eram pessoas muitíssimo intuitivas que involuntariamente enxergavam os pensamentos umas das outras e lutavam umas contra as outras devido às más intenções e não às más ações. Isso sem nunca perceber que estavam fazendo algo fora do comum. Doro tinha sido a divindade delas desde que as reunira, gerações antes, e ordenara que só se casassem entre si ou com desconhecidos trazidos por ele. Elas obedeceram, abandonaram as crianças nascidas de casamentos consanguíneos que tinham deficiências evidentes, e reforçaram os dons que faziam com que fossem tão valiosas para ele. Se esses mesmos dons as tornavam mais irritadiças do que o normal, cruéis e dotadas de uma intolerância selvagem com pessoas diferentes, isso não importava. Doro estava muito satisfeito com elas, e elas havia muito tempo aceitaram a ideia de que a coisa mais importante que podiam fazer era agradá-lo.

— Se as pessoas de seu povo foram levadas, com certeza estão mortas — disse Daly. — As poucas que vieram para cá com você, anos atrás, fizeram inimizades por onde passaram.

Doro trouxera cinco moradores do povoado para acasalamentos cruzados com algumas outras pessoas que ele havia reunido. Insultaram a todos com arrogância e hostilidade deles, mas também procriaram, como Doro ordenou, e tiveram crianças perfeitas, crianças com uma sensibilidade ainda maior e mais controlável.

— Algumas delas estão vivas — respondeu Doro. — Posso sentir suas vidas me atraindo quando penso nelas. Terei de ir atrás de tantas quanto possível antes que alguém as mate.

— Sinto muito — disse Daly. — Gostaria que tivessem sido trazidas para mim. Por pior que fossem, eu as teria protegido para você.

Doro assentiu e suspirou.

— Sim, eu sei que você teria feito isso.

E o resto da tensão do traficante se dissipou. Ele sabia que Doro não o culpava pela morte daquelas pessoas-semente, sabia que não seria punido.

— Quem é o igbo que você trouxe a bordo? — perguntou Daly, curioso. Naquele momento havia espaço para curiosidade.

— Uma semente originária — contou Doro. — Traz em si uma linhagem sanguínea que eu acreditava estar perdida e, acho, outra que eu nem sabia existir. Tenho algumas explorações a fazer na terra natal dela, assim que ela estiver longe, em segurança.

— Ela! Mas... aquele negro é um homem.

— Às vezes. Mas nasceu mulher. É mulher na maior parte do tempo.

Daly sacudiu a cabeça, incrédulo.

— As monstruosidades que você reúne! Suponho que agora irá produzir criaturas que não sabem se urinam em pé ou agachadas.

— Elas saberão, se eu conseguir que se reproduzam. Saberão, mas isso não terá importância.

— Essas criaturas deveriam ser queimadas. Não são de Deus!

Doro riu e não disse nada. Sabia tão bem quanto Daly o quanto o traficante de escravos desejava ser uma daquelas monstruosidades. Era por causa desse desejo que Daly ainda estava vivo. Dez anos antes, ele havia confrontado o que considerara ser apenas mais um negro selvagem liderando outros cinco homens, de pele menos escura, mas de aparência igualmente selvagem. Todos os seis pareciam ser jovens, saudáveis, ótimos escravos em potencial. Daly enviara os próprios empregados negros para capturá-los. Perdeu treze homens naquele dia. Viu-os serem derrubados como se fossem grãos diante de uma foice. Então, apavorado, confrontado por Doro no corpo do último homem morto, desembainhou a própria espada. O movimento custou-lhe a mão direita. Ele nunca entendeu como não lhe custou a vida. Não conhecia o costume de Doro de disciplinar e espalhar pelo mundo homens com autoridade, que estariam prontos para servi-lo sempre fosse necessário. Tudo o que Daly sabia era que fora poupado, que Doro cauterizara sua ferida e cuidara dele até que se recuperasse.

E assim que se recuperou, percebeu que não era mais um homem livre, que a qualquer momento Doro poderia tirar a vida que poupara. Daly conseguiu aceitar aquilo como outros haviam aceitado antes dele.

— Deixe-me trabalhar para você — dissera. — Leve-me a bordo de um de seus navios ou mesmo para sua terra natal. Ainda sou forte. Mesmo com uma mão só, posso trabalhar. Posso lidar com negros.

— Quero você aqui — fora a resposta de Doro. — Fiz acordos com alguns dos reis locais enquanto você estava se recuperando. Eles negociarão somente com você a partir de agora.

Daly fixara os olhos nele com espanto.

— Por que você faria uma coisa dessas por mim?

— Para que você possa fazer algumas coisas por mim — respondera Doro.

E Daly estava de volta aos negócios. Doro mandava para ele negociantes negros, que lhe vendiam escravos, e sua companhia enviava-lhe comerciantes brancos, que os compravam.

— Se você fosse embora, alguém poderia estabelecer aqui um entreposto — Doro explicou. — Não posso impedir o comércio, mesmo no local em que possa afetar meu povo, mas posso controlá-lo.

De nada adiantava o controle dele. Nem o apoio de Daly nem de espiões deixados ao longo da costa (pessoas que deveriam se reportar ao traficante) foram suficientes. Naquele momento, eram inúteis. Se fossem de uma descendência especial, se tivessem habilidades incomuns, Doro os teria reassentado na América, onde poderiam ser úteis. Mas eram apenas pessoas comuns, compradas pela riqueza, pelo medo ou pela crença de que Doro era uma divindade. Ele se esqueceria delas. Poderia se esquecer de Daly também, assim que voltasse para a terra natal de Anyanwu e buscasse o maior número de descendentes dela que conseguisse encontrar. No momento, porém, Daly ainda poderia ser útil, e ainda poderia ser confiável; Doro aprendera isso. Talvez as pessoas-semente tivessem sido levadas para Bonny ou Nova Calabar ou algum outro porto de escravos, mas não haviam passado perto de Daly. O mais talentoso e desonesto dos filhos de Doro não teria sucesso em contar mentiras enquanto ele estivesse prevenido. Além disso, Daly descobrira que gostava de ser um braço do poder de Doro.

— Agora que seu povo desapareceu — sugeriu Daly —, por que não me leva para a Virgínia ou para Nova York, onde tem negros trabalhando para você? Estou farto deste país.

— Fique aqui — ordenou Doro. — Você ainda pode ser útil. Vou voltar.

Daly suspirou.

— Quase tenho vontade de ser um daqueles seres estranhos que você chama de seu povo — admitiu.

Doro sorriu, fez com que o capitão do navio, John Woodley, pagasse pelo garoto, Okoye, e mandou Daly desembarcar.

— Bastardinho pegajoso — resmungou Woodley quando Daly se foi.

Doro não disse nada. Woodley, um de seus filhos comuns, desprovidos de dons, nunca gostara de Daly. Isso divertia Doro, por considerar os dois muito parecidos. Woodley era filho de uma ligação casual que Doro tivera quarenta e cinco anos antes com a filha de um mercador de Londres. Doro se casara com a mulher e a sustentara quando soube que ela teria um filho dele, mas logo a deixara viúva, endinheirada, mas sozinha, a não ser pelo bebê. Doro vira John Woodley duas vezes até o menino chegar à idade adulta. Quando, na segunda visita, Woodley expressara o desejo de ir para o mar, Doro o tornou aprendiz de um dos comandantes de seus navios. Woodley foi galgando postos. Poderia ter se tornado rico, poderia estar no comando de um grande navio e não de um dos menores da frota de Doro. Mas escolhera ficar perto do pai. Como Daly, ele gostava de ser um braço de poder. E como Daly, tinha inveja de outros que pudessem ocupar um lugar mais alto na estima de Doro.

— Aquele bárbaro insignificante viajaria com você hoje, se você deixasse — disse Woodley a Doro. — Ele não é melhor do que um dos negros. Não entendo como pode ser útil para você.

— Ele trabalha para mim — respondeu Doro. — Igualzinho a você.

— Não é a mesma coisa!

Doro deu de ombros e deixou a contradição no ar. Woodley sabia, melhor do que Daly jamais saberia, que era sim a mesma coisa. Trabalhara perto demais das pessoas mais habilidosas da prole de Doro para superestimar o próprio valor. E sabia que as gerações vivas dos filhos e filhas do pai poderiam povoar uma cidade. Sabia com que facilidade ele e Daly podiam ser substituídos. Depois de um instante, suspirou como Daly suspirara.

— Imagino que os negros novos que você trouxe a bordo têm algum talento especial — falou.

— Isso mesmo — respondeu Doro. — Algo novo.

— Animais ímpios! — Woodley resmungou, amargurado. Virou-se e saiu.

4

O navio deixou Anyanwu apavorada, mas deixou Okoye mais apavorado ainda. Ele notou que os homens a bordo eram, em maioria, brancos, e, ao longo da vida, não tivera boas experiências com homens brancos. Além disso, companheiros escravizados haviam lhe dito que os brancos eram canibais.

— Seremos levados para a terra deles, engordados e comidos — falou para Anyanwu.

— Não — garantiu Anyanwu. — Não é costume deles comer homens. E se fosse, nosso mestre não permitiria que fôssemos comidos. Ele é um homem poderoso.

Okoye estremeceu.

— Ele não é um homem.

Anyanwu o encarou. Como ele descobrira a estranheza de Doro tão depressa?

— Foi ele quem me comprou e depois me vendeu aos brancos. Eu me lembro dele; ele me bateu. É o mesmo rosto, a mesma pele. Mas algo diferente vive ali dentro. Algum espírito.

— Okoye. — Anyanwu falou em voz muito mansa, e esperou até que o jovem abandonasse aquele olhar aterrorizado e fixo no nada e se voltasse para ela. — Se Doro é um espírito — disse —, então lhe prestou um serviço. Ele matou seu inimigo para você. Isso é motivo para temê-lo?

— Você também tem medo dele. Vi nos seus olhos.

Anyanwu deu a ele um sorriso triste.

— Não tanto quanto deveria, talvez.

— Ele é um espírito!
— Você sabe que sou um parente de sua mãe, Okoye.
Ele a encarou por algum tempo, sem responder. Por fim, perguntou:
— O povo dela também foi escravizado?
— Não até a última vez que os vi.
— Então, como você foi capturado?
— Você se lembra da mãe da sua mãe?
— Ela é o oráculo. A divindade fala através dela.
— Ela é Anyanwu, a mãe de sua mãe — disse Anyanwu.
— Ela o alimentou com inhame e curou a doença que ameaçou tirar sua vida. Contou para você as histórias da tartaruga, do macaco, dos pássaros... E às vezes, quando você a olhava nas sombras do fogo e do candeeiro, parecia que ela se transformava nessas criaturas. Na primeira vez, você ficou com medo. Depois, gostou. Pedia histórias e transformações. Você também queria se transformar.
— Eu era uma criança — disse Okoye. — Estava sonhando.
— Você estava acordado.
— Você não sabe!
— Eu sei.
— Nunca contei para ninguém!
— Nunca achei que você iria contar — disse Anyanwu.
— Desde criança, você parecia saber quando falar e quando ficar calado. — Ela sorriu, lembrando-se do menino pequeno, inabalável, que se recusara a chorar de dor quando estava doente, que se recusara a sorrir quando ela lhe contava as lendas antigas que a mãe dela contava. Ele só começou a prestar atenção quando ela o surpreendeu com as transformações.
Continuou com brandura:

— Você lembra, Okoye, que a mãe de sua mãe tinha uma marca aqui? — Anyanwu traçou com o dedo a velha cicatriz irregular que, no passado, ela trazia sob o olho esquerdo. Conforme fazia o traço, envelheceu e enrugou a carne para que a cicatriz aparecesse.

Okoye correu na direção da porta.

Anyanwu o pegou, segurou-o com facilidade, apesar do tamanho e da força desesperada dele.

— O que sou agora que já não fui antes? — perguntou ela quando a violência do esperneio dele teve fim.

— Você é um homem! — ele arfou. — Ou um espírito.

— Não sou um espírito — disse ela. — E será que, para uma mulher que consegue se transformar em tartaruga ou macaco, deveria ser tão difícil se tornar um homem?

Okoye começou a espernear de novo. Naquele momento ele era um jovem, não uma criança. A facilidade infantil de aceitar o impossível desaparecera, e ela não ousava libertá-lo. No estado atual, ele poderia pular na água e se afogar.

— Se ficar quieto, Okoye, me transformo na velha de que você se lembra.

Ainda assim, ele esperneava.

— *Nwadiani*, filho da filha, você se lembra de que mesmo a dor da doença não pôde fazê-lo chorar quando sua mãe o trouxe até mim, mas que você chorou porque não conseguia se transformar como eu conseguia?

Okoye parou de espernear, ficou ofegante nos braços dela.

— Você é filho da minha filha — continuou Anyanwu. — Eu não faria mal a você.

Ele ficara quieto, então ela o soltou. O laço entre um homem e os parentes da mãe era forte e afável. Mas para a segurança do garoto, ela manteve o próprio corpo entre ele e a porta.

— Devo me transformar no que eu era? — perguntou.
— Sim — murmurou o garoto.
Por ele, Anyanwu se tornou uma mulher idosa. A aparência era familiar e fácil de assumir. Ela fora uma mulher idosa por muito tempo.
— É você — disse Okoye, espantado.
Ela sorriu.
— Viu? Por que você deveria temer uma velha?
Para surpresa dela, ele riu.
— Você sempre teve dentes demais para ser uma velha, e olhos estranhos. As pessoas diziam que a divindade olhava através de seus olhos.
— O que você acha?
Okoye fixou os olhos em Anyanwu com grande curiosidade, caminhou ao redor dela para olhá-la.
— Não consigo achar nada. Por que você está aqui? Como se tornou escrava desse Doro?
— Não sou escrava dele.
— Não posso entender como algum homem a escravizaria. O que você é?
— A esposa dele.
O rapaz olhou para os seios caídos dela, sem dizer nada.
— Não sou esta mulher enrugada, Okoye. Permiti-me ficar assim quando meu último marido, o pai de sua mãe, morreu. Achei que os maridos, as filhas e os filhos que tive já eram suficientes. Sou mais velha do que você pode imaginar. Queria descansar. Depois de descansar por muitos anos na condição de oráculo do povo, Doro me encontrou. Ele é, à própria maneira, tão diferente quanto eu. E queria que eu fosse a esposa dele.
— Mas ele não é apenas diferente. Não é homem, é outra coisa!

— E eu não sou mulher, sou outra coisa.
— Você não é como ele!
— Não, mas o aceitei como marido. Era o que eu queria: ter um homem que fosse tão diferente de outros homens quanto eu sou de outras mulheres. — Se aquilo não era toda a verdade, Okoye não precisava saber.
— Mostre... — O jovem hesitou, como se não tivesse certeza do que queria dizer. — Mostre para mim o que você é.

Obediente, Anyanwu deixou a verdadeira aparência refluir para si, tornou-se a jovem cujo corpo havia cessado de envelhecer quando tinha por volta de vinte anos: aos vinte, tivera uma doença violenta, terrível, durante a qual ouvira vozes, sentira dores em todas as partes do corpo, uma depois da outra, gritara e balbuciara em dialetos estrangeiros. O jovem que era seu marido tivera medo de que ela morresse. Ela era *anasi*, a primeira esposa dele, e embora a família do marido a desaprovasse, porque depois de cinco anos de casamento, Anyanwu não dera à luz nenhuma criança, ele lutara muito para não a perder. Procurara ajuda para ela, tomando dinheiro emprestado em um ritmo frenético para pagar ao velho que era o oráculo da época e oferecendo animais valiosos em sacrifício. Nenhum homem se importara tanto com ela. E o remédio pareceu funcionar. O corpo dela parou de se debater e lutar, os sentidos voltaram, mas Anyanwu se viu completamente transformada. Tinha um controle corporal que sem dúvidas superava qualquer coisa que outras pessoas pudessem realizar. Era capaz de olhar para dentro de si e controlar ou alterar o que via ali. Pôde, enfim, ser digna do marido e da própria feminilidade; pôde engravidar. Deu a ele dez crianças saudáveis. Nos séculos que se seguiram, nunca fez tanto por nenhum outro homem.

Quando percebeu que os anos haviam deixado de marcar o próprio corpo, Anyanwu experimentou e aprendeu a envelhecer no ritmo que o marido envelhecia. Logo descobriu que não era bom ser muito diferente. Grandes diferenças causavam inveja, suspeita, medo, acusações de bruxaria. Mas enquanto o primeiro marido estava vivo, ela nunca desistira por completo da própria beleza. E, às vezes, quando ele a procurava à noite, ela permitia que seu corpo voltasse à aparência jovem que emergia de maneira tão fácil e natural, sua verdadeira aparência. Dessa forma, enquanto viveu, o marido teve uma jovem como esposa principal. E então Okoye tinha uma avó, que parecia ser mais jovem do que ele.

— *Nneochie?* — falou o rapaz, duvidando. — Mãe da mãe?

— Calma — disse Anyanwu. — É minha aparência quando não faço nada. E é assim que apareço quando me caso com um novo marido.

— Mas... você é velha.

— Os anos não passam para mim.

— Nem para ele...? Seu novo marido?

— Nem para ele.

Okoye balançou a cabeça.

— Eu não deveria estar aqui. Sou só um homem. O que você vai fazer comigo?

— Você pertence a Doro. Ele dirá o que deve ser feito com você, mas não precisa se preocupar. Ele me quer como esposa. Não vai lhe fazer mal.

A água fez mal a ele.

Logo depois que Anyanwu se revelou, o rapaz começou a ficar nauseado. Ficou tonto. A cabeça doía. Falou que sentia que iria vomitar se não saísse do confinamento da cabine.

Anyanwu o levou para o convés, onde o ar era fresco e mais frio. Mesmo ali, o balanço suave do navio parecia afligi-

-lo; e passou a afligi-la também. Ela começou a se sentir mal. Apossou-se da sensação no mesmo momento, examinando-a. Havia sonolência, tontura e um suor frio repentino. Fechou os olhos e, enquanto Okoye vomitava na água, examinou o próprio corpo com cuidado. Descobriu que havia algo errado, uma espécie de desequilíbrio bem dentro dos ouvidos. Era uma perturbação pequena, mas ela conhecia o corpo bem o suficiente para notar a menor mudança. Por um instante, observou essa mudança com interesse. Era claro que, se não fizesse nada para remediá-lo, o mal-estar pioraria, e ela se juntaria a Okoye, vomitando por cima do gradil. Mas não. Concentrou-se nos ouvidos internos e se lembrou da perfeição que havia ali, se lembrou de estruturas, fluidos e pressões em equilíbrio; o que havia de errado com eles foi reparado. Lembrar e corrigir foi uma ação; o equilíbrio estava restaurado. Era preciso muita prática, e muita dor, para aprender a ter tanta capacidade de controle. Cada mudança que fazia no corpo tinha de ser entendida e visualizada. Se estivesse doente ou ferida, não poderia simplesmente desejar estar bem. Poderia ser morta com tanta facilidade quanto qualquer outra pessoa se o corpo dela fosse ferido de uma maneira que não conseguisse entender rápido o suficiente para recuperá-lo. Assim, Anyanwu passou grande parte da longa vida aprendendo sobre doenças, distúrbios e ferimentos que poderia sofrer, e para aprender, muitas vezes infligiu versões brandas deles em si mesma; depois, de modo lento e doloroso, por tentativa e erro, chegou ao entendimento exato do que havia de errado e de como produzir a cura. Quando os inimigos vinham para matá-la, ela sabia mais sobre como sobreviver do que eles sabiam sobre como matar.

E naquele momento sabia como corrigir aquela nova perturbação que poderia ter lhe causado um sofrimento considerável. Mas seu conhecimento não era de grande ajuda para Okoye... Ainda. Ela procurou na memória alguma substância capaz de ajudá-lo. Em sua longa memória havia um catálogo de remédios e venenos; muitas vezes, eram as mesmas substâncias, administradas em quantidades diferentes, com preparos ou combinações diversas. Muitas dessas substâncias Anyanwu conseguia produzir no próprio corpo, como produzira a cura para a mão de Doro.

Desta vez, no entanto, antes que pensasse em qualquer coisa que pudesse ser útil, um homem branco veio até ela trazendo um pequeno vasilhame de metal com um pouco de líquido. O homem olhou para Okoye, então acenou com a cabeça e colocou o vasilhame nas mãos de Anyanwu. Ele fez sinais para indicar que ela deveria fazer Okoye beber.

Anyanwu olhou para o vasilhame e depois bebericou. Não daria a ninguém um remédio que ela mesma não compreendesse.

O líquido era uma substância surpreendente de tão forte, que primeiro a fez engasgar, depois, de forma lenta e agradável, aqueceu-a, confortou-a. Era como vinho de palma, mas bem mais potente. Um pouco daquilo poderia fazer Okoye esquecer o próprio sofrimento. Um pouco mais poderia fazê-lo dormir. Não era uma cura, mas não faria mal e poderia ajudá-lo.

Anyanwu agradeceu ao homem branco na própria língua e viu que ele olhava para os seios dela. Era um jovem sem barba, de cabelos amarelos, um tipo físico que lhe era completamente estranho. Em outras épocas, a curiosidade a teria levado a descobrir mais sobre ele, tentar se comunicar. Pegou-se imaginando se os pelos entre as pernas dele eram tão amarelos quanto os cabelos. Riu alto de si mesma e, sem compreender, o jovem observou os seios balançarem.

Chega!

Ela levou Okoye de volta para a cabine e, quando o homem de cabelo amarelo foi atrás, deu um passo à frente dele e fez gestos claros para que ele saísse. O homem hesitou, e Anyanwu decidiu que se ele a tocasse sem consentimento, o lançaria ao *mar*. *Mar*, isso mesmo. Essa era a palavra na língua dele para água. Se a pronunciasse, será que ele entenderia?

Mas o homem foi embora sem coerção.

Anyanwu convenceu Okoye a beber um pouco do líquido. No começo, aquilo o fez tossir e se engasgar, mas ele engoliu. Quando Doro voltou para a cabine, o jovem estava dormindo.

Doro abriu a porta sem aviso e entrou. Olhou para ela com evidente prazer e disse:

— Você está bem, Anyanwu. Imaginei que estaria.

— Estou sempre bem.

Ele riu.

— Você vai me trazer sorte nesta viagem. Venha ver se meus homens compraram mais algum parente seu.

Ela o acompanhou até a parte mais profunda da embarcação, atravessando grandes salões que continham apenas algumas pessoas, segregadas por sexo. As pessoas se espreguiçavam em esteiras ou se reuniam em pares ou pequenos grupos para conversar, no caso das que encontraram outras que falavam a mesma língua.

Ninguém foi acorrentado como acontecera com os escravos na costa. Ninguém parecia estar ferido ou assustado. Duas mulheres estavam sentadas amamentando seus bebês. Anyanwu ouviu muitas línguas, incluindo, enfim, a própria. Parou diante da esteira de uma jovem que cantava baixinho para si.

— Quem é você? — perguntou, surpresa, à mulher.

A mulher se pôs de pé, em um salto, e segurou as mãos de Anyanwu.

— Você consegue falar — disse, com alegria. — Achei que nunca mais ouviria palavras que conseguiria entender. Sou Udenkwo.

A fala da jovem era um tanto estranha para Anyanwu. Ela pronunciava algumas palavras de um jeito diferente ou usava termos diferentes, de modo que Anyanwu tinha de repetir tudo mentalmente para ter certeza do que fora dito.

— Como você chegou aqui, Udenkwo? — perguntou. — Esses brancos roubaram você da sua casa? — Com o canto do olho, viu Doro se virar para encará-la, indignado. Mas ele permitiu que Udenkwo respondesse por si mesma.

— Não estes — disse a jovem. — Desconhecidos que falavam muito parecido com você. Eles me venderam para outros. Fui vendida quatro vezes, a última vez foi para estes. — Ela olhou ao redor, como se estivesse atordoada, surpresa. — Aqui, ninguém me espancou, nem me amarrou.

— Como capturaram você?

— Fui ao rio com amigos para buscar água. Todos fomos capturados, e nossas crianças também. Meu filho...

— Onde ele está?

— Eles o tiraram de mim. Quando fui vendida pela segunda vez, ele não foi vendido comigo. — O sotaque estranho da mulher não ajudava a mascarar a dor. Ela desviou o olhar de Anyanwu para Doro. — O que será feito de mim agora?

Dessa vez Doro respondeu.

— Você irá para o meu país. Agora me pertence.

— Sou uma mulher nascida livre! Meu pai e meu marido são grandes homens!

— Isso é passado.

— Deixe que eu volte para meu povo!
— Meu povo será seu povo. Você vai me obedecer como eles obedecem.

Udenkwo não se mexeu, mas de certa forma pareceu se encolher diante dele.

— Vou ser amarrada de novo? Espancada?
— Não se você obedecer.
— Vou ser vendida?
— Não.

Ela hesitou, examinando-o como se estivesse decidindo se acreditaria nele ou não. Por fim, titubeante, perguntou:

— Você vai comprar meu filho?
— Poderia — disse Doro —, mas quem sabe para onde ele foi levado... um único menino. Quantos anos ele tinha?
— Quase cinco anos.

Doro encolheu os ombros.

— Não sei como achá-lo.

Anyanwu estivera observando Udenkwo, indecisa. Naquele momento, enquanto a mulher parecia afundar na depressão diante da notícia de que perdera o filho para sempre, perguntou:

— Udenkwo, quem é seu pai e o pai dele? — A mulher não respondeu. — Seu pai — repetiu Anyanwu —, o povo dele.

Apática, Udenkwo deu o nome do clã a que pertencia, depois passou a nomear vários homens, ancestrais dela. Anyanwu escutou até que os nomes, em ordem, começaram a soar familiares: um deles era o nome de seu oitavo filho, depois o de seu terceiro marido.

Ela interrompeu a recitação com um gesto.

— Conheci algumas pessoas de seu povo — falou. — Você está segura aqui. Será bem-tratada. — Começou a se afastar. — Virei ver você de novo. — Ela puxou Doro e, quando estavam fora do alcance da audição da mulher, perguntou: — Você não poderia procurar pelo filho dela?

— Não — respondeu Doro. — Eu disse a verdade. Não sei por onde começar, nem se o menino ainda está vivo.

— Ela é uma das minhas descendentes.

— Como você disse, ela será bem-tratada. Não posso oferecer mais do que isso. — Doro olhou-a. — A terra deve estar cheia de descendentes seus.

Anyanwu parecia triste.

— Você está certo. São tão numerosos, espalharam-se tanto e são gerações tão distantes de mim que não me reconhecem nem reconhecem uns aos outros. Às vezes, casam-se entre si e fico sabendo. É abominável, mas não posso falar sobre isso sem concentrar o tipo errado de atenção nos jovens. Eles não podem se defender como eu posso.

— Você está certa em ficar calada — disse Doro. — Às vezes, os costumes precisam ser diferentes para pessoas que são tão diferentes como nós.

— Nós — repetiu ela, pensativa. — Você teve filhos ou filhas de... um corpo nascido de sua mãe?

Ele balançou sua cabeça.

— Morri muito jovem — contou. — Eu tinha treze anos.

— Isso é triste, até para você.

— Sim. — Estavam no convés, e ele observava o mar. — Vivi por mais de três mil e setecentos anos e fui pai de milhares de crianças. Eu me tornei mulher e pari crianças. Ainda assim, desejo saber o que meu corpo poderia ter produzido. Outro ser como eu? Um companheiro?

— Talvez não — disse Anyanwu. — Você poderia ter sido como eu, gerando crianças comuns, uma depois da outra.

Doro deu de ombros e mudou de assunto.

— Você precisa levar o filho de sua filha para conhecer aquela garota quando ele estiver se sentindo melhor. A idade da moça é inadequada, mas ainda assim ela é um pouco mais jovem do que Okoye. Talvez eles confortem um ao outro.
— Eles são parentes!
— E não saberão disso a menos que lhes conte, e você deve guardar silêncio mais uma vez. Eles têm apenas um ao outro, Anyanwu. Se quiserem, podem se casar de acordo com os costumes da nova terra.
— E como é isso?
— Há uma cerimônia. Eles se comprometem um com o outro diante de um... — Ele disse uma palavra em inglês, traduzindo em seguida: — um sacerdote.
— Eles não têm família além de mim, e a moça não me reconhece.
— Isso não importa.
— Será um casamento ruim.
— Não. Darei terras e sementes para eles. Outras pessoas os ensinarão a viver no novo país. É um bom lugar. Lá as pessoas não precisam continuar pobres se quiserem trabalhar.
— Descendentes meus trabalham.
— Então ficará tudo bem.
Doro a deixou sozinha e Anyanwu vagou pelo convés olhando para o navio, o mar e a linha escura das árvores na costa. O litoral parecia muito distante. Ela observava a terra, começando a ter medo, nostalgia. Tudo o que conhecia ficara lá, bem no meio daquelas árvores, por dentro de florestas estranhas. Estava deixando todo seu povo, de um modo que parecia muito mais permanente do que seria apenas ir embora.
Desviou o olhar da costa, assustada com a emoção repentina que ameaçava dominá-la. Olhou para os homens, alguns

negros, outros brancos, enquanto se moviam pelo convés fazendo um trabalho que ela não compreendia. O homem branco de cabelos amarelos se aproximou sorrindo e olhando tanto para seus seios que Anyanwu começou a se perguntar se ele já tinha visto uma mulher antes. Devagar, com clareza, ele falou com ela.

— Isaac — disse, apontando para o próprio peito. — Isaac.

— Depois apontou um dedo na direção dela, sem encostar. Ergueu as sobrancelhas espessas e pálidas de maneira interrogativa.

— Isaac? — disse ela, se confundindo com a palavra.

— Isaac. — Ele deu um tapa no peito. Depois, apontou mais uma vez. — Você?

— Anyanwu! — respondeu ela, compreendendo. — Anyanwu. — Então sorriu.

E ele sorriu, falou o nome dela errado e a acompanhou pelo convés, nomeando as coisas em inglês. A língua nova, tão diferente de tudo que Anyanwu já ouvira, a fascinava desde que Doro começara a ensiná-la. Naquele momento, ela repetia as palavras com muito cuidado e se esforçava para recordá-las. Isaac dos cabelos amarelos parecia encantado. Quando, por fim, alguém o chamou, ele a deixou com relutância.

A solidão retornou assim que o homem se foi. Havia pessoas ao redor dela, mas Anyanwu se sentia completamente sozinha naquela enorme embarcação suspensa sobre a água sem fim. Solidão. Por que a sentia com tanta força agora? Estivera sozinha desde que percebera que não morreria como as outras pessoas. Todos sempre a deixariam: amigos, maridos, filhos, filhas... Ela nem conseguia se lembrar do rosto da mãe ou do pai.

Mas naquele instante a solidão parecia se fechar sobre ela como as águas do mar se fechariam sobre sua cabeça caso se atirasse nelas.

Anyanwu baixou os olhos para a água em constante ondulação, depois olhou para a costa, distante. O litoral parecia ainda mais longe, embora Doro tivesse dito que o navio ainda não estava em curso. Ela sentia que se afastara muito de casa, que talvez já estivesse longe demais para voltar. Agarrou-se ao corrimão, com os olhos na costa. O que estava fazendo, se perguntava. Como poderia sair da terra em que nascera, mesmo que fosse por Doro? Como poderia viver entre aquelas pessoas desconhecidas? Pele branca, cabelos amarelos... O que eles eram para ela? Piores do que estranhos. Pessoas diferentes, que podiam estar ao redor trabalhando e gritando e, ainda assim, faziam com que se sentisse sozinha.

Ela subiu no gradil.

— Anyanwu!

Não hesitou. Foi como se um mosquito tivesse passado zunindo por sua orelha. Uma pequena distração.

— Anyanwu!

Iria pular no mar. As águas a levariam para casa ou a engoliriam. De um jeito ou de outro, encontraria paz. A solidão a feria como uma doença do corpo, uma dor que sua habilidade especial era incapaz de encontrar e curar. O mar...

Mãos a agarraram, puxando-a para trás e para o piso do convés. Mãos a mantiveram longe do mar.

— Anyanwu!

O cabelo amarelo assomou acima dela. A pele branca. Com que direito ele colocara as mãos nela?

— Pare, Anyanwu! — gritou o homem.

Ela entendeu a palavra "pare" em inglês, mas ignorou-a. Empurrou-o para o lado e voltou ao gradil.

— Anyanwu!

Outra voz. Outras mãos.

— Anyanwu, você não está sozinha aqui.
Talvez nenhuma outra frase fosse capaz de impedi-la. Talvez nenhuma outra voz conseguisse afastar tão depressa a vontade de pôr fim naquela terrível solidão. Talvez apenas o próprio idioma fosse capaz de dominar o chamado da costa distante.

— Doro?

Ela se viu nos braços dele, segura. Percebeu que estava prestes a quebrar aqueles braços para se libertar, se necessário, e ficou estarrecida.

— Doro, aconteceu alguma coisa comigo.

— Eu sei.

A fúria se dissipou. Anyanwu olhou ao redor, atordoada. O cabelo amarelo... O que acontecera com ele?

— Isaac? — falou com medo. Ela tinha jogado o jovem no mar?

Atrás de si, escutou um surto de fala estrangeira, assustada e de tom protetor. Isaac. Virou-se e o viu, com vida, seco, e ficou aliviada demais para questionar o tom dele. Doro e o homem trocaram palavras no inglês deles, então Doro conversou com ela.

— Ele não machucou você, Anyanwu?

— Não. — Ela olhou para o jovem, que segurava uma mancha vermelha no braço direito. — Acho que eu o machuquei. — Então se virou envergonhada, implorou a Doro. — Ele me ajudou. Eu não o machucaria, mas... algum espírito me possuiu.

— Devo pedir desculpas por você? — Doro parecia estar se divertindo.

— Sim. — Anyanwu foi até Isaac, disse o nome dele com suavidade, tocou o braço ferido. Não era a primeira vez que desejaria poder silenciar a dor dos outros com a mesma facilidade com que silenciava a própria. Ouviu Doro falar por ela, viu a raiva deixar o rosto do jovem. Ele sorriu, mostrando dentes ruins, mas temperamento bom. Parecia tê-la perdoado.

— Ele disse que você é forte como um homem — disse Doro.

Ela sorriu.

— Posso ser tão forte quanto muitos homens, mas ele não precisa ficar sabendo disso.

— Ele pode ficar sabendo — explicou Doro. — Tem os próprios pontos fortes. É meu filho.

— Seu...

— Filho de um corpo da América. — Doro sorriu como se fizesse uma piada. — Um corpo misto, branco, preto e indígena. Os indígenas são um povo marrom.

— Mas ele é branco.

— A mãe dele era branca. Alemã e de cabelos amarelos. Ele é mais filho dela do que meu, pelo menos na aparência.

Anyanwu balançou a cabeça, olhando, nostálgica, para a costa distante.

— Não há nada a temer — disse Doro, em tom suave. — Você não está sozinha. Há descendentes de seus descendentes aqui. Eu estou aqui.

— Como pode saber o que sinto?

— Eu teria de ser cego para não saber, para não ver.

— Mas...

— Acha que é a primeira mulher que tirei do próprio povo? Tenho observado você desde que deixamos o povoado, sabia que esse momento chegaria. Nossa estirpe tem uma necessidade fora do comum de estar com nossos parentes ou outras pessoas como nós.

— Você não é como eu!

Doro não disse nada. Respondera uma vez, ela se lembrava. Ao que parecia, não pretendia responder de novo.

Anyanwu olhou para ele, para o corpo jovem, alto, bem-feito e bonito.

— Será que, algum dia, verei como você é quando não está se escondendo na pele de outro homem?

Por um instante, pareceu que era um leopardo que a observava pelos olhos de Doro. Uma criatura a encarava, e foi essa criatura, selvagem e fria, uma criatura espiritual, quem falou com doçura:

— Peça às suas divindades para que nunca veja, Anyanwu. Deixe-me ser um homem. Contente-se comigo como homem.

— Ele estendeu a mão para tocá-la e ela ficou impressionada por não recuar nem tremer, por permanecer onde estava.

Doro a puxou para si e, para a própria surpresa, Anyanwu encontrou conforto naqueles braços. A saudade de casa, das pessoas, que ameaçava dominá-la, desapareceu, como se ele, não importando o que fosse, lhe bastasse.

***

Depois de mandar Anyanwu cuidar do neto, Doro se virou e percebeu que o filho dele a observava caminhar, observava o balanço de seus quadris.

— Acabei de dizer a ela como é fácil decifrá-la — disse Doro. O rapaz olhou para baixo, sabendo o que estava por vir.

— Você também é bem fácil de decifrar — continuou.

— Não consigo evitar — murmurou Isaac. — Você deveria colocar mais roupas nela.

— E vou, em algum momento. Por enquanto, apenas se contenha. Ela é uma das poucas pessoas a bordo que prova-

velmente poderia matá-lo, assim como você é um dos poucos que poderia matá-la. E prefiro não perder nenhum dos dois.
— Eu não faria mal a ela. Gosto dela.
— Isso é óbvio.
— Quer dizer...
— Eu sei, eu sei. Ela parece gostar de você também.

O rapaz hesitou, encarou a água azul por um momento, depois Doro, quase desafiando-o.
— Pretende ficar com ela para você?

Doro sorriu por dentro.
— Por um tempo — falou. Aquele era um filho favorito, um jovem muito raro, cujo talento e o temperamento haviam amadurecido exatamente como Doro pretendia. Controlara a reprodução dos ancestrais de Isaac por milênios, às vezes obtendo sucessos satisfatórios, que poderiam ser usados para procriação, e fracassos perigosos e destrutivos, que precisavam ser exterminados. Então, por fim, um verdadeiro sucesso. Isaac. Um filho saudável, são, que não era mais rebelde do que seria sábio para um filho de Doro, mas forte o suficiente para conduzir um navio, em segurança, através de um furacão.

Isaac manteve os olhos na direção em que Anyanwu seguira. Balançava a cabeça, devagar.
— Não consigo imaginar como a sua habilidade e a dela se combinariam — disse Doro, observando-o. Isaac se virou com uma esperança repentina. — Para mim, parece que as coisas minúsculas, complexas, que ela faz dentro do próprio corpo necessitam um pouco da mesma habilidade que você usa para mover grandes objetos que estão fora do seu.

Isaac franziu a testa.
— Como ela consegue saber o que está fazendo dentro de si mesma?

— Pelo visto, ela também é um pouco parecida com uma das minhas famílias da Virgínia. Eles conseguem saber o que acontece em locais fechados ou que estão a quilômetros de distância. Estou planejando juntar você a alguns deles.

— Entendo o porquê. Seria melhor para mim se eu tivesse uma visão assim. Não teria lançado o *Maria Madalena* contra as rochas no ano passado.

— Você se saiu muito bem, nos manteve na superfície até conseguirmos chegar ao porto.

— Se eu tivesse um filho de Anyanwu, talvez ele tivesse esse outro tipo de visão. Prefiro ficar com ela do que com essa sua família da Virgínia.

Doro riu alto. Ele gostava de ceder às vontades de Isaac, e Isaac sabia disso. Às vezes, ficava surpreso com quanto se sentia próximo dos melhores filhos e filhas. E, maldita curiosidade, queria mesmo saber que tipo de criança Isaac e Anyanwu poderiam gerar.

— Você ficará com a família da Virgínia — disse ele. — Também ficará com Anyanwu. Vou compartilhá-la com você. Depois.

— Quando? — Isaac nem tentou esconder a ansiedade.

— Eu disse depois. Este é um momento perigoso para ela. Está deixando para trás tudo que conhece, e não tem uma ideia clara do que receberá em troca. Se a pressionarmos demais, pode se matar antes de ter qualquer utilidade para nós.

5

Okoye ficou na cabine de Doro, onde Anyanwu pôde cuidar dele até a doença ser mitigada. Depois, Doro o mandou para baixo com o resto das pessoas escravizadas. Assim que o navio iniciou a viagem e não podia mais ser avistado da costa africana, tiveram permissão para vagar por onde quisessem, acima ou abaixo do convés. Na verdade, como tinham pouco ou nenhum trabalho a fazer, contavam com mais liberdade do que a tripulação. Por isso, não havia razão para Okoye considerar restritiva essa mudança. Doro o observou com atenção no início, para se assegurar de que ele era esperto o bastante, ou temeroso o bastante, para não causar problemas. Mas Anyanwu o apresentou a Udenkwo, e a jovem pareceu ocupar grande parte do tempo de Okoye desde então. A rebeldia sequer parecia ocorrer a ele.

— Talvez eles não agradem um ao outro tanto quanto parece — comentou Anyanwu com Doro. — Quem sabe o que têm em mente?

Doro apenas sorriu. O que os jovens tinham em mente era nítido para todos. Anyanwu ainda estava incomodada com o parentesco que havia entre eles. Era mais presa às crenças do povo dela do que se dava conta. E parecia se sentir particularmente culpada com aquela união, já que a poderia ter impedido com muita facilidade. Mas era evidente, até mesmo para ela, que naquele momento Okoye e Udenkwo precisavam um do outro, como ela precisava de Doro. Eles, assim como ela, estavam se sentindo muito vulneráveis, muito sozinhos.

Passados vários dias de viagem, Doro levou Okoye para o convés, longe de Udenkwo, e disse-lhe que o capitão do navio tinha autoridade para realizar uma cerimônia de casamento.

— O homem branco, Woodley? — perguntou o jovem.

— O que ele tem a ver com a gente?

— No seu novo país, se você deseja se casar, precisa se comprometer diante de um sacerdote ou uma autoridade, como Woodley.

O rapaz balançou a cabeça em dúvida.

— Aqui é tudo diferente. Não sei. Meu pai tinha escolhido uma esposa para mim e eu estava satisfeito. A proposta já tinha sido feita à família dela.

— Você nunca mais vai vê-la. — Doro falou com absoluta convicção. Encarou com tranquilidade o olhar zangado do rapaz. — O mundo não é um lugar gentil, Okoye.

— Terei de me casar porque você está mandando?

Por um momento, Doro não disse nada. Deixou o garoto pensar nas próprias palavras estúpidas. Por fim, disse:

— Quando eu disser algo para ser obedecido, meu jovem, você saberá e obedecerá.

E então era Okoye quem estava em silêncio, pensativo e, embora tentasse disfarçar, sentia medo.

— Tenho de me casar? — perguntou, enfim.

— Não.

— Ela tinha marido. — Doro deu de ombros. — O que você vai fazer com a gente nesse seu país?

— Talvez nada. Darei a vocês terras e sementes, e algumas pessoas do meu povo vão ajudá-los a aprender como o lugar novo funciona. Você vai continuar a aprender inglês e talvez holandês. Terá sua vida. Mas, em retribuição ao que eu der, vai me obedecer, quer eu procure você amanhã ou daqui a quarenta anos.

— O que vou ter de fazer?
— Ainda não sei. Talvez eu lhe dê uma criança desabrigada para cuidar ou várias crianças. Talvez você dê abrigo a adultos que precisarem. Talvez leve mensagens, entregue mercadorias ou cuide de propriedades para mim. Alguma coisa, talvez. Ou coisa alguma.
— Coisas erradas e também corretas?
— Sim.
— Talvez eu não obedeça então. Até mesmo um escravo deve seguir os próprios pensamentos às vezes.
— A decisão é sua — concordou Doro.
— O que você faria? Iria me matar?
— Sim.

O jovem desviou o olhar e esfregou o peito no local ferido pelo ferro da marcar.

— Vou obedecer — sussurrou. Calou-se por um instante, depois falou de novo, cansado. — Desejo me casar. Mas o homem branco precisa fazer a cerimônia?
— Devo eu mesmo fazer?
— Sim. — Okoye parecia aliviado.

Assim foi. Doro não tinha autoridade legal. Apenas ordenou que John Woodley assumisse o crédito por realizar a cerimônia. Era a cerimônia, e não o capitão do navio, que Doro queria que as pessoas escravizadas aceitassem. Assim como começaram a aceitar comidas e companhias que não lhes eram familiares, deveriam aceitar novos costumes.

Não havia vinho de palma, como a família de Okoye teria servido se ele tivesse se casado com uma esposa do povoado, mas Doro ofereceu rum e havia os inhames típicos e outras comidas menos típicas; foi um pequeno banquete. Não havia ninguém da família, exceto Doro e Anyanwu, mas àquela altura os escravos e alguns membros da tripulação eram conhecidos e bem-vindos como convidados. Doro lhes explicou, nas línguas de cada um, o que estava acontecendo, e eles se aproximaram, rindo, gesticulando e fazendo comentários nas próprias línguas e em um inglês ruim. Às vezes, o significado dos comentários era bastante claro, e Okoye e Udenkwo eram surpreendidos entre o constrangimento e os risos. Na atmosfera propícia do navio, todas as pessoas escravizadas estavam se recuperando de experiências sempre difíceis na terra de onde vinham. Algumas delas foram sequestradas dos povoados. Outras, vendidas por praticar bruxaria ou outros crimes dos quais, em geral, não eram culpadas. Algumas nasceram já como escravas. Algumas foram escravizadas durante guerras. Todas foram maltratadas em algum momento durante o cativeiro. Todas tinham sobrevivido à dor, mais dor do que gostariam de se lembrar. Todas deixaram parentes para trás, maridos, esposas, pais, filhos... Pessoas que, naquele momento eles percebiam, não voltariam a ver.

Mas havia gentileza no navio. Havia comida suficiente, até demais, já que eram tão poucos escravizados. Não havia correntes. Havia cobertores para aquecê-los e a brisa do mar no convés para refrescá-los. Lá não havia chicotes, nem armas. Nenhuma mulher foi estuprada. As pessoas queriam ir para casa, mas, como Okoye, tinham medo demais de Doro para reclamar ou se revoltar. A maioria não conseguiria dizer por que o temia, mas ele era o único homem que todos conheciam, o único que podia falar, ainda que de maneira limitada, com todos. E depois que ele lhes falava, todos evitavam atacá-lo ou tomar qualquer atitude que pudesse despertar sua ira.

— O que você fez para deixá-los com tanto medo? — Anyanwu perguntou a ele na noite do casamento.

— Nada — disse Doro, sendo franco. — Você me viu com eles. Não fiz mal a ninguém. — Ele percebeu que ela não ficou satisfeita com a resposta, mas isso não tinha importância. — Você não sabe o que este navio poderia ser — comentou. E começou a descrever um navio negreiro: pessoas amontoadas de um jeito que dificilmente poderiam se mover, acorrentadas no lugar de modo que tivessem de se deitar sobre a própria sujeira, a rotina de estupro das mulheres, tortura... Um número grande de mortes. Todos sofrendo. — Desperdício! — concluiu Doro, indignado. — Mas navios assim carregam escravos para venda. Meu povo é apenas para meu próprio uso.

Calada, Anyanwu olhou para ele por um momento.

— Devo ficar feliz porque seus escravos não serão desperdiçados? — perguntou ela. — Ou devo ter medo dos usos que você dará a eles?

Ele riu da seriedade dela e ofereceu um pouco de conhaque para que ela bebesse em comemoração ao casamento dos netos. Doro protelaria o máximo que pudesse. Anyanwu não queria respostas para aquelas perguntas. Poderia ter respondido por si mesma. Por que *ela* tinha medo dele? Em que *ela* esperava ser usada? Ela sabia. Estava apenas se poupando. Ele também a pouparia. Anyanwu era sua carga mais valiosa, e ele estava inclinado a tratá-la com gentileza.

***

Okoye e Udenkwo estavam casados havia apenas dois dias quando veio a grande tempestade. Anyanwu, dormindo ao lado de Doro na cama macia demais dele, foi acordada pelo batuque da chuva e dos pés que corriam acima dela.

O sacolejar e os rodopios do navio eram nauseantes, e Anyanwu se resignou a suportar aquilo de novo. A primeira tempestade no mar que enfrentara fora breve, violenta e assustadora, mas ao menos a experiência lhe dera uma ideia do que esperar daquela vez. A tripulação estaria no convés, gritando, enfrentando dificuldades com as velas, correndo de um lado para o outro em uma confusão controlada. Os escravos e as escravas passariam mal e ficariam assustados nos alojamentos, e Doro se reuniria com Isaac e alguns outros membros da tripulação, cujas funções pareciam não envolver nada mais do que permanecer juntos, observando a confusão e esperando que acabasse.

— O que você faz quando se reúne com eles? — perguntou a Doro certa vez, pensando que talvez até ele tivesse deuses aos quais recorrer em momentos de perigo.

— Nada — garantiu ele.

— Então... por que se reúnem?

— Podemos ser necessários — respondeu. — Os homens com quem me reúno são meus filhos. Eles têm habilidades especiais que podem ser úteis.

Doro não lhe diria mais nada, não falaria sobre aqueles filhos recém-reconhecidos, exceto em tom de aviso.

— Deixe-os em paz — advertiu. — Isaac é o melhor deles, seguro e estável. Os outros não são seguros, nem mesmo para você.

No momento, ele estava com os filhos de novo, usando as roupas de homem branco que vestira enquanto corria. Anyanwu o seguiu, dependendo da própria força e agilidade para se manter segura.

No convés, ela encontrou vento e chuva mais violentos do que imaginara. Havia clarões branco-azulados de relâmpagos seguidos de absoluta escuridão. Grandes ondas inundavam o convés e com certeza a teriam lançado ao mar, não fossem a velocidade e a força dela. Anyanwu se manteve firme, adaptando os olhos o mais rápido que conseguia. Havia um pouco de luz, mesmo se a visão comum nada percebesse. Por fim, conseguiu ver, e conseguiu ouvir, para além do vento, da chuva e das ondas. Fragmentos de fala em um inglês desesperado chegaram até ela, que ansiava por compreendê-los. Mas se as palavras eram incompreensíveis, não havia engano quanto ao tom. Aquelas pessoas pensavam que poderiam morrer em breve.

Alguém se chocou com ela, derrubando-a e caindo sobre seu corpo. Anyanwu conseguiu ver que era apenas um tripulante, castigado pelo vento e pelas ondas. A maioria dos homens se amarrara com firmeza a qualquer objeto firme que puderam encontrar e no momento se esforçavam apenas para sobreviver.

O vento ficou mais forte de repente e com ele veio uma imensa enxurrada de água, uma onda que quase virou o navio de lado. Anyanwu segurou o braço do tripulante e, com a outra mão, agarrou o gradil. Se não tivesse feito isso, ela e o homem teriam sido arrastados para o mar. Puxou-o mais para perto de si, a fim de conseguir passar o braço em volta dele. Depois, por longos segundos, apenas se segurou. Lá atrás, no terceiro dos grandes mastros parecidos com árvores, no local que Isaac chamara de popa, Doro estava com ele e três outros homens, seus filhos, esperando para ver se poderiam ser úteis. Com certeza, era chegada a hora de fazerem tudo que pudessem.

Anyanwu podia distinguir Isaac dos outros com facilidade. Ele estava afastado, com os braços levantados, o rosto virado para baixo, de lado, para escapar um pouco do vento e da chuva. Os cabelos amarelos e as roupas chicoteavam para lá e para cá. Por um instante, ela pensou que ele a olhara ou em sua direção, mas não poderia vê-la através da escuridão e da chuva. Observou-o, fascinada. O homem não se amarrara a nada, ao contrário dos outros. Ainda assim, permanecia em uma estranha postura enquanto o navio rolava a seus pés. O vento soprou mais forte. As ondas lavaram o convés e houve momentos em que Anyanwu sentiu que até a imensa força dela era desafiada, momentos em que teria sido muito fácil soltar aquele tripulante meio afogado. Mas ela não salvara a vida do homem para depois descartá-la. Podia ver que outros tripulantes se prendiam com dedos e cordas. Não viu ninguém ser arrastado para o mar. Mesmo assim, Isaac permanecia sozinho, sequer se segurava com as mãos, totalmente inabalado pelo vento e pelas ondas.

O navio parecia se mover mais depressa. Anyanwu sentiu o aumento da pressão da ventania, sentiu o corpo sendo fustigado com tanta força pela chuva que tentou se proteger contorcendo-se contra o tripulante. Parecia que o navio seguia contra o vento, movendo-se como um espírito que ergue ondas que lhe pertencem. Apavorada, ela só podia continuar se segurando.

Em seguida, aos poucos, a cobertura de nuvens abriu-se e estrelas apareceram. Havia uma lua cheia refletida na luz fragmentada das águas calmas. As ondas se suavizaram, batendo inofensivas no navio, e o vento tornou-se nada além de uma brisa fria contra o corpo molhado e quase nu de Anyanwu.

Ela soltou o tripulante e se levantou. De repente, por todo o navio, as pessoas gritavam, soltando-se, correndo até Isaac. O tripulante junto a Anyanwu se levantou devagar, olhou para Isaac, depois para ela. Olhou atordoado para o céu claro, para a lua. Em seguida, com um grito rouco e sem olhar de novo para Anyanwu, correu em direção a Isaac.

Ela observou a torcida por um instante (sabia, naquele momento, que era uma torcida), então desceu cambaleando e voltou para a cabine. Lá, encontrou água por toda parte, brotando do chão e encharcando a cama. Ficou parada, olhando, impotente, até que Doro a encontrou, viu o estado da cabine e a levou para outra, um pouco mais seca.

— Você estava no convés? — perguntou ele. Anyanwu acenou com a cabeça. — Então você viu.

Ela se virou para encará-lo, sem compreender.

— O que eu vi?

— O melhor dos meus filhos — disse ele, orgulhoso.

— Isaac, fazendo o que nasceu para fazer. Ele nos conduziu através da tempestade, mais rápido do que qualquer navio jamais sonhou em se mover.

— Como?

— Como! — Doro zombou, rindo. — Como você muda sua forma, mulher? Como viveu por trezentos anos?

Ela piscou e foi se deitar na cama. Por fim, passou os olhos pela cabine para onde ele a levara.

— De quem é esse lugar?

— Do capitão — respondeu Doro. — Ele terá de se contentar com menos por enquanto. Você fica aqui. Descanse.

— Todos os seus filhos são tão poderosos?

Ele riu de novo.

— Sua mente está agitada hoje. Mas isso não é surpreendente, suponho. Meus outros filhos fazem outras coisas. Mas nenhum deles gerencia as próprias habilidades tão bem quanto Isaac.

Anyanwu se deitou, esgotada. Não estava particularmente cansada, seu corpo não estava cansado. O esforço que ela tinha feito era de um tipo que não deveria incomodá-la depois que acabava. Era seu espírito que estava cansado. Ela precisava de tempo para dormir. Depois, precisaria sair e encontrar Isaac, olhar para ele e ver o que conseguia enxergar por trás do jovem sorridente de cabelos amarelos.

Fechou os olhos e adormeceu, sem saber se Doro se deitaria ao lado dela ou não. Só depois, quando acordou, sozinha, percebeu que não. Alguém estava batendo na porta.

Ela despertou com facilidade e se levantou para abrir. Nesse momento, um tripulante muito alto e magro empurrou um Isaac semiconsciente para os braços dela.

Anyanwu se desequilibrou por um instante, mais pela surpresa do que pelo peso do rapaz. Agarrou-o por reflexo. Então sentiu o frio ceroso da pele dele. Ao que parecia, Isaac não a reconhecia, nem a enxergava. Os olhos dele estavam entreabertos e fixos. Sem os braços dela à sua volta, teria despencado.

Ela o ergueu como se fosse uma criança, deitou-o na cama e o agasalhou com um cobertor. Depois, ergueu os olhos e viu que o tripulante magro ainda estava lá. Era um homem de olhos verdes, com uma cabeça muito longa e ossos que pareciam prestes a romper a pele marrom, coberta de manchas e barbada. Era um homem branco, mas o sol o havia bronzeado de forma desigual e ele parecia doente. Era um dos homens mais feios que Anyanwu já tinha visto. E um dos que haviam ficado ao lado de Doro durante a tempestade, outro filho. Um filho muito inferior, caso a aparência contasse. Aquele era um dos filhos que Doro ordenara que ela evitasse. Bem, ela o evitaria de bom grado se ao menos ele saísse dali. Trouxera Isaac para ela. Naquele momento deveria sair para que ela oferecesse ao rapaz todo o cuidado possível. No fundo da mente, Anyanwu se perguntava o que poderia haver de errado com um jovem que era capaz de acelerar grandes navios através da água. O que tinha acontecido? Por que Doro não lhe contara que Isaac estava doente?

O pensamento sobre Doro se repetia de um jeito estranho, como uma espécie de eco na mente dela. De repente, conseguiu vê-lo, ou a imagem dele. Via-o como um homem branco, de cabelos amarelos, como os de Isaac, e olhos verdes, como os do tripulante feio. Nunca vira Doro tão branco, nunca o ouvira descrever um dos corpos brancos dele, mas sabia com certeza que o estava vendo. Viu a imagem lhe entregando Isaac, colocando o garoto semiconsciente em seus braços. Então, abrupta e dolorosamente, se viu envolvida em uma relação sexual frenética e selvagem, primeiro com Isaac, depois com aquele homem feio de olhos verdes cujo nome era Lale. Lale Sachs.

Como ela sabia disso?

O que estava acontecendo?

O homem de olhos verdes riu e a risada dele ecoou dentro de Anyanwu de alguma forma, assim como acontecera com o pensamento sobre Doro. De alguma forma, aquele homem estava dentro dos pensamentos dela!

Ela se atirou sobre ele e o empurrou de volta porta afora, com um impulso forte o suficiente para mover um homem bem mais pesado. Ele voou para trás, fora de controle, e ela bateu a porta no instante em que ele a atravessou. Mesmo assim, a terrível conexão estabelecida não fora rompida. Ela sentiu dor quando ele caiu e bateu a cabeça: uma dor atordoante, que a fez cair de joelhos, encolhendo-se, zonza, e segurar a cabeça.

Depois a dor despareceu. O homem sumiu dos pensamentos dela. Mas estava entrando pela porta de novo, gritando palavras que ela sabia serem xingamentos. Ele a agarrou pelo pescoço e literalmente a ergueu do chão. Não era um homem fraco, mas a força dele não era nada comparada à dela. Anyanwu o golpeou ao acaso e, quando se libertou, o ouviu gritar de dor.

Olhou-o e, por um instante, viu-o com clareza, o rosto muito longo contorcido de dor e raiva, a boca aberta e ofegante, o nariz esmagado e vertendo sangue. Feriu-o mais do que pretendia, mas não se importou. Ninguém tinha o direito de manipular os pensamentos na mente dela. Então, o rosto ensanguentado desapareceu.

Uma criatura estava diante dela, um ser mais terrível do que qualquer espírito que pudesse imaginar. Uma grande criatura-lagarto, com chifres e escamas, de aparência vagamente humana, mas com uma cauda espessa, fustigante, e uma cabeça de cachorro escamosa com dentes enormes cravados em mandíbulas que decerto poderiam quebrar o braço de um homem.

Aterrorizada, Anyanwu se transformou.

Foi doloroso mudar tão depressa. Foi angustiante. Ela suportou a dor com uma lamúria que soou como um rosnado. Havia se tornado um leopardo, ágil e forte, rápido e com garras de navalha. Saltou.

O espírito gritou, desabou e se tornou homem outra vez.

Anyanwu hesitou, pisou no peito dele, olhando-o. Ele estava inconsciente. Era um ser malévolo, letal. Melhor matá-lo agora, antes que ele pudesse recobrar a consciência e controlar os pensamentos dela outra vez. Parecia errado matar um homem indefeso, mas se aquele homem voltasse a si, ele poderia muito bem matá-la.

— Anyanwu!

Doro. Ela se recusou a ouvi-lo. Com um rosnado, dilacerou a garganta da criatura sob seus pés. De certa forma, foi um erro. Sentiu o gosto de sangue.

A rapidez da transformação a tinha esgotado como nada mais poderia fazê-lo. Precisava se alimentar logo. Agora! Tirou do caminho a camisa da vítima e destroçou a carne do peito dele. Alimentou-se de modo desesperado, impensado, até que algo a atingiu com força no rosto.

Ela cuspiu de dor e raiva, com a vaga percepção de que Doro a chutara. Os músculos dela ficaram tensos. Poderia matá-lo. Poderia matar qualquer um que a entrasse em seu caminho naquele momento.

Doro ficou parado a centímetros dela, a cabeça para trás, como se estivesse lhe oferecendo a garganta. Era exatamente isso ele estava fazendo, é claro.

— Venha — desafiou ele. — Mate outra vez. Já faz muito tempo desde a última vez que fui uma mulher.

Anyanwu desviou os olhos, impulsionada pela fome, e arrancou mais carne do corpo do filho dele.

Doro ergueu o corpo dela e a afastou do cadáver. Quando ela tentou voltar, ele a chutou, a espancou.

— Controle-se — ordenou. — Torne-se mulher!

Ela não entendeu como fez a transformação. Não entendeu o que a impediu de rasgá-lo em pedaços. Medo? Não imaginaria que nem mesmo o medo poderia detê-la em um momento daqueles. Doro não vira a carnificina que ela causara entre as pessoas do próprio povo muito tempo antes, quando a atacaram e a forçaram a se transformar depressa demais. Ela mesma quase havia se esquecido daquela matança, que vergonha! O povo dela não comia carne humana, mas ela comera. Aterrorizara-os até que a perdoassem; eles superaram tudo, exceto a lenda do que ela – ou sua mãe, ou sua avó – fizera. Pessoas haviam morrido. A certa altura, os filhos e as filhas dessas pessoas deixaram de ter certeza do que acontecera exatamente. A história se misturou a espíritos e divindades. Mas o que ela faria agora? Não poderia aterrorizar Doro até fazê-lo esquecer o cadáver apavorante no chão.

Humana mais uma vez, Anyanwu ficou deitada no chão, de bruços, evitando o cadáver. Estava surpresa por Doro não continuar a surra, não a matar. Não tinha dúvidas de que ele seria capaz disso.

Ele a ergueu, ignorando o sangue que cobria grande parte do corpo dela, e a colocou na cama ao lado de Isaac. Anyanwu ficou ali, sem forças, sem encará-lo. Ah, mas a carne dentro dela estava quente. Sustância. Precisava de mais!

— Por que Isaac está aqui? — perguntou Doro. Não havia nada em sua voz. Nem mesmo raiva.

— O outro o trouxe. Lale Sachs. Disse que você mandou Isaac para mim... — Ela parou de falar, confusa. — Não. Ele não disse isso, ele... estava em meus pensamentos, ele...

— Eu sei.

Ela enfim se virou para olhá-lo. Parecia cansado, abatido. Parecia um homem sofrendo. Queria tocar nele, confortá-lo. Mas as mãos dela estavam cobertas de sangue.

— O que mais ele disse a você?

Anyanwu balançou a cabeça para frente e para trás contra a cama.

— Não sei. Ele mostrou uma imagem minha na cama com Isaac, depois com ele. Ele me fez ver, quase querer isso. — Ela virou o rosto de novo. — Quando tentei mandá-lo embora sem... machucá-lo, ele fez outra coisa... Doro, preciso comer!

As últimas palavras foram um grito de dor.

Ele ouviu.

— Fique aqui — disse baixinho. — Vou lhe trazer algo.

Então saiu. Quando Doro não estava mais lá, parecia que ela conseguia sentir o cheiro da carne no chão. Chamando-a. Gemeu e escondeu o rosto no colchão. Ao lado dela, Isaac fez um pequeno ruído e se aproximou. Surpresa, ela ergueu a cabeça para olhá-lo.

Ele ainda estava semiconsciente. Os olhos estavam fechados naquele momento, mas ela conseguia perceber que se moviam por trás das pálpebras. E os lábios se moviam, formavam palavras sem som. Isaac tinha uma boca que era quase como a de um homem negro, com lábios mais cheios do que os dos outros brancos que ela já vira. Pelos duros e amarelos cresciam em seu rosto, mostrando que ele não se barbeava havia algum tempo. Tinha um rosto largo, quadrado, que não deixava de ser atraente para Anyanwu, e o sol o bronzeara com um castanho bonito e uniforme. Ela imaginou o que as mulheres brancas pensavam dele. Imaginou que aparência tinham as mulheres brancas.

— Comida, Anyanwu — Doro falou em voz baixa.

Ela se sobressaltou, assustada. Estava ficando surda! Doro nunca conseguira se aproximar dela sem ser ouvido. Mas aquilo não importava. Não naquele momento.

Ela agarrou o pão e a carne das mãos dele. Estavam duros e secos, o tipo de comida que a tripulação comia o tempo todo, mas não chegavam a ser um desafio para seus dentes e sua mandíbula. Doro ofereceu vinho, que ela engoliu. A carne fresca no chão teria sido melhor, mas uma vez que estava no controle de si, nada a faria tocar naquilo de novo.

— Conte-me tudo o que aconteceu — disse Doro depois que Anyanwu comeu o que lhe fora oferecido.

Ela contou. Precisava dormir, mas não tanto quanto precisava de comida. E ele merecia saber por que o filho havia morrido.

Ela esperou algum comentário ou reação da parte dele quando terminou de falar, mas Doro apenas balançou a cabeça e suspirou.

— Durma agora, Anyanwu. Vou levar Lale e Isaac.
— Mas...
— Durma. Você já está quase dormindo, quase sonâmbula.
— Ele estendeu a mão por cima dela e ergueu Isaac da cama.
— O que aconteceu com ele? — sussurrou Anyanwu.
— Ele se esforçou demais, assim como você. Vai sarar.
— Ele está com frio... muito frio.
— Você o aqueceria se eu o deixasse aqui. Você o aqueceria, como era a intenção de Lale. Nem mesmo sua força seria suficiente para detê-lo quando ele começasse a acordar.

E antes que a mente dela, vagarosa e sonolenta, pudesse questionar aquilo, Doro e Isaac haviam partido. Ela não o ouviu retornar para buscar Lale, nunca soube se ele voltou para dormir ao lado dela naquela noite, sequer se importou com isso.

***

Lale Sachs foi jogado no mar no dia seguinte. Anyanwu estava presente na breve cerimônia realizada pelo capitão Woodley. Não queria comparecer, mas Doro ordenou. Contou a todos o que ela fizera e depois a obrigou a aparecer diante deles. Anyanwu achou que ele estava fazendo aquilo para envergonhá-la, e sentiu vergonha. Porém, ele explicou depois.

— Foi para sua proteção — falou. — Todos a bordo foram advertidos quanto a molestá-la. Meus filhos foram advertidos em dobro. Lale escolheu me ignorar. Ao que parece, não consigo eliminar a estupidez do meu povo por completo. Ele achou que seria interessante assistir a quando Isaac retomasse a consciência tão desesperado por uma mulher quanto você estaria por comida. Achou que talvez também pudesse ter você depois que Isaac terminasse.

— Mas como ele conseguia alcançar e alterar os pensamentos em minha mente?

— Era a habilidade especial dele. Tive homens que eram melhores nisso, seriam bons o suficiente para controlar você totalmente, controlar até suas transformações. Para um homem desses, você não seria mais do que argila para modelar. Mas Lale foi o melhor da geração dele a sobreviver. A estirpe não vive por muito tempo.

— Isso eu consigo entender! — respondeu Anyanwu.

— Não consegue, não — Doro lhe garantiu. — Mas vai conseguir.

Ela se virou. Estavam no convés, então ela olhou para o mar, onde grandes peixes, vários deles, saltavam no ar, caindo na água de novo. Já tinha visto aquelas criaturas antes, observara-as, sequiosa. Achou que seria capaz de fazer o que faziam, achou que poderia se tornar uma delas. Quase pôde experimentar a sensação de umidade, de força, de se deslocar pela água tão rápido quanto um pássaro pelo ar. Desejava e temia tentar. Naquele momento, porém, não pensava nisso. Pensava apenas no corpo de Lale Sachs, envolto em um pano, que ocultava as feridas abertas. Será que os peixes saltitantes terminariam o que ela havia começado? Consumiriam os restos daquele homem tolo, feio e mau?

Ela fechou os olhos.

— O que vamos fazer agora, Doro? O que você vai fazer comigo?

— O que eu vou fazer com você? — zombou ele. Colocou as mãos em volta da cintura dela e a puxou contra si.

Espantada, Anyanwu se afastou.

— Eu matei seu filho.

— Acha que a culpo por isso?

Ela não respondeu, apenas olhou para ele.

— Eu queria que ele vivesse — disse Doro. — A estirpe dele é tão problemática e de vida tão curta... Ele só foi pai de três crianças. Queria outras dele, mas, Anyanwu, se você não o tivesse matado, se ele tivesse sucesso no que pretendia fazer, eu mesmo teria acabado com ele.

Anyanwu abaixou a cabeça; de certa forma, não estava realmente surpresa.

— Você faria isso? Com seu filho?

— Com qualquer pessoa — disse ele.

Ela levantou a cabeça, erguendo olhos indagadores, mas sem desejar respostas.

— Eu controlo pessoas poderosas — falou Doro. — Meu povo. A destruição que elas podem causar se me desobedecerem vai além do que você imagina. Qualquer um, qualquer grupo, que se recuse a obedecer é inútil para mim e perigoso para o resto de meu povo.

Anyanwu se afastou, desconfortável, entendendo o que ele lhe dizia. Lembrou-se da voz dele quando dissera a ela, na noite anterior: "Venha. Mate outra vez. Já faz muito tempo desde a última vez que fui uma mulher". Ele teria consumido o espírito dela como ela consumira a carne do filho dele. Estaria usando o corpo dela naquele dia.

Ela se virou para olhar de novo o peixe saltitante e, dessa vez, quando Doro a puxou para perto de si, não se afastou. Não sentia medo; estava aliviada. Parte de sua mente se perguntava como isso era possível, mas ela não tinha resposta. As pessoas não reagiam racionalmente a Doro. Quando ele não fazia nada, elas o temiam. Quando ele as ameaçava, acreditavam nele, mas não o odiavam nem fugiam.

— Isaac está bem — ele lhe assegurou.

— Está? O que ele fez para acabar com a fome?

— Aguentou até passar.

Para a surpresa dela, aquelas palavras a fizeram sentir culpa. Teve o tolo desejo de encontrar o jovem e pedir desculpas por não o manter a seu lado. Ele pensaria que ela tinha perdido a cabeça.

— Você precisa encontrar uma esposa para ele — disse Anyanwu a Doro.

Ele concordou, distraído.

— Em breve — falou.

***

Chegou uma época em que Doro afirmava que a terra estava próxima, uma época em que aquela comida estranha estava estragada e cheia de vermes, a água potável fedia, o navio fedia, os escravizados lutavam entre si enquanto os tripulantes pescavam desesperadamente para variar a dieta repulsiva; o calor do sol ficou mais intenso e o vento não soprava. Em meio a todo esse desconforto, ocorreram fatos dos quais Anyanwu se lembraria com prazer para o resto da vida. Foi então que conseguiu compreender com clareza qual era a habilidade especial de Isaac, e ele conseguiu compreender a dela.

Após a morte de Lale, Anyanwu evitou Isaac o máximo que pôde dentro do espaço confinado do navio, pensando que talvez ele não fosse tão indiferente à morte de um irmão quanto Doro à morte de um filho. Mas o jovem foi até ela.

Certo dia, juntou-se a Anyanwu no gradil, enquanto ela observava os peixes saltitantes. Também os observou por um instante, depois riu. Ela ergueu para ele olhos indagadores, e ele apontou para o mar. Quando Anyanwu olhou outra vez, viu um grande peixe pairando alto, acima da água, se debatendo no ar. Era como se a criatura tivesse sido capturada por alguma rede invisível. Mas não havia rede. Não havia nada.

Ela olhou para Isaac, admirada.

— Você? — perguntou, em seu inglês inseguro. — Você faz aquilo?

Isaac apenas sorriu. O peixe, debatendo-se freneticamente, se aproximou do navio. Vários tripulantes perceberam e começaram a gritar para Isaac. Anyanwu não conseguiu entender quase nada do que diziam, mas sabia que eles queriam o peixe. O jovem fez um gesto ofertando-o a Anyanwu, embora o animal ainda estivesse pairando sobre a água. Ela olhou para os tripulantes ansiosos à sua volta e sorriu. Acenou para que o peixe fosse trazido a bordo.

Isaac deixou-o cair aos pés dela.

Todos comeram bem naquela noite. Anyanwu comeu melhor do que ninguém, porque, para ela, a carne do peixe contava tudo que ela precisava saber sobre a estrutura física da criatura, tudo que precisava saber para assumir a aparência e viver como um peixe. Uma quantidade pequena de carne crua já lhe contava mais do que as palavras de que dispunha eram capazes de dizer. A cada mordida, a criatura lhe contava a própria história com clareza, milhares de vezes. Mais tarde, na cabine, Doro a surpreendeu experimentando transformar um dos braços em nadadeira.

— O que está fazendo?! — questionou ele, em um tom que parecia de repulsa.

Ela riu como uma criança e se levantou para encontrá-lo, o braço voltando com facilidade à forma humana.

— Amanhã — disse Anyanwu — você vai dizer a Isaac como me ajudar e vou nadar com os peixes! Serei um peixe! Já consigo fazer isso! Fazia muito tempo que queria.

— Como você sabe que consegue? — A curiosidade logo afastou dele qualquer sentimento negativo, como de costume. Ela contou sobre as mensagens que lera na carne do peixe.

— Mensagens tão claras e corretas quanto as dos seus livros — falou para ele. No íntimo, considerava as mensagens da carne ainda mais específicas do que os livros que ele apresentara e lera para ela. Mas os livros eram o único exemplo em que conseguia pensar para que Doro pudesse entender. — Parece que você poderia interpretar mal seus livros — disse ela. — Outros homens o fizeram. Outros homens podem mentir ou cometer erros. Mas a carne só pode me dizer o que de fato é. Não tem outra história.

— Mas como você lê a carne? — perguntou ele. *Ler*. Se Doro usava aquela palavra em inglês, também percebia a semelhança.

— Meu corpo lê, lê tudo. Você sabia que aquele peixe respira ar como nós? Achei que ele respirava água como os que pegávamos e colocávamos para secar em casa.

— Era um golfinho — murmurou Doro.

— Parecia mais uma criatura terrestre do que um peixe. Por dentro, é muito parecido com um animal terrestre. As mudanças que vou fazer não serão tão grandes quanto eu pensava.

— Você teve de comer carne de leopardo para aprender a se tornar um leopardo?

Anyanwu balançou a cabeça.

— Não, eu conseguia ver como o leopardo era. Conseguia me moldar naquilo que vi. Eu não era um leopardo de verdade, até matar um e comer um pouco. No começo, eu era mulher fingindo ser leopardo, argila moldada em forma de leopardo. Hoje em dia, quando me transformo, sou um leopardo.

— E agora você será um golfinho. — Doro a encarou.

— Não pode imaginar o quanto é valiosa para mim. Será que devo permitir que você faça isso?

Aquilo a assustou. Não lhe ocorrera que ele desaprovaria.

— É uma coisa inofensiva — respondeu.

— Uma coisa perigosa. O que você sabe sobre o mar?

— Nada. Mas amanhã vou começar a aprender. Faça com que Isaac me observe; vou ficar perto da superfície. Se ele perceber que estou com problemas, pode me tirar da água e deixar que eu me transforme de novo quando estiver no convés.

— Por que você quer fazer isso?

Ela procurou um motivo que conseguisse expressar em palavras, um motivo diferente do anseio lancinante que sentiu ao ver os golfinhos saltando e mergulhando. Era como aqueles dias, em casa, em que observava as águias voarem até não suportar mais apenas observar. Matara uma águia e a comera, aprendera e voara como nenhum ser humano jamais sonhara em voar. Voara para longe, escapando da cidade, das obrigações, dos parentes. Mas passado algum tempo, voara de volta para seu povo. Para onde mais ela poderia ir? No entanto, depois disso, quando as temporadas junto a eles se tornavam longas e as obrigações, cansativas, quando os parentes, sozinhos, formaram uma grande tribo, ela escapava de novo. Voava. Era perigoso. Homens a caçavam e uma vez quase a mataram. Era uma águia excepcionalmente grande e bonita. Mas o medo nunca a impedira de ir para o céu. Nem a impediria de ir para a água.

— É isso que quero — explicou a Doro. — E vou fazer sem Isaac se você impedir que ele me ajude.

Doro abanou a cabeça.

— Você era assim com seus outros maridos, lhes dizia o que ia fazer ignorando a vontade deles?

— Sim — respondeu ela, séria, e ficou muito aliviada quando ele riu alto. Melhor fazê-lo rir do que o enfurecer.

No dia seguinte, Anyanwu ficou ao lado do gradil, observando enquanto Doro e Isaac conversavam em inglês. Foi Isaac quem falou a maior parte do tempo. Doro disse apenas algumas palavras e depois repetiu-as com exatidão. Ela só conseguiu encontrar uma palavra que se repetia no que Isaac dizia. A palavra era "tubarão", e Isaac a falava com veemência. Mas parou de falar depois de perceber que Doro mal lhe dava atenção. E Doro voltou-se para ela.

— Isaac teme por você — disse-lhe.

— Ele vai ajudar?

— Sim, apesar de eu ter explicado que ele não precisava.

— Achei que você estivesse falando a meu favor!

— Nessa história, estou só traduzindo.

A atitude dele a intrigou. Ele não estava com raiva, nem mesmo irritado. Nem parecia estar tão preocupado com ela quanto Isaac estava, mas tinha dito que a considerava valiosa.

— O que é um tubarão? — perguntou ela.

— Um peixe — respondeu Doro. — Um grande comedor de carne, um assassino, tão mortal no mar quanto seus leopardos são em terra.

— Você não contou que essas criaturas existiam.

Ele olhou para a água.

— Lá embaixo é tão perigoso quanto nas suas florestas — explicou-lhe. — Você não precisa ir.

— Você nem tentou me impedir de ir.
— Não.
— Por quê?
— Quero ver se você consegue ou não.

Doro a fez lembrar de um dos filhos dela, que, quando era muito jovem, jogou várias aves no rio para ver se conseguiam nadar.

— Fique perto dos golfinhos, se eles deixarem — aconselhou Doro. — Golfinhos sabem como lidar com tubarões.

Anyanwu desamarrou o pano que vestia e mergulhou no mar antes que a confiança a abandonasse por completo. Lá, se transformou com a rapidez que lhe era confortável. Tornou-se o golfinho cuja carne tinha comido.

E então estava se deslocando pela água ao lado do navio, impulsionando seu corpo longo e reluzente com fáceis ondulações da cauda. Enxergava de forma diferente, com os olhos nas laterais e não na frente da cabeça. E a cabeça se prolongava em um bico rígido. Ela respirava de forma diferente, ou melhor, não respirava até sentir necessidade e se ver chegando à superfície em uma lenta ondulação para a frente que expunha o orifício respiratório, por um breve instante, e permitia que expelisse um sopro e levasse ar renovado aos pulmões. Observou a si mesma minuciosamente, viu que o corpo de golfinho usava o ar inalado com muito mais eficiência do que um corpo humano comum. O corpo de golfinho conhecia truques que seu corpo humano precisara de tempo e dor para aprender. Expelir e renovar uma porção muito maior do ar dos pulmões a cada respiração. Filtrar uma maior quantidade da parte utilizável daquele ar, dispensando o resto, e usá-la como combustível. E outras coisas. Nada daquilo era novo para ela, mas achava que poderia ter aprendido tudo muito mais depressa e com mais facilidade com a ajuda de um pedaço de carne de golfinho. Em vez disso, contara apenas com homens que tentaram afogá-la.

Anyanwu se deleitou com a força e a velocidade do novo corpo, com a audição apurada. Na forma humana, mantinha uma boa audição, fora do normal, conservava todos os sentidos aguçados. Mas a audição dos golfinhos era superior a qualquer uma que já havia criado para si. Como golfinho, podia fechar os olhos e perceber um mundo único, um pouco reduzido, ao redor dos ouvidos. Podia produzir sons e eles voltariam para ela como ecos, trazendo a história de tudo o que estava à frente. Jamais imaginara uma audição daquelas.

Por fim, desviou a atenção de si para os demais golfinhos. Também os ouvira, tagarelando não muito longe, mantendo-se ao lado do navio, como ela. O estranho era que a conversa soava mais humana naquele momento, mais parecida com uma fala, uma fala em língua estrangeira. Nadou em direção a eles, lenta, insegura. Como saudavam desconhecidos? Como saudariam uma fêmea pequena e ignorante? Se estivessem, de alguma forma, falando entre si, a considerariam muda, ou louca.

Um golfinho se aproximou e nadou ao lado dela, observando-a com um olho vívido. Era um macho, ela percebeu, e o observou com interesse. Depois de um momento, ele se aproximou e esfregou o corpo contra o dela. A pele de golfinho, Anyanwu descobriu, era agradavelmente sensível. Não era escamosa como a pele dos peixes de verdade que ela nunca imitara, mas cujos corpos compreendia. O macho se esfregou nela de novo, tagarelando de uma maneira que pareceu ser questionadora, depois nadou para longe. Ela se virou, verificando a posição do navio, e viu que, ao acompanhar os golfinhos, também acompanhava o navio. Então nadou atrás do macho.

Ser um animal fêmea, pensou, tinha suas vantagens. Os machos de algumas espécies lutavam uns com os outros, com uma possessividade irracional com território ou fêmeas. Ela se lembrava de ter sido intimidada como fêmea, perseguida por machos insistentes, mas apenas na verdadeira forma de mulher tinha lembranças de ser seriamente ferida por machos, homens. Foi um mero acaso que fez dela uma fêmea de golfinho; tinha comido a carne de uma fêmea. Mas foi um feliz acaso.

Um golfinho muito pequeno (um bebê, presumiu) veio travar conhecimento com ela, e Anyanwu nadou devagar, permitindo que ele a investigasse. Por fim, a mãe dele o chamou e ela voltou a ficar sozinha. Só, mas cercada por criaturas semelhantes a si, criaturas que achava cada vez mais difícil considerar como animais. Nadar com elas era como estar com outro povo. Um povo amigável. Ali, nada de traficantes de escravos e marcações. Nada de Doro com ameaças sutis e terríveis contra os filhos e as filhas dela.

Com o passar do tempo, vários golfinhos se aproximaram para tocarem e se esfregarem nela, para conhecerem-na. Quando o macho que primeiro encostou nela retornou, Anyanwu se assustou ao perceber que o reconhecia. O toque dele era único, não exatamente como o de qualquer um dos outros, pois eles não eram exatamente iguais uns aos outros.

De repente, ele saltou alto para fora da água em um arco para trás, pousando um pouco à frente dela. Ela se perguntou por que não tentava aquilo, então deu um salto curto. O corpo de golfinho tinha uma agilidade maravilhosa. Ela pareceu voar, despencando para trás com suavidade e saltando outra vez sem tensão ou cansaço. Aquele era o melhor corpo que já moldara para si. Se ao menos a fala dos golfinhos fosse tão fácil quanto o movimento deles. Alguma parte da própria mente se perguntou por que não era, imaginando se Doro seria superior a ela nesse aspecto. Será que ele adquiria uma nova língua, novos conhecimentos, quando assumia um corpo novo, já que de fato possuía o corpo, não apenas o duplicava?

Seu golfinho macho veio encostar nela outra vez e afastou de sua mente todos os pensamentos sobre Doro. Ela compreendeu que o interesse do golfinho havia se tornado mais do que casual. Ele estava perto dela naquele momento, encostando nela, combinando os próprios movimentos aos dela. Anyanwu notou que não se incomodava com a atenção dele. Evitara acasalamentos animais no passado. Era uma mulher. A relação sexual com um animal era abominável. Iria se sentir impura se retornasse à forma humana com a semente de um animal macho dentro de si.

Mas naquele momento... era como se os golfinhos não fossem animais.

Ela executou uma espécie de dança com o macho, com movimentos e toques, certa de que nenhum ritual humano a atraíra tão depressa. Sentia-se ansiosa e contida, disposta e hesitante ao mesmo tempo. Iria aceitá-lo, já o havia aceitado. Ele com certeza não era mais estranho do que o *ogbanje*, Doro. Aquele parecia ser o momento dos acasalamentos estranhos.

Anyanwu continuou a dança, desejando ter uma música para acompanhar. O macho parecia dispor de uma. Ela se perguntou se ele a deixaria após o acasalamento, e imaginou que sim. Mas o abandono dele não seria dos maiores. Ele não abandonaria o grupo, como ela faria, desertando todos. Mas isso era algo a se pensar no futuro. Não tinha importância. Só o que acontecia naquele instante tinha importância.

Então, de repente, apareceu um homem na água. Assustados, Anyanwu e seu macho nadaram uma curta distância; a dança fora interrompida. O grupo de golfinhos se esquivou do homem, que os perseguiu, às vezes abaixo e às vezes acima da superfície. Ele não nadava, saltava ou mergulhava, mas de certa forma atravessava a água e o ar como uma flecha, mantendo o corpo imóvel, parecendo não usar os músculos.

Anyanwu enfim se separou do grupo e se aproximou do homem. Sabia que era Isaac. Ele lhe parecia muito diferente naquele momento, uma coisa desajeitada, rígida e estranha, mas não muito feia ou assustadora. Porém, era uma ameaça. Não tinha motivos para perder o gosto pela carne de golfinho; ela tinha. Isaac poderia causar outra morte se não fosse distraído. Anyanwu se virou e nadou até ele, aproximando-se muito devagar, para que conseguisse vê-la e compreendesse que não tinha intenção de feri-lo. Tinha certeza de que ele não poderia distingui-la de qualquer outro golfinho. Nadou em um pequeno círculo em torno de onde o jovem pairava então, bem acima da água.

Isaac falou em voz baixa e estranha, disse o nome dela várias vezes antes que ela reconhecesse o chamado. Então, sem deixar de se perguntar como fez aquilo, Anyanwu endireitou o corpo por um instante, sobre a cauda, e conseguiu fazer uma espécie de aceno de cabeça. Nadou até ele, que mergulhou na água. Então nadou ao lado, perto o suficiente para ser tocada. Ele segurou a barbatana dorsal dela e disse algo mais. Ela ouviu com atenção.

— Doro quer que você volte ao navio.

Era isso. Anyanwu olhou para os golfinhos, arrependida, tentando avistar seu macho. Encontrou-o surpreendentemente próximo, perigosamente próximo. Teria sido tão bom voltar para ele, ficar com ele, apenas por um tempo. O acasalamento teria sido bom. Ela se perguntou se, ao enviar Isaac para buscá-la, Doro sabia ou suspeitava o que ela estava fazendo.

Isso não importava. Isaac estava ali e precisava ser levado embora antes que percebesse o outro golfinho, a uma proximidade tão tentadora. Ela nadou de volta até o navio, permitindo que ele segurasse na barbatana. Não se importava em arrastá-lo.

— Vou subir primeiro — disse ele, quando chegaram ao navio. — Depois, vou erguê-la.

Isaac saiu direto da água e flutuou até o navio. Era capaz de voar sem asas com tanta facilidade quanto conseguia conduzir o navio através de uma tempestade. Anyanwu se perguntou se, por causa desse esforço, ele poderia ficar doente e precisar de uma mulher. Logo algo tocou nela, a agarrou com firmeza, mas sem causar dor, tirando-a da água. Não era, como ela imaginara, semelhante a ser içada por uma rede ou pelos braços de homens. Não havia nenhuma sensação particular de pressão em nenhuma parte de seu corpo. Era como ser amparada e sustentada pelo próprio ar: a suavidade que parecia envolver todo o corpo, a firmeza da qual nenhuma de suas forças conseguiria libertá-la.

Mas ela não usou de força, não se debateu. Vira a inutilidade dos esforços do golfinho no dia anterior e sentira a velocidade com que o grande navio se lançara na tempestade, impulsionado pelo poder de Isaac. A força dos músculos dela não poderia resistir àquele poder. Além disso, Anyanwu confiava no rapaz. Ele lidou com ela com mais cuidado do que com o outro golfinho, gesticulando para que os tripulantes saíssem do caminho antes de colocá-la com gentileza no convés. Depois, os tripulantes, Doro e Isaac observaram, fascinados, enquanto ela começava a ganhar pernas. Tivera de absorvê-las quase por completo, deixando apenas os ossos inúteis e desarticulados do quadril, naturais para o corpo de golfinho, como se o próprio golfinho estivesse desenvolvendo pernas aos poucos, ou perdendo-as. Iniciou por essa grande mudança. E as nadadeiras começaram a ficar mais parecidas com braços. O pescoço, o corpo todo, voltou a ser esguio, e os minúsculos e excelentes ouvidos de golfinho cresceram, tornando-se ouvidos humanos menos eficientes. O bico migrou de volta para o rosto e foi absorvido, junto com a cauda e a nadadeira. Ocorreram mudanças internas que a plateia não tinha como perceber. E a pele cinza dela mudou de cor e textura. Essa mudança levou-a a imaginar o que teria de fazer consigo mesma se, algum dia, decidisse desaparecer naquela terra de gente branca da qual estava se aproximando. Precisava fazer algumas experiências posteriores. Era sempre útil conseguir se camuflar a fim de esconder ou aprender coisas que as pessoas não queriam ou não podiam, por vontade própria, lhe ensinar a respeito de si mesmas. Isso quando ela conseguisse falar bem o inglês, é claro. Teria de se esforçar mais com o idioma.

Quando a transformação estava completa, Anyanwu se levantou e Doro lhe estendeu o pano que ela costumava vestir. Diante do olhar fixo dos homens, ela o enrolou em volta da cintura e o amarrou. Havia séculos que não ficava nua como as jovens solteiras. Naquele momento sentia vergonha por ser vista por tantos homens, mas compreendeu que, mais uma vez, Doro queria que o próprio povo visse o poder dela. Se ele não conseguia fazer os homens de seu povo nascerem menos estúpidos, eliminaria a estupidez deles na base do medo.

Ela olhou ao redor, sem permitir que nenhum indício de vergonha chegasse a seu semblante. Por que deixar que soubessem o que sentia? Leu assombro nos rostos, e dois deles, que estavam próximos, até recuaram quando os encarou. Então, Doro abraçou seu corpo molhado contra o dele e ela conseguiu relaxar. Isaac riu em voz alta, rompendo a tensão, e disse algo para Doro, que sorriu.

Na língua dela, Doro disse:

— Que descendentes você vai me dar!

Anyanwu foi surpreendida pela intensidade que sentiu por trás das palavras dele. Aquilo a fez se lembrar de que nele havia mais do que o desejo de um homem comum por descendentes. Ela não conseguia parar de pensar nos próprios filhos e filhas, fortes e saudáveis, mas de vida curta e desprovidos de poder, como os descendentes de qualquer outra mulher. Será que poderia dar a Doro o que ele queria, e o que ela mesma quis por tanto tempo, descendentes que não morreriam?

— Que descendentes você vai me dar, meu marido — sussurrou, mas as palavras eram mais questionadoras do que as dele.

E, curiosamente, Doro também pareceu ficar em dúvida. Ao olhá-lo, percebeu uma expressão preocupada no rosto dele. Ele olhava para os golfinhos, que saltavam outra vez, alguns bem diante do navio. Balançou a cabeça, devagar.

— O que foi? — perguntou ela.

Doro desviou o olhar dos golfinhos e, por um momento, a expressão dele foi tão intensa, tão feroz, que ela se perguntou se ele odiava os animais ou se a invejava porque ela podia se juntar a eles.

— O que foi? — repetiu.

Ele pareceu forçar um sorriso.

— Nada — respondeu. Então encostou a cabeça dela em seu ombro, em um gesto tranquilizador, e acariciou a cabeleira recém-crescida. Ela aceitou a carícia, sem se tranquilizar, e se perguntou por que ele estava mentindo.

6

Anyanwu tinha muito poder. Apesar do fascínio de Doro por ela, a primeira inclinação dele era matá-la. Ele não tinha o hábito de manter vivas pessoas que não podia controlar totalmente. Mas se a matasse e assumisse o controle do corpo dela, obteria apenas um ou dois descendentes antes de precisar assumir um novo corpo. A longevidade dela não o ajudaria a manter o corpo vivo. Durante as transmigrações, ele não dominava as habilidades especiais de suas vítimas. Habitava corpos. Consumia vidas. Apenas isso. Se tivesse matado Lale, não adquiriria a capacidade daquele homem de transferir pensamentos. Só teria conseguido passar tal habilidade a descendentes de Lale. E se ele matasse Anyanwu, não adquiriria a maleabilidade, a longevidade ou o poder de cura da mulher. Só teria a própria habilidade especial alojada no corpo pequeno e longevo dela, até começar a sentir fome, sentir fome de uma maneira que Anyanwu e Isaac nunca poderiam compreender. Sentiria fome e precisaria se alimentar. Outra vida. Um novo corpo. Anyanwu não duraria mais do que qualquer outra boa presa.

Portanto, Anyanwu precisava viver e gerar bebês valiosos. Mas ela tinha muito poder. Sob a forma de golfinho, e antes disso, sob forma de leopardo, conforme Doro descobrira, a mente dele não conseguia encontrá-la. Mesmo quando ele conseguia vê-la, a mente, seu sentido de rastreamento, diziam-lhe que ela não estava lá. Era como se Anyanwu tivesse morrido, como se ele se confrontasse com um animal verdadeiro, uma criatura fora de alcance. E se não pudesse alcançá-la, não poderia matá-la e assumir seu corpo enquanto ela estivesse na forma animal. Na forma humana, a mulher era tão vulnerável a ele como qualquer outra pessoa, mas como animal, era inalcançável, como os animais sempre tinham sido. Ele ansiava naquele momento por um dos encantadores de animais que sua reprodução controlada produzia às vezes. Eram pessoas cujas habilidades chegavam ao ponto de tocar mentes de animais e receber deles sensações e emoções, pessoas que sofriam cada vez que alguém torcia o pescoço de uma galinha ou castrava um cavalo ou matava um porco. Tinham vidas curtas e nada invejáveis. Às vezes, Doro as matava antes que pudessem desperdiçar os próprios corpos valiosos em suicídios. Mas uma delas, viva, naquele momento poderia ser-lhe útil. Sem isso, o controle dele sobre Anyanwu era perigosamente limitado.

E, se Anyanwu descobrisse essa limitação, ela poderia fugir dele sempre que quisesse. Talvez partisse assim que ele exigisse mais do que ela estava disposta a oferecer. Ou talvez partisse ao descobrir que Doro pretendia dispor dela e também dos filhos e das filhas que ela deixara na África. Anyanwu acreditava que, com a própria cooperação, comprara a liberdade deles, acreditava que ele desistiria daquelas pessoas de potencial tão valioso. Se descobrisse a verdade, decerto fugiria, e ele a perderia. Nunca tinha perdido ninguém dessa maneira. Perdera pessoas para doenças, acidentes, guerras, causas além de seu controle. Pessoas foram roubadas dele ou mortas, como acontecera ao povo da savana. Isso já era ruim o suficiente. Era um desperdício, e ele pretendia evitá-lo, em grande parte, levando seu povo a comunidades menos dispersas nas Américas. Mas nenhum indivíduo jamais conseguira escapar dele. Os indivíduos que fugiram foram capturados e, na maioria das vezes, assassinados. Seu povo sabia que era melhor não fugir dele.

Mas Anyanwu, como semente originária que ela era, não sabia. Ainda. Doro teria de ensiná-la, instruí-la depressa e começar a usá-la sem demora. Ele queria tantas crianças quanto pudesse obter dela antes que fosse necessário matá-la. Uma semente originária sempre precisava ser destruída, mais dia menos dia. Porque nunca se adaptava como as crianças nascidas entre o povo dele se adaptavam. Mas Anyanwu aprenderia a temê-lo e a dobrar-se à vontade dele como nenhuma outra semente originária fizera. Ele iria usá-la para reprodução e cura. Usaria os descendentes dela, presentes e futuros, para criar tipos mais aceitáveis e longevos. A problemática habilidade de mudar de aparência provavelmente poderia ser extirpada da linhagem, caso aparecesse. O fato de não ter aparecido até então dizia-lhe que talvez ele conseguisse eliminá-la por completo. Mas, por outro lado, nenhuma das habilidades especiais dela tinham surgido entre os descendentes. Eles não herdaram nada além do potencial: um bom sangue que pode produzir habilidades especiais após algumas gerações de consanguinidade. Talvez ele falhasse ao usá-los. Talvez descobrisse que Anyanwu não poderia ser duplicada, ou que não poderia haver longevidade sem transfiguração. Talvez. Mas qualquer descoberta, positiva ou negativa, estava a gerações de distância.

Nesse meio tempo, Anyanwu jamais deveria descobrir a limitação dele ou saber que tinha a possibilidade de fugir, evitá-lo, livrar-se dele, ainda que como animal. Isso significava que ele não devia restringir as transformações dela com mais vigor do que restringia os próprios filhos e as próprias filhas no uso das habilidades. Ela não teria permissão para mostrar o que podia fazer diante de pessoas comuns nem para ferir o povo dele, exceto por autodefesa. Só isso. Ela teria medo, o obedeceria, o consideraria quase onipotente, mas não perceberia nada no comportamento dele que pudesse levá-la a imaginar coisas. Não haveria nada a perceber.

Assim, à medida que a viagem se aproximava do fim, Doro permitiu que Anyanwu e Isaac se entregassem a um jogo frenético e impossível, usando as próprias habilidades com liberdade, comportando-se como as crianças-bruxas que eram. Os dois entraram na água juntos várias vezes quando havia vento suficiente e Isaac não era necessário para impulsionar o navio. O garoto já não estava lutando contra uma tempestade. Conseguia lidar com o navio sem se extenuar, conseguia gastar energia dando cambalhotas na água com uma Anyanwu em forma de golfinho. Depois, Anyanwu alçava voos como um grande pássaro, e Isaac a seguia, fazendo acrobacias que Doro nunca teria permitido em terra firme. Ali não havia ninguém para atirar em um garoto no céu, nenhuma multidão para persegui-lo e tentar queimá-lo como um bruxo. Em terra, Isaac tinha de se conter tanto que nenhuma restrição lhe foi imposta naquele momento.

Doro se preocupava com Anyanwu quando ela se aventurava debaixo d'água sozinha: temia perdê-la para tubarões ou outros predadores. Mas quando ela enfim foi atacada por um tubarão, isso aconteceu perto da superfície. Ela sofreu uma única ferida que curou no ato. Depois, conseguiu enfiar o bico com força nas guelras do tubarão. Também deve ter conseguido arrancar um pedaço do animal, em uma mordida nada parecida à de um golfinho, já que assumiu de imediato a forma esguia e mortal do predador. Na verdade, a mudança foi desnecessária. O tubarão estava mutilado, talvez morrendo. Mas a mudança foi feita, e muito depressa. Anyanwu precisava comer. Com força e velocidade, ela rasgou o verdadeiro tubarão em pedaços e se empanturrou. Quando se tornou mulher de novo, Doro não encontrou nenhum sinal do ferimento sofrido. A mulher estava sonolenta e satisfeita, sem nenhum sinal da criatura agitada e atormentada que matara Lale. Desta vez, o impulso para se alimentar fora satisfeito sem demora. Pelo visto, isso era importante.

Anyanwu adotou os golfinhos, recusando-se a permitir que Isaac trouxesse mais deles a bordo para serem mortos.

— São como pessoas — insistiu, em um inglês cada vez melhor. — Não são peixes! — E jurou que cortaria relações com o rapaz se ele matasse outro golfinho.

E Isaac, que amava a carne deles, não levou mais golfinhos a bordo. Doro ouviu os resmungos de reclamação do garoto, sorriu e não disse nada. Isaac ouviu as reclamações dos tripulantes, deu de ombros e ofereceu-lhes outros peixes. Continuou a passar seu tempo livre com Anyanwu, ensinando-a a falar inglês, voando ou nadando com ela, apenas para estar ao lado da mulher sempre que podia. Doro nem encorajou nem desencorajou isso, embora aprovasse. Pensara muito a respeito de Isaac e Anyanwu, em como eles se davam bem, apesar dos problemas de comunicação, apesar do potencial perigoso de suas habilidades, e apesar das diferenças raciais. Isaac se casaria com Anyanwu se Doro assim ordenasse. O garoto talvez até gostasse da ideia. E uma vez que Anyanwu aceitasse o casamento, o controle de Doro sobre ela estaria garantido. Viriam as crianças, crianças desejadas e com múltiplos talentos em potencial, e Doro poderia viajar o quanto quisesse para cuidar de seus outros povos. Quando retornasse ao povoado de Wheatley, em Nova York, Anyanwu ainda estaria lá. Os filhos e as filhas dela a manteriam ali, caso o marido não o fizesse. Ela poderia se transformar em um animal ou mudar o suficiente para circular com liberdade entre pessoas brancas ou indígenas, mas as muitas crianças decerto a fariam diminuir o ritmo. E ela não as abandonaria. Era maternal demais para isso. Ficaria; e se Doro encontrasse outro homem com quem desejava que a mulher procriasse, poderia vir até ela usando o corpo desse homem. Seria uma questão simples.

Mas não seria simples dar a Anyanwu a primeira e dura lição de obediência. Ela não desejaria ficar com Isaac. Entre o povo dela, uma mulher poderia se divorciar do marido fugindo dele e garantindo que o dote dado fosse devolvido. Ou o marido poderia se divorciar dela mandando-a embora. Se o marido fosse impotente, poderia, com o consentimento dela, entregá-la a outro homem para que ela pudesse conceber uma criança em nome do marido. Se o marido morresse, a mulher poderia se casar com seu sucessor, em geral o filho mais velho dele, desde que não fosse também filho dela. Mas não havia preceitos para o que Doro planejava fazer: entregá-la ao filho enquanto ele, Doro, ainda estava vivo. Anyanwu considerava Doro seu marido. Nenhuma cerimônia acontecera, mas nenhuma era necessária. Ela não era uma jovem garota passando das mãos do pai para as do primeiro marido. Bastava ela e Doro se escolherem. A mulher consideraria errado ficar com Isaac. Mas o pensamento dela mudaria, como o pensamento de outras pessoas poderosas e obstinadas que Doro recrutara também mudara. Anyanwu aprenderia que certo e errado eram o que ele dissesse que eram.

***

No lugar que Doro chamou de "Porto de Nova York", todos, exceto a tripulação, deveriam trocar de navio, transferindo-se para duas "chalupas fluviais" menores para subir o "rio Hudson" até o povoado de "Wheatley". Anyanwu achou que, se tivesse menos experiência em absorver mudanças e aprender novos dialetos, para não dizer novas línguas, estaria completamente confusa. Ficaria assustada juntando-se ao grupo escravizado e olhando ao redor com suspeita e pavor. Em vez disso, ficou no convés com Doro, esperando com calma a transferência para os novos barcos. Isaac e vários outros haviam desembarcado para fazer os preparativos.

— Quando vamos mudar? — ela perguntara a Doro em inglês. Cada vez mais tentava falar em inglês.

— Isso depende de quando Isaac poderá contratar as chalupas — explicou ele. O que significava que não sabia. Ótimo. Anyanwu esperava que isso fosse demorar. Até ela precisava de tempo para absorver as muitas diferenças desse novo mundo. De onde estava, conseguia ver alguns outros navios grandes de velas quadradas ancorados no porto. E havia barcos menores, que se moviam sob velas ondulantes, em geral triangulares, ou estavam atracados nos longos píeres que Doro lhe indicara. Mas navios e barcos já lhe pareciam familiares. Ela estava ansiosa para ver como aquele novo povo vivia em terra. Pedira para desembarcar com Isaac, mas Doro recusara. Preferia mantê-la junto de si. Anyanwu fitava com ansiedade a costa, com fileiras e mais fileiras de edifícios, a maioria de dois, três, até quatro andares, um ao lado do outro, como se, assim como formigas em um formigueiro, as pessoas não suportassem ficar separadas. Na maior parte do país dela, um indivíduo poderia ficar no meio de uma cidade e ver pouco mais do que floresta. Os povoados das cidades eram bem-organizados, em geral, estabelecidos havia muito tempo; porém, se constituíam mais como uma ocupação de parte da terra do que uma invasão sobre ela.

— Onde começa uma gleba e termina a outra? — perguntou a mulher, olhando para as fileiras alinhadas de telhados pontiagudos.

— Alguns desses prédios são usados para armazenamento ou outras funções — disse Doro. — Quanto aos outros, considere cada um deles uma gleba separada. Cada um abriga uma família.

Ela percorreu tudo com o olhar, surpresa.

— Onde estão as fazendas para alimentar tanta gente?

— Fora da cidade. Veremos fazendas em nosso caminho rio acima. Além disso, muitas das casas têm as próprias plantações. Olhe lá. — Ele apontou para um lugar onde a grande concentração de edifícios diminuía e acabava. — Aquilo é terra de cultivo.

— Parece vazia.

— Acho que agora está semeada com cevada. E talvez um pouco de aveia.

Aqueles nomes em inglês eram familiares para ela porque Doro e Isaac tinham falado a respeito. Cevada para fazer a cerveja que a tripulação tanto bebia, aveia para alimentar os cavalos que o povo do país montava, trigo para o pão, milho para o pão e outras comidas, tabaco para fumar, frutas e vegetais, castanhas e ervas. Alguns daqueles itens eram apenas versões estrangeiras de alimentos que Anyanwu já conhecia, mas muitos eram tão novos para ela quanto a cidade-formigueiro.

— Doro, me deixe ir olhar essas coisas — implorou. — Andar em terra firme de novo. Quase me esqueci de como é estar sobre uma superfície que não se move.

Doro pousou um braço em torno dela, reconfortando-a. Gostava de tocar nela diante dos outros, mais do que qualquer homem que ela já conhecera, mas não parecia que ninguém do povo dele se divertisse ou desprezasse aquele comportamento. Até os escravos pareciam aceitar como apropriado tudo o que ele fazia. E Anyanwu gostava do toque, mesmo naquele momento, quando o considerava mais uma prisão do que uma carícia.

— Levo você para ver a cidade outra hora — respondeu ele. — Quando você souber mais sobre os costumes do povo, quando puder se vestir e se comportar como parte dele. E quando eu conseguir um corpo branco. Não estou interessado em tentar provar a cada homem branco desconfiado que sou dono de mim mesmo.

— Todos os homens negros são escravizados, então?

— A maioria. É responsabilidade dos negros provar que são livres, caso sejam. Um negro sem provas é tido como escravo.

Ela franziu a testa.

— Como Isaac é visto?

— Como homem branco. Ele sabe o que é, mas foi criado como branco. Neste lugar não é fácil ser negro. Em breve, não será fácil ser indígena.

Anyanwu ficou em silêncio por um momento, então perguntou, com medo:

— Devo me tornar branca?

— Você quer? — Doro a encarou.

— Não! Pensei que estando com você poderia ser eu mesma.

Ele pareceu satisfeito.

— Comigo, e com meu povo, você pode. Wheatley fica longe daqui rio acima. Só meu povo mora lá, e as pessoas não escravizam umas às outras.

— Mesmo pertencendo todos a você, como é o caso — disse ela. Ele deu de ombros. — Lá existem pessoas negras e brancas?

— Sim.

— Então, vou morar lá. Não conseguiria viver em um lugar onde ser eu mesma significaria ser considerada uma escrava.

— Bobagem — respondeu Doro. — Você é uma mulher poderosa. Poderia morar em qualquer lugar que eu escolhesse.

Anyanwu olhou depressa para ele, para ver se estava rindo dela quando mencionou que era poderosa ao mesmo tempo em que a lembrava de que ele tinha o poder de controlá-la. Mas Doro observava a aproximação de um barco pequeno e rápido. Quando o barco chegou perto o suficiente, o único passageiro subiu direto e se arrastou para dentro do navio com vários pacotes. Era Isaac, é claro. Anyanwu percebeu de repente que o rapaz não usava nenhum remo nem velas para impulsionar a embarcação.

— Você está entre gente desconhecida! — disse-lhe Doro em tom áspero, e o rapaz deixou-se cair, assustado, no convés.

— Ninguém me viu — respondeu. — Mas, por falar em estar entre desconhecidos, veja... — Então desembrulhou um dos pacotes que subiram a bordo com ele, e Anyanwu viu que era uma saia longa, encorpada, azul clara, do tipo dado às escravas quando sentiam frio à medida que o navio seguia para o norte. Anyanwu podia se proteger do frio sozinha, sem aquelas coberturas, embora tivesse rasgado uma delas para fazer panos novos. Não gostava da ideia de cobrir o corpo tão completamente, abafando-se, como ela dizia. Achava que as mulheres escravizadas pareciam tolas tão cobertas.

— Você veio para a civilização — dizia-lhe Isaac. — Agora, tem de aprender a usar roupas, fazer como as pessoas daqui fazem.

— O que é civilização? — perguntou ela.

O rapaz olhou desconfortável para Doro, que sorriu.
— Não importa — falou Isaac, depois de um instante.
— Apenas se vista. Vamos ver como você fica usando roupas.

Anyanwu tocou na saia. O material era macio e frio sob os dedos, não o pano pesado e áspero das saias das escravas. E a cor a agradou, um azul claro que combinava bem com sua pele escura.

— Seda — disse Isaac. — A melhor.
— De quem você roubou isso? — perguntou Doro.

O rapaz ficou vermelho sob o bronzeado e olhou para o pai.

— Você roubou isso, Isaac? — Anyanwu quis saber, amedrontada.

— Deixei o dinheiro — disse ele na defensiva. — Encontrei alguém do seu tamanho, e dei o dobro do dinheiro que essas coisas valem.

Anyanwu olhou para Doro, em dúvida, depois se afastou ao perceber como ele olhava para Isaac.

— Se algum dia pegarem e prenderem você em um golpe desses — disse Doro —, vou deixá-lo ser queimado.

Isaac umedeceu os lábios e colocou a saia nos braços de Anyanwu.

— É justo — disse ele, baixinho. — Se conseguirem.

Doro balançou a cabeça, disse algo em tom áspero, em uma língua que não o inglês. Isaac se sobressaltou. Olhou para Anyanwu como se quisesse saber se ela havia entendido. A mulher o olhou de volta, inexpressiva, e o rapaz conseguiu esboçar um sorriso frouxo que ela interpretou como alívio diante da ignorância dela. Doro juntou os pacotes de Isaac e falou para Anyanwu em inglês:

— Venha. Vamos vestir você.

— Seria mais fácil eu me transformar em animal e não vestir nada — resmungou ela, e ficou surpresa quando ele a empurrou em direção à escotilha.

Na cabine, Doro pareceu relaxar e se livrar da raiva. Desembrulhou com cuidado os outros pacotes. Uma segunda saia, um colete feminino, um chapéu, roupas de baixo, meias, sapatos, algumas joias simples de ouro...

— Coisas de outra mulher — disse Anyanwu, retornando à própria língua.

— Agora são suas coisas — disse Doro. — Isaac estava falando a verdade. Ele pagou por elas.

— Mesmo que ele não tenha perguntado antes se a mulher queria vender.

— Mesmo assim. Ele correu um risco tolo e desnecessário. Poderia ter levado um tiro ou sido capturado, colocado na cadeia, até acabar executado por bruxaria.

— Ele poderia ter fugido.

— Talvez. Mas provavelmente teria de matar algumas pessoas. E para quê? — Doro estendeu a saia.

— Você se preocupa com essas coisas? — perguntou ela.

— Mesmo sendo alguém que mata com tanta facilidade?

— Eu me preocupo com meu povo — disse ele. — Quando qualquer um faz uma tolice e desperta pavor de bruxas, pode fazer mal a muita gente. Somos todos bruxos aos olhos das pessoas comuns, e sou o único bruxo que elas não podem, cedo ou tarde, matar. Além disso, me preocupo com meu filho. Não gostaria que Isaac ficasse marcado, marcado aos próprios olhos, nem aos olhos dos outros. Eu o conheço. Ele é como você. Mataria, depois sofreria por causa disso, afundando na vergonha.

Anyanwu sorriu e pôs uma das mãos no braço dele.

— É só a juventude que faz dele um tolo. Ele é bom. Me faz ter esperança em nossas crianças.

— Ele não é uma criança — disse Doro. — Tem vinte e cinco anos. Pense nele como um homem.

Ela deu de ombros.

— Para mim, ele é um menino. E para você, ele e eu somos crianças. Vi você nos observando como um pai onisciente.

Doro sorriu, sem negar nada.

— Tire esse pano — respondeu. — Vista a roupa.

Ela se despiu, olhando as roupas novas com aversão.

— Acostume seu corpo com isso — disse ele, ajudando-a a se vestir. — Fui mulher com frequência suficiente para saber como o traje feminino pode ser desconfortável, mas isto, pelo menos, é holandês. Não é tão limitante quanto o inglês.

— O que é holandês?

— Um povo, como o inglês. Eles falam uma língua diferente.

— Um povo branco?

— Ah, sim. Só que de uma nacionalidade diferente, uma tribo diferente. Se eu tivesse de ser mulher, acho que iria preferir me passar por holandesa, e não inglesa. Aqui, pelo menos.

Anyanwu logo olhou para o corpo dele, de homem negro, alto e aprumado.

— É difícil pensar que você já foi mulher.

Ele deu de ombros.

— Seria difícil para mim imaginar você como homem, se eu não tivesse visto isso.

— Mas... — Ela sacudiu a cabeça. — Você não se encaixaria bem como mulher, qualquer que fosse a aparência. Eu não gostaria de ver você dessa forma.

— Mas verá, mais cedo ou mais tarde. Vou mostrar a você como se fecha isso.

Foi quase possível esquecer que ele não era uma mulher. Doro a vestiu com cuidado sob as camadas sufocantes de roupas, deu um passo para trás, para uma breve avaliação crítica, e então comentou que Isaac tinha um bom olho. As roupas caíram quase perfeitamente. Anyanwu suspeitou que Isaac tinha usado mais do que os olhos para conhecer as medidas do corpo dela. O jovem a erguera, e até a lançara no ar muitas vezes sem que a mão dele encostasse nela. Quem saberia o que ele era capaz de medir e recordar com a estranha habilidade? Ela sentiu o rosto enrubescer. De fato, quem saberia. Decidiu nunca mais deixar que o garoto usasse a própria habilidade nela com tanta liberdade.

Doro aparou o cabelo dela e o arrumou usando um pente de madeira claramente comprado em algum lugar perto da região de onde ela vinha. Anyanwu já tinha visto o pente de homem branco que Doro usava, era menor e feito de osso. Viu-se rindo como a jovem que parecia ser ao pensar em Doro penteando os cabelos dela.

— Você pode fazer tranças em mim? — pediu a ele. — Com certeza deve saber fazer isso também.

— É claro que posso — respondeu Doro. Segurou o rosto dela entre as mãos, olhou a, inclinou a cabeça para observá-la por um ângulo um pouco diferente. — Mas não vou — decidiu. — Você fica melhor com o cabelo solto e penteado desse jeito. Vivi em uma ilha, com uma tribo que usava o cabelo assim. — Ele hesitou. — O que você faz com o cabelo quando se transforma? Ele se transforma junto?

— Não, eu o absorvo dentro de mim. Outras criaturas têm outros tipos de cabelo. Absorvo cabelo, unhas, qualquer outra parte do meu corpo que não posso usar. Depois, mais tarde, as recrio. Você viu meu cabelo nascendo.

— Não sabia se nascia ou se era... o mesmo cabelo, de alguma maneira. — Ele lhe estendeu um espelho pequeno. — Tome, olhe para você.

Anyanwu pegou o espelho ansiosa, com ternura. Desde a primeira vez que Doro o mostrara, ela quisera um daqueles para si. Ele prometera comprar para ela.

Naquele momento, ela via que o cabelo fora cortado e penteado como uma nuvem negra arredondada em volta da cabeça.

— Ficaria melhor trançado — falou. — Uma mulher com a idade que pareço ter faria tranças no cabelo.

— Da próxima vez. — Doro olhou para duas pequenas joias de ouro. — Ou Isaac não olhou para suas orelhas ou achou que você não teria problema em fazer pequenos furos para prender esses brincos. Você consegue?

Anyanwu olhou para os brincos, para os pinos feitos para prendê-los às orelhas. Já usava um colar de ouro e pedras. Era o único item que gostava no que estava vestindo. Também passou a gostar dos brincos.

— Toque onde os furos devem ficar — disse ele.

Então apertou cada uma das orelhas dela nos lugares apropriados, depois puxou as mãos, surpreso.

— Qual é o problema? — ela quis saber, também surpresa.

— Nada. Eu... acho que nunca a tinha tocado enquanto você se transforma. A textura da sua carne fica... diferente.

— A textura da argila não é diferente quando está maleável e quando está firme?

— ... É.

Ela riu.

— Toque em mim agora. O que havia de estranho acabou.

Doro obedeceu, hesitante, e desta vez pareceu encontrar algo que lhe parecia mais familiar.

— Não era desagradável — explicou. — Só inesperado.
— Mas não desconhecido — disse ela. Desviou os olhos para o lado, sem enfrentar o olhar dele, sorrindo.
— É sim. Eu nunca... — Ele parou de falar e começou a interpretar a expressão no rosto dela. — O que você está dizendo, mulher? O que andou fazendo?

Anyanwu riu de novo.

— Só dando algum prazer a você. Você me contou o quanto lhe dou prazer. — Ela ergueu a cabeça. — Uma vez me casei com um homem que tinha sete esposas. Depois que ele se casou comigo, não foi mais para as outras com tanta frequência.

A expressão de descrença dele se dissolveu devagar em divertimento. Ele se aproximou dela com os brincos e começou a prendê-los nos furinhos novos das orelhas.

— Um dia — murmurou, só um pouco preocupado —, nós dois nos transformaremos. Vou me tornar mulher e descobrir se você se transforma em um homem especialmente talentoso.

— *Não!* — Anyanwu se afastou e gritou de dor e surpresa quando o movimento repentino fez com que ele machucasse sua orelha. Ela extinguiu a dor no mesmo instante e curou a ferida. — *Não* vamos fazer uma coisa dessas!

Ele deu um sorriso de sutil condescendência, pegou o brinco que havia caído e o colocou na orelha dela.

— Doro, não vamos fazer isso!
— Tudo bem — concordou ele. — Foi só uma sugestão. Talvez você goste.
— Não!

Doro fez um gesto de descaso.

— Seria desprezível — sussurrou ela. — Uma abominação, com certeza.

— Tudo bem — repetiu ele.

Anyanwu olhou para conferir se Doro ainda estava sorrindo, e ele estava. Por um instante, ela se perguntou como seria essa troca. Sabia que poderia se tornar um homem adequado, mas aquele ser estranho algum dia poderia ser feminino de verdade? E se...? Não!

— Vou mostrar as roupas para Isaac — disse ela com frieza.

Doro assentiu.

— Vá.

E o sorriso permaneceu no rosto dele.

***

Quando Anyanwu apareceu diante de Isaac com aquelas roupas estranhas, havia no rosto dele um olhar que a advertiu para outro tipo de abominação. O garoto era receptivo e fácil de aceitar como jovem enteado. Entretanto, Anyanwu sabia que ele teria preferido outro relacionamento. Em um ambiente menos restrito, ela o teria evitado. No navio, fez o que era mais fácil e prazeroso e aceitou a companhia dele. Doro muitas vezes não tinha tempo para ela, e os escravos, que no momento conheciam o poder que ela tinha, a temiam. Todos, até mesmo Okoye e Udenkwo, a tratavam com grande formalidade e respeito, e a evitavam o máximo possível. Os outros filhos de Doro eram proibidos para ela e não teria sido apropriado que passasse tempo com os demais membros da tripulação. A bordo, Anyanwu tinha poucos deveres de esposa. Não cozinhava nem fazia limpeza. Não tinha nenhum bebê para cuidar. Não havia mercados para ir (e ela sentia muita falta da aglomeração e da companhia deles). Durante vários de seus casamentos, fora uma grande comerciante. A produção de sua horta, as cerâmicas e as ferramentas criadas eram muito boas. As cabras e os galináceos estavam sempre gordos. Naquele momento não havia nada. Nem mesmo doenças para curar ou divindades para invocar. Tanto os escravos como a tripulação pareciam extremamente saudáveis. Ela não vira doenças, exceto as náuseas entre os escravos, e aquilo não era nada. Entediada, Anyanwu aceitou a companhia de Isaac. Mas então percebia que era hora de parar. Era errado atormentar o rapaz. Porém, teve prazer em ver que ele enxergava a beleza dela, mesmo que sufocada, como estava, por tantos panos. Temera que, para outros olhos que não os de Doro, pareceria ridícula.

— Obrigada por essas coisas — falou ela, em tom suave, em inglês.

— Elas a deixam ainda mais bonita — respondeu ele.

— Estou como uma prisioneira. Toda amarrada.

— Você vai se acostumar. Agora pode ser uma dama de verdade.

Anyanwu refletiu.

— Dama de verdade? — disse, franzindo a testa. — O que eu era antes?

O rosto de Isaac corou.

— Quero dizer que você parece uma dama de Nova York.

O constrangimento revelava a ela que ele dissera algo errado, algo insultuoso. Anyanwu pensou ter compreendido mal o inglês dele. No momento, percebia que havia compreendido perfeitamente bem.

— Diga o que eu era antes, Isaac — insistiu. — E me explique a palavra que você usou antes: civilização. O que é civilização?

O jovem suspirou, fitou-a nos olhos e, depois de um instante olhando para além dela, para o mastro principal:

— Antes, você era Anyanwu — disse ele —, mãe de não-sei-quantos, sacerdotisa de seu povo, mulher respeitada e valorizada em sua cidade. Mas para as pessoas aqui, seria uma selvagem, quase um animal, se a vissem usando apenas um pano. Civilização é a maneira como o um povo vive. Selvageria é o modo como estrangeiros vivem. — Então sorriu, hesitante. — Você já é um camaleão, Anyanwu. Entende o que estou dizendo?

— Entendo. — Ela não retribuiu o sorriso. — Mas em uma terra onde a maioria das pessoas são brancas, e entre as poucas pessoas negras, a maioria é escravizada, será que apenas alguns pedaços de tecido podem me transformar em uma "dama de verdade"?

— Em Wheatley, eu posso! — respondeu Isaac, depressa. — Sou branco, negro e indígena, e moro lá sem problemas.

— Mas você parece um "homem de verdade".

Ele estremeceu.

— Não sou como você — respondeu o rapaz. — Não posso evitar minha aparência.

— Não — admitiu ela.

— E, de qualquer maneira, isso não importa. Wheatley é o povoado "americano" de Doro. Ele despeja ali todas as pessoas para quem não consegue encontrar lugar nas famílias puras. Mistura e remexe. Ninguém pode se dar ao luxo de se preocupar com a aparência de outra pessoa. Não sabem com quem Doro pode acasalá-los ou que aparência os filhos terão.

Anyanwu permitiu que aquilo a divertisse.

— As pessoas se casam mesmo conforme ele diz? — perguntou ela. — Não resistem a ele?

Isaac lançou-lhe um olhar longo e solene.

— Às vezes, a semente originária resiste — disse ele em voz mansa. — Mas ele sempre vence. Sempre.

Anyanwu não falou nada. Não precisava ser lembrada de quão perigoso e exigente Doro poderia ser. Os lembretes despertavam o medo que ela tinha dele, o medo de um futuro com ele. Os lembretes a faziam querer esquecer o bem-estar dos descendentes, cuja liberdade ela comprara com a própria servidão. Esquecer e fugir!

— Às vezes, as pessoas fogem — continuou Isaac, como se lesse os pensamentos dela. — Mas ele sempre as captura e em geral leva seus corpos de volta para suas cidades, para que o povo possa ver e ficar de sobreaviso. A única maneira segura de escapar dele e distraí-lo da satisfação de ocupar seu corpo, imagino, é o jeito da minha mãe. — Ele fez uma pausa. — Ela se enforcou.

Anyanwu fixou os olhos nele. Isaac dissera aquelas palavras sem nenhum sentimento especial, como se não se importasse mais com mãe do que com irmão Lale. E o rapaz havia contado a Anyanwu que não conseguia se lembrar de uma época em que ele e Lale não se odiaram.

— Sua mãe morreu por causa de Doro? — questionou ela, observando-o com atenção.

Ele deu de ombros.

— Não sei, na verdade. Eu só tinha quatro anos. Mas acho que não. Ela era como Lale, capaz de enviar e receber pensamentos. Porém, era melhor nisso do que ele, ainda mais em recebê-los. Em Wheatley, ela conseguia, às vezes, ouvir as pessoas na cidade de Nova York, a quase 250 quilômetros. — Isaac olhou para Anyanwu. — Uma longa distância. Uma distância extremamente longa para esse tipo de poder. Ela conseguia ouvir de tudo. Mas, às vezes, não conseguia parar de ouvir. Lembro que eu ficava com medo dela. Ela se agachava em um canto e segurava a cabeça ou coçava o rosto até sangrar e gritava, gritava, gritava. — Ele estremeceu. — Isso é tudo que me lembro dela. É a única imagem que vem quando penso nela.

Anyanwu colocou a mão no braço dele, em solidariedade, pela mãe e pelo filho. Como o rapaz conseguira vir de uma família assim e permanecer são, ela se perguntou. O que Doro estava fazendo com o próprio povo, com os próprios filhos e as próprias filhas, na tentativa de torná-los mais semelhantes aos filhos e filhas de seu corpo perdido? Para cada um que era como Isaac, quantos eram como Lale e a mãe dele?

— Isaac, não aconteceu nada de bom em sua vida? — perguntou ela, com doçura.

Ele piscou.

— Aconteceu muita coisa. Doro, os pais adotivos que ele me encontrou quando eu era pequeno, as viagens, isto. — Isaac se ergueu vários centímetros acima do convés. — Tem sido bom. Eu costumava me preocupar se seria louco como minha mãe ou um maldito vira-lata como Lale, mas Doro sempre disse que eu não seria.

— Como ele sabe?

— Ele usou um corpo diferente para me gerar. Queria para mim uma habilidade diferente, e às vezes ele sabe exatamente quais famílias reproduzir para conseguir o que deseja. Estou feliz que ele soube no meu caso.

Ela assentiu.

— Eu não gostaria de conhecê-lo se você fosse como Lale.

O rapaz a olhou daquela maneira intensa e perturbadora que havia desenvolvido ao longo da viagem, e Anyanwu tirou a mão do braço dele. Nenhum filho deveria olhar para a esposa do pai daquele jeito. Como Doro era estúpido em não encontrar para Isaac a garota certa. Ele deveria se casar e começar a ter filhos de cabelos amarelos. Deveria trabalhar na própria terra. De que adiantava atravessar o mar de um lado a outro, obtendo escravos e se tornando rico, se ele não tinha descendentes?

***

Apesar dos ventos fracos, a viagem rio acima até Wheatley levou apenas cinco dias. Os capitães das chalupas holandesas e seus tripulantes, negros escravizados que falavam holandês, olhavam para as velas arqueadas, depois uns para os outros, claramente temerosos. Doro elogiou-os, com uma ignorância fingida, pelo ótimo ritmo que obtinham. Depois, em inglês, avisou Isaac:

— Não os assuste demais, garoto. Nossa terra não está tão longe.

Isaac sorriu para ele e continuou a impulsionar as chalupas na mesma velocidade.

Penhascos, colinas, montanhas, lavouras e florestas, enseadas e desembarcadouros, outras chalupas e embarcações menores, pescadores, indígenas... Doro e Isaac, que tinham pouco a fazer como passageiros nas embarcações de outros homens, divertiam Anyanwu identificando e pronunciando em inglês tudo o que despertava sua atenção. Ela tinha uma memória excelente e, quando chegaram a Wheatley, já estava até trocando algumas palavras com a tripulação afro-holandesa. Era uma mulher bonita e eles a ensinavam, entusiasmados, até que Doro, Isaac ou seus afazeres a afastavam deles.

Enfim, chegaram a "Gilpin", como capitães e tripulantes chamavam o povoado de Wheatley. Gilpin era o nome dado ao assentamento sessenta anos antes, pelos primeiros colonos europeus dali: um pequeno grupo de famílias liderado por Pieter Willem Gilpin. Mas os colonos ingleses que Doro começara a levar para lá antes da incorporação britânica de 1664 renomearam o povoado como Wheatley, já que o trigo, *wheat*, era o principal cultivo, e Wheatley era o nome da família inglesa cuja liderança Doro apoiara. Os Wheatley eram do povo de Doro havia gerações. Tinham habilidades vagas e não muito inoportunas de leitura de mentes, que complementavam o bom tino para os negócios. Com uma ajudinha de Doro, o velho Jonathan Wheatley então possuía um terreno um pouco menor do que o dos Van Rensselaers. O povo de Doro tinha espaço para se espalhar e crescer. Sem o povoado agrícola, não aumentariam tão depressa quanto Doro esperava, mas haveria outros, os estranhos, bruxos. Holandeses, alemães, ingleses, vários povos africanos e indígenas. Todos eram bons reprodutores ou, como os Wheatley, serviam a outros propósitos úteis. Com tanta diversidade, Wheatley deixava Doro mais satisfeito do que qualquer outro dos assentamentos dele no Novo Mundo. Na América, Wheatley era seu lar.

Naquele momento, acolhido com tranquilo prazer por seu povo, Doro dispersava os novos escravos em várias famílias. Alguns tiveram a sorte de ir para casas onde suas línguas nativas eram faladas. Outros não possuíam nenhum companheiro de tribo no povoado ou nas redondezas e precisavam se contentar com uma família mais estranha. Parentes foram mantidos juntos. Doro explicou a cada pessoa ou grupo exatamente o que estava acontecendo. Todos sabiam que poderiam voltar a ver uns aos outros. Amizades iniciadas durante a viagem não precisariam terminar ali. Estavam todos apreensivos, inseguros, relutantes em deixar o que havia se tornado um grupo surpreendentemente unido, mas obedeceram a Doro. Lale os selecionara bem, escolhera cada um a dedo, procurando pequenas estranhezas, indícios, princípios de talentos como o dele. Passara por cada grupo de pessoas escravizadas retiradas da floresta e levadas até Bernard Daly enquanto Doro estivera fora, escolhendo, selecionando e, sem dúvida, assustando as pessoas mais do que o necessário. Não restavam dúvidas de que lhe haviam escapado algumas que poderiam ser úteis. A habilidade de Lale era limitada, e muitas vezes o temperamento errático do homem ficara no caminho. Mas ele não incluíra ninguém que não merecesse ser incluído. Somente o próprio Doro poderia ter feito um trabalho melhor. E então, até o amadurecimento de alguns de seus jovens leitores de pensamentos de maior potencial, Doro precisaria fazer o trabalho sozinho. Não procurava pessoas da maneira deliberada e meticulosa como Lale fazia. Ele as encontrava quase com tanta facilidade quanto encontrara Anyanwu, embora não a uma distância tão grande. Percebia-as tão facilmente quanto um lobo percebia um coelho quando o vento era propício, e no começo ia atrás deles pela mesmíssima razão que os lobos iam atrás dos coelhos. No começo, Doro os havia criado pela mesma razão que as pessoas criavam coelhos. Esses estranhos, seus bruxos, eram boas presas. Ofereciam nutrição e abrigo dos mais duradouros e satisfatórios. Ele ainda os fazia de presas. Logo pegaria um dos Wheatley. O povo do assentamento aguardava, aceitava e tratava isso como uma espécie de sacrifício religioso. Todas as cidades e povoados dele o alimentavam de boa vontade. E os projetos de reprodução que Doro realizava entre aquelas pessoas o entretinham como nada mais seria capaz de fazer. Ele os levara longe: partindo de talentos minúsculos, cegos e latentes até chegarem a Lale, Isaac e mesmo, de uma forma indireta, Anyanwu. Estava desenvolvendo um povo para si e se nutrindo bem. Se às vezes se sentia sozinho, por seu povo ter vidas breves, ao menos não ficava entediado. Pessoas de vida curta, pessoas que poderiam morrer, não sabiam como a solidão e o tédio podiam ser inimigos.

Doro tinha um casarão de fazenda, baixo, de tijolos amarelos, na parte alta da cidade: uma casa que fora de holandeses e oferecia mais conforto do que beleza. A casa senhorial de Jonathan Wheatley era muito mais bonita, assim como a mansão de Doro em Nova York, mas ele estava satisfeito com aquela moradia. Em um ano bom, talvez a visitasse duas vezes.

Um casal inglês morava na casa, cuidando dela e servindo a Doro quando ele estava lá. Eram um agricultor, Robert Cutler, e a esposa, a mais jovem das nove filhas de Wheatley, Sarah. Foram essas pessoas fortes e resilientes que criaram Isaac durante os piores anos do rapaz. Na adolescência, à medida que as habilidades dele amadureciam, o menino se tornara difícil e perigoso. Doro se surpreendera que o casal tenha sobrevivido. Os pais adotivos de Lale não haviam resistido, mas Lale era ativamente cruel. Isaac só cometera maldades por acidente. Além disso, nenhum dos pais adotivos de Lale eram da família Wheatley. O trabalho de Sarah com Isaac provara mais uma vez o valor da espécie deles: pessoas com pouca habilidade, que não serviam como reprodutoras ou alimento. Ocorreu a Doro que, se seus projetos de reprodução fossem bem-sucedidos, poderia chegar um momento, no futuro distante, em que precisaria se certificar de que tais pessoas continuassem a existir. Pessoas capazes, mas não tão poderosas a ponto de as habilidades poderem se virar contra elas, enfraquecê-las, matá-las.

Por ora, no entanto, eram seus bruxos que precisavam ser protegidos, protegidos inclusive dele. Anyanwu, por exemplo.

Ele contaria, naquela noite, que ela se casaria com Isaac. Ao contar, precisaria tratá-la não como uma semente originária e rebelde comum, mas como uma das filhas dele: difícil, mas a quem valia a pena dedicar algum tempo. Valia a pena moldar e coagir com mais delicadeza e paciência do que ele se daria o trabalho de usar com pessoas menos valiosas. Falaria com ela depois de uma das boas refeições de Sarah, quando estivessem sozinhos no quarto aquecido e confortável, diante da lareira. Faria todo o possível para obrigá-la a obedecer e viver.

Doro pensava nela, se preocupava com a teimosia dela, enquanto caminhava para casa, onde Anyanwu estava à espera. Ele acabara de instalar Okoye e Udenkwo em uma casa com um casal de meia-idade de quem eram conterrâneos, pessoas com quem o jovem casal poderia aprender muito. Caminhava devagar, respondendo às saudações de pessoas que reconheciam seu corpo atual, preocupado com o orgulho de uma mulherzinha da floresta. As pessoas se sentavam do lado de fora das casas, homens e mulheres, à moda holandesa, fuxicando nas varandas. As mãos das mulheres se ocupavam com costura ou tricô, enquanto os homens fumavam cachimbo. Isaac se levantou do banco onde estava sentado com uma mulher mais velha e ajustou o passo ao de Doro.

— Anneke está perto da transição — disse o garoto, preocupado. — A sra. Waemans diz que ela está tendo muitos problemas.

— Era de se esperar — respondeu Doro. Anneke Strycker era uma das filhas dele, uma filha com bom potencial. Com sorte, substituiria Lale quando a transição dela fosse concluída e as habilidades amadurecessem. No momento, ela morava com a mãe adotiva, Margaret Waemans, uma mulher viúva, grande, fisicamente poderosa, mentalmente estável, de

cinquenta anos, que sem dúvidas precisava de todos os recursos para lidar com a jovem.
Isaac pigarreou.
— A sra. Waemans tem medo de que ela... faça algo a si mesma. Anneke vem falando sobre morrer.
Doro acenou com a cabeça. O poder chegava do jeito que uma criança chegava: com sofrimento. Pessoas em transição estavam abertas a cada pensamento, cada emoção, cada prazer, cada dor da mente dos outros. As cabeças eram preenchidas por um contínuo e gritante emaranhado de "barulheira" mental. Não havia paz, pouco sono, muitos pesadelos, os pesadelos de todos. Algumas das melhores pessoas de Doro, muitas delas, paravam nessa fase. Eram capazes de transmitir aos descendentes, caso vivessem o suficiente para tê-los, o próprio potencial, mas não podiam se beneficiar dele. Jamais podiam controlá-lo. Tornavam-se hospedeiras para Doro ou reprodutoras. Doro trazia para elas parceiros de assentamentos distantes e dissociados, porque esse tipo de cruzamento, na maioria das vezes, produzia filhos como Lale. Somente com muito cuidado e fantástica sorte produziam uma criança como Isaac. Doro lançou ao garoto um olhar afetuoso.
— Vou ver Anneke amanhã cedo — falou.
— Ótimo — respondeu Isaac, aliviado. — Isso vai ajudar. A sra. Waemans disse que ela chama por você às vezes, quando os pesadelos veem. — Ele hesitou. — O quanto isso pode piorar para ela?
— Pode ficar tão ruim quanto foi para você e Lale.
— Meu Deus! — disse Isaac. — Ela é só uma menina. Vai morrer.
— Tem tantas chances quanto você e Lale.
Isaac olhou para Doro com raiva repentina.

— Você não se importa com o que acontece com ela, não é? Se ela morrer, sempre haverá outra pessoa.

Doro se virou para olhá-lo e, após um instante, o rapaz desviou o olhar.

— Seja infantil aqui, se quiser — disse Doro. — Mas aja conforme sua idade quando entrarmos. Vou ajeitar as coisas entre você e Anyanwu esta noite.

— Ajeitar... Você finalmente vai entregá-la a mim?

— Pense nisso de outra maneira. Quero que se case com ela.

Os olhos do garoto estavam arregalados. Ele parou de andar e recostou em um bordo alto.

— Você... já se decidiu, imagino. Quero dizer... Tem certeza de que é isso que deseja.

— Claro. — Doro parou ao lado dele.

— Você contou a ela?

— Ainda não. Contarei depois do jantar.

— Doro, ela é semente originária. Pode recusar.

— Eu sei.

— Você pode não conseguir fazê-la mudar de ideia.

Doro deu de ombros. Por mais preocupado que estivesse, não lhe ocorria compartilhar a apreensão com Isaac. Anyanwu iria obedecê-lo ou não. Desejava ser capaz de controlá-la com um pouco do requinte do poder de Lale, mas nem ele nem Isaac podiam fazer isso.

— Se você não conseguir — disse Isaac —, se ela simplesmente não compreender, deixe-me tentar. Antes que você... faça qualquer outra coisa, deixe-me tentar.

— Certo.

— E... não a faça me odiar.

— Não acho que eu poderia fazer isso. Ela pode vir a me odiar por um tempo, mas não a você.

— Não a machuque.

— Não se eu puder evitar. — Doro sorriu um pouco, satisfeito com a preocupação do garoto. — Você gostou da ideia — observou. — Quer se casar com ela.

— Sim. Mas nunca pensei que você permitiria.

— Ela será mais feliz com um marido que faz mais do que a visitar uma ou duas vezes por ano.

— Você vai me deixar aqui para ser agricultor?

— Cultive a terra, se quiser, ou abra uma loja, ou volte a trabalhar na ferraria. Ninguém fazia isso melhor do que você. Faça o que quiser, mas vou deixá-lo aqui, pelo menos por enquanto. Anyanwu vai precisar de alguém para ajudá-la a se encaixar aqui quando eu for embora.

— Deus — disse Isaac. — Casado. — Ele balançou a cabeça e começou a sorrir.

— Vamos. — Doro dirigia-se para a casa.

— Não.

Doro olhou para ele.

— Não posso vê-la até você contar... Agora que eu sei... Não posso. Vou jantar com Anneke. De qualquer forma, para ela, uma companhia pode ser útil — explicou o rapaz.

— Sarah não vai gostar muito disso.

— Eu sei. — Isaac olhou para a casa com culpa. — Peça desculpas por mim, sim?

Doro assentiu, virou-se e foi para a mesa de Sarah Cutler, coberta por uma toalha de linho e muito farta.

* * *

Anyanwu observou com atenção enquanto a mulher branca colocava primeiro um pano limpo e depois pratos e utensílios sobre a mesa comprida e estreita onde a família comeria. Estava feliz que um pouco da comida e das maneiras dos brancos à mesa lhe fossem familiares desde o navio. Poderia se sentar e fazer a refeição sem parecer totalmente ignorante. Não teria sido capaz de cozinhar aquela refeição, mas isso aconteceria, também, a seu tempo. Aprenderia. Por enquanto, apenas observava e permitia que os cheiros atraentes intensificassem sua fome. A fome era familiar e boa. Impedia-a de olhar demais para a mulher branca, impedia-a de se concentrar no próprio nervosismo e na própria insegurança do novo ambiente, mantinha a atenção dela na sopa espessa com carne e vegetais, e na carne assada (veado, a mulher branca tinha chamado), e em uma ave enorme, um peru. Anyanwu repetia as palavras para si mesma, assegurava-se de que elas haviam se tornado parte do vocabulário. Novas palavras, novos caminhos, novos alimentos, novas roupas. Mas, enfim, estava contente com as roupas incômodas. Faziam com que se parecesse mais com as outras mulheres, negras e brancas, que vira no povoado, e isso era importante. Ela vivera em cidades diferentes o bastante ao longo dos casamentos para reconhecer a necessidade de aprender a se comportar como as outras pessoas. O que era comum em um lugar talvez fosse ridículo em outro e abominável em um terceiro. A ignorância pode custar caro.

— Como devo chamá-la? — perguntou à mulher branca. Doro tinha dito o nome da mulher uma vez, muito depressa, na apresentação, depois saíra apressado para tratar dos próprios negócios. Anyanwu se lembrava do nome, Sarahcutler, mas não tinha certeza se poderia pronunciá-lo corretamente sem ouvir de novo.

— Sarah Cutler — respondeu a mulher, de maneira muito distinta. — Senhora Cutler.

Anyanwu franziu a testa, confusa. Qual dos dois era o certo?
— Senhora Cutler?
— Sim. Você pronunciou bem.
— Estou tentando aprender. — Anyanwu deu de ombros.
— Preciso aprender.
— Como se diz seu nome?
— Anyanwu — falou, muito devagar, mas, mesmo assim, a mulher perguntou:
— Isso tudo é um nome?
— Só um. Já tive outros, mas Anyanwu é o melhor. Eu volto a ele.
— Os outros são mais curtos?
— Mbgafo. Esse é o nome que minha mãe me deu. E já fui chamada de Atagbusi, e honrada por esse nome. Fui chamada...
— Deixa para lá. — A mulher suspirou e Anyanwu sorriu para si mesma. Chegara a dizer cinco de seus nomes anteriores para Isaac antes que ele desse de ombros e decidisse que Anyanwu era um bom nome, afinal.
— Posso ajudar a fazer essas coisas? — perguntou. Sarah Cutler estava começando a colocar comida na mesa.
— Não — disse a mulher. — Agora, apenas observe. Logo você fará isso. — Ela olhava curiosa para Anyanwu. Não encarava, mas se permitia aqueles rápidos olhares curiosos. Anyanwu achou que cada uma provavelmente tinha uma quantidade semelhante de perguntas sobre a outra.

Sarah Cutler perguntou:
— Por que Doro a chamou de "Mulher Sol"?
Doro tinha começado a demonstrar afeto daquele jeito quando falava com Anyanwu em inglês, embora Isaac reclamasse que isso a fazia parecer uma indígena.

— A palavra de vocês para o meu nome é "Sol" — respondeu. — Doro disse que iria encontrar um nome inglês para mim, mas eu não quis um. Então, ele transforma meu nome em inglês.

A mulher branca balançou a cabeça e riu.

— Você tem mais sorte do que imagina. Com tanto interesse dele em você, estou surpresa que ainda não seja Jane ou Alice ou algo assim.

Anyanwu deu de ombros.

— Doro não mudou o próprio nome. Por que ele deveria mudar o meu?

A mulher olhou para ela com o que parecia pena.

— O que é Cutler? — perguntou Anyanwu.

— Quer saber o que significa?

— Sim.

— Cuteleiro, é quem faz facas. Imagino que meu marido teve ancestrais que faziam facas. Aqui, prove isto. — Ela deu a Anyanwu um pouco de algo oleoso e doce, com recheio de frutas, delicioso.

— É muito bom! — disse Anyanwu. O doce era diferente de tudo que ela havia provado antes. Não sabia o que dizer, exceto as palavras de cortesia que Doro lhe ensinara. — Obrigada. Como se chama isso?

A mulher sorriu, satisfeita.

— É um tipo de bolo que nunca fiz antes, especial para o retorno de Isaac e Doro.

— Você disse... — Anyanwu pensou por um momento. — Você disse que o povo do seu marido era fabricante de facas. Cutler é o nome dele?

— Sim. Aqui, a mulher usa o nome do marido depois do casamento. Eu era Sarah Wheatley antes de me casar.

— Então, Sarah é o nome que você guarda para si mesma.
— Sim.
— Devo chamar você de Sarah, seu nome próprio?
A mulher lhe lançou um olhar enviesado.
— Devo chamar você de... Mbgafo? — A pronúncia dela era terrível.
— Se quiser. Mas existem muitos Mbgafos. Esse nome só quer dizer o dia do meu nascimento.
— Como segunda-feira ou terça-feira?
— Sim. Vocês têm sete. Nós só temos quatro: Eke, Oye, Afo, Nkwo. As pessoas costumam receber o nome do dia em que nasceram.
— Seu país deve estar transbordando de pessoas com o mesmo nome.
Anyanwu assentiu.
— Mas muitas também têm outros nomes.
— Acho que Anyanwu é bem melhor.
— Sim. — Anyanwu sorriu. — Sarah é bom também. Uma mulher deve ter algo só dela.

Doro entrou nesse momento, e Anyanwu percebeu como a mulher se iluminou. Ela não estava triste ou sombria antes, mas dali em diante os anos pareceram se esvair dela. A mulher apenas sorriu para ele e disse que o jantar estava pronto, mas havia um calor na voz dela que não existia antes, apesar de toda a amabilidade. Em alguma época, aquela mulher fora esposa ou amante de Doro. Provavelmente amante. Ainda havia muito carinho entre eles, embora a mulher já não fosse jovem. Onde estava o marido dela, Anyanwu se perguntou. Como é que, naquele lugar, uma mulher poderia cozinhar para um homem que não era seu parente nem sogro enquanto o marido devia estar sentado na frente de uma das casas, soltando fumaça pela boca?

Foi então que o marido entrou, trazendo dois filhos adultos e uma filha, junto com a esposa de um dos filhos, muito jovem e tímida. A moça era esguia, tinha pele em tom de oliva, cabelos pretos e olhos escuros, e mesmo aos olhos de Anyanwu, era muito bonita. Quando Doro falou com ela educadamente, a resposta foi um mero movimento dos lábios. A jovem não olhava para ele, exceto uma vez, quando Doro estava de costas. Mas nesse momento, o olhar dela falou tão alto quanto o repentino brilho de Sarah Cutler. Anyanwu piscou e começou a se perguntar que tipo de homem tinha como companheiro. As mulheres a bordo do navio não achavam Doro tão desejável. Ficavam apavoradas. Mas aquelas mulheres do povo dele... Será que Doro era como um galo para elas, indo de uma fêmea para outra? Afinal de contas, não eram parentes ou amigas dele. Eram pessoas que haviam lhe prometido lealdade ou ele comprara para serem escravizadas. Em certo sentido, eram mais a propriedade do que o povo dele. Os homens riam e conversavam com Doro, mas nenhum era tão ousado quanto Isaac. Todos eram respeitosos. E se as esposas, irmãs ou filhas o olhavam, eles não percebiam. Anyanwu suspeitava bastante que se Doro olhasse de volta, se fizesse mais do que olhar, os homens também se esforçariam para não notar. Ou talvez ficassem honrados. Quem conhecia os hábitos estranhos que aquelas pessoas cultivavam?

Mas naquele momento Doro dava atenção a Anyanwu. Ela estava tímida naquela companhia: homens e mulheres juntos, comendo comida estranha e falando em uma língua que ela tinha a sensação de compreender mal e falar pior ainda. Doro forçava-a a falar, conversando sobre assuntos triviais.

— Você sente falta dos inhames? Aqui não há nenhum igual ao seu.

— Isso não importa. — A voz dela era como a da jovem, não mais do que um movimento dos lábios. Anyanwu sentia vergonha de falar na presença de todos aqueles desconhecidos, mas sempre falara diante de estranhos, e falara bem. Era preciso falar bem e com firmeza quando as pessoas vinham em busca de remédios e cura. Como poderiam ter fé em alguém que sussurrava ou abaixava a cabeça?

Determinada, ela ergueu a cabeça e parou de se concentrar com tanta atenção na sopa. Sentia falta do inhame. Até a sopa estranha fazia-a desejar um monte de inhame socado como acompanhamento. Mas isso não importava. Olhou em volta, encontrando primeiro os olhos de Sarah Cutler, depois de um dos filhos de Sarah e descobrindo apenas cordialidade e curiosidade em ambos. O rapaz, magro e de cabelos castanhos, parecia ter quase a idade de Isaac. Pensar em Isaac fez Anyanwu olhar ao redor.

— Onde está Isaac? — perguntou a Doro. — Você disse que esta era a casa dele.

— Ele está com uma amiga — Doro lhe explicou. — Virá mais tarde.

— É melhor que venha! — respondeu Sarah. — É a primeira noite do retorno dele, e ele não consegue vir para casa jantar.

— Ele teve um motivo — informou Doro. E ela não disse mais nada.

Mas Anyanwu encontrou outras coisas a dizer. E não sussurrou mais. Dedicou alguma atenção a dar colheradas na sopa como os outros faziam e a comer as carnes, os pães e os doces da forma correta, com os dedos. As pessoas ali comiam com mais cuidado do que os homens a bordo; por isso, ela comeu com mais cuidado. Conversou com a jovem tímida e descobriu que era indígena, uma Moicana. Doro a unira a Blake Cutler porque ambos tinham um pouco da sensibilidade que Doro valorizava. Os dois jovens pareciam satisfeitos com a união. Anyanwu pensou que ela mesma ficaria mais feliz na própria união com Doro se o povo dela estivesse por perto. Seria bom para as crianças desse casamento conhecerem o mundo da mãe tão bem quanto o do pai, ficarem cientes da existência de um lugar em que a negritude não era uma marca de escravidão. Ela decidiu que tornaria a própria terra natal viva para essas crianças, quer Doro permitisse ou não. Decidiu não deixar que se esquecessem de quem eram.

Então, quando a conversa se concentrou em torno da guerra contra os indígenas, se viu imaginando se a moça moicana teria preferido esquecer quem era. Os brancos à mesa estavam ansiosos para contar a Doro como, no início do ano, "indígenas convertidos" e um grupo de brancos chamados franceses atravessaram os portões de uma cidade a oeste de Wheatley, uma cidade com o nome impronunciável de Schenectady, massacraram algumas pessoas dali e raptaram outras. Houve muita discussão a respeito daquilo e muito medo foi manifestado, até que Doro prometeu deixar Isaac no povoado, junto com uma das filhas, Anneke, que logo seria muito poderosa. Isso pareceu deixar todos um pouco mais calmos. Anyanwu teve a sensação de só ter compreendido metade da disputa entre tantos povos estrangeiros, mas perguntou se Wheatley já tinha sido atacada.

Doro sorriu, contrariado.

— Duas vezes, por indígenas — respondeu. — Por acaso, eu estava aqui em ambas. Vivemos em paz desde o segundo ataque, há trinta anos.

— Tempo suficiente para eles se esquecerem de qualquer coisa — disse Sarah. — De qualquer forma, esta é uma nova guerra. Franceses e indígenas convertidos! — Ela balançou a cabeça, indignada.

— Papistas! — resmungou o marido dela. — Bastardos! — Meu povo poderia contar a eles sobre os espíritos poderosos que vivem aqui — sussurrou a garota moicana, sorrindo.

Doro a olhou como se não tivesse certeza de ela estava falando sério, mas a jovem abaixou a cabeça.

Anyanwu tocou a mão dele.

— Viu? — disse ela. — Eu falei que você era um espírito!

Todos riram e Anyanwu se sentiu mais confortável entre eles. Em outro momento, descobriria exatamente o que eram papistas e indígenas convertidos e qual era a disputa deles com os ingleses. Já tivera novidades suficientes para um dia. Relaxou e apreciou a refeição.

Ela gostou muito da comida. Após comer e beber bastante, depois que todos se reuniram em torno da lareira alta e de tijolos azulados do salão, para conversar, fumar e tricotar, Anyanwu começou a sentir dores no estômago. Quando a reunião terminou, ela estava se controlando muito para não vomitar toda a comida que tinha ingerido e se humilhar diante de todas aquelas pessoas. Quando Doro lhe mostrou o quarto, com lareira e colchões grossos e macios sobre uma grande cama, ela se despiu e se deitou no mesmo instante. Foi então que descobriu que o corpo reagira mal a um alimento específico: um doce gorduroso, cujo nome ela desconhecia, mas que tinha adorado. Isso, depois da enorme quantidade de carne que tinha comido, acabou sendo demais para o estômago dela. Mas Anyanwu controlou a digestão, aliviou a doença do corpo. A comida não precisou ser vomitada. Bastava se acostumar a ela. Examinou devagar, tão concentrada na própria consciência interior que parecia estar dormindo. Se alguém tivesse falado com ela, não teria escutado. Mantinha os olhos fechados. Foi por isso que esperou, não se curou quando estava no andar de baixo, na presença de outras pessoas. Ali, de qualquer forma, não importava o que fazia. Apenas Doro estava presente, no lado oposto do amplo quarto, sentado a uma mesa de madeira grande e muito mais bonita do que a que possuía no navio. Estava escrevendo, e Anyanwu sabia, de experiências anteriores, que ele faria marcações diferentes em alguns dos livros.

— Trata-se de uma linguagem muito antiga — explicara para ela, uma vez. — Tão antiga que ninguém que esteja vivo consegue decifrar.

— Ninguém, exceto você — disse ela.

E ele concordou com um movimento de cabeça e sorriu.

— As pessoas com quem aprendi me roubaram para me escravizar quando eu era só um menino. Agora, estão todas mortas. Os descendentes delas se esqueceram dessa antiga sabedoria, dessa antiga escrita, das antigas divindades. Só eu me lembro.

Anyanwu não sabia se o que ouvia na voz dele era amargura ou satisfação. Doro ficava muito estranho quando falava sobre a própria juventude. Fazia com que ela quisesse tocá-lo, quisesse lhe dizer que não estava sozinho ao sobreviver a tantas coisas. Mas ele também despertava nela o medo, fazia com que ela se lembrasse de como a diferença dele era mortífera. Por isso, Anyanwu não disse nada.

Naquele momento, enquanto permanecia deitada, examinando, não apenas descobrindo qual comida, mas qual ingrediente daquela comida a deixara doente, era reconfortante saber que Doro estava por perto. Se ele tivesse saído do quarto em completo silêncio, ela teria percebido, teria sentido falta dele. O quarto teria ficado mais frio.

Foi o leite que a deixou enjoada. Leite animal! Aquelas pessoas cozinhavam muita coisa com leite animal! Anyanwu cobriu a boca com a mão. Doro sabia disso? Mas é claro que sabia. Como poderia não saber? Aquele era o povo dele! Mais uma vez, foi necessário todo autocontrole que tinha para evitar o vômito, desta vez por pura repulsa.

— Anyanwu?

Ela percebeu que Doro estava em pé, entre ela e os longos panos que podiam ser fechados para esconder a cama. E percebeu que não foi a primeira vez que ele disse o nome dela. Ainda assim, ficou surpresa em ouvi-lo sem que Doro tivesse gritado ou tocado nela. Falara com calma.

Anyanwu abriu os olhos e olhou para cima, para ele. Estava lindo parado ali, com a luz das velas ao fundo. Despira-se e vestia o pano que ainda usava às vezes quando estavam sozinhos. Mas ela percebeu tudo isso apenas com uma parte da própria mente. Seus pensamentos principais ainda focavam naquela coisa repulsiva que fora induzida a fazer: consumir leite animal.

— Por que você não me contou?! — ela quis saber.

— O quê? — Doro franziu a testa, confuso. — Contar o quê?

— Que essas pessoas estavam me alimentando com leite animal!

Ele caiu na gargalhada.

Anyanwu recuou como se ele tivesse batido nela.

— Então é uma piada? Os outros também estão rindo, agora que não posso ouvir?

— Anyanwu... — Doro conseguiu parar de rir. — Desculpe — falou. — Eu estava pensando em outro assunto, ou não teria rido. Mas, Anyanwu, todos comemos a mesma comida.

— Mas por que parte dela foi feita com...

— Ouça. Conheço o costume de seu povo de não beber leite animal. Eu deveria ter avisado e o teria feito, se pensasse um pouco. Ninguém que comeu conosco sabia que o leite faria mal a você. Garanto, eles não estão rindo.

Ela hesitou. Ele fora sincero; Anyanwu tinha certeza disso. Fora um erro, então. Mesmo assim...

— Essas pessoas cozinham com leite animal o tempo todo?

— O tempo todo — assegurou Doro. — E bebem leite. É o costume delas. Criam parte do gado especialmente para ordenha.

— Abominável! — disse ela, repugnada.

— Não para elas — acrescentou ele. — E você não vai insultar ninguém dizendo que estão cometendo um ato abominável.

Anyanwu o encarou. Doro não parecia dar muitas ordens, mas aquela sem dúvida era uma. Ela não disse nada.

— Você pode se tornar animal sempre que deseja — disse ele. — Sabe que não há nada de errado com o leite animal.

— É para animais! — protestou ela. — Não sou animal agora! Não acabei de fazer uma refeição junto com animais!

Doro suspirou.

— Você sabe que precisa mudar para se adequar aos costumes daqui. Não viveu trezentos anos sem aprender a aceitar novos costumes.

— Não vou mais ingerir leite!

— Não precisa. Mas deixe os outros consumirem o leite deles em paz.

Ela deu as costas para ele. Nunca, em sua longa vida, vivera entre pessoas que violavam aquele tabu.

— Anyanwu!

— Vou obedecer — resmungou a mulher, e depois o encarou, desafiadora. — Quando terei minha própria casa? Meu próprio fogão?

— Quando aprender o que fazer com eles. Que tipo de refeição poderia cozinhar agora, com alimentos que nunca viu antes? Sarah Cutler vai ensinar tudo o que precisa saber. Explique que o leite faz mal para você e ela não vai colocá-lo nas receitas que serão ensinadas. — A voz dele abrandou um pouco, e ele se sentou ao lado dela na cama. — O leite fez mal, não fez?

— Fez. Até a minha carne reconhece algo abominável.

— Mas não fez mal a mais ninguém.

Anyanwu apenas o encarou.

Doro estendeu o braço sob a coberta e acariciou a barriga dela. O corpo de Anyanwu estava quase enterrado em um colchão de penas muito macio.

— Você se curou? — perguntou ele.

— Sim. Mas com tanta comida, demorei muito para descobrir o que estava me fazendo mal.

— Você precisa saber?

— Mas é claro. Como posso saber o que fazer para me curar antes de saber qual é a cura necessária e por quê? Acho que eu conhecia todas as doenças e venenos do meu povo. Preciso aprender os daqui.

— Dói? O aprendizado?

— Ah, sim. Mas só no começo. Depois que aprendo, não dói mais. — A voz dela se tornou debochada. — Agora, me dê sua mão de novo. Pode tocar em mim, mesmo que eu esteja bem.

Doro sorriu e não havia mais tensão entre eles. As carícias dele se tornaram mais íntimas.

— Isso é bom — sussurrou ela. — Sarei bem na hora. Agora, deite aqui e me mostre por que todas aquelas mulheres estavam olhando para você.

Ele riu baixinho, desamarrou o pano e se juntou a ela na cama macia demais.

— Precisamos conversar hoje — disse Doro, depois que ambos estavam saciados, deitados lado a lado.

— Você ainda tem forças para falar, marido? — respondeu Anyanwu, sonolenta. — Achei que você iria dormir e não acordaria até o sol nascer.

— Não. — Já não havia humor na voz dele. Ela havia recostado a cabeça no ombro de Doro, porque ele demonstrara no passado que a queria por perto, encostada nele, até que ele adormecesse. Naquele momento, porém, ergueu a cabeça e o encarou. — Você veio para sua nova casa, Anyanwu.

— Eu sei disso. — Ela não gostou do tom monótono e estranho dele. Aquela era a voz que Doro fazia para assustar as pessoas, a voz que a fazia se lembrar de pensar nele como algo diferente de um homem.

— Você está em casa, mas eu vou partir de novo em algumas semanas.

— Mas...

— Vou partir. Tenho outros povos que precisam de mim para se livrar de inimigos ou que precisam me ver para saber que ainda me pertencem. Tenho um povo desagregado para procurar e unir outra vez. Tenho mulheres em três cidades diferentes que podem gerar filhos poderosos se eu lhes der os companheiros certos. E mais. Muito mais.

Anyanwu suspirou e se afundou ainda mais no colchão. Doro iria deixá-la ali, entre pessoas desconhecidas. Estava decidido.

— Quando você voltar — falou ela, resignada —, haverá aqui um filho para você.

— Você já está grávida?

— Posso ficar agora. Sua semente ainda vive dentro de mim.

— Não!

Ela se sobressaltou, assustada com a veemência dele.

— Este não é o corpo com o qual desejo gerar as primeiras crianças que você terá aqui — disse Doro.

Anyanwu se forçou a dar de ombros, falando casualmente.

— Certo. Vou esperar até você... se tornar outro homem.

— Não precisa. Tenho outro plano para você.

Os cabelos da nuca dela começaram a se eriçar e coçar.

— Qual plano?

— Quero que se case — disse ele. — Você fará isso à maneira do povo daqui, com uma certidão e uma cerimônia.

— Isso não faz diferença. Vou seguir o seu costume.

— Sim. Mas não comigo.

Ela o encarou, perdendo a fala. Doro estava deitado de costas, olhando para uma das grandes vigas que sustentavam o teto.

— Vai se casar com Isaac — declarou. — Quero filhos de vocês dois. E quero que você tenha um marido que faz mais do que visitá-la de vez em quando. Morando aqui, você poderia ficar por um ano, dois anos sem me ver. Não quero que fique tão sozinha.

— Isaac? — sussurrou Anyanwu. — Seu filho?

— Meu filho. Ele é um bom homem. Quer você, e eu quero você com ele.

— Ele é um menino! Ele é...

— Que homem não é um menino para você, exceto eu? Isaac é mais homem do que você pensa.

— Mas... ele é seu filho! Como posso ficar com o filho se o pai, meu marido, ainda está vivo? Isso é abominável!

— Não se eu ordenar.

— Você não pode! É abominável!

— Você deixou seu povoado, Anyanwu, sua cidade, sua terra e seu povo. Está aqui, onde eu defini as regras. Aqui só existe um ato abominável: desobediência. Você vai obedecer.

— Não vou! O que é errado é errado! Algumas coisas mudam de um lugar para outro, mas isso, não. Se o seu povo deseja se rebaixar bebendo leite de animais, posso fazer vista grossa. A vergonha deles é deles. Mas agora você quer que eu me envergonhe, que eu me torne pior do que eles. Como pode me pedir isso, Doro? Até a terra ficará ofendida! Suas colheitas vão murchar e morrer!

Ele fez um som de desdém.

— Isso é tolice! Pensei que tinha encontrado uma mulher sábia demais para acreditar nessa besteira.

— Você encontrou uma mulher que não se degrada! Como é aqui? Os filhos se deitam com suas mães também? Irmãs e irmãos dormem juntos?

— Mulher, se eu ordenar, eles dormem juntos com prazer.

Anyanwu se afastou para que nenhuma parte do próprio corpo encostasse no dele. Doro falara sobre isso antes. Incesto, acasalamento dos filhos e das filhas, com o desprezo canino pelo parentesco. E, repugnada, ela o tirara depressa da terra natal. Salvara os filhos e as filhas, mas naquele momento... quem iria salvá-la?

— Quero descendentes do seu corpo e do dele — repetiu Doro. Ele parou de falar e se ergueu sobre um cotovelo para se inclinar sobre ela. — Mulher Sol, eu lhe diria para fazer algo que machucasse meu povo? A terra é diferente aqui. *É minha terra!* A maioria das pessoas neste lugar existe porque eu fiz os ancestrais delas se casarem de maneiras que seu povo não aceitaria. No entanto, todos aqui vivem bem. A ira de nenhuma divindade os pune. As plantações crescem e as colheitas são ricas a cada ano.

— E alguns deles ouvem tanto os pensamentos alheios que sequer conseguem ter os próprios. Alguns deles se enforcam.

— Alguns de seu povo também se enforcam.

— Não por razões tão terríveis.

— E morrem, mesmo assim. Anyanwu, me obedeça. A vida pode ser muito boa para você aqui. E não encontrará um marido melhor do que meu filho.

Ela fechou os olhos, desprezando o pedido dele, como fizera com as ordens. Também se esforçou para desprezar o próprio medo embrionário, mas não conseguia. Sabia que, quando tanto a ordem como o pedido falhassem, Doro começaria a ameaçar.

Dentro de seu corpo, Anyanwu matou a semente dele. Desconectou os dois pequenos tubos através dos quais a própria semente viajaria ao útero. Fizera isso muitas vezes quando pensava que tinha dado descendentes suficientes a um homem. Naquele momento fazia isso para evitar dar quaisquer descendentes, para evitar ser usada. Ao terminar, ela se sentou e baixou os olhos até Doro.

— Você vem me contando mentiras desde o dia em que nos conhecemos — falou, em um tom brando.

Ele balançou a cabeça contra o travesseiro.

— Não menti para você.

— "Deixe-me dar a você crianças que viverão", você disse. "Prometo, se vier comigo, darei a você crianças de sua própria estirpe", você disse. E agora, me entrega para outro homem. Você não me dá absolutamente nada.

— Você terá descendentes meus, além dos de Isaac.

Anyanwu gritou como se estivesse com dor e saiu da cama dele.

— Arrume outro quarto para mim! — exigiu, contrariada.

— Não vou me deitar aqui com você. Prefiro dormir no chão duro. Prefiro dormir na terra!

Doro ficou imóvel, como se não a tivesse ouvido.

— Durma onde quiser — respondeu, depois de um tempo.

Ela o fuzilou com os olhos; o corpo tremia de medo e raiva.

— Em que você quer me transformar, Doro? Uma cachorra? Eu cuidei de você. Já se passaram muitas vidas desde que me importei tanto com um homem.

Ele não respondeu.

Anyanwu se aproximou da cama, olhou para o rosto inexpressivo dele, ela mesma implorando. Não acreditava que seria possível demovê-lo com um pedido, já que ele estava decidido, mas havia tanto em jogo. Precisava tentar.

— Vim para cá para ser sua esposa — falou. — Mas sempre houve outras pessoas para cozinhar para você, para servi-lo em quase todas as funções de uma esposa. E se não houvesse outras pessoas, conheço tão pouco deste lugar que teria executado mal minhas funções. Você sabia que seria dessa forma para mim, mesmo assim me quis, e eu quis você o suficiente para começar de novo, como uma criança, completamente ignorante. — Ela suspirou e passou os olhos pelo quarto, como se estivesse procurando as palavras que o tocariam. Havia só a mobília estranha: a escrivaninha, a cama, o imenso armário de madeira ao lado da porta, o *kas*, como era chamado, uma coisa holandesa para guardar roupas. Havia duas cadeiras e várias esteiras – tapetes – de tecido pesado e colorido. Era tudo tão estranho quanto o próprio Doro. Aquilo dava a ela uma sensação de desespero, como se tivesse chegado àquele lugar desconhecido só para morrer. Anyanwu olhou para o fogo na lareira, o único elemento familiar no quarto, e falou em tom calmo:

— Marido, pode ser bom que você vá embora. Um ano, ou dois, não é tanto tempo. Não para nós. Já fiquei sozinha por esse tempo muitas vezes antes. Quando você voltar, saberei como ser uma esposa aqui. E vou lhe dar filhos fortes. — Ela voltou os olhos para ele e viu que Doro a observava. — Não me deixe de lado antes que eu mostre a você que boa esposa posso ser.

Ele se sentou e colocou os pés no chão.

— Você não entende — disse com suavidade. Puxou-a para baixo, para que se sentasse ao lado dele na cama. — Já não lhe contei o que estou criando? Ao longo dos anos, tenho levado pessoas com tão pouco poder que eram quase comuns, e as cruzei entre si várias e várias vezes até que em seus descendentes as pequenas habilidades se desenvolveram, e um homem como Isaac pôde nascer.

— E um homem como Lale.

— Lale não era tão ruim quanto parecia. Ele lidava muito bem com qualquer habilidade que tinha. E eu criei outros da estirpe dele que tinham mais habilidades e um temperamento melhor.

— Você o criou, então? Com o quê? Montes de argila?

— Anyanwu!

— Isaac me contou que os brancos acreditam que o deus deles fez o primeiro povo a partir a argila. Você fala como se considerasse a si mesmo como aquele deus!

Doro respirou fundo e olhou para ela com tristeza.

— O que sou ou considero ser não precisa ser da sua conta de forma alguma. Eu disse o que você deve fazer... Não, fique quieta. Escute.

Ela fechou a boca e engoliu em seco um novo protesto.

— Eu disse que você não havia compreendido — continuou ele. — Agora acho que está entendendo errado, de propósito. Você acredita mesmo que quero deixá-la de lado porque você tem sido uma esposa sofrível?

Anyanwu desviou o olhar. Não, claro que ela não acreditava nisso. Só esperava sensibilizá-lo, fazê-lo parar com os pedidos impossíveis. Não, ele não a estava deixando de lado por motivo algum. Estava apenas a acasalando, como se acasalam os bovinos e os caprinos. Doro havia dito: "Quero descendentes de seu corpo e do dele". O que ela queria não importava. Alguém perguntava a uma vaca ou a uma cabra se desejava se reproduzir?

— Estou lhe dando o melhor de meus filhos — argumentou ele. — Espero que você seja uma boa esposa. Nunca a mandaria para ele se achasse que você não seria capaz.

Anyanwu balançou a cabeça devagar.

— Foi você quem não me entendeu. — Ela o encarou, encarou os olhos extremamente comuns, o rosto comprido e bonito dele. Até então, conseguira evitar um confronto como aquele cedendo um pouco, obedecendo. Naquela situação, não conseguia obedecer. — Você é meu marido — disse, apaziguadora —, ou não tenho marido. Se eu precisar de outro homem, vou encontrar um. Meu pai e todos os meus outros maridos morreram há muito tempo. Você não deu dote algum por mim. Pode me mandar embora, mas não pode me dizer para onde devo ir.

— É claro que posso. — A calma impassível dele combinava com a dela, mas nele havia uma evidente resignação.

— Você sabe que precisa obedecer, Anyanwu. Ou devo pegar seu corpo e conseguir eu mesmo os filhos que quero obter dele?

— Você não consegue.

— Dentro de si, ela alterou ainda mais os órgãos reprodutivos, fazendo com que já não fosse uma mulher, mas não exatamente um homem, só por garantia. — Você pode ser capaz de empurrar meu espírito para fora de meu corpo — afirmou. — Acho que pode, embora eu nunca tenha sentido seu poder. Mas meu corpo não lhe dará nenhuma satisfação. Levaria muito tempo para você aprender a corrigir tudo o que fiz com ele, caso conseguisse aprender. Este corpo não vai conceber uma criança agora. E não viverá muito mais tempo sem mim para vigiá-lo.

Anyanwu percebeu a raiva na voz, quando ele retomou a palavra.

— Você sabe que vou reunir seus filhos e suas filhas se não puder ter você.

Ela lhe deu as costas, não queria que ele visse o medo e a dor, não queria que os próprios olhos o vissem. Doro era uma coisa repugnante.

Ele se aproximou e parou atrás dela, colocando as mãos em seus ombros. Anyanwu as afastou com violência.

— Pode me matar! — ordenou ela. — Pode me matar agora, mas jamais encoste em mim desse jeito de novo!

— E em seus filhos e suas filhas? — questionou Doro, impassível.

— Nenhum filho meu, nenhuma filha minha cometeria os atos abomináveis que você quer — murmurou ela.

— Agora quem está mentindo? — perguntou ele. — Você sabe que seus descendentes não têm a sua força. Vou conseguir deles o que quero, e as crianças que gerarem serão tão minhas quanto as pessoas daqui.

Anyanwu não disse nada. Doro estava certo, óbvio. Até a força dela era uma mera bravata, uma fachada para um pavor absoluto. Era apenas a raiva que mantinha sua cabeça erguida. E para que serve a raiva ou o desacato? Ele consumiria o espírito dela; não haveria próxima vida para Anyanwu. Depois, usaria e corromperia os filhos e as filhas dela. Ela se sentia prestes a chorar.

— Você vai superar a raiva — disse ele. — Sua vida aqui será próspera e boa. Ficará surpresa ao ver como combina bem com essas pessoas.

— Não vou me casar com seu filho, Doro! Não importa quais ameaças você faça, não importa quais promessas: não vou me casar com seu filho!

Doro suspirou, amarrou o pano em volta do corpo e se dirigiu para a porta.

— Fique aqui — falou. — Vista algo e espere.

— O quê? — ela quis saber, amargurada.

— Isaac — respondeu ele.

E quando se virou para encará-lo, abrindo a boca para amaldiçoar tanto ele como o filho dele, Doro se aproximou dela e a golpeou no rosto com toda a força.

Houve um instante, antes que o golpe a atingisse, em que ela poderia ter segurado o braço dele e quebrado os ossos, como se fossem gravetos secos. Houve um instante, antes de o golpe acertá-la, em que ela poderia ter arrancado o pescoço dele.

Mas Anyanwu absorveu o golpe, deslocou-se com ele, não fez nenhum som. Já fazia muito tempo desde que desejara tanto matar um homem.

— Vejo que sabe como ficar calada — disse Doro. — Vejo que não está tão disposta a morrer como você imaginava. Ótimo. Meu filho pediu para ter a chance de conversar com você, caso se recusasse a obedecer. Espere aqui.

— O que ele pode me dizer que você já não disse? — questionou ela, em tom áspero.

Doro parou na porta para lhe lançar um olhar de desprezo. O golpe que dera nela tivera menos poder de feri-la do que aquele olhar.

Depois que a porta se fechou atrás dele, Anyanwu foi até a cama e se sentou, contemplando o fogo, sem ver. Quando Isaac bateu na porta, o rosto dela estava molhado de lágrimas que ela não se lembrava de ter derramado.

* * *

Anyanwu o fez esperar até enrolar-se em um pano e secar o rosto. Depois, com um cansaço apático, desesperançado, ela abriu a porta e deixou o rapaz entrar.

Ele parecia tão esgotado quanto ela. O cabelo amarelo caía sobre os olhos vermelhos. A pele bronzeada pelo sol estava mais pálida do que Anyanwu jamais a vira. Isaac não parecia só cansado, mas doente.

Ficou parado, olhando-a, sem dizer nada, fazendo-a querer ir até ele como iria até Okoye, e tentar confortá-lo. Em vez de fazer isso, ela se sentou em uma das cadeiras do quarto, para que ele não pudesse se sentar perto dela.

Complacente, o rapaz se sentou diante de Anyanwu, na outra cadeira.

— Ele ameaçou você? — perguntou em voz mansa.

— É claro. É só o que ele sabe fazer.

— E lhe prometeu uma boa vida se obedecesse?

—... Sim.

— Ele manterá a palavra, você sabe. De um jeito ou de outro.

— Já percebi como ele mantém a palavra.

Houve um silêncio longo e incômodo. Por fim, Isaac sussurrou:

— Não o obrigue a fazê-lo, Anyanwu. Não jogue fora sua vida!

— Você acha que quero morrer? — respondeu ela. — Minha vida tem sido boa e muito longa. Pode ser ainda melhor e mais longa. O mundo é um lugar muito mais amplo do que eu imaginava; tenho muito para ver e conhecer. Mas não serei a cachorra dele! Ele que cometa suas abominações com outras pessoas!

— Com os seus filhos, suas filhas?

— Você também está me ameaçando, Isaac?

— Não! — gritou o rapaz. — Você sabe muito bem, Anyanwu.

Ela virou o rosto para longe dele. Se ao menos ele fosse embora. Não queria dizer nada que o machucasse. Isaac falou em tom brando:

— Quando ele me contou que me casaria com você, fiquei surpreso e com um pouco de medo. Você foi casada muitas vezes, e eu, nenhuma. Sei que Okoye é seu neto, um de seus netos mais novos, e ele tem quase a minha idade. Não vejo como poderia me comparar a toda a sua experiência. Mas eu queria tentar! Você não sabe o quanto eu queria tentar.

— Você vai ser reproduzido, Isaac? Isso não significa nada para você?

— Você não sabia que eu já a desejava bem antes de ele decidir que deveríamos nos casar?

— Sabia. — Ela o encarou. — Mas o que é errado, é errado!

— Aqui não é errado. É... — Ele deu de ombros. — Pessoas de fora sempre têm dificuldade em nos entender. Poucas coisas são proibidas aqui. A maioria de nós não acredita em divindades e espíritos e demônios que devem ser agradados ou temidos. Temos Doro, e ele é o bastante. Ele nos diz o que fazer, e se não for o mesmo que outras pessoas fazem, não importa, porque não duraremos muito se não o fizermos. Não importa o que as pessoas de fora pensam de nós.

Isaac se levantou e ficou em pé, ao lado da lareira. A chama baixa parecia confortá-lo também.

— As atitudes de Doro não são estranhas para mim — explicou. — Convivi com elas minha vida toda. Compartilhei mulheres com ele. Minha primeira mulher... — Ele hesitou, olhou-a como se quisesse perceber de que maneira ela estava recebendo aquele discurso, se estava ofendida. Anyanwu estava quase indiferente. Estava decidida. Nada que o rapaz dissesse mudaria isso. — Minha primeira mulher — continuou — foi uma que ele enviou para mim. As mulheres ficam felizes em estar com ele. E também não se importaram em estar comigo quando viram como ele me favorecia.

— Vá ficar com elas, então — disse Anyanwu baixinho.

— Eu iria — disse Isaac, em tom compatível com o dela.

— Mas não quero. Prefiro ficar com você... pelo resto da minha vida.

Ela quis sair correndo do quarto.

— Isaac, me deixe em paz!

Ele balançou a cabeça devagar.

— Se eu sair deste quarto hoje, você vai morrer hoje. Não me peça para apressar sua morte.

Anyanwu não disse nada.

— Além disso, quero que você tenha uma noite para pensar. — O rapaz olhou para ela com as sobrancelhas franzidas.

— Como pode sacrificar seus descendentes?

— Que descendentes, Isaac? Os que tenho ou os que ele vai me obrigar a ter com você e com ele?
Ele piscou.
— Ah.
— Não posso matá-lo, nem mesmo compreender o que há para matar. Eu o mordi quando ele estava em outro corpo, e Doro não parecia ser mais do que carne, mais do que um homem.
— Você nunca tocou nele — disse Isaac. — Lale fez isso uma vez, estendeu a mão daquele jeito dele para alterar os pensamentos de Doro. Quase morreu. Acho que teria morrido se Doro não tivesse se esforçado tanto para não o matar. Doro usa a carne, mas não é carne, nem espírito, segundo ele.
— Não consigo entender isso — admitiu ela. — Mas não importa. Não posso salvar meus filhos dele. Não posso me salvar. Mas não vou dar a ele outras pessoas para profanar.
Isaac se afastou do fogo, voltou para a cadeira e puxou-a para perto de Anyanwu.
— Você poderia salvar gerações não nascidas, se quisesse, Anyanwu. Poderia ter uma boa vida para si e impedi-lo de matar muitas outras.
— Como posso impedi-lo? — falou ela, com repulsa. — Pode-se impedir um leopardo de fazer o que nasceu para fazer?
— Ele não é um leopardo! Não é nenhum tipo de animal insensível!
Anyanwu notou a raiva na voz do rapaz. Suspirou.
— Ele é seu pai.
— Ah, Deus — resmungou Isaac. — Como posso fazer você entender... Eu não estava ofendido por um insulto ao meu pai, Anyanwu, estava dizendo que, ao próprio modo, ele é um ser racional. Você está certa sobre a maneira como

ele mata, é inevitável. Quando precisa de um novo corpo, Doro pega um, querendo ou não. Mas, na maioria das vezes, ele se transfere de corpo porque quer, não porque precisa; e existem poucas pessoas, quatro ou cinco, que podem exercer influência suficiente a ponto de impedi-lo de matar, salvar algumas de suas vítimas. Eu sou uma delas. Você poderia ser outra.

— Você não quis dizer impedi-lo — disse ela, cansada.
— Você tem a intenção de... — então procurou na memória a palavra certa — ... Quis dizer atrasá-lo.

— Eu quis dizer o que eu disse! Existem pessoas que ele escuta, pessoas que valoriza para além do que valem como reprodutoras ou serviçais. Pessoas que podem dar a ele... um pingo da companhia de que ele precisa. E que estão entre as poucas pessoas no mundo que ele ainda pode amar, ou das quais pode ao menos gostar. Embora eu ache que, comparado com o que o resto de nós sente quando ama, odeia, inveja ou o que for, Doro não sinta grande coisa. Acho que ele não consegue. Tenho medo de que chegue a hora em que ele não sentirá nada. Se isso acontecer, não existe limite para o mal que ele poderia causar. Fico feliz por não ter de viver para ver isso. Mas você poderia viver para ver, ou para evitar, isso. Poderia ficar com ele, mantê-lo tão humano quanto ele é agora, pelo menos. Eu vou envelhecer; vou morrer como todos os outros, mas você não vai, ou não precisa, morrer. Você é um tesouro para ele. Acho que ele ainda não entendeu isso de verdade.

— Ele sabe.
— Ele sabe, é claro, mas não... ainda não sente. Ainda não é real para ele. Você não entende? Doro viveu mais de três mil e setecentos anos. Quando Cristo, o Filho do Deus

da maioria das pessoas brancas nessas colônias, nasceu, Doro já tinha uma idade impossível de se imaginar. Todo mundo sempre foi temporário para ele: esposas, filhos, amigos, até tribos e nações, deuses e demônios. Tudo morre, menos ele. E talvez você, Mulher Sol, talvez você. Faça com que Doro perceba que você não é como todo mundo, faça com que ele sinta isso. Prove para ele, mesmo que por um tempo precise fazer algumas coisas de que você não gosta. Estenda a mão; continue estendendo. Mostre a ele que não está mais sozinho!

Houve um longo período de silêncio. Na lareira, a lenha deslizou, faiscou e estalou quando a madeira nova começou a queimar. Anyanwu cobriu o rosto e balançou a cabeça lentamente.

— Eu queria acreditar que você é um mentiroso — sussurrou ela. — Estou com medo, com raiva e desesperada, e você ainda coloca mais peso sobre mim.

O rapaz não disse nada.

— O que é proibido aqui, Isaac? O que é perverso suficiente para que um homem seja levado embora e morto?

— Assassinato — disse Isaac. — Às vezes, roubo, algumas outras coisas. E, claro, desafiar Doro.

— Se um homem matasse alguém e Doro dissesse que ele não deve ser punido, o que aconteceria?

Isaac franziu a testa.

— Se o homem precisasse ser mantido vivo, talvez para reprodução, Doro provavelmente o levaria daqui. Ou, se fosse cedo demais, se ele estivesse sendo guardado para uma garota ainda muito jovem, Doro o mandaria embora da colônia. Ele não nos pediria para tolerá-lo aqui.

— E quando o homem não fosse mais necessário, ele morreria?

— Sim.

Anyanwu respirou fundo.

— Então, talvez vocês tentem manter alguma decência. Talvez ele ainda não tenha transformado vocês em animais.

— Submeta-se a ele agora, Anyanwu, e depois você poderá impedi-lo de nos transformar em animais.

Submeta-se a ele. As palavras traziam um gosto amargo à boca de Anyanwu, mas ela olhou para o rosto pálido de Isaac, e o sofrimento evidente dele, o medo por ela, de algum modo a acalmaram. Ela falou com suavidade.

— Quando ouço você falar dele, acho que o ama mais do que ele ama você.

— O que importa?

— Não importa. Você é um homem para quem isso não importa. Achei que ele poderia ser um bom marido. No navio, fiquei preocupada em não ser a esposa de que ele precisava. Queria agradá-lo. Agora só consigo pensar que ele nunca vai me libertar.

— Nunca? — Isaac repetiu com uma ironia sutil. — É tempo demais, até mesmo para você e ele.

Anyanwu se virou para o lado oposto. Em outra ocasião, poderia ter se divertido ao ouvir Isaac recomendando paciência. O rapaz não era um jovem paciente. Mas naquele momento estava desesperado pelo bem dela.

— Você terá sua liberdade, Anyanwu — garantiu ele —, mas primeiro terá de alcançá-lo. Ele é como uma tartaruga envolta em um casco que fica mais grosso a cada ano. Vai demorar muito para você chegar ao homem lá dentro, mas tem muito tempo e existe um homem lá dentro que precisa disso. Ele nasceu como nós. Foi desvirtuado porque não pode morrer, mas ainda é um homem. — Isaac fez uma pausa para respirar. — Não tenha pressa, Anyanwu. Quebre o casco; entre. Doro pode acabar sendo o que você precisa, assim como acho que você é o que ele precisa.

Ela sacudiu a cabeça. Sabia como as pessoas escravizadas se sentiam enquanto eram acorrentadas a um banco, com o ferro quente queimando-lhes a carne. Orgulhosa, negara ser uma escrava. Já não podia mais negar. A marca de Doro estava nela desde o dia em que se conheceram. Anyanwu só poderia se libertar dele morrendo e sacrificando os próprios filhos e as próprias filhas, deixando-o solto no mundo para se tornar ainda mais animalesco. Muito do que Isaac dissera parecia certo. Ou era a covardia dela, o medo do jeito horrível como Doro matava, que fazia as palavras do rapaz parecerem tão razoáveis? Como ela poderia saber? Qualquer coisa que fizesse resultaria em algum mal.

Isaac levantou-se, aproximou-se de Anyanwu, pegou as mãos dela e a pôs de pé.

— Não sei que tipo de marido poderei ser para... alguém como você — disse ele. — Mas, se o desejo de agradá-la servir para alguma coisa...

Cansada, desesperada, ela permitiu que ele a puxasse para perto de si. Se fosse uma mulher comum, o rapaz poderia tê-la deixado sem ar. Depois de um instante, Anyanwu disse:

— Se Doro tivesse feito isso de forma diferente, Isaac, se ele tivesse dito, quando nos conhecemos, que queria uma esposa para o filho e não para si, eu não teria humilhado você com minha recusa.

— Não fui humilhado — murmurou ele. — Contanto que você não faça com que ele a mate...

— Se eu tivesse a coragem de sua mãe, eu me mataria.

O rapaz a encarou, assustado.

— Não, vou viver — Anyanwu o tranquilizou. — Não tenho coragem de morrer. Nunca imaginei que eu fosse uma covarde, mas sou. Viver se tornou um hábito muito precioso.

— Você não é mais covarde do que o resto de nós — disse ele.

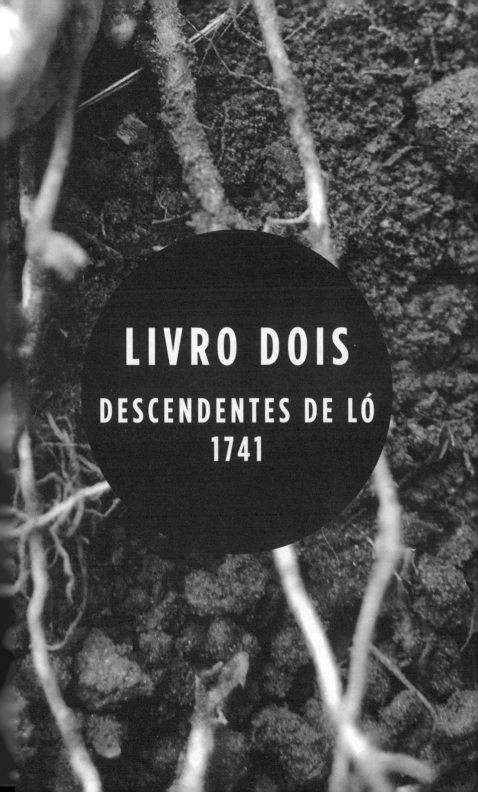

7

Doro viera a Wheatley para garantir o bem-estar de uma de suas filhas. Ele tivera a sensação de que algo estava errado com ela e, como de costume, permitiu que a intuição o guiasse.

Chegando à cidade, depois do desembarque, conseguiu ouvir que uma discussão exaltada estava em curso: algo relacionado à vaca de um dos homens, que arruinara a horta de outro.

Doro se aproximou dos adversários devagar, observando-os. Eles estavam diante de Isaac, que se sentara em um banco na frente da casa que ele e Anyanwu tinham construído havia mais de cinquenta anos. Isaac, esguio, de aparência jovem apesar da idade e do espesso cabelo grisalho, não tinha autoridade oficial para resolver brigas. Fora agricultor, depois comerciante, mas nunca juiz. No entanto, mesmo quando era mais jovem, as pessoas costumavam levar os desentendimentos a ele. Afinal, era um dos filhos favoritos de Doro. Isso o tornava poderoso e influente. Além disso, era conhecido por ser honesto e justo. As pessoas gostavam dele como jamais conseguiriam gostar de Doro. Podiam até adorar Doro como a um deus, podiam lhe oferecer amor, medo, respeito, mas a maioria o considerava intimidador demais para gostar dele. Um dos motivos pelos quais Doro voltava para um filho como Isaac, que estava velho e havia muito perdera a utilidade, era que, além de filho, Isaac era um amigo. Uma das poucas pessoas que apreciavam a companhia de Doro, sem medo ou falsidade. E Isaac estava idoso, próximo da morte. Todos morriam tão depressa...

Doro chegou à casa e, por um instante, permaneceu montado, desaprumado, na égua preta, um belo animal que viera com o último corpo dele, nada belo. Os dois homens que discutiam a respeito da vaca já tinham se acalmado a essa altura, Isaac tinha um jeito de acalmar pessoas desarrazoadas. Qualquer outro homem que dissesse ou fizesse exatamente o que Isaac dizia e fazia teria sido abatido por atrapalhar. Mas as pessoas davam ouvidos a Isaac.

— Pelham — Isaac estava dizendo ao mais velho dos dois homens, um agricultor magro, de ossos grandes, de quem Doro lembrava por ser um reprodutor de baixa qualidade. — Pelham, se você precisar de ajuda com a cerca, mando um dos meus filhos até lá.

— Meu garoto é capaz de lidar com a cerca — respondeu Pelham. — Ele consegue lidar com tudo que tenha a ver com madeira.

O filho de Pelham, Doro se lembrava, mal conseguia evitar mijar nas calças. Era um homem grande, forte, com a mentalidade de uma criança – felizmente, uma criança tímida e gentil. Doro ficou satisfeito em saber que ele era capaz lidar com alguma coisa.

Isaac ergueu os olhos e percebeu, pela primeira vez, os traços afilados que Doro apresentava naquele momento, e fez o que sempre fazia. Sem nenhum dos talentos do irmão, Lale, para alertá-lo, Isaac inevitavelmente reconheceu o pai.

— Bem — disse ele —, já estava na hora de você voltar para nos visitar. — Depois, virou-se na direção da casa e disse:
— Peter, venha aqui.

Ergueu-se, cheio de energia, e pegou as rédeas do cavalo de Doro, entregando-as ao filho, Peter, assim que o garoto saiu da casa.

— Algum dia vou fazer você me explicar como sempre me reconhece — disse Doro. — Não pode ser nada que você veja.

Isaac riu.

— Eu explicaria, se eu mesmo soubesse. Você é você, só isso.

Uma vez que Doro havia falado, Pelham e o outro homem o reconheceram e começaram a falar ao mesmo tempo, em boas-vindas confusas e balbuciadas.

Doro ergueu a mão.

— Estou aqui para ver meus filhos e minhas filhas — disse ele.

As boas-vindas cessaram. Os dois homens apertaram a mão dele, desejaram boa noite e saíram depressa para espalhar a notícia do retorno. Em poucas palavras, Doro deixara claro que a visita não era oficial. Não voltara para conseguir um corpo novo e, portanto, não receberia visitas para solucionar reclamações sérias ou oferecer a ajuda financeira ou de outra espécie de que as pessoas necessitavam, como se tornara costume em Wheatley e em alguns dos outros assentamentos. Naquela visita, ele era apenas um homem que viera ver os filhos e as filhas, que ali somavam quarenta e duas pessoas, desde bebês até Isaac. Era raro que viesse à cidade sem outro objetivo além de vê-los, mas quando fazia isso, as outras pessoas o deixavam em paz. Se alguém necessitasse de algo desesperadamente, abordaria um dos filhos ou das filhas dele.

— Venha — disse Isaac. — Beba uma cerveja, coma alguma coisa. — Ele não tinha a voz de um homem idoso, aguda e oscilante. Sua voz se tornara mais grave e firme, o que contribuía para a autoridade. Mas tudo que Doro conseguia ouvir no momento era uma honesta satisfação.

— Comida ainda não — respondeu Doro. — Onde está Anyanwu?

— Ela está ajudando com o bebê dos Sloane. A sra. Sloane deixou o bebê adoecer e quase morrer antes de pedir ajuda. Anyanwu disse que era pneumonia.

Isaac serviu duas canecas de cerveja.

— O bebê ficará bem?

— Anyanwu diz que sim, embora estivesse prestes a estrangular os Sloane. Até eles já estão aqui há tempo o bastante para saber que não se deve deixar uma criança sofrer daquele jeito se ela está a poucas casas de distância. — Isaac fez uma pausa. — Eles têm medo da negritude e do poder dela. Acham que ela é uma bruxa, e que os fungos medicinais que ela fez são algum veneno.

Doro franziu a testa e deu um gole na cerveja. Os Sloane eram as sementes originárias mais novas dele, um casal que se encontrara antes que Doro os encontrasse. Eram pessoas perigosas, instáveis, excruciantemente sensíveis, que ouviam os pensamentos dos outros em ondas intermitentes. Quando um captava uma onda de dor, raiva, medo, qualquer emoção intensa, ela era transmitida ao outro e ambos sofriam. Nada disso era deliberado ou controlado. Apenas acontecia. Desamparados, os Sloane haviam brigado, bebido, chorado e rezado muito para que aquilo parasse de acontecer, mas não parava. Nunca. Fora por isso que Doro os levara para Wheatley. Eram reprodutores excelentes para servirem como sementes originárias. Ele suspeitava que, de um jeito ou de outro, ambos descendiam do povo dele. Com certeza, eram parecidos o bastante com seu povo para se tornarem excelentes vítimas. E depois que tivessem produzido mais algumas crianças, Doro pretendia sacrificar os dois. Seria quase um ato de benevolência.

Mas, por ora, continuariam sendo péssimos pais, negligenciando e maltratando as crianças, não por crueldade, mas porque eles mesmos sofriam demais para perceber o sofrimento delas. Era provável que só percebessem esse sofrimento como um adendo ao que sentiam. Por isso, às vezes, quase matavam os filhos. Doro não havia acreditado que os Sloane fossem perigosos a esse ponto. Naquele momento, já não tinha tanta certeza.

— Isaac...?

Isaac olhou para ele, compreendendo a pergunta não feita.

— Imagino que você tem a intenção de manter os pais vivos por algum tempo.

— Sim.

— Então, é melhor encontrar outra casa para a criança, e para todas as crianças que eles venham a ter. Anyanwu diz que eles não deveriam ter nenhuma.

— O que significa, é claro, que deveriam ter tantas quanto possível.

— Do seu ponto de vista, sim. Pessoas bastante úteis. Já comecei a convencê-los a abrir mão da criança.

— Ótimo. E?

— Estão preocupados com o que as pessoas vão pensar. Tenho a impressão de que ficariam felizes em se livrar do bebê se não fosse por isso... e uma outra questão.

— Qual?

Isaac desviou o olhar.

— Estão preocupados a respeito de quem cuidará dos dois quando forem idosos. Falei que você conversaria com eles sobre isso.

Doro deu um leve sorriso. Isaac se recusava a mentir para as pessoas que Doro havia selecionado como vítimas. Na maioria das vezes, se recusava a dizer elas o que quer que fosse. Às vezes, essas pessoas pressentiam que algo estava sendo escondido delas e fugiam. Doro tinha prazer em procurá-las e capturá-las. Lann Sloane, Doro pensou, seria uma caça particularmente boa. O homem trazia em si uma espécie de consciência animal.

— Anyanwu diria que você está com sua expressão de leopardo — comentou Isaac.

Doro deu de ombros. Ele sabia o que Anyanwu diria e o que queria dizer quando o comparava com um bicho ou outro. No passado, ela já dissera coisas daquele tipo por medo ou raiva. No presente, as dizia por um ódio amargo. Tornara-se a coisa mais próxima que ele tinha de um inimigo. Ela obedecia. Era educada. Mas também era capaz de guardar rancor como nenhuma outra pessoa que Doro conhecia. Estava viva por causa de Isaac. Doro não tinha dúvidas de que, se ele tivesse tentado entregá-la a qualquer outro dos filhos, a mulher teria se recusado e morrido. Perguntara o que Isaac dissera para convencê-la a mudar de ideia; como ela se recusara a falar, ele perguntara ao filho. Para a própria surpresa, Isaac também se recusara a dizer. O filho recusava-lhe pouco, era raro que o enfurecesse. Mas naquela ocasião...

"Você a entregou a mim", dissera Isaac. "Agora, ela e eu precisamos ter coisas só nossas." O rosto e a voz dele revelaram a Doro que ele não diria mais nada. Doro deixara Wheatley no dia seguinte, confiante de que Isaac cuidaria dos detalhes: se casaria com a mulher, construiria uma casa para si, a ensinaria a viver no assentamento, escolheria um trabalho, começaria a trazer crianças ao mundo. Aos vinte e cinco anos, Isaac já era bastante competente. E Doro não confiava em si mesmo para permanecer perto do filho ou de Anyanwu. A intensidade da própria raiva o surpreendia. Em geral, bastava que as pessoas o irritassem para que morressem por causa do erro. Era difícil se lembrar de quanto tempo se passara desde que sentira uma raiva verdadeira e deixara quem a causara sobreviver. Porém, o filho e aquela mulherzinha irritante da floresta que, sorte dela, era a melhor semente originária que Doro já encontrara, sobreviveram. Em Anyanwu, no entanto, não havia perdão. Se ela aprendera a amar o marido, não aprendera a perdoar o pai do marido. Vez ou outra, Doro tentava transpassar a hostilidade polida e indiferente dela, tentava dobrá-la, fazê-la voltar a ser o que era quando ele a tirara do próprio povo. Não estava acostumado a pessoas que resistiam a ele, não estava acostumado a ser alvo do ódio delas. A mulher era um quebra-cabeças ainda sem solução; e era por isso que naquele momento, depois de dar a ele oito descendentes, de dar a Isaac cinco descendentes, ela ainda estava viva. Anyanwu retornaria para ele, sem frieza. Voltaria a ser jovem sem que lhe pedissem isso, e retornaria para ele. Então, satisfeito, Doro a mataria.

Ele lambia os lábios pensando nisso, e Isaac tossiu. Doro olhou para o filho com o carinho de antes e reformulou os pensamentos. Anyanwu viveria até a morte de Isaac. Ela mantinha o marido saudável, talvez até o mantivesse vivo. Fazia aquilo por si mesma, é claro. Isaac a conquistara havia muito tempo, como conquistava a todos, e Anyanwu não queria perdê-lo antes do tempo. Mas os motivos dela não importavam. Sem se dar conta, ela prestava um serviço a Doro. Ele também não queria perder Isaac antes da hora. Doro sacudiu a cabeça e falou para se distrair dos pensamentos sobre a morte do filho.

— Eu estava na cidade grande a negócios — disse ele. — Então, uma semana atrás, quando eu deveria ir para a Inglaterra, me vi pensando em Nweke. — Era a filha mais nova de Anyanwu. Doro afirmava que também era filha dele, embora a mulher contestasse isso. Ele usara o corpo do pai da menina, mas não no momento da concepção. Assumira-o depois.

— Nweke está bem — afirmou Isaac. — Tanto quanto pode estar, imagino. A transição dela será em breve e ela tem dias ruins, mas Anyanwu parece conseguir reconfortá-la.

— Você não percebeu se ela teve algum problema incomum nos últimos dias?

Isaac pensou por um instante.

— Não, não que eu me lembre. Não a vejo muito. Ela tem ajudado nas costuras para uma amiga que está para se casar. A filha de Van Ness, você conhece.

Doro assentiu.

— E eu estou ajudando com a casa dos Boyden. Acho que dá para dizer que estou construindo a casa dos Boyden. Tenho de usar o que tenho, de vez em quando, não importa o quanto Anyanwu implique comigo para que eu pegue leve. Caso contrário, vou acabar caminhando a alguns centímetros do chão, ou atirando coisas. A habilidade não parece enfraquecer com a idade.

— Percebi. Você ainda faz uso dela?

— Você nem imagina o quanto — disse Isaac, sorrindo. Então desviou os olhos, a lembrança daquele prazer iluminando o rosto dele, fazendo com que parecesse anos mais jovem. — Sabia que ainda voamos, Anyanwu e eu? Você precisa vê-la na pele do pássaro que ela mesma inventou. Uma cor inacreditável.

— Temo vê-la como cadáver se vocês continuarem fazendo essas coisas. As armas de fogo estão cada dia melhores. Voar é um risco absurdo.

— É o que eu faço — respondeu Isaac, baixinho. — Você sabe que não adianta me pedir para desistir disso de vez.

Doro suspirou.

— Acho que sei.
— De qualquer forma, Anyanwu sempre me acompanha, e sempre voa um pouco mais baixo.

Anyanwu, a protetora, pensou Doro, com uma amargura que surpreendeu a si mesmo. Anyanwu, a defensora de qualquer pessoa que precisasse dela. Doro se perguntava o que a mulher faria se ele dissesse que precisava dela. Riria? Muito provavelmente. E estaria certa, é claro. Ao longo dos anos, tornou-se quase tão difícil fazê-la acreditar em uma mentira dele quanto era, para ela, contar uma que o convencesse. A única razão pela qual Anyanwu não sabia nada sobre a colônia dos descendentes africanos dela que Doro tinha na Carolina do Sul era que ele nunca lhe dera um motivo para perguntar. Nem mesmo Isaac sabia.

— Isso incomoda você? — perguntou a Isaac. — Contar com a proteção dela?

— No começo, incomodava — admitiu Isaac. — Queria me distanciar dela. Sou mais rápido do que qualquer ave, quando quero. Eu a deixava para trás e a ignorava. Mas Anyanwu estava sempre ali, se esforçando para me alcançar, sendo estorvada por ventos que em nada me incomodavam. Ela nunca desistiu. Depois de algum tempo, comecei a esperar que ela estivesse ali. Agora, acho que ficaria mais incomodado se ela não me acompanhasse.

— Atiraram nela?

Isaac hesitou.

— É para isso que servem as cores chamativas, imagino — disse ele, por fim. — Para distrair a atenção que viria para mim. Sim, atiraram nela algumas vezes. Ela cai alguns metros, se debate, para me dar tempo de escapar. Depois se recupera e me segue.

Doro ergueu os olhos até o retrato de Anyanwu na parede oposta à lareira alta e vazia. O estilo da casa era inglês aqui, holandês ali, igbo mais adiante. Anyanwu tinha feito potes de barro, variações daqueles que ela vendia no mercado da terra natal em outros tempos. As pessoas os compravam dela e os colocavam nas próprias casas, do mesmo modo que Anyanwu fazia. Os trabalhos dela eram tanto decorativos como utilitários e ali, naquela casa com lareira e *kas* holandeses, banco inglês e cadeiras de espaldar adornado como tronos, os potes evocavam memórias da terra que ela nunca mais veria. Anyanwu jamais cobria o chão com areia, como as mulheres holandesas faziam. "Terra é para varrer do chão", dizia, com desdém, "não para ser espalhada". Ela era mais orgulhosa da própria casa do que a maioria das mulheres inglesas que Doro conhecera, mas as mulheres holandesas balançavam a cabeça e fofocavam sobre o modo desmazelado como Anyanwu cuidava da casa, e fingiam ter pena de Isaac. Na verdade, na atmosfera mais tranquila de Wheatley, quase todas as mulheres sentiriam tanta pena de Isaac quanto ele quisesse, e ele poderia ter espalhado sua semente valiosa por toda parte. Apenas Doro atraía mais a atenção feminina, e apenas ele tirava vantagem disso. Mas Doro não precisava se preocupar com maridos ultrajados, ou com uma esposa ultrajada.

 O retrato de Anyanwu era extraordinário. Era evidente que o artista holandês fora capturado pela beleza da mulher. Ele a envolvera em um brilhante tom azul que realçava a pele escura lindamente, como o azul sempre fazia. Até o cabelo fora escondido em um pano da mesma cor. Ela segurava uma criança, o primeiro filho com Isaac. O bebê, com apenas alguns meses de vida, também estava em parte coberto de azul. Ele olhava para fora da pintura, tinha olhos grandes e era mais bonito do que qualquer criança poderia ser. Era proposital que Anyanwu concebesse apenas crianças bonitas? Todas elas eram lindas, embora Doro tivesse gerado algumas com corpos horríveis.

O retrato representava uma Madona negra com uma criança bem sob os olhos claros demais e com ar inocente de Anyanwu. Pessoas desconhecidas não podiam evitar comentar a semelhança. Algumas apreciavam, olhando para Anyanwu, ainda bela – ela se mantinha com boa aparência para Isaac, ainda que envelhecesse com ele. Outras ficavam profundamente ofendidas, acreditando que alguém havia de fato tentado retratar *A Virgem e o Menino* como "negros selvagens".

O preconceito racial crescia nas colônias, até mesmo naquela ex-colônia holandesa onde as coisas antes eram tão casuais. No início do ano, houvera execuções em massa na cidade de Nova York. Alguém vinha provocando incêndios e a população branca decidira que era trabalho das pessoas negras. Com pouca ou nenhuma evidência, trinta e um negros foram mortos, treze deles queimados na fogueira. Doro estava começando a se preocupar com essa cidade rio acima. De todos os assentamentos coloniais ingleses dele, apenas ali a população negra não recebera a proteção de poderosos proprietários brancos. Quanto tempo levaria até que os brancos de outras localidades começassem a vê-los como uma caça justa?

Doro sacudiu a cabeça. A mulher no retrato parecia olhar para baixo, para ele, enquanto ele olhava para cima. Devia ter assuntos demais em mente para pensar nela ou na filha dela, Ruth, chamada Nweke. Não deveria ter se deixado atrair para Wheatley. Era bom ver Isaac... mas aquela mulher!

— No final, ela acabou sendo a esposa certa para mim — Isaac estava dizendo. — Lembro-me dela me dizer que não era, antes de nos casarmos, mas foi uma das poucas vezes em que ela estava errada.

— Quero vê-la — disse Doro de repente. — E quero ver Nweke. Acho que a garota está muito mais perto da transformação do que você imagina.

— Acha que foi arrastado para cá por isso?

Doro não gostou da palavra "arrastado", mas assentiu sem fazer comentários.

Isaac se levantou.

— Primeiro Nweke, enquanto você ainda está quase de bom humor. — Ele saiu de casa sem esperar a resposta de Doro. Amava Doro e amava Anyanwu, e o incomodava o fato de ambos se darem tão mal.

"Não entendo como você pode ser tão idiota com ela", certa vez ele falara para Doro, que se surpreendera. "A mulher não é temporária. Ela é capaz de ser tudo de que você precisa, caso se permita isso: esposa, companheira, parceira nos negócios; as habilidades dela complementam as suas tão bem. No entanto, tudo o que você faz é humilhá-la."

"Nunca a machuquei", defendera-se Doro. "Nunca machuquei nenhum descendente dela. Mostre-me outra mulher, semente originária, que permiti que vivesse tanto tempo quanto ela viveu depois de dar à luz." Ele não tocara nas crianças porque, desde o início, Anyanwu lhe prometera que se qualquer uma delas fosse machucada, ela não iria mais parir. Não importava o que ele fizesse com ela, não iria mais parir. A sinceridade da mulher era inconfundível; portanto, Doro se absteve de vitimar a prole menos bem-sucedida dela, absteve-se de cruzar as filhas e os filhos dela entre si, ou de ele mesmo levar aquelas filhas para a cama. Anyanwu não imaginava os cuidados que ele tomara para mantê-la contente. Ela não sabia, mas Isaac deveria saber."

"Você a trata um pouco melhor do as outras porque ela é um pouco mais útil", afirmara Isaac. "Mas, ainda assim, a humilha."

"Se ela escolhe se sentir humilhada por aquilo que a mando fazer, está criando o próprio problema", respondeu Doro.

Isaac o encarara com firmeza, quase com raiva, por vários segundos.

"Eu sei sobre o pai de Nweke", falara, sem medo. Ao longo dos anos, aprendera que era uma das poucas pessoas que não precisavam temer o pai.

Doro se afastara dele, envergonhado. Nunca pensara que seria possível sentir vergonha, mas a presença de Anyanwu parecia estar despertando nele, aos poucos, várias emoções havia muito adormecidas. A quantas mulheres ele mandara Isaac sem sentir nada? O filho fizera o que lhe fora ordenado e voltara para casa. Para casa, na Pensilvânia, em Maryland, na Georgia, na Flórida espanhola... Isaac também não se importava. Ele não gostava de ficar longe de Anyanwu e das crianças por longos períodos, mas não se importava com as mulheres. E elas com certeza não se importavam com ele, que também não se importava que Doro tivesse gerado oito dos filhos de Anyanwu. Ou sete. Só Anyanwu se importava. Só ela se sentia humilhada. Mas, talvez, o pai de Nweke fosse uma questão diferente.

A garota, de dezoito anos, pequena e de pele escura como a mãe, passou pela porta, o braço de Isaac envolvendo os ombros dela. Nweke estava com os olhos vermelhos como se tivesse chorado ou não tivesse dormido. Provavelmente as duas coisas. Era um momento ruim para ela.

— É você? — sussurrou a garota, vendo o estranho de traços afilados.

— Claro — respondeu Doro, sorrindo.

A voz, a percepção de que ele era mesmo Doro, desencadeou lágrimas. Ela se aproximou dele chorando baixinho, procurando conforto em seus braços. Ele a segurou, olhando para Isaac por cima do ombro da menina.

— O que quer que você tenha a me dizer, eu mereço — disse Isaac. — Não percebi, e deveria ter percebido. Depois de todos esses anos, eu com certeza deveria ter percebido.

Doro não disse nada, gesticulou para que Isaac saísse.

Isaac obedeceu, calado, provavelmente sentindo mais culpa do que deveria. Aquela não era uma garota comum. Nenhum dos irmãos ou das irmãs dela tinham conseguido alcançar Doro a quilômetros de distância com o desespero das próprias transições, quando elas se aproximaram. O que Doro sentia em relação a ela? Mais do que angústia, preocupação. Um sentimento indefinível; não apenas pela proximidade da transição, mas porque a garota estava prestes a se tornar algo que ele nunca vira. Algo novo. Era como se, da cidade de Nova York, tivesse pressentido a existência de outra Anyanwu: alguma coisa nova, diferente, que o atraía, o arrastava. E Doro nunca se agarrara a um sentimento com maior boa vontade.

A garota se contorceu em seus braços e ele a levou para o banco de encosto alto perto da lareira. O banco estreito era quase tão desconfortável quanto as cadeiras de espaldar adornado. Não era a primeira vez que Doro se perguntava por que Isaac e Anyanwu não compraram ou fizeram móveis modernos e confortáveis. Com certeza podiam pagar por eles.

— O que eu vou fazer? — murmurou a garota. Ela colocou a cabeça no ombro dele, mas mesmo tão perto, Doro mal conseguiu ouvi-la. — Isso dói muito.

— Aguente — disse ele, apenas. — Vai acabar.

— *Quando!* — O sussurro se tornou quase um grito. Depois, voltou ao sussurro. — Quando?

— Em breve. — Doro a afastou um pouco para poder olhar o rosto pequeno, inchado e cansado. A pele da garota tinha uma cor acinzentada no lugar do marrom escuro profundo de sempre. — Você não tem dormido?

— Um pouco. Às vezes. Os pesadelos... só que não são pesadelos, são?

— Você sabe o que são.

Ela se encolheu contra o encosto do banco.

— Você conhece David Whitten, a duas casas daqui?

Doro assentiu. O menino Whitten tinha vinte anos. Um reprodutor bom o bastante. A família dele seria mais valiosa em gerações futuras. Eram pessoas com uma sensibilidade intrigante. Ele não sabia exatamente o que estavam se tornando, mas a sensação que lhe transmitiam era boa. Eram um mistério agradável, que seria desvendado por uma reprodução consanguínea cuidadosa.

— Quase todas as noites — disse Nweke — David... vai para a cama da irmã.

Surpreso, Doro riu alto.

— Vai?

— Como pessoas casadas. Qual a graça disso? Eles podem se encrencar... são irmão e irmã. Poderiam...

— Eles vão ficar bem.

Ela o observou com atenção.

— Você sabia a respeito disso?

— Não. — Doro ainda sorria. — Quantos anos tem a menina? Por volta dos dezesseis?

— Dezessete. — Nweke hesitou. — Ela gosta.

— Você também — observou Doro.

Nweke se afastou, envergonhada. Não havia falsa timidez nela; o constrangimento era real.

— Eu não queria saber disso. Não procurei saber!

— Acha que estou criticando você por saber? Eu?

Ela piscou e umedeceu os lábios.

— Você, acho que não. Você iria... colocá-los juntos de qualquer maneira?

— Sim.

— Aqui?

— Não. Iria levá-los para a Pensilvânia. Agora, acho que é melhor preparar logo um lugar para eles.

— Eles foram quase um alívio — disse Nweke. — Era tão fácil me preocupar com o que estavam fazendo que, às vezes, eu não precisava sentir outras coisas. Mas ontem à noite... ontem à noite havia alguns indígenas. Eles pegaram um homem branco, que fez alguma coisa... matou uma das mulheres deles ou algo assim. Cheguei aos pensamentos dele, que estavam muito anuviados no início. Ele estava sendo torturado. Demorou tanto... tanto... para morrer. — As mãos dela estavam presas uma à outra, apertadas; os olhos permaneciam arregalados com a lembrança. — Eles arrancaram as unhas dele, depois o cortaram e queimaram, e mulheres o morderam, arrancando pedaços como os lobos fazem com a caça. Então... — Ela parou, sufocada. — Ah, Deus!

— Você estava com ele o tempo todo? — perguntou Doro.

— O tempo todo... passando por... tudo. — A garota chorava baixinho, não soluçava, apenas olhava fixo para a frente enquanto as lágrimas rolavam pelo rosto e as unhas se entranhavam nas palmas das mãos. — Não entendo como posso estar viva depois de tudo aquilo — murmurou.

— Nada daquilo aconteceu com você — explicou ele.

— Tudo aquilo aconteceu comigo, cada instante!
Doro pegou as mãos dela e abriu os dedos longos e finos. Havia manchas de sangue nas palmas, onde as unhas haviam perfurado. Ele passou um dedo pelas unhas duras, recém-cortadas.

— As dez — falou — bem onde deveriam estar. *Nada daquilo aconteceu com você.*

— Você não entende.

— Eu passei pela transição, menina. Na verdade, devo ter sido a primeira pessoa a passar por ela, há tantos anos quantos você consiga imaginar. Entendo muito bem.

— Então você se esqueceu! Talvez o que acontece não deixe marcas no seu corpo, mas as marcas existem. São reais. Ai, Deus, tão reais! — Então ela voltou a soluçar. — Se alguém açoita uma pessoa escravizada ou que cometeu um crime, eu sinto, e é tão real para mim quanto para a pessoa sob o açoite!

— Mas não importa quantas vezes outras pessoas morram — falou Doro —, você não vai morrer.

— Por que não? Pessoas morrem durante a transição. Você morreu!

Ele sorriu, irônico.

— Não por completo. — Depois continuou, sério: — Ouça, uma ideia com a qual você não precisa se preocupar é em se tornar o que sou. Será especial, isso é certo, mas nada parecida comigo.

A garota lançou a ele um olhar tímido.

— Eu gostaria de ser como você.

Só a mais jovem descendente dele dizia coisas como aquela. Ele pressionou a cabeça da menina contra o ombro mais uma vez.

— Não — falou —, isso não seria seguro. Sei o que você deve se tornar. Não seria uma boa ideia se me surpreendesse.

Nweke compreendeu e não disse nada. Como a maioria das pessoas do povo de Doro, ela não tentava se afastar quando ele a advertia ou ameaçava.

— O que vou me tornar? — perguntou a menina.

— Alguém capaz de fazer pelas outras pessoas o que sua mãe faz por si mesma, eu espero. Uma curandeira. Um passo além entre as pessoas que curam. Mas mesmo que você só herde o talento de um de seus progenitores, será formidável e não se parecerá em nada comigo. Seu pai, antes que eu assumisse o corpo dele, não só podia ler pensamentos como podia enxergar o interior de lugares fechados, "enxergar" com a mente.

— Você é meu pai — contestou ela. — Não quero ouvir falar sobre mais ninguém.

— Escute! — disse ele, ríspido. — Quando sua transição terminar, você enxergará dentro da mente de Isaac, de Anyanwu. Devia saber por Anneke que alguém que lê pensamentos não pode se enganar por muito tempo. — Anneke Strycker Croon. Era quem deveria ter aquela conversa com Nweke. Ela era a melhor leitora de pensamentos havia seis gerações, perfeitamente controlada. Ao fim da transição, nunca mais entrara na mente de uma pessoa, a menos que desejasse isso. O único defeito dela: esterilidade. Anyanwu tentara ajudá-la. Doro levara para ela corpos masculinos, um após o outro, tudo em vão. Por fim, Anneke meio que adotou Nweke. A jovem e a mulher idosa descobriram semelhanças entre si que agradavam a Doro. Era raro que alguém com a habilidade de Anneke gostasse de crianças. Doro via aquela amizade como um bom presságio para os talentos imaturos da garota. Mas naquele momento, Anneke estava morta fazia três anos e Nweke estava

só. Não havia dúvida de que as palavras que a menina diria a seguir vinham em parte dessa solidão.
— Você nos ama? — perguntou ela.
— A todos vocês? — questionou Doro, sabendo perfeitamente bem que a menina não se referia a todos, a todo o povo dele.
— Àqueles de nós que passamos pela mudança — disse ela, sem olhá-lo. — Às pessoas diferentes.
— Todos vocês são diferentes. É só uma questão de grau.
Nweke pareceu se obrigar a encará-lo.
— Você está zombando de mim. Nós suportamos tanta dor... por sua causa, e você zomba.
— Não da sua dor, menina. — Ele deu um suspiro profundo e aplacou o tom de divertimento. — Não da sua dor.
— Você não nos ama.
— Não. — Doro sentiu que ela começou a se afastar dele.
— Não a todos vocês.
— A mim? — sussurrou ela, tímida, por fim. — Você me ama?

A pergunta favorita das filhas dele, apenas das filhas. Os filhos esperavam que ele os amasse, mas não perguntavam. Talvez não ousassem. Ah, mas aquela menina...

Quando ela estava saudável, os olhos dela eram como os da mãe: branco e castanho límpidos, olhos de bebê. Tinha ossos mais esguios do que Anyanwu, pulsos e tornozelos mais finos, maçãs do rosto mais proeminentes. Era filha de um dos filhos mais velhos de Isaac, um filho que ele teve com uma mulher que era uma semente originária indígena que lia pensamentos e enxergava o interior de lugares fechados e distantes. Os indígenas eram ricos em sementes originárias não capturadas, que eles tendiam a tolerar ou mesmo reverenciar em vez de destruir. Às vezes, aprendiam a ser como os brancos e, como eles, entendiam que escutar vozes, ter visões, mover objetos inanimados sem tocá-los com as mãos e todos os sentimentos estranhos, sensibilidades e habilidades eram maus, perigosos ou, no mínimo, imaginários. Então, também eliminavam ou exauriam as pessoas diferentes, e desse modo as congelavam no tempo, privando aquela estirpe de quaisquer sentidos, exceto os já familiares, privando os filhos e as filhas, os netos e as netas, de quaisquer armas com as quais confrontar o povo de Doro. E com certeza, em algum momento futuro, o dia do confronto chegaria. Aquela garota, tão rara e valiosa pelo sangue do pai quanto o da mãe, talvez vivesse para ver esse dia. Se Doro algum dia reproduzisse um descendente longevo de Anyanwu, seria aquela garota. Sentia-se absolutamente seguro em relação a ela.

Ao longo dos anos, aprendera sozinho a não presumir que uma nova geração seria bem-sucedida até que a transição terminasse e ele se visse diante do sucesso. Mas os sentimentos que a garota lhe transmitia eram poderosos demais para inspirar dúvidas. Nenhum dos impulsos dele era mais certeiro do que aquele que o impelia na direção das melhores vítimas. Naquele momento, esse impulso se pronunciava como nunca fizera antes, nem em relação a Isaac ou Anyanwu. O talento da garota o incitava e o atraía. Ele não a mataria, é óbvio. Não mataria sua melhor cria. Mas tiraria dela o que pudesse. E ela teria dele o que quisesse.

— Voltei por sua causa — disse Doro, sorrindo. — Não por causa de qualquer um dos outros, mas porque consegui sentir como você estava perto da transformação. Quis garantir pessoalmente que você estivesse bem.

Aquilo pareceu o bastante para a garota. Ela o agarrou pelo pescoço em um abraço apertado e o beijou como uma filha não deveria beijar o pai.

— Gosto disso — disse ela, com timidez. — Do que David e Melanie fazem. Às vezes, tento descobrir se estão fazendo. Tento compartilhar daquilo. Mas não consigo. É algo que sinto ou não sinto. — E então imitou o padrasto, o avô. — Preciso ter algo só meu! — A voz dela adquirira certa ferocidade, como se Doro lhe devesse o que ela exigia.

— Por que me contar isso? — disse ele, brincando com a menina. — Nem bonito eu sou agora. Por que não escolher um dos garotos da cidade?

Nweke o agarrou pelos braços, as unhas dela, duras e pequenas, cravando-lhe a carne.

— Você está rindo de novo! — ela se queixou. — Sou tão ridícula assim? Por favor...?

Para o próprio desgosto, Doro se pegou pensando em Anyanwu. Sempre resistira aos avanços das filhas dela antes. Tornara-se um hábito. Nweke fora a última gravidez que Doro coagira Anyanwu a levar adiante, mas ele continuou respeitando as superstições da mulher; não que ela reconhecesse a gentileza. Bem, Anyanwu estava prestes a perder o lugar para a jovem filha. Tudo que ele tinha buscado alcançar, tentado obter da mãe, a filha proporcionaria. A garota não era uma semente originária com anos de liberdade que a tornavam teimosa. Pertencera a ele desde o momento em que fora concebida, era sua propriedade, tanto quanto se a marca dele tivesse sido queimada na carne dela. Ela mesma pensava em si como propriedade de Doro. Os descendentes dele, jovens e velhos, homens e mulheres, na maioria das vezes tornavam a questão da propriedade bastante simples. Aceitavam a autoridade e pareciam necessitar da garantia que ele lhes dava de que, ainda que fossem estranhos, pertenciam a alguém.

— Doro? — disse a garota, baixinho.

Ela trazia um lenço vermelho amarrado por cima dos cabelos. Ele o arrastou para trás, revelando a cabeleira escura e abundante, mais lisa do que a da mãe, mas não tão lisa quanto a do pai. Nweke a penteara para trás e a prendera com um grande nó. Apenas um cacho pesado pendia livre sobre o ombro marrom e aveludado. Doro resistiu ao impulso de remover as presilhas e soltar outros cachos. Ele e a garota não teriam muito tempo juntos. Não queria que ela o desperdiçasse prendendo os cabelos. Também não queria que a aparência dela revelasse de imediato a Anyanwu o que acontecera. Anyanwu descobriria, provavelmente bem depressa, mas não devido a alguma indiscrição por parte da filha. Descobriria de um modo que a levasse a colocar a culpa em Doro. A filha ainda precisava demais da mãe para perdê-la. Ninguém em qualquer um dos assentamentos de Doro era tão boa quanto Anyanwu em ajudar pessoas durante a transição. O corpo dela suportava o castigo físico por conter uma pessoa jovem violenta e em geral muito forte. Ela não feria os pacientes nem permitia que se ferissem. Eles não a assustavam nem enojavam. Para eles, era companheira, irmã, mãe, amante durante a agonia. Se sobrevivessem à própria convulsão mental, descobririam que ela cuidara bem dos corpos físicos. Nweke precisaria daquele cuidado, era tudo de que ela precisava naquele momento.

    Doro a ergueu nos braços e a carregou para uma cama em nicho, em um dos quartos dos jovens da família. Não sabia se a cama era dela, não se importava. Despiu-a, afastando as mãos da garota quando ela tentou ajudar, rindo baixinho quando ela comentou que ele parecia saber muito bem como livrar uma mulher de suas roupas. Nweke não sabia muito sobre como despir um homem, mas tateou e tentou ajudá-lo.

E ela era tão linda quanto ele esperava. Uma virgem, é claro. Mesmo em Wheatley, as meninas costumavam se reservar para os maridos, ou para Doro. Ela estava pronta para ele. Sentira um pouco de dor, mas isso não parecia preocupá-la.

— Melhor do que com David e Melanie — sussurrou ela uma vez, e agarrou-se a ele como se temesse que ele pudesse abandoná-la.

***

Nweke e Doro estavam na cozinha estourando milho e bebendo cerveja quando Isaac e Anyanwu chegaram. A cama fora refeita e Nweke fora devidamente vestida e advertida contra qualquer sinal de indiscrição.

— Deixe que ela fique com raiva de mim — dissera Doro —, não de você. Não diga nada.

— Não sei o que pensar dela agora — confessou a garota. — Minhas irmãs cochichavam que nunca poderíamos ter você por causa dela. Às vezes, eu a odiava. Achei que ela o reservava só para si.

— E ela reservava?

—... não. — Ela o encarou, em dúvida. — Acho que tentava nos proteger de você. Pensava que precisávamos disso. — Nweke estremeceu. — O que ela vai sentir por mim agora?

Doro não sabia e não pretendia ir embora até descobrir. Até conseguir assegurar que a raiva sentida por Anyanwu não prejudicaria a filha.

— Talvez ela não descubra — disse a garota, esperançosa.

Foi quando Doro a levou para a cozinha para inspecionar o ensopado que Anyanwu deixara fervendo e o pão na assadeira, quente e macio, sobre as brasas, sem queimar. Eles puseram a mesa, então Nweke sugeriu cerveja e pipoca. Doro concordou, fazendo a vontade dela, na expectativa de que a garota relaxasse e não se preocupasse em encarar a mãe. Ela parecia em paz e contente quando Isaac e Anyanwu chegaram, mas evitou o olhar materno. Em vez disso, encarou a cerveja.

Doro percebeu Anyanwu franzir a testa, percebeu que ela foi até Nweke, segurou o queixo pequeno entre os dedos e o ergueu para poder olhar nos olhos assustados da menina.

— Você está bem? — perguntou à filha na própria língua.

Ela falava um inglês perfeito, além de holandês e algumas palavras de idiomas indígenas e dialetos africanos estrangeiros, mas em casa, com os filhos, costumava falar como se nunca tivesse saído da terra natal. Não quis adotar nenhum nome europeu ou chamar os filhos pelos nomes europeus, embora tivesse concordado em lhes dar os nomes europeus, por insistência de Doro. Os filhos e as filhas dela falavam e entendiam a língua da mãe tão bem quanto ela. Mesmo Isaac, depois de todos aqueles anos, conseguia compreendê-la e falá-la muito bem. Sem dúvida, ele ouvira com tanta clareza quanto Doro e Nweke a cautela e a tensão na ternura da pergunta de Anyanwu.

A garota não respondeu. Assustada, dirigiu o olhar para Doro. Anyanwu seguiu o movimento em um relance e os olhos dela, claros e brilhantes como os de uma criança, assumiram uma aparência de incongruente ferocidade. A mulher não disse nada. Apenas contemplou, em uma compreensão crescente. Doro sustentou aquele olhar com firmeza até que ela o desviou para observar a filha.

— Nweke, minha pequena, você está bem? — murmurou, insistente.

Algo acontecera no interior de Nweke. Ela tomou as mãos de Anyanwu entre as suas, segurou-as por um instante, sorrindo. Por fim, riu alto, o riso alegre de uma criança, sem qualquer sinal de falsidade ou superioridade.

— Estou — respondeu. — Não sabia o quanto até este momento. Fazia muito tempo que não ficava sem vozes ou alguma coisa me puxando ou machucando. — O alívio a fez se esquecer do medo. Ela encarou o olhar de Anyanwu, com os próprios olhos cheios de admiração pela paz recém--encontrada.

Anyanwu fechou os olhos por um instante e deu um suspiro longo, trêmulo.

— Ela está bem — Isaac afirmou, de onde estava, sentado à mesa. — Já é o bastante.

Anyanwu olhou para ele. Doro não conseguia interpretar o que se passou entre os dois, mas depois de um instante, Isaac repetiu:

— Já é o bastante.

E, ao que parecia, era mesmo. Naquele momento, Peter, o filho de vinte e dois anos, incoerentemente chamado Chukwuka, Deus é Supremo, chegou, e o jantar foi servido.

Doro comeu devagar, lembrando-se de como rira do nome igbo do garoto. Perguntara a Anyanwu onde ela havia encontrado aquela repentina devoção a Deus, a qualquer divindade. Chukwuka era um nome bastante comum na terra dela, mas não um nome que ele esperaria que viesse de uma mulher que afirmava bastar a si mesma. Como era previsível, Anyanwu ficara em silêncio e não gostara da pergunta. Foi necessário um tempo surpreendentemente longo para que ele começasse a se perguntar se o nome poderia ser um feitiço, uma tentativa patética de proteger o menino contra ele. Onde Anyanwu encontrara devoção repentina a Deus? Onde mais senão no medo de Doro? Doro sorriu para si mesmo.

Logo, parou de sorrir, quando a breve paz de Nweke teve fim. A jovem gritou; foi um grito longo, áspero, terrível, que fez Doro pensar em um tecido sendo rasgado. Ela deixou cair o prato de milho que levava à mesa e desmaiou.

8

Nweke estava deitada, se debatendo, ainda inconsciente, no meio da cama de Isaac e Anyanwu. Anyanwu disse que era mais fácil cuidar dela ali, em uma cama fechada apenas por cortinas, do que em uma cama em nicho. Alheia à presença de Doro, ela tirou o vestido de Nweke e removeu as presilhas do cabelo da filha. A garota parecia ainda menor naquele momento, parecia perdida no colchão grosso, de penas macias. Parecia uma criança. Por um instante, Doro sentiu inquietação, medo, até, pela menina. Lembrou-se do riso dela, minutos antes, e se perguntou se o ouviria outra vez.

— É a transição — Anyanwu lhe explicou, com voz impassível.

Ele a encarou. A mulher estava ao lado da cama, parecia cansada e preocupada. A hostilidade de antes fora deixada de lado, e apenas deixada de lado. Doro a conhecia bem demais para pensar que havia sido esquecida.

— Tem certeza? — perguntou. — Ela já desmaiou antes, não é?

— Ah, sim. Mas é a transição. Eu sei como é.

Doro achava que Anyanwu provavelmente estava certa. Ele sentia a garota com muita força. Se estivesse em um corpo menor ou muito desgastado, não teria ousado ficar tão perto dela.

— Você vai ficar? — perguntou Anyanwu, como se ouvisse os pensamentos dele.

— Por um tempo.

— Por quê? Você nunca ficou durante a mudança dos meus filhos ou das minhas filhas.

— Esta é especial.
— Disso eu sei. — Ela lhe lançou outro de seus olhares rancorosos. — Por quê, Doro?
Ele não fingiu que não compreendera.
— Você sabe o que ela tem captado? Os pensamentos que ela tem percebido?
— Ela me contou sobre o homem na noite passada... a tortura.
— Isso não. Nweke está captando pessoas fazendo amor, tem percebido isso com frequência.
— E você achou que isso não era suficiente para uma garota solteira!
— Ela tem dezoito anos. Não era o suficiente.
Nweke emitiu um pequeno som, como se estivesse tendo um pesadelo. Sem dúvida, estava. O pior deles. E ela não poderia acordar completamente até que terminasse.
— Você nunca molestou minhas filhas antes — disse Anyanwu.
— Eu me perguntava se você tinha percebido.
— Então é isso? — Ela se virou, para encará-lo. — Está me punindo por minha... minha ingratidão?
—... não. — Os olhos dele olharam para além dela, embora Doro não se mexesse. — Não estou mais interessado em punir você.
Anyanwu se virou com um pouco de pressa e se sentou ao lado da cama. Acomodou-se em uma cadeira que Isaac tinha feito para ela, uma cadeira mais alta do que o padrão, de modo que, apesar do próprio tamanho e da altura da cama, conseguia ver e alcançar Nweke com facilidade. Mais cedo ou mais tarde, iria para a cama, ficar com a garota. Pessoas em

transição necessitavam da proximidade do contato físico para manterem algum apego à realidade.

Mas, por ora, o deslocamento de Anyanwu até a cadeira servia para esconder emoções. Medo, pensou Doro, ou vergonha, raiva, ódio. A última tentativa séria dele de puni-la envolvera o pai de Nweke. Aquela tentativa os afastara ao longo de toda a vida da menina. De todas as coisas que Anyanwu considerava que Doro fizera contra ela, aquela era a pior. No entanto, fora uma luta que ela chegara muito perto de vencer. Talvez tivesse vencido. Talvez fosse por isso que o incidente ainda o incomodava.

Doro balançou a cabeça e voltou a atenção para a garota.

— Acha que ela vai ficar bem? — perguntou.

— Nunca deixei nenhum deles morrer sob meus cuidados.

Ele ignorou o sarcasmo na voz dela.

— O que você sente, Anyanwu? Como pode ajudá-los tão bem se não consegue chegar à mente deles, nem que seja do modo sombrio como eu consigo?

— Eu a mordi de leve. Ela é forte e saudável. Não há nada, nenhum sentimento de morte nela. — Doro começara a abrir a boca, mas Anyanwu ergueu a mão para detê-lo. — Se eu pudesse explicar a você com mais clareza, eu o faria. Talvez eu encontre uma maneira... no dia em que você encontrar um modo de me explicar como passa de um corpo para outro.

— *Touché* — disse ele, e deu de ombros. Pegou uma cadeira ao lado da lareira e a trouxe até o pé da cama. Ali, esperou. Quando Nweke acordou, tremendo e chorando descontrolada, conversou com a garota, que não parecia ouvir. Anyanwu foi para a cama em silêncio, com uma expressão séria, e abraçou a filha até que as lágrimas abrandassem, até que ela parasse de tremer.

— Você está em transição — Doro ouviu Anyanwu sussurrar. — Fique conosco até amanhã e então terá os poderes de uma deusa. — Foi tudo o que ela teve tempo de dizer. O corpo de Nweke enrijeceu. Ela emitiu sons de náuseas e Anyanwu se afastou um pouco dela. Mas em vez de vomitar, a garota ficou apática outra vez e a consciência dela foi se juntar à de outra pessoa.

Por fim, ela pareceu voltar a si, mas os olhos abertos permaneciam vidrados e sons balbuciantes eram proferidos, do tipo que Doro ouvira em sanatórios, em especial naqueles para onde pessoas do povo dele eram encaminhadas se a transição as acometia quando estavam fora dos assentamentos. O rosto de Nweke também parecia saído de um sanatório: retorcido e irreconhecível, coberto de suor, com olhos, nariz e boca escorrendo. Cansado, triste, Doro levantou-se para sair.

Houve uma época em que ele teve de assistir às transições, quando não havia ninguém mais para confiar, alguém que não fugiria ou assassinaria os pacientes atormentados nem realizasse algum ritual perigoso, estúpido, de exorcismo. Mas isso fora há muito tempo. Naquele momento, não só estava estabelecendo um povo como as pessoas estavam se estabelecendo. Não era mais necessário que ele fizesse tudo, visse tudo.

Doro olhou para trás uma vez, quando chegou à porta, e viu que Anyanwu o observava.

— É mais fácil condenar uma criança a isso do que ficar e assistir enquanto acontece, não é? — disse ela.

— Assisti a isso acontecer a seus ancestrais! — respondeu ele, com raiva. — E vou assistir a isso acontecer com seus descendentes quando até mesmo você for pó! — Ele se virou e a abandonou.

Depois que Doro se foi, Anyanwu desceu do colchão de penas e foi até o lavatório. Despejou água da jarra na bacia e molhou uma toalha. Nweke já estava sofrendo, pobre garota. Aquilo implicava em uma noite longa e terrível. Não havia dever que Anyanwu detestasse mais do que aquele: em especial no caso dos próprios filhos ou das próprias filhas. Mas ninguém mais era capaz de lidar tão bem com aquilo quanto ela.

Ela lavou o rosto da garota, pensando, suplicando: *Ah, Nweke, minha pequena, fique até amanhã. A dor vai passar amanhã.*

Nweke se aquietou como se pudesse ouvir aqueles pensamentos desesperados. Talvez pudesse. O rosto dela se tornara acinzentado e imóvel. Anyanwu o acariciou, vendo nele traços do pai da menina, como sempre via. Fora um homem condenado desde o dia em que nascera, tudo por causa de Doro. Fora um excelente reprodutor, isso, sim. Ele era um animal da floresta, incapaz de suportar a companhia de outras pessoas, incapaz de obter qualquer paz dos pensamentos de terceiros. Nunca ficou como Nweke estava naquele momento, captando apenas grandes emoções, grande estresse. Ele captava tudo. Além disso, tinha visões de coisas distantes, além do alcance dos próprios olhos, de coisas inacessíveis a qualquer olhar. Em uma cidade, mesmo uma cidade pequena, ele teria enlouquecido. E a vulnerabilidade não era passageira, não era uma transição da impotência para o poder divino. Era uma condição a ser suportada até o dia de sua morte. Ele amava Doro de uma maneira patética, porque Doro era a única pessoa cujos pensamentos não podiam confundi-lo. A mente dele não alcançava a de Doro. Doro dizia que era uma questão de autopreservação; uma mente que alcançasse a sua, se tornaria sua. Seria consumida, extinta, e Doro assumiria o corpo animado por ela.

Doro disse que até pessoas como aquele homem – Thomas era o nome dele – até mesmo pessoas cuja habilidade de ler mentes, de alguma forma, parecesse completamente fora de controle, nunca alcançariam os pensamentos de Doro. Pessoas com controle poderiam se obrigar a tentar, como poderiam se forçar a colocar as mãos no fogo, mas não podiam fazer a tentativa sem primeiro sentir o "calor", sem saber que estavam fazendo algo perigoso.

Thomas não conseguia forçar as próprias "mãos" a fazer nada. Ele morava sozinho em uma cabana imunda, bem escondida em meio a um bosque escuro e assombroso na Virgínia. Quando Doro lhe levou Anyanwu, ele a xingou. Disse que a mulher não deveria se importar com a maneira como ele levava a vida, uma vez que ela vinha da África, onde as pessoas se penduravam nas árvores e andavam nuas como animais. E perguntou a Doro o que fizera de errado para merecer uma negrinha. Mas não foi o que Thomas fez de errado que o fez merecer Anyanwu. E sim o que ela fez.

Vez ou outra, Doro a cortejava, à própria maneira. Chegava em um novo corpo, às vezes, um corpo atraente. Dava atenção a ela, tratava-a como mais do que apenas um animal reprodutor. Depois de feito o cortejo, levava-a da cama de Isaac para a dele e a mantinha ali até ter certeza de que a havia engravidado. Mesmo assim, Isaac a incentivava a usar esses momentos para fazer Doro apegar-se a ela e fortalecer a influência que exercia sobre ele. No entanto, Anyanwu nunca aprendeu a perdoar as mortes desnecessárias causadas por Doro, os abusos que ele cometia quando não a estava cortejando, o desprezo aberto por qualquer crença que ela tivesse e que não coincidisse com as dele, os golpes que ela não conseguia retaliar e dos quais não conseguia escapar, os atos que ela precisava realizar, não importando o que ela acreditava. Ela se deitou com Doro, transformada em homem, quando ele estava em um corpo de mulher. Não foi capaz de ter uma ereção natural. Ele era uma mulher bonita, mas a repugnava. Nada que ele fizesse a agradava. Nada.

Não...

Anyanwu suspirou e olhou para o rosto imóvel da filha. Não, os filhos, as filhas, a agradavam. Amava-os, mas também temia por eles. Quem saberia o que Doro poderia decidir fazer com eles. O que ele faria com aquela menina?

Ela se deitou perto de Nweke, para que a menina não acordasse sozinha. Talvez mesmo naquele momento, uma parte do espírito de Nweke soubesse que a mãe estava por perto. Anyanwu percebera que as pessoas em transição se debatiam menos se ela se deitasse ao lado delas e as segurasse. Se a proximidade, o toque, oferecia-lhes alguma paz, estava disposta a ficar por perto. Os pensamentos dela retornaram a Thomas.

Doro estava furioso com ela na época. Parecia que ele nunca ficava furioso de verdade com outras pessoas; por outro lado, as outras pessoas o amavam. Ele não lhe podia dizer que estava com raiva por ela não o amar. Nem mesmo era capaz de expressar tamanha tolice. Decerto não a amava. Não amava ninguém, exceto talvez Isaac e alguns dos outros filhos e filhas. Ainda assim, queria que Anyanwu fosse como várias outras das mulheres e o tratasse como uma divindade em forma humana, competindo por sua atenção, não importando quão repugnante fosse o corpo atual dele ou se ele estava em busca de um novo corpo. Todos sabiam que Doro tomava corpos de mulheres quase com a mesma disposição com que tomava os de homens. Tomava, em especial, os das mulheres que já tinham lhe dado o que ele queria delas: na maioria das vezes, uma prole numerosa. Elas o satisfaziam e nunca pensavam que poderiam ser a próxima vítima. Outra pessoa seria. Elas, não.

Mais de uma vez, Anyanwu se perguntou quanto tempo ela mesma teria, ainda. Será que Doro estava apenas esperando a ajuda dela na transição desta filha mais nova? Nesse caso, ele poderia ter uma surpresa. Assim que Nweke tivesse forças e pudesse cuidar de si, Anyanwu planejava sair de Wheatley. Estava farta de Doro e de tudo que tinha relação com ele; e ninguém tinha mais preparo para fugir do que ela.

Se ao menos Thomas tivesse conseguido escapar...

Mas Thomas não tinha força, apenas um potencial irrealizado e irrealizável. Ele tinha uma barba longa e rarefeita quando Doro a levou até ele, e longos cabelos negros coalhados de graxa e sujeira de anos de negligência. A roupa talvez ficasse em pé sozinha, de tão engomada por camadas de sujeira e suor, se não estivesse rasgada demais para isso. Em alguns pontos, parecia estar unida pela imundície. Havia feridas por todo o corpo ignorado e imundo dele, como se estivesse apodrecendo em vida. Ele era jovem, mas os dentes foram quase todos perdidos. O hálito e o corpo inteiro exalavam um fedor inacreditável.

E ele não se importava. Não se importava com nada, além do próximo gole. Parecia, exceto pela barba rarefeita, indígena, mas se considerava um homem branco. E pensava em Anyanwu como uma negrinha.

Doro sabia o que estava fazendo quando, exasperado, disse a ela:

— Você acha que exijo muito? Acha que abusei de você? Vou lhe mostrar como tem sorte!

E a entregou a Thomas. E ficou para garantir que ela não fugiria nem mataria aquele homem grotesco, arruinado, em vez de compartilhar da cama dele, infestada de insetos.

Mas Anyanwu nunca matou ninguém, exceto em legítima defesa. Ela não matava. Era curandeira.

No início, Thomas a xingou e insultou sua negritude. Ela ignorou.

— Doro nos colocou juntos — Anyanwu explicou a ele, com calma. — Se eu fosse verde, não faria diferença.

— Cale a boca! — respondeu o homem. — Você é uma cadela negra trazida aqui para procriação e nada mais. Não preciso ouvir seus latidos!

Ela não revidou. Após os primeiros momentos, sequer teve raiva. Nem sentiu pena ou repulsa. Sabia que Doro esperava que fosse repelida, mas isso não provava nada, exceto que ele podia conhecê-la havia décadas sem saber nada sobre ela. Thomas era um homem doente em vários sentidos, o que restava de um homem. Como curandeira que era, criadora de elixires e venenos, regeneradora de ossos quebrados, apaziguadora, Anyanwu poderia pegar os restos e transformá-los de novo em um homem?

Doro olhava para as pessoas, sãs ou doentes, e se perguntava que tipo de descendentes elas poderiam produzir. Anyanwu olhava para doentes, em especial com problemas que ela nunca tinha visto, e se perguntava se conseguiria derrotar a doença.

Sem que ela pudesse evitar, Thomas captou seus pensamentos.

— Fique longe de mim! — murmurou, alarmado. — Pagã! Vá chacoalhar esses ossos para outra pessoa!

Pagã, sim. Ele era um homem devotado a um deus. Anyanwu foi até o deus dele e disse:

— Encontre uma cidade e nos compre comida. Aquele homem não gerará filhos como está agora, vivendo de cerveja, cidra e rum provavelmente roubados.

Doro a fitou como se não conseguisse pensar em nada para dizer. Estava em um corpo grande e forte e o usava para cortar lenha enquanto Anyanwu e Thomas se conheciam.

— Tem comida suficiente aqui — protestou, por fim. — Existem cervos, ursos, aves de caça e peixes. Thomas cultiva algumas coisas. Ele tem o que precisa.

— Se tem, não está comendo!

— Então ele vai morrer de fome. Mas não antes de engravidar você.

Naquela noite, com raiva, Anyanwu assumiu a forma de leopardo pela primeira vez em anos. Caçou cervos, perseguindo-os como fizera na terra natal muito tempo antes, movendo-se com a discrição do passado, usando olhos e ouvidos com mais eficiência do que um verdadeiro leopardo usaria. O resultado foi o mesmo que obtivera em sua terra. Os cervos eram cervos. Ela derrubou uma corça reluzente, depois voltou a assumir a forma humana, jogou a presa sobre os ombros e a carregou até a cabana de Thomas. Pela manhã, quando os dois homens acordaram, a corça tinha sido esfolada, limpa e retalhada. A cabana estava tomada pelo cheiro de carne de veado assada.

Doro comeu com vontade e saiu. Não perguntou de onde vinha a carne fresca nem agradeceu a Anyanwu por ela. Apenas a aceitou. Thomas foi menos crédulo. Bebeu um pouco de rum, cheirou a carne que Anyanwu lhe ofereceu, mordiscou um pedaço.

— De onde veio isso? — quis saber.

— Cacei ontem à noite — disse Anyanwu. — Você não tem nada aqui.

— Caçou com o quê? Meu mosquete? Quem lhe deu permissão...

— Não cacei com seu mosquete! Ele está ali, está vendo? — Ela gesticulou em direção à arma, o objeto mais limpo da cabana, pendurada em um gancho perto da porta. — Não caço com armas — complementou.

Ele se levantou e verificou o mosquete mesmo assim. Quando ficou satisfeito, se aproximou dela, o fedor forçando-a a respirar muito superficialmente.

— Com o que você caçou, então? — questionou. Não era um homem grande, mas às vezes, como naquele momento, falava com uma voz grossa e estrondosa. — O que você usou?

— insistiu. — Suas unhas e seus dentes?

— Sim — respondeu Anyanwu, em tom brando.

Ele a encarou por um momento, arregalando os olhos de repente.

— Um felino! — sussurrou. — De mulher para felino para mulher de novo. Mas como...? — Doro explicara que, como aquele homem nunca completara a transição, não tinha controle sobre a própria habilidade. Não conseguia investigar os pensamentos de Anyanwu de propósito, mas também não podia evitar investigá-los. A mulher estava perto dele e os pensamentos dela, ao contrário dos de Doro, permaneciam expostos e desprotegidos.

— Fui um felino — explicou ela, simplesmente. — Posso ser qualquer coisa. Preciso provar?

— Não!

— É parecido com o que você faz — tranquilizou-o. — Você consegue perceber o que estou pensando. Eu posso mudar de forma. Por que não come a carne? Está muito boa. — Ela decidiu que daria um banho nele. Naquele dia, iria lavá-lo, começando pelas feridas. O fedor era insuportável.

Thomas pegou a porção dele de comida e jogou no fogo.

— Comida de bruxa! — resmungou, e levou a bebida à boca.

Anyanwu reprimiu o impulso de atirar o rum nas chamas. Em vez disso, se levantou e o tirou das mãos dele, enquanto o homem o abaixava. Ele não tentou tomá-lo de volta. Ela o colocou de lado e encarou Thomas.

— Somos todos bruxos — falou. — Todo o pessoal de Doro. Por que ele nos notaria se fôssemos comuns? — Então deu de ombros. — Ele quer uma criança nossa, porque ela não será comum.

Ele não disse nada. Apenas a encarou, com desconfiança e aversão inconfundíveis.

— Vi o que você consegue fazer — prosseguiu Anyanwu. — Continua dizendo o que penso, sabendo o que não deveria saber. Vou mostrar a você o que consigo fazer.

— Não quero...

— Vendo, a coisa se tornará mais real para você. Não é algo difícil de ver. Não fico feia. As maiores mudanças acontecem dentro de mim. — Ela estava se despindo enquanto falava. Não que fosse necessário. Poderia descartar as roupas enquanto se transformava, trocá-las como uma cobra troca de pele, mas queria avançar muito devagar com aquele homem. Não imaginava que sua nudez o excitaria. Ele a vira sem roupas na noite anterior, se afastara e dormira, deixando que ela fosse caçar. Anyanwu suspeitava que Thomas era impotente. Tornara o próprio corpo esguio e jovem para ele, na esperança de que o homem depositasse nela sua semente e que ela pudesse escapar depressa, mas a noite anterior a convencera de que teria mais trabalho a fazer ali do que imaginara. E se o homem fosse mesmo impotente, nada do que ela fizesse bastaria. O que Doro faria então?

Anyanwu se transformou bem devagar, assumiu a forma de leopardo, o tempo todo mantendo o corpo entre Thomas e a porta. Entre Thomas e a arma. Isso foi sábio, porque quando ela terminou, quando alongou o corpo pequeno e poderoso de felino e esticou as garras, deixando marcas no chão de terra batida, ele se precipitou em busca da arma.

Com as garras recolhidas, Anyanwu o empurrou para o lado. O homem gritou e se retraiu. Pela reação dele, levantando o braço para proteger a garganta e arregalando os olhos, parecia esperar que ela saltasse sobre ele. Esperava morrer. Em vez disso, Anyanwu se aproximou dele devagar, com o corpo relaxado. Ronronando, esfregou a cabeça no joelho dele. Olhou-o, viu que o braço protetor descera da altura da garganta. Esfregou os pelos na perna do homem e continuou ronronando. Enfim, quase a contragosto, a mão dele tocou a cabeça dela, acariciando-a, hesitante. Quando ela ofereceu o pescoço, para que ele o coçasse, embora não sentisse nenhuma coceira, Thomas resmungou para si mesmo:

— Meu Deus!

Ela então se afastou, buscou um pedaço de carne de veado e o levou para ele.

— Não quero isso! — disse Thomas.

Ela começou a rosnar baixinho. Ele deu um passo para trás, mas isso o colocou contra a parede rústica de tábuas. Quando Anyanwu o seguiu, não havia para onde ir. Tentou lhe entregar a carne, mas ele afastou a mão. Por fim, girando o pedaço, ela soltou um rugido alto.

Thomas caiu no chão, apavorado, encarando-a. Anyanwu largou a carne no colo do homem e rugiu de novo.

Ele pegou a carne e comeu, pelo que ela imaginou ser a primeira vez em muito tempo. Se Thomas queria se matar, por que estava fazendo isso daquela forma lenta e terrível, deixando-se apodrecer vivo? Ah, ela o banharia naquele dia mesmo e começaria a curá-lo. Se ele queria mesmo morrer, que se enforcasse e acabasse com aquilo.

Quando o homem terminou a carne de veado, Anyanwu se transformou outra vez em mulher e se vestiu com calma, enquanto ele observava.

— Pude ver... — sussurrou ele, após um longo silêncio.
— Pude ver seu corpo mudando por dentro. Tudo mudando...
— Então balançou a cabeça sem entender e perguntou: — Você conseguiria se tornar branca?

A pergunta assustou-a. Ele estava mesmo tão preocupado com a cor da pele dela? Em geral, o povo de Doro não era assim. A maioria daquelas pessoas tinham origens mestiças demais para zombar de alguém. Anyanwu não conhecia os ancestrais daquele homem, mas tinha certeza de que ele não era tão branco quanto parecia imaginar. Os traços indígenas eram muito presentes.

— Nunca me tornei branca — respondeu. — Em Wheatley, todos me conhecem. Quem eu enganaria, e por que deveria tentar?

— Não acredito — disse ele. — Se fosse capaz de se tornar branca, você se tornaria!

— Por quê?

Thomas fixou os olhos nela, com hostilidade.

— Estou contente assim — disse ela, por fim. — Se algum dia eu precisar ser branca para sobreviver, serei branca. Se precisar ser leopardo para caçar e matar, serei leopardo. Se precisar viajar depressa por terra, vou me tornar um grande pássaro. Se precisar cruzar o mar, vou me tornar um peixe. — Deu um breve sorriso. — Um golfinho, talvez.

— Você se tornaria branca para mim? — perguntou Thomas. A hostilidade desaparecera da voz dele enquanto ela falava. Ele parecia acreditar nela. Talvez estivesse ouvindo seus pensamentos. Nesse caso, não os ouvia com clareza suficiente.

— Acho que, de alguma maneira, você terá de suportar o fato de que sou negra — respondeu ela, com uma hostilidade própria. — Essa é minha aparência. Ninguém nunca me disse que sou feia!

Thomas suspirou.

— Não, você não é. Longe disso. É que... — Então parou de falar, umedeceu os lábios. — É que pensei que você poderia se parecer com minha esposa... só um pouco.

— Você tem uma esposa?

Ele coçou um ferimento no braço dolorido. Anyanwu conseguiu ver, através de um rasgo na manga, que aquilo não parecia estar cicatrizando como deveria. A carne em volta da crosta estava muito vermelha e inchada.

— Tive uma esposa — contou Thomas. — Uma garota grande e bonita com cabelo amarelo como ouro. Eu pensei que tudo ficaria bem se não morássemos em uma cidade nem tivéssemos vizinhos por perto. Ela não era do povo de Doro, mas ele me permitiu ficar com ela. Também me deu dinheiro suficiente para comprar um terreno, começar a cultivar tabaco. Achei que tudo ficaria bem.

— Ela sabia que você era capaz de ouvir os pensamentos dela?

Ele a encarou com desprezo.

— Ela teria se casado comigo se soubesse? Alguém se casaria?

—Talvez alguém do povo de Doro. Alguém que também pudesse ouvir pensamentos.

— Você não sabe o que está dizendo — falou ele, com amargura.

O tom de voz fez com que ela pensasse, com que se lembrasse, de que algumas das pessoas mais terríveis do povo de Doro eram como Thomas. Talvez não fossem tão sensíveis. Morar em cidades não parecia incomodá-las. Mas bebiam muito, brigavam, maltratavam e negligenciavam as crianças e, às vezes, matavam umas às outras antes que Doro pudesse se encarregar delas. Era provável que Thomas estivesse certo em se casar com uma mulher comum.

— Por que sua esposa foi embora? — perguntou Anyanwu.

— Por que você acha? Eu não conseguia ficar longe dos pensamentos dela, como não consigo ficar longe dos seus. Tentei evitar que ela soubesse, mas, às vezes, as coisas apareciam para mim com tanta clareza... Eu respondia, pensando que ela tinha falado em voz alta, mas ela não tinha e não entendia e...

— E ela ficou com medo.

— Por Deus, sim. Depois de um tempo, ficou apavorada. Partiu para a casa dos pais e nem quis me ver quando fui atrás dela. Acho que não a culpo. Depois disso, só restaram... Mulheres como você, que Doro me traz.

— Não somos mulheres tão más. Eu não sou.

— Você mal vê a hora de ficar longe de mim!

— O que você sentiria por uma mulher coberta de sujeira e feridas?

Ele piscou e olhou para si.

— Imagino que você está acostumada a coisa melhor!

— É claro que estou! Deixe-me ajudá-lo e ficará melhor. Você não pode ter sido assim para sua esposa.

— Você não é ela!

— Não. Ela não podia ajudar você. Eu posso.

— Não pedi sua...
— Ouça! Ela fugiu de você porque você pertence a Doro. É um bruxo e ela sentiu medo e nojo. Eu não tenho medo nem nojo.
— E nem teria o direito de sentir isso — resmungou ele, ressentido. — Você é mais bruxa do que eu jamais serei. Ainda não acredito no que a vi fazer.
— Se meus pensamentos chegaram a você em algum momento, deve acreditar no que faço e no que digo. Não menti. Sou curandeira. Vivi mais de trezentos e cinquenta anos. Vi lepra, tumores enormes que causam agonia, bebês que nascem com um grande buraco onde deveria estar o rosto e muito mais. Você está longe de ser a pior coisa que já testemunhei.

Thomas a encarou, franzindo a testa, sério, como se buscasse um pensamento que lhe escapara. Ocorreu a ela que ele estava tentando ouvir seus pensamentos. No entanto, pareceu desistir. Deu de ombros e suspirou.

— Você conseguiu ajudar essas outras pessoas?
— Às vezes, consegui. Às vezes, posso dissolver tumores perigosos, desanuviar olhos cegos ou curar feridas que não cicatrizam sozinhas...
— Você não pode levar embora vozes ou visões, pode?
— Os pensamentos que você ouve de outras pessoas?
— Sim, e o que "vejo". Às vezes, não consigo distinguir o real e a visão.

Ela balançou a cabeça com tristeza.

— Gostaria de conseguir. Já vi outras pessoas atormentadas como você. Sou melhor do que aqueles que seu povo chama de médicos. Muito melhor. Mas não sou tão boa quanto gostaria de ser. Acho que tenho falhas, como vocês.

— Todos os filhos de Doro são imperfeitos, pequenas divindades com pés de barro.

Anyanwu entendeu a referência. Ela lera o livro sagrado da nova terra, a Bíblia, na esperança de compreender melhor as pessoas ao redor. Em Wheatley, Isaac dizia aos outros que ela estava se tornando cristã. Alguns não perceberam que ele estava brincando.

— Não nasci de Doro — ela explicou a Thomas. — Sou o que ele chama de semente originária. Mas não faz diferença. De qualquer maneira, tenho falhas.

Ele olhou para ela e depois para o chão.

— Bem, não sou tão imperfeito quanto você imagina — falou com muita brandura. — Não sou impotente.

— Ótimo. Se fosse e Doro descobrisse... poderia decidir que você não seria mais útil para ele.

Foi como se ela tivesse dito algo surpreendente. Thomas se sobressaltou, olhando-a de uma maneira que a fez recuar de medo, e então perguntou:

— Qual é o seu problema?! Como pode se importar com o que acontece comigo? Como pode permitir que Doro a cruze como se fosse uma maldita vaca... e comigo! Você não é como as outras pessoas.

— Você disse que eu era um cão. Uma cadela negra.

Mesmo sob a sujeira, viu-o enrubescer.

— Sinto muito — disse ele, muitos segundos depois.

— Tudo bem. Quase bati em você quando falou aquilo... e eu sou muito forte.

— Não duvido.

— Eu me importo com o que Doro faz comigo. Ele sabe que me importo. Eu digo a ele.

— As pessoas não costumam dizer.

— Sim. É por isso que estou aqui. Não aceito que algo seja certo apenas porque ele diz que é. Doro não é meu deus. Ele me trouxe até você como punição por meu sacrilégio. — Ela sorriu. — Mas não entende que prefiro me deitar com você do que com ele.

Thomas ficou calado por tanto tempo que Anyanwu estendeu a mão e tocou a dele, preocupada.

Ele a contemplou, sorriu sem revelar os dentes podres. Ela não o tinha visto sorrir antes.

— Tenha cuidado — disse ele. — Doro nunca deve descobrir o quanto você o odeia.

— Ele sabe disso há anos.

— E você ainda está viva? Deve ser muito valiosa.

— Devo — concordou ela, em tom amargo.

Thomas suspirou.

— Eu também deveria odiá-lo. De alguma forma, não odeio. Não consigo. Mas... Acho que fico feliz por você conseguir. Nunca conheci ninguém que conseguisse. — Ele hesitou uma vez mais, ergueu para ela os olhos negros como a noite.

— Mas tenha cuidado.

Ela assentiu, pensando que ele a fazia se lembrar de Isaac. Isaac também estava sempre lhe pedindo cuidado. Então, Thomas se levantou e foi até a porta.

— Aonde você vai? — perguntou Anyanwu.

— Até o riacho lá atrás, para me lavar. — Mais uma vez, o sorriso hesitante. — Acha mesmo que pode cuidar dessas feridas? Tenho algumas delas há muito tempo.

— Posso curá-las. Mas elas voltarão, se você não se mantiver limpo nem parar de beber tanto. Coma comida!

— Não sei se você está aqui para conceber uma criança ou para me transformar em uma — resmungou ele, fechando a porta atrás de si.

Anyanwu saiu e fez uma vassoura rústica com galhos finos. Varreu os montes de lixo para fora da cabana, em seguida, lavou o que poderia ser lavado. Não sabia o que fazer com os insetos. Só as pulgas já eram terríveis. Se a deixassem por conta própria, Anyanwu queimaria a cabana e construiria outra. Mas Thomas provavelmente não concordaria com isso.

Ela limpou, limpou e limpou, e a cabana, pequena e horrível, ainda não a satisfazia. Não havia cobertores limpos, não havia roupas limpas para Thomas. No final, ele entrou vestindo os mesmos trapos sobre a pele lavada, pálida e quase esfolada. Parecia muitíssimo envergonhado quando Anyanwu começou a despi-lo.

— Não seja tolo — disse ela. — Quando eu começar a cuidar dessas feridas, você não terá tempo para vergonha, ou para qualquer outra coisa.

Então Thomas teve uma ereção. Por mais esquelético e doente que estivesse seu corpo, ele não era, como dissera, impotente.

— Certo — murmurou Anyanwu, divertindo-se, mas com gentileza. — Primeiro o prazer, depois a dor.

Os dedos desajeitados dele começaram a mexer nas roupas dela, mas pararam de repente.

— Não! — interrompeu se, como se, afinal, a dor devesse vir primeiro. — Não. — Ele deu as costas para ela.

— Mas por quê? — Anyanwu colocou a mão no ombro dele. — Você quer, e está tudo bem. Para que estou aqui?

Thomas falou entre os dentes, como se cada palavra o ferisse:

— Você ainda está ansiosa para se livrar de mim? Não pode ficar um pouco mais?

— Ah. — Ela acariciou o ombro, sentindo os ossos salientes sobre a fina camada de carne. — As mulheres levam sua semente e o deixam o mais rápido possível.

Ele não disse nada.

Anyanwu se aproximou. Thomas era menor do que Isaac, menor do que a maioria dos corpos masculinos que Doro trouxera para ela. Era estranho ser capaz de olhar nos olhos de um homem sem erguer o rosto.

— Será assim comigo também — disse ela. — Tenho marido. Filhos. E... Doro sabe como posso conceber rápido. Sou sempre rápida de propósito com ele. Devo receber sua semente e deixá-lo. Mas não o deixarei hoje.

Thomas a contemplou por um momento, os olhos negros atentos como se ele estivesse tentando controlar mais uma vez a própria habilidade, ouvir os pensamentos dela naquele momento, quando desejava ouvi-los. Anyanwu esperava que a criança que teria, dele, tivesse aqueles olhos. Eram a única coisa no homem que nunca precisara de limpeza ou cura para revelar beleza. O que era surpreendente, considerando-se o quanto ele bebia.

Ele a agarrou de repente, como se acabasse de lhe ocorrer que podia, e a segurou com força por um longo tempo antes de conduzi-la à plataforma estilhaçada que era sua cama.

***

Doro chegou horas depois, trazendo farinha, açúcar, café, fubá, sal, ovos, manteiga, ervilha seca, frutas e vegetais frescos, cobertores, tecidos para costurar roupas e, a propósito, um corpo novo. Comprara ou roubara de alguém uma pequena carroça, malfeita, para transportar os itens.

— Obrigada — agradeceu Anyanwu, séria, querendo que ele visse que a gratidão era verdadeira. Era raro, naqueles dias, que Doro fizesse o que ela pedia. Perguntava-se por que, daquela vez, ele se dera ao trabalho. Com certeza não fora o que planejara no dia anterior.

Então, percebeu que ele observava Thomas. O banho fizera uma diferença notável na aparência do homem e Anyanwu o barbeara, cortara grande parte do cabelo dele e penteara o restante. Mas havia outras mudanças mais sutis. Thomas sorria, estava ajudando a carregar os suprimentos para a cabana, em vez de ficar de lado, apático, em vez de resmungar com Anyanwu quando ela passava por ele, com os braços carregados.

— Agora... — disse Thomas, felizmente alheio ao olhar de Doro. — Vamos ver o quão bem você cozinha, Mulher Sol.

Aquele nome estúpido, pensou Anyanwu, desesperada. Por que a chamou assim? Devia ter lido aquilo nos pensamentos dela. Não contara a ele que era o nome que Doro lhe dera.

Doro sorriu.

— Nunca pensei que pudesse fazer isso tão bem — disse ele. — Ou teria levado meus doentes para você antes.

— Sou uma curandeira — respondeu ela. O sorriso dele a apavorava, por causa de Thomas. Era um sorriso cheio de dentes e cem por cento desprovido de humor. — Concebi — revelou então, embora não tivesse a intenção de lhe contar por alguns dias, talvez semanas. De repente, porém, o queria longe de Thomas. Conhecia Doro. Ao longo dos anos, passara a conhecê-lo muito bem. Ele a tinha dado a um homem que esperava causar repulsa a ela, que a fizesse reconhecer a sorte que tinha. Em vez disso, Anyanwu logo começara a ajudar o homem, curando-o para que, no futuro, não repelisse ninguém. Era evidente que ela não fora punida.

— Já? — falou Doro, fingindo surpresa. — Então, devemos ir embora?

— Sim.

Ele lançou um olhar para a cabana, onde Thomas estava. Anyanwu circundou a carroça e agarrou os braços de Doro. Ele usava o corpo de um homem branco de rosto redondo e aparência muito jovem.

— Por que você trouxe os mantimentos? — ela quis saber.

— Você os queria — respondeu ele, com sensatez.

— Para ele. Para que Thomas pudesse se curar.

— E agora você quer deixá-lo antes que a cura termine.

Thomas saiu da cabana e os viu juntos.

— Alguma coisa errada? — perguntou. Anyanwu percebeu depois que provavelmente foi a expressão ou os pensamentos dela que o alertaram. Se ao menos ele pudesse ler os pensamentos de Doro...

— Anyanwu quer ir para casa — falou Doro, em um tom brando.

Thomas olhou para ela com descrença e dor.

— Anyanwu...?

Ela não sabia o que fazer, o que levaria Doro a perceber que já causara dor o bastante, já a punira o bastante. O que o deteria, uma vez que ele estava decidido a matar?

Anyanwu voltou-se para Doro.

— Vou embora com você hoje — murmurou. — Por favor, vou embora com você agora.

— Ainda não — disse Doro.

Ela sacudiu a cabeça, implorou, desesperada:

— Doro, o que você quer de mim? Diga e eu farei.

Thomas se aproximara dos dois, olhando para Anyanwu; a expressão no rosto dele entre a raiva e a dor. Ela queria gritar para que ele continuasse afastado.

— Quero que você se lembre — disse Doro, dirigindo-se a ela. — Você começou a pensar que eu não poderia afetar você. Esse tipo de pensamento é tolo e perigoso.

Anyanwu estava no meio de uma cura. Suportara as ofensas de Thomas. Suportara parte da noite ao lado do corpo imundo dele. Por fim, fora capaz de convencê-lo e começar a curá-lo. Não eram apenas as feridas do corpo que ela tentava atingir. Doro nunca tirara um paciente dela no meio da cura, nunca! De alguma forma, Anyanwu não imaginara que ele faria uma coisa dessas. Era como se ele ameaçasse um dos filhos, uma das filhas dela. E, é claro, era o que ele estava fazendo. Ameaçando tudo que era caro a ela. Pelo jeito, Doro obtivera dela tudo o que queria e, portanto, não a mataria. Mas desde que ela deixara claro que não o amava, que só o obedecia por conta do poder, ele sentia necessidade de fazê-la se lembrar desse poder. Se não pudesse fazê-lo entregando-a a um homem cruel pois, de forma obstinada, tal homem deixara de ser cruel, então tiraria o homem dela, no momento em que ela tinha maior interesse por ele. E talvez Doro também tivesse se dado conta daquilo que ela dissera a Thomas: que preferia compartilhar a cama do homem imundo do que a de Doro. Para alguém acostumado à adoração, compreender isso devia ter sido um golpe duro. Mas o que ela poderia fazer?

— Doro — ela implorou —, basta. Eu entendi. Eu estava errada. Vou me lembrar disso e me comportar melhor com você.

Anyanwu agarrava os dois braços dele e abaixava a cabeça diante do rosto jovem e aveludado. Por dentro, gritava de raiva, medo e ódio. Por fora, o rosto dela estava tão tranquilo quanto o dele.

Mas por teimosia, ânsia ou desejo de machucá-la, Doro não parou. Virou-se para Thomas. E, a essa altura, o homem havia compreendido.

Thomas recuou; a descrença no rosto era evidente.

— Por quê? — perguntou. — O que eu fiz?

— Nada! — gritou Anyanwu de repente, e as mãos nos braços de Doro estancaram em um aperto que Doro não romperia com naturalidade. — Você não fez nada, Thomas, exceto agradá-lo durante toda a sua vida. Agora ele não se importa em desperdiçar você na esperança de me ferir. Corra!

Por um instante, Thomas ficou paralisado.

— Corra! — gritou Anyanwu. Doro começara a lutar contra ela, sem dúvida por um reflexo de raiva. Ele sabia que não poderia romper o aperto ou vencê-la apenas pela força física. E não usaria a outra arma de que dispunha. Ainda não obtivera dela tudo o que desejava. Havia uma criança potencialmente valiosa no útero de Anyanwu.

Thomas correu em direção ao bosque.

— Eu vou matá-la — gritou Doro. — É a sua vida ou a dela.

Thomas parou e olhou para trás.

— Ele está mentindo — disse Anyanwu, quase eufórica. Homem ou demônio, ele não conseguia mentir para ela. Não mais. — Corra, Thomas. Ele está mentindo!

Doro tentou bater nela, mas ela o fez tropeçar e, ao cair, mudou o modo de segurar os braços dele, para que não se movesse de novo sem sentir dor. Muita dor.

— Eu teria me submetido — cochichou no ouvido dele. — Teria feito qualquer coisa!

— Solte-me — ordenou ele —, ou você não viverá, nem para se submeter. Agora é verdade, Anyanwu. Levante.

A morte estava aflorando de maneira assustadora na voz dele. Era esse o tom de Doro quando tinha verdadeira intenção de matar: a voz soou monótona e estranha, e Anyanwu sentiu que a criatura que ele era, o espírito, o demônio faminto e feroz, o *ogbanje* corrompido, estava pronto para pular do corpo daquele jovem para o dela. Fora longe demais com ele.

E então Thomas estava ali.

— Solte-o, Anyanwu — disse ele. Ela ergueu a cabeça para contemplá-lo. Arriscara tudo para dar a ele uma chance de escapar, ao menos uma chance, e ele voltara.

Thomas tentou puxá-la de cima de Doro.

— Solte-o, eu disse. Ele passaria por você e me pegaria dois segundos depois. Não há mais ninguém aqui para confundi-lo.

Anyanwu olhou em volta e percebeu que ele estava certo. Quando Doro se transferia, assumia o corpo da pessoa mais próxima. Era por isso que, às vezes, tocava as pessoas. Em uma multidão, o contato garantia que levasse o corpo da pessoa escolhida. Se estivesse decidido a se transferir, porém, e a pessoa mais próxima estivesse a cento e cinquenta quilômetros de distância, ele pegaria aquela pessoa. A distância não significava nada. Se estivesse disposto a passar por Anyanwu, conseguiria alcançar Thomas.

— Não tenho nada — Thomas estava dizendo. — Esta cabana é o meu futuro... Ficar aqui, mais velho, mais bêbado, mais insano. Não mereço sua morte, Mulher Sol, mesmo se sua morte pudesse me salvar.

Com muito menos força do que Doro tinha no corpo atual, ele a colocou de pé, libertando-o. Então, a empurrou para trás de modo a ficar mais próximo de Doro.

Doro se levantou devagar, observando-os como se os desafiasse ou os encorajasse a entrar em pânico para que corressem, desesperados. Não havia nada de humano nos olhos dele.

Vendo-o assim, Anyanwu pensou que morreria de qualquer maneira. Ela e Thomas morreriam.

— Fui leal — afirmou Thomas, como se falasse com um homem sensato.

Os olhos de Doro se concentraram nele.

— Ofereci a você minha lealdade — insistiu Thomas.

— Nunca desobedeci. — Ele balançou a cabeça devagar, de um lado para o outro. — Amei você, embora soubesse que este dia poderia chegar. — Ele estendeu a mão direita, com uma firmeza incrível. — Deixe-a voltar para o marido e as crianças — pediu.

Sem dizer uma palavra, Doro agarrou a mão. Ao tocá-la, o corpo jovem e aveludado que ele usava desabou e o de Thomas, magro e cheio de feridas, ficou um pouco mais aprumado. Anyanwu o encarou com os olhos arregalados, apavorada contra a própria vontade. Em um instante, os olhos de um amigo se tornaram os olhos do demônio. Ela seria morta agora? Doro não havia prometido nada. Sequer oferecera ao devoto dele uma palavra de alento.

— Enterre isso — Doro disse a ela, com a boca de Thomas. Então gesticulou em direção ao corpo que ocupara antes.

Anyanwu começou a chorar. A vergonha e o alívio fizeram com que se afastasse. Ele a deixaria viver. Thomas havia comprado a vida dela.

A mão de Thomas a segurou pelo ombro e a empurrou em direção ao corpo. Anyanwu odiou as próprias lágrimas. Por que era tão fraca? Thomas fora forte. Não viveu mais do que trinta e cinco anos, mas encontrou forças para enfrentar Doro e salvá-la. Ela viveu muitas vezes trinta e cinco anos e chorava, encolhendo-se de medo. Era nisso que Doro a transformara, e ele não conseguia entender por que ela o odiava.

Doro se aproximou para supervisioná-la e, de algum modo, Anyanwu evitou se encolher. Ele parecia mais alto naquele corpo do que o próprio Thomas.

— Não tenho nada com que cavar — sussurrou ela. Não tinha a intenção de sussurrar.

— Use as mãos! — ordenou ele.

Ela encontrou na cabana uma pá e um enxó que poderia usar para abrir a terra, provavelmente a mesma ferramenta que Thomas usara para entalhar as tábuas da cabana. Enquanto Anyanwu abria a cova, Doro a observou. Não se moveu para ajudar, não falou, não desviou o olhar. Quando terminou de cavar um buraco adequado, grosseiro e comprido, em vez de retangular, mas grande e profundo o suficiente, ela tremia. A abertura da cova a exaurira mais do que deveria. Era um trabalho árduo e o fizera rápido demais. Um homem duas vezes o tamanho dela não teria terminado tão depressa... ou talvez tivesse, com Doro supervisionando.

O que Doro estaria pensando? Pretendia matá-la, afinal? Enterraria o corpo de Thomas com o corpo anterior, sem nome, e iria embora vestindo a carne de Anyanwu?

Ela foi até o corpo do jovem, endireitou-o e rolou-o em um pedaço de linho que Doro trouxera. Depois, de algum modo, arrastou-o até a sepultura. Ficou tentada a pedir a ajuda de Doro, mas um vislumbre do rosto dele a fez mudar de ideia. Ele não a ajudaria. Iria insultá-la. Anyanwu estremeceu. Não o via matar alguém desde que haviam deixado a terra natal dela. Ele matava com frequência, é claro. Mas era reservado quanto a isso. Chegava a Wheatley vestindo um corpo e saía vestindo outro, mas não fazia a transferência em público. Além disso, costumava ir embora assim que mudava de corpo. Se pretendia ficar na cidade por um tempo, continuava usando o corpo de um estranho. Não deixava que seu povo se esquecesse do que era, mas os lembretes eram discretos e surpreendentemente gentis. Caso contrário, Anyanwu refletiu enquanto cobria a sepultura, se Doro ostentasse o próprio poder diante dos outros, como fazia naquele momento diante dela, mesmo o mais fiel adorador fugiria dele. Sua maneira de matar aterrorizaria qualquer pessoa. Ela o olhou e viu o rosto magro de Thomas, que fora barbeado havia pouco pelas mãos dela, que aprendera havia pouco a colocar um pequeno sorriso nos lábios finos. Desviou o olhar, tremendo.

De alguma maneira, Anyanwu terminou de preencher a cova. Tentou pensar na oração de um homem branco para fazê-la pelo cadáver sem nome e para Thomas. Mas sob a observação de Doro, a mente dela se recusava a funcionar. Ficou ao lado da sepultura, sentindo-se vazia, cansada e com medo.

— Agora você vai fazer algo a respeito destas feridas — disse Doro. — Pretendo manter este corpo por algum tempo.

Então, ela sobreviveria... por um tempo. Com ele dizendo que ela viveria. Encarou-o.

— Já comecei a fazer isso. Estão doendo?

— Não muito.

— Coloquei remédio nelas.

— Vão sarar?

— Sim, se você se mantiver limpo e se alimentar bem e... não beber como ele bebia.

Doro riu.

— Cuide dessas coisas outra vez — respondeu. — Quero que sarem o mais rápido possível.

— Mas o remédio que está nelas ainda não teve tempo de agir. — Anyanwu não queria tocar nele, nem mesmo para a cura. Não se importava em tocar em Thomas, logo passara a gostar do homem, apesar da miséria dele. Sem aquela habilidade descontrolada o ferindo, ele teria sido um bom homem. No final, se mostrara um bom homem. Ela enterraria o corpo dele de boa vontade quando Doro o abandonasse, mas não queria tocar nele enquanto Doro o usasse. Talvez Doro soubesse disso.

— Eu disse para cuidar das feridas! — ordenou ele. — O que terei que fazer a seguir para ensiná-la a obedecer?

Ela o levou para a cabana, despiu-o e examinou mais uma vez o corpo esquelético e doente. Quando terminou, Doro a obrigou a se despir e a se deitar com ele. Anyanwu não chorou, porque achou que ele gostaria disso. Mas depois, pela primeira vez em séculos, ela teve uma incontrolável crise de vômito.

9

Nweke começou a gritar. Doro ouviu, tranquilo, aceitando o fato de que o destino da garota estava temporariamente fora do alcance dele. Não havia nada a fazer, exceto esperar e se lembrar do que Anyanwu dissera. Ela nunca perdera ninguém para a transição. Era improvável que maculasse aquele histórico com a morte de um filho ou uma filha. E Nweke era forte. Todos os descendentes de Anyanwu eram fortes. Isso era importante. A experiência pessoal de Doro com a transição lhe ensinara o perigo da fraqueza. Ele permitiu que os pensamentos voltassem para a época da própria transição e afastou a preocupação com Nweke. Lembrava-se de sua transição com muita clareza. Não conseguia se lembrar de muitos anos que a sucederam, mas a infância e a transição que pôs fim à essa infância ainda eram claras.

Ele fora um menino doente e atrofiado, o último dos doze filhos e filhas da mãe e o único a sobreviver, o que era perfeito para o nome com o qual Anyanwu às vezes o chamava: Ogbanje. As pessoas diziam que os irmãos e as irmãs dele haviam sido bebês robustos de aparência saudável, e mesmo assim morreram. Doro era esquelético, minúsculo e estranho, e apenas os pais pareciam achar certo ele ter sobrevivido. As pessoas cochichavam sobre ele. Diziam que era diferente de uma criança, que era algum espírito. Murmuravam que não era filho do marido de sua mãe. A mãe o protegeu o melhor que pôde quando ele era novo demais, e o pai, se é que aquele homem era seu pai, reivindicou a paternidade e ficou feliz por ter um filho. Era um homem pobre e tinha pouco além disso.

Os pais eram a única recordação boa da juventude. Ambos o amavam e estimavam com exagero, depois de onze bebês mortos. Outras pessoas o evitavam quando podiam. O povo dele eram pessoas altas, imponentes: os núbios, como viriam a ser chamados muito mais tarde. Logo ficou claro para eles que Doro nunca seria alto ou imponente. Certo dia, também ficou claro que ele estava possuído. Ouvia vozes. Caía no chão se contorcendo em convulsões. Várias pessoas, com medo de que Doro pudesse lançar seus demônios sobre elas, quiseram matá-lo, mas de alguma forma, os pais o protegeram. Mesmo naquele momento, ele não compreendia como. Mas havia pouca coisa, talvez nada, que eles não fariam para salvá-lo.

Doro tinha treze anos quando toda a agonia da transição o atingiu. Sabia naquele momento que fora jovem demais. Nunca ouviu falar que um de seus bruxos tenha sobrevivido quando a transição chegou tão cedo. Ele mesmo não sobrevivera. Mas, ao contrário de qualquer pessoa que conseguira criar até então, não morrera totalmente. Seu corpo havia morrido e, pela primeira vez, Doro havia se transferido para o corpo humano vivo mais próximo. O corpo da mãe, em cujo colo a cabeça dele descansava.

Percebeu que estava olhando para si mesmo, para o próprio corpo, e não compreendeu. Gritou. Aterrorizado, tentou fugir. O pai o deteve, segurou-o, exigiu saber o que havia acontecido. Doro não conseguiu responder. Olhou para baixo, viu os seios de mulher, o corpo de mulher, e entrou em pânico. Sem saber como ou o que fez, se transferiu de novo, desta vez para o pai.

No povoado antes tranquilo, no Rio Nilo, ele matou, matou e matou. Por fim, inimigos salvaram o povo dele, sem ter a intenção. Os egípcios invasores o capturaram em um ataque ao povoado. Àquela altura, Doro usava o corpo de uma jovem, uma das primas. Talvez ele tenha matado alguns dos egípcios também. Esperava que sim. Seu povo vivera sem a interferência egípcia por quase dois séculos enquanto o Egito chafurdava no caos feudal. Mas então o Egito estava de volta, querendo terras, riquezas minerais, pessoas para escravizar. Doro esperava que tivesse matado muitos deles. Nunca saberia. As lembranças se interrompiam na chegada dos egípcios. Havia uma lacuna, ele calculou depois, de cerca de cinquenta anos antes que retornasse a si e descobrisse que fora colocado em uma prisão egípcia, descobrisse que então assumia o corpo de um estranho de meia-idade, descobrisse que era, ao mesmo tempo, mais e menos do que um homem, que era capaz de ter e fazer absolutamente qualquer coisa.

Doro demorou anos para definir, ainda que em média, por quanto tempo estivera fora de si. Demorou mais ainda para descobrir o lugar exato onde seu povoado ficara e que não estava mais lá. Jamais encontrou algum parente, alguém do povoado. Estava totalmente sozinho.

Com o tempo, começou a perceber que algumas mortes lhe davam mais prazer do que outras. Alguns corpos o carregavam por mais tempo. Observando as próprias reações, ele aprendeu que idade, etnia, sexo, aparência física e, exceto em casos extremos, saúde, não afetavam o modo como desfrutava das vítimas. Podia invadir, e invadia, qualquer pessoa. Mas o que lhe dava maior prazer era algo que passou a considerar bruxaria ou um potencial para bruxaria. Estava em busca da própria família espiritual, pessoas possuídas, ensandecidas ou apenas um pouco estranhas. Elas ouviam vozes, tinham visões, coisas assim. Doro não fazia mais nenhuma dessas coisas, não depois que a transição terminara. Mas se nutria de pessoas que as faziam. Aprendeu a sentir a presença delas sem esforço, como quem segue o aroma de comida. Depois, aprendeu a acumulá-las, reproduzi-las, garantir que fossem protegidas e cuidadas. Elas, por sua vez, aprenderam a adorá-lo. Passada uma única geração, eram dele, e Doro não compreendia, mas aceitava. Algumas pessoas pareciam senti-lo com tanta clareza quanto ele as sentia. O poder que tinham para a bruxaria as alertava, mas nunca parecia fazê-las fugir, como seria sensato. Ao contrário, iam até ele, competiam por sua atenção, amavam-no como deus, pai, companheiro, amigo.

Doro aprendeu a preferir a companhia dessas pessoas à de indivíduos mais normais. Escolhia entre elas suas companhias e limitava-se a matar as outras. Aos poucos, criou Isaacs, Annekes, seus melhores descendentes. Amava-os como o amavam. Eles o aceitavam de uma maneira que as pessoas comuns não conseguiam aceitar; gostavam dele, temiam-no pouco ou nada. De certa forma, era como se Doro repetisse a própria história a cada geração. Os melhores filhos e filhas o amavam incondicionalmente, como os pais dele o haviam amado. Os outros, como as demais pessoas do povoado, o viam através de várias superstições, ainda que, ao menos dessa vez, as crenças fossem favoráveis. E desta vez, não eram os entes queridos que saciavam sua fome. Ele arrancava os outros dos vários assentamentos como frutas maduras e doces e preservava as especiais a salvo de todos, exceto da doença, da velhice, da guerra e, às vezes, dos efeitos perigosos das habilidades que possuíam. Às vezes, este último fator o forçava a matar algum dos entes especiais. Um deles, embriagado pelo próprio poder, exibira as habilidades, chamara atenção para si e colocara em perigo todo o povo. Um deles se recusara a obedecer. Um deles simplesmente enlouquecera. Acontecia.

Essas eram as mortes que mais deveriam lhe agradar. Com certeza, em um nível sensorial, eram as mais prazerosas. Mas, na mente de Doro, elas eram muito parecidas com o que ele fizera com os pais por acidente. Nunca mantinha esses corpos por muito tempo. Evitava de propósito os espelhos até que pudesse trocar de corpo. Nessas ocasiões, mais do que em qualquer outra, sentia-se completamente sozinho outra vez, sozinho para sempre, desejando morrer e desaparecer. O que ele era, perguntava-se, para conseguir conquistar qualquer coisa, exceto o fim?

Pessoas como Isaac e, em breve, Nweke não sabiam o quanto estavam seguras contra ele. Pessoas como Anyanwu, semente originária boa e estável, não poderiam ficar seguras, embora para Anyanwu fosse tarde demais. Tarde demais, havia anos, apesar dos apelos ocasionais de Isaac a favor dela. Doro já não queria mais a mulher, não queria o olhar de condenação, o ódio silencioso e palpável, a vida longa e a presença ressentida dela. Assim que deixasse de ser útil para Isaac, ela morreria.

***

Isaac andava de um lado para o outro na cozinha, inquieto e assustado, incapaz de bloquear o som dos gritos de Nweke. Era difícil para ele não ir até ela. Sabia que não havia nada que pudesse fazer, nenhuma ajuda que pudesse oferecer. Pessoas em transição não reagiam bem à sua presença. Anyanwu conseguia segurá-las e acariciá-las e tornar-se uma mãe para elas, quer fosse a mãe, de fato, ou não. E, na dor, agarravam-se a ela. Se Isaac tentasse confortá-las, elas se debatiam. Nunca compreendera isso. Mas sempre pareciam gostar dele antes e depois da transição.

Nweke o amava. Crescera chamando-o de pai, sabendo que ele não era o pai dela, mas nunca se importara com isso. Também não era filha de Doro, mas Isaac a amava demais para lhe dizer isso. Desejaria estar ao lado dela naquele momento para acalmar os gritos e tirar a dor. Ele se sentou e olhou para o quarto.

— Ela vai ficar bem — garantiu Doro, da mesa onde comia um bolo confeitado que Isaac trouxera para ele.

— Como você sabe? — Isaac desafiou.

— O sangue dela é bom. Ela vai ficar bem.

— Meu sangue também é bom, mas quase morri.

— Você está aqui — disse Doro, com bom senso.

Isaac esfregou a mão na testa.

— Acho que não ficaria tão nervoso se ela estivesse dando à luz. Nweke é uma criatura tão pequena, tão parecida com Anyanwu.

— Ainda menor — comentou Doro. Então olhou para Isaac e sorriu como se fosse uma piada secreta.

— Ela será sua próxima Anyanwu, não é? — perguntou Isaac.

— Sim. — A expressão de Doro não mudou. O sorriso permaneceu onde estava.

— Ela não é o suficiente — disse Isaac. — É uma jovem linda e cheia de vida. Depois desta noite, será uma jovem poderosa. Mas você disse que ela manteria parte da capacidade de ouvir pensamentos.

— Acredito que manterá.

— Isso mata. — Isaac encarava a porta do quarto, imaginando a filha adotiva jovem e preferida se tornando cruel e amarga como o finado meio-irmão dele, Lale, e como a mãe, que se enforcara. — Essa habilidade mata — repetiu, triste. — Talvez não de imediato, mas mata. — Pobre Nweke. Nem mesmo a transição seria o fim da dor. Ele deveria desejar a vida ou a morte da garota? E o que deveria desejar para a mãe dela?

— Tive pessoas tão boas em comunicação mental quanto você é em mover coisas — afirmou Doro. — Anneke, por exemplo.

— Você acha que ela será como Anneke?

— Ela completará a transição. Terá certo controle.

— Ela é aparentada de Anneke?

— Não. — O tom de Doro indicava que ele não queria discutir a ancestralidade de Nweke. Isaac mudou a abordagem.

— Anyanwu tem controle perfeito sobre o que faz — comentou.

— Sim, dentro dos limites da própria habilidade. Mas ela é uma semente originária. Estou cansado do esforço que é necessário para controlá-la.

— Está mesmo? — Nweke parara de gritar. O cômodo ficou calmo e silencioso de repente, exceto pelas duas palavras de Isaac.

Doro engoliu o resto do doce.

— Você quer dizer alguma coisa?

— Que seria estúpido matá-la. Seria um desperdício.

Doro olhou para o filho, um olhar que Isaac aprendera a reconhecer, um olhar que lhe dava permissão para dizer o que Doro não ouviria de outras pessoas. Ao longo dos anos, a utilidade e lealdade de Isaac garantiram a ele o direito de dizer o que sentia e ser ouvido, embora não necessariamente com atenção.

— Não vou tirá-la de você — Doro explicou, calmo.

Isaac concordou com um movimento de cabeça.

— Se você fizesse isso, eu não duraria muito. — Ele esfregou o peito. — Há algo de errado com meu coração. Ela faz um remédio para ele.
— Com o seu coração?
— Ela cuida dele. Diz que não quer ficar viúva.
— Eu... imaginei que ela poderia estar dando a você uma ajudinha.
— Ela me dava "uma ajudinha" há vinte anos. Quantas crianças dei para você nos últimos vinte anos? Doro não disse nada. Observou Isaac com um rosto inexpressivo.
— Ela ajudou a nós dois — disse Isaac.
— O que você quer? — perguntou Doro.
— A vida dela. — Isaac fez uma pausa, mas Doro não disse nada. — Deixe-a viver. Ela vai se casar outra vez depois de algum tempo. Sempre fez isso. E você terá mais crianças dela. Afinal, Anyanwu sozinha já é uma linhagem. Algo que nem você viu antes.
— Tive alguém que curava, certa vez.
— Ela viveu até os trezentos anos? Teve dezenas de filhos? Era capaz de mudar de forma quando bem entendia?
— Ele. E a resposta é não para todas as três perguntas. Não.
— Então, fique com ela. Se Anyanwu o irritar, ignore-a por um tempo. Ignore-a por vinte ou trinta anos. Que diferença fará para você, ou para ela? Quando você voltar, ela terá mudado de uma maneira ou de outra. Mas, Doro, não a mate. Não cometa o erro de matá-la.
— Eu não a quero nem preciso mais dela.
— Você está errado. Precisa sim. Porque se a deixar sozinha, Anyanwu não vai morrer nem permitir que a matem. Ela não é temporária. Você ainda não aceitou isso. Quando

aceitar, quando se der ao trabalho de reconquistá-la, nunca mais ficará sozinho.

— Você não sabe o que está dizendo!

Isaac se levantou e aproximou-se da mesa, olhando Doro de cima.

— Se eu não conheço vocês dois e suas necessidades, quem conhece? Ela é perfeita para você; não é tão poderosa a ponto de você ter de se preocupar com ela, ainda assim é poderosa o suficiente para cuidar de si e dos outros sozinha. Vocês podem se ver a cada dez anos, mas enquanto ambos estiverem vivos, nenhum dos dois estará só.

Doro começou a observar Isaac com maior interesse, fazendo com que o filho se perguntasse se ele estava mesmo tão obstinado em seu caminho que não conseguia perceber o valor daquela mulher.

— Você disse que sabia sobre o pai de Nweke — disse Doro.

Isaac assentiu.

— Anyanwu me contou. Estava tão furiosa e frustrada, acho que ela precisava contar a alguém.

— Como você se sente em relação a isso?

— Que diferença faz? — questionou Isaac. — Por que trazer isso à tona agora?

— Responda.

— Certo. — Isaac deu de ombros. — Eu disse que conhecia você, e ela, por isso não fiquei surpreso com o que você fez. Vocês dois são pessoas teimosas e vingativas, às vezes. Ela o manteve com raiva e frustrado por anos. Você tentou ajustar as contas. Faz isso de vez em quando, o que só alimenta a raiva dela. A única pessoa de quem tenho pena é o homem, Thomas.

Doro ergueu uma sobrancelha.

— Ele correu. Ficou do lado dela. Já tinha vivido além da própria utilidade.

Isaac ouviu a ameaça implícita e encarou Doro com irritação.

— Acha mesmo que precisa fazer isso? — perguntou, em tom brando. — Sou seu filho, não uma semente originária. Não sou doente, não estou preso a meio caminho da transição. Nunca poderia odiá-lo ou fugir de você, não importa o que você faça, e sou um de seus poucos descendentes que poderia ter escapado com sucesso. Achava que eu não sabia disso? Estou aqui porque quero estar. — De propósito, Isaac estendeu a mão para Doro. Doro o olhou por um instante, depois deu um longo suspiro e apertou a mão grande e cheia de calos, de modo breve e inofensivo.

Por um tempo, ficaram sentados juntos, em um silêncio descontraído; Doro se levantou uma vez para colocar outra lenha no fogo. Isaac deixou os pensamentos voltarem para Anyanwu, e ocorreu-lhe que o mesmo que dissera de si também poderia se aplicar a ela. A mulher talvez fosse outra das poucas pessoas que poderiam escapar de Doro... O modo como ela podia mudar de forma e ir para qualquer lugar... talvez fosse uma das coisas que incomodava Doro em relação a ela. Mas não deveria.

Doro deveria tê-la deixado ir para onde quisesse, fazer o que ela quisesse. Deveria vê-la apenas vez ou outra, quando se sentisse solitário, quando as pessoas morressem e o deixassem, já que todos, menos ela, precisavam deixá-lo. Ela era uma curandeira em mais aspectos do que Doro parecia compreender. O pai de Nweke provavelmente compreendera. E agora, em sua dor, sem dúvida Nweke compreendia. Contrariando as expectativas, a própria Anyanwu muitas vezes parecia não compreender. Achava que os doentes vinham a ela apenas em busca de seus elixires e de seu conhecimento. Ela possuía algo dentro de si que desconhecia.

— Nweke será uma curandeira melhor do que Anyanwu jamais poderia ser — falou Doro, como se respondesse aos pensamentos de Isaac. — Não acredito que a leitura da mente dela vá incapacitá-la.

— Deixe Nweke se tornar o que puder — respondeu Isaac, cansado. — Se ela for tão boa quanto você pensa que será, então você terá duas mulheres muito valiosas. Seria um idiota se desperdiçasse qualquer uma delas.

Nweke começou a gritar de novo, sons roucos e terríveis.

— Ah, Deus — sussurrou Isaac.

— Nesse ritmo, ela logo perderá a voz — comentou Doro. E depois, sem rodeios: — Você tem mais desses bolos?

Isaac o conhecia bem demais para ficar surpreso. Levantou-se para pegar o prato de *olijkoecks* holandeses recheados com frutas que Anyanwu tinha preparado. Era raro que a dor de outra pessoa perturbasse Doro. Se a garota parecesse estar morrendo, ele estaria preocupado com a boa semente prestes a ser perdida. Mas se estivesse apenas em agonia, não importava. Isaac forçou os pensamentos a retornarem a Anyanwu.

— Doro? — Ele falou tão baixo que os gritos da garota quase abafaram a única palavra. Mas Doro ergueu os olhos. Sustentou o olhar de Isaac, sem questioná-lo ou desafiá-lo, sem qualquer garantia ou compaixão. Apenas retribuiu o olhar. Isaac tinha visto felinos olharem para as pessoas daquela maneira. Felinos. Era apropriado. Com uma frequência cada vez maior, nada humano aparecia nos olhos de Doro. Quando Anyanwu estava com raiva, dizia que Doro era apenas um homem fingindo ser um deus. Mas ela não era ingênua. Nenhum homem podia assustá-la, e Doro, independentemente das faltas que realizara com ela, a ensinara a temê-lo. E ensinara Isaac a temer por ele.

— O que você vai perder — perguntou Isaac — se preservar a vida de Anyanwu?

— Estou cansado dela. Só isso. É o bastante. Só estou cansado dela. — Ele soava cansado: cansaço, aborrecimento e frustração humanos, bons, honestos.

— Então, liberte-a. Mande-a embora e deixe-a cuidar da própria vida.

Doro franziu a testa, parecia mais perturbado do que Isaac jamais o vira. Era decerto um bom sinal.

— Pense nisso — disse ele. — Ter, finalmente, alguém que não é temporário, e como semente originária que ela é, você terá o tempo de várias vidas para amansá-la. Anyanwu, com certeza, também pode sentir solidão. Deveria ser um desafio para você, não um aborrecimento.

Isaac não disse mais nada. Não era bom tentar obter promessas de Doro. Aprendera isso havia muito tempo. Era melhor pressioná-lo a quase concordar, depois deixá-lo em paz. Às vezes, funcionava. Às vezes, fazia aquilo bem o suficiente para salvar vidas. E às vezes, falhava.

Eles ficaram sentados juntos, Doro comendo *olijkoecks* devagar e Isaac ouvindo os sons de dor vindos do quarto; até que aqueles sons cessassem, a voz de Nweke quase desapareceria. As horas se passaram. Isaac fez café.

— Você deveria dormir — sugeriu Doro. — Pegue uma das camas dos jovens. Quando acordar, terá acabado.

Isaac balançou a cabeça, exausto.

— Como eu poderia dormir sem saber?

— Tudo bem, então não durma, mas pelo menos deite-se. Você está com uma aparência terrível. — Doro pegou Isaac

pelo ombro e conduziu-o para um dos quartos. O ambiente estava escuro e frio, mas Doro acendeu o fogo e uma única vela.
— Devo esperar com você aqui? — perguntou.
— Sim — disse Isaac, grato. Doro trouxe uma cadeira.

A gritaria recomeçou e, por um momento, confundiu Isaac. Havia muito tempo, a voz da garota se tornara apenas um sussurro rouco e, exceto por um ocasional estrondo ou rangido da cama, e pela respiração áspera, irregular, das duas mulheres, a casa estava em silêncio. Naquele momento havia gritos.

Isaac sentou-se depressa e colocou os pés no chão.
— Qual é o problema? — quis saber Doro.

Isaac mal o ouviu. De repente, estava em pé, correndo em direção ao outro quarto. Doro tentou impedi-lo, mas Isaac afastou as mãos que o detinham.
— Não está ouvindo? — gritou ele. — Não é Nweke. É Anyanwu!

***

A Doro, pareceu que a transição de Nweke estava terminando. Já era hora, o início da manhã, poucas horas antes de o sol nascer. A garota havia sobrevivido às dez ou doze horas habituais de agonia. Já havia algum tempo, ela ficara em silêncio, sem gritar, nem gemer, nem mesmo se mexer o suficiente para balançar a cama. No entanto, isso não significava que Nweke não podia se mexer. Na verdade, as últimas horas da transição eram as mais perigosas. Era nessas horas que as pessoas perdiam o controle do corpo, não apenas sentindo o que os outros sentiam, mas movendo-se como os outros se moviam. Era o momento em que a presença de alguém como Anyanwu, destemida, reconfortante e fisicamente forte, era essencial. Anyanwu era a pessoa perfeita porque não poderia se machucar, ao menos não de maneira permanente.

Pessoas de seu povo haviam contado a Doro que aquele era o momento em que mais sofriam, também. O momento em que a insanidade de absorver os sentimentos de todos parecia interminável, em que, por desespero, fariam qualquer coisa para parar a dor. No entanto, também era naquele momento que começavam a sentir que havia um caminho bem ao alcance delas, uma forma de controlar a loucura, separando-se dela. Uma forma de encontrar paz.

Mas, para Nweke, em vez de paz houve mais gritos, e Isaac correu porta adentro como uma criança, berrando que aqueles gritos não eram de Nweke, mas de Anyanwu.

E Isaac estava certo. O que acontecera? Anyanwu fora incapaz de manter a garota viva, apesar da própria habilidade de cura? Ou era outra coisa, algum outro problema com a transição? O que poderia fazer a poderosa Anyanwu gritar daquela maneira?

— Ah, meu Deus — gritou Isaac de dentro do quarto. — O que você fez? Meu Deus!

Doro entrou correndo, ficou perto da porta, olhando fixamente. Anyanwu estava no chão, sangrando pelo nariz e pela boca. Os olhos estavam fechados e ela não emitia nenhum som. Mal parecia viva.

Na cama, Nweke permanecia sentada, com metade do corpo afundado no colchão de penas. Não tirava os olhos da mulher no chão. Isaac parou por um momento ao lado de Anyanwu. Sacudiu-a como se quisesse despertá-la e a cabeça dela pendeu, sem a firmeza dos ossos.

Ele olhou para cima e viu o rosto de Nweke sobre um edredom cheio de penas. Antes que Doro pudesse adivinhar o que ele pretendia fazer, Isaac agarrou a garota e deu um tapa forte no rosto dela.

— Pare, o que está fazendo! — gritou. — Pare! Ela é sua mãe!

Nweke levou a mão ao rosto, com uma expressão assustada, sem compreender. Doro percebeu que, antes do tapa de Isaac, o rosto dela não tinha expressão alguma. A garota olhava para Anyanwu, caída e sangrando, com tanto interesse quanto teria expressado por uma pedra. Olhava, mas era quase certo que não via, já não via. Talvez tivesse sentido a dor do golpe de Isaac. Talvez o tivesse ouvido gritar, embora Doro duvidasse que ela fosse capaz de distinguir palavras. Tudo o que a atingia era a dor, o barulho, a confusão. E Nweke estava farta de todos os três.

O rosto pequeno, bonito e vazio dela se contorceu, e Isaac gritou. Já tinha acontecido antes. Doro vira aquilo acontecer antes. O corpo de algumas pessoas sobrevivia à transição bastante bem, mas a mente, não. Essas pessoas obtinham poder e o controle desse poder, mas perdiam tudo o que tornaria esse controle significativo ou útil. Por que Doro demorara tanto para entender? E se o dano a Isaac não pudesse ser reparado? E se Isaac e Nweke estivessem perdidos?

Doro passou por cima de Anyanwu e de Isaac, que então se contorcia no chão, e se aproximou da garota.

Então a agarrou e deu um tapa nela como Isaac tinha feito.

— *Chega*! — falou, sem gritar. Se a voz dele a alcançasse, ela viveria. Do contrário, ela morreria. Deuses, permitam que a alcance. Permitam que ela tenha a chance de recobrar os sentidos, se ainda tiver algum.

Nweke se afastou de Doro como um animal acuado. O que quer que tivesse feito para machucar Isaac e talvez matar

Anyanwu não atingiu Doro. De algum modo, a voz dele a alcançara.

Com um movimento que foi em parte um salto, em parte uma queda, para se afastar dele, de alguma maneira ela caiu sobre Isaac. Anyanwu estava mais distante, como se estivesse tentando escapar quando Nweke a derrubara. Além disso, Anyanwu permanecia inconsciente. Provavelmente não saberia se a garota tivesse caído em cima dela. Mas Isaac sabia, e reagiu de imediato àquela nova dor.

Agarrou Nweke e a jogou para o alto, longe do corpo dele atormentado pela dor, jogou-a para o alto com toda a força que tantas vezes usara para tirar grandes navios de tempestades. Como ela, Isaac já não sabia o que estava fazendo. Não a viu bater no teto, não viu o corpo dela ser amortecido, deformado, comprimido, não viu a cabeça dela bater em uma das grandes vigas, quebrar e derramar uma assustadora chuva de sangue e pedaços de ossos e cérebro.

O corpo desceu na direção de Doro, flácido e destruído. Ele conseguiu pegá-lo, evitando que caísse sobre Isaac outra vez. A garota estava morta. Teria morrido com aqueles ferimentos mesmo se fosse duas vezes a curandeira que Doro esperava. Ele colocou o corpo dela na cama depressa e se abaixou para ver se Isaac também estava morto. Depois sentiria tudo aquilo. Depois, talvez deixasse Wheatley, por vários anos.

O rosto de Isaac estava pálido, uma tonalidade cinzenta e feia. Ele estava quieto, muito quieto, embora não totalmente inconsciente. Doro conseguia ouvi-lo ofegar, tentando recuperar o fôlego. Problema de coração, dissera ele. Será que, de alguma maneira, Nweke agravara aquilo? Quem era mais apropriado para causar doenças do que alguém que nascera para curá-las?

Desesperado, Doro se voltou para Anyanwu. No momento em que concentrou a atenção nela, soube que a mulher ainda estava viva. Podia sentir isso. Sentia-a como uma presa, não como um cadáver inútil. Doro pegou a mão dela, mas logo a soltou, porque parecia flácida e sem vida. Tocou-lhe o rosto, inclinou-se perto da orelha.

— Consegue me ouvir, Anyanwu?

Ela não deu sinal.

— Anyanwu, Isaac precisa de você. Ele vai morrer sem sua ajuda.

Os olhos dela se abriram. Ela o olhou por um segundo, talvez lendo o desespero no rosto dele.

— Estou em um tapete? — sussurrou, por fim.

Doro franziu a testa se perguntando se ela também tinha enlouquecido. Mas Anyanwu era a única esperança de Isaac.

— Sim — disse ele.

— Então, use-o para me puxar para perto dele. O mais perto que você puder. Do contrário, não toque em mim. — Ela respirou fundo. — Por favor, não toque em mim.

Doro se afastou dela e puxou-a até Isaac com o tapete.

— Ela ficou louca — sussurrou Anyanwu. — De alguma maneira, a mente dela ruiu.

— Eu sei — disse ele.

— Então, ela tentou partir tudo dentro de mim. Foi como ser cortada e rasgada por dentro. Coração, pulmões, veias, estômago, bexiga... Ela era como eu, como Isaac, como... talvez também como Thomas, entrando nas mentes, enxergando dentro do meu corpo. Deve ter conseguido ver.

Sim. Nweke era tudo o que Doro esperava e muito mais. Mas estava morta.

— Ajude Isaac, Anyanwu!

— Vá buscar comida para mim — disse ela. — Sobrou um pouco de ensopado?
— Você consegue alcançar Isaac?
— Sim. Vá!

Tentando confiar nela, Doro saiu do quarto.

* * *

De alguma maneira, Anyanwu conseguiu curar-se o suficiente para que o movimento não desse início a uma hemorragia interna outra vez. Houve tantos danos, e tudo fora feito tão depressa, de forma selvagem. Quando ela mudava de forma, transformava os órgãos que já existiam e formava quaisquer órgãos novos necessários enquanto era mantida pelos antigos. Na maioria das transformações, continuava em parte humana, mesmo depois de perder a aparência humana. Mas Nweke quase destruíra órgão após órgão. Se a garota tivesse agido no cérebro, Anyanwu sabia que teria morrido antes que pudesse se curar. Mesmo naquele momento, havia grandes recuperações a serem feitas e doenças a serem evitadas. Mesmo sem tocar no cérebro dela, Nweke quase a matara.

Como poderia se preparar para ajudar Isaac naquela hora? Entretanto, precisava fazê-lo. Soube no primeiro ano de casamento que estava errada a respeito dele. Isaac era o melhor marido possível. Com os poderes dele e dela, haviam construído aquela casa. As pessoas vinham para vê-los e para vigiar por eles, para que nenhum estranho acabasse por ver a bruxaria. A força dela fascinara Isaac, mas nunca o perturbara. E Anyanwu tinha plena confiança no poder dele. Vira-o carregar grandes toras da floresta e arrancar-lhes a casca. Vira-o matar lobos sem tocar neles. Em uma luta, certa vez, o vira matar um homem, um tolo que bebera demais e decidira se ofender com a recusa tranquila e fácil de Isaac em ser insultado. O idiota estava armado, Isaac não. Isaac nunca andava armado. Não havia necessidade. O homem morreu como os lobos morreram: de imediato, com a cabeça quebrada e ensanguentada como se tivesse levado uma pancada. Depois, o próprio Isaac ficou enojado com a matança.

Anyanwu vira aquelas coisas, mas nada a fez temer ao marido como temia a Doro. Às vezes, Isaac a virava de um lado para outro e ela gritava, ria ou xingava, qualquer reação que parecesse correta na ocasião, mas nunca o temeu. E nunca o desprezou.

"Ele tem mais bom senso do que homens com duas ou três vezes a idade dele", disse a Doro quando Isaac era jovem e ela e Doro se davam um pouco melhor. Em certos aspectos, Isaac tinha mais bom senso do que Doro. E compreendia melhor do que ela o fato de precisar dividi-la, ao menos com Doro. Ela também tivera de compartilhá-lo com as mulheres que Doro trazia para ele. Estava acostumada a compartilhar um homem, mas não tinha nenhuma experiência em ser compartilhada. Não gostava. Passou a odiar o som da voz de Doro identificando-o, avisando-a de que ela deveria lhe dar outra criança. Isaac aceitou cada uma das crianças dela como se fossem dele. Aceitava-a sem amargura ou raiva quando ela retornava, vinda da cama de Doro. E, de certa forma, ajudou-a a resistir, mesmo quando Doro se esforçou para destruí-la e remodelá-la, quando a obediência cada vez mais silenciosa dela deixava de ser o suficiente para ele. Por estranho que pareça, embora Anyanwu não pudesse mais perdoar Doro, mesmo por pequenas coisas, não se ressentia quando Isaac o perdoava. O vínculo entre Isaac e Doro era tão firme quanto aquele entre um pai comum e um filho consanguíneo. Se Isaac não amasse o pai, e se aquele amor não fosse correspondido de maneira intensa por Doro, à própria maneira, Doro pareceria totalmente desumano.

Anyanwu não queria pensar em como seria a vida sem Isaac, como ela suportaria Doro sem ele. Desde o primeiro marido, não se permitia ser tão dependente de alguém, fosse marido, filha ou filho. Outras pessoas eram temporárias. Elas morriam, exceto Doro. Por que, *por que* não poderia ser Isaac quem vivia e Doro quem morria?

Ela beijou Isaac. Dera muitos daqueles beijos nele enquanto ele envelhecia. Eram mais do que beijos de amor. Dentro do próprio corpo, ela sintetizava o remédio para ele. Estudara-o com muito cuidado, envelhecera os próprios órgãos para estudar os efeitos da idade. Fora um trabalho perigoso. Um erro de cálculo poderia matá-la antes que ela compreendesse o suficiente para reagir. Ouvira com atenção enquanto Isaac descrevia a dor que sentia, o aperto terrível dentro do peito dele, a tontura, a batida acelerada do coração, a maneira como a dor se espalhava do peito para o ombro esquerdo e o braço.

A primeira vez que ele sentiu a dor, vinte anos antes, pensou que estava morrendo. A primeira vez ela conseguiu induzir aquela dor no próprio corpo, também teve medo de estar morrendo. Foi terrível, mas sobreviveu, assim como Isaac sobrevivera, e ela acabou por entender como a velhice e a comida saborosa, elaborada, podiam se combinar para roubar a flexibilidade juvenil dos vasos sanguíneos, em especial (caso as simulações dela a tivessem levado ao caminho certo) os vasos sanguíneos que nutriam o coração.

O que precisava ser feito, então? Como os vasos sanguíneos envelhecidos e estreitados pela gordura poderiam ser restaurados? Conseguiria restaurar os dela, é claro. Uma vez que a dor não a matara, e uma vez que ela compreendia o que produzira o distúrbio, poderia apenas substituir os vasos danificados com cuidado e, em seguida, dissolver o tecido endurecido inútil, tornando-se a mulher fisiologicamente jovem que tinha sido desde a época da transição. Mas a transição de Isaac não o cristalizara na juventude. Oferecera a ele outros pagamentos, ótimos pagamentos, mas fora inútil para prolongar sua vida. Se Anyanwu pudesse dar a ele um pouco do próprio poder... Aquele era um sonho sem sentido. Se ela não pudesse curar os danos que a idade e os maus hábitos haviam causado, poderia ao menos tentar evitar mais danos. Ele não devia mais comer tanto, não devia mais comer certos alimentos. Não devia fumar ou trabalhar em excesso, mesmo com aqueles músculos, mesmo com o poder de bruxo. Os dois hábitos cobravam um preço físico. Isaac não salvaria mais navios das tempestades. Tarefas mais leves eram permitidas, contanto que não causassem dor, mas ela disse a Doro com muita firmeza que, a menos que ele quisesse matar o filho, precisaria encontrar um homem mais jovem para levantar e rebocar coisas pesadas.

    Feito isso, Anyanwu passara longas e dolorosas horas tentando descobrir ou criar um remédio que amenizasse a dor de Isaac quando esta surgisse. No final, se cansou e se enfraqueceu tanto que até Isaac implorou que parasse. Ela não parou. Envenenou-se várias vezes testando substâncias vegetais e animais que não tinha usado antes, observando as minúcias de cada reação. Verificou outra vez as substâncias familiares, descobriu que algo simples como o alho tinha alguma capacidade de ajudar, mas não era o suficiente. Trabalhou, obteve conhecimentos que ajudariam outras pessoas mais tarde. Para Isaac, enfim criou, de modo quase acidental, um medicamento potencialmente perigoso que abria ao máximo os vasos sanguíneos saudáveis que restavam a ele, aliviando assim a pressão no coração pouco irrigado e diminuindo a dor. Quando a dor voltou, ela administrou o remédio. A dor desapareceu e Isaac ficou surpreso. Levou-a para a cidade de Nova York e a fez escolher o melhor tecido. Depois, levou-a a uma costureira, uma mulher negra livre que a observou com evidente curiosidade. Anyanwu começou a dizer à mulher o que queria, mas quando parou para respirar, a costureira se pôs a falar.

— Você é a mulher Onitsha — disse ela na língua nativa de Anyanwu. E sorriu diante da reação de surpresa da outra mulher. — Você está bem?

Anyanwu se viu cumprimentando uma conterrânea, talvez uma parente. Aquele era outro presente que Isaac lhe dava. Uma nova amiga. Ele era bom, Isaac. Não podia morrer agora e deixá-la.

Mas, desta vez, o remédio que sempre funcionara parecia estar falhando. Isaac não deu nenhum sinal de que a dor estivesse passando.

Ficou deitado, pálido, suando e ofegando. Quando ela ergueu a cabeça dele, ele abriu os olhos. Anyanwu não sabia o que fazer. Queria desviar o olhar, mas não conseguia. Nos experimentos dela, encontrara doenças do coração que poderiam matar com muita facilidade e que poderiam agravar o problema que ele já tinha. Ela quase se matara para estudá-las. Fora tão cuidadosa nos esforços para manter Isaac vivo e, de algum modo, a pobre Nweke desfizera todo o seu trabalho.

— Nweke? — sussurrou Isaac como se tivesse ouvido o pensamento dela.

— Não sei — disse Anyanwu. Olhou ao redor e viu apenas o colchão ondulado. — Ela está dormindo.

— Isso é bom. — Ele arfava. — Pensei que a tinha machucado. Sonhei...

Isaac estava morrendo! Nweke o matara. Em sua loucura, ela o matara, e ele estava preocupado porque poderia tê-la machucado! Anyanwu balançou a cabeça, pensando, desesperada. O que ela poderia fazer? Com todo o vasto conhecimento que tinha, deveria haver algo...

Isaac conseguiu tocar a mão dela.

— Você já perdeu outros maridos — disse ele.

Ela começou a chorar.

— Anyanwu, estou velho. Minha vida foi longa e plena, pelos padrões comuns, pelo menos. — O rosto dele se retorcia de dor. Era como se a dor atravessasse o peito de Anyanwu.

— Deite-se perto de mim — pediu ele. — Deite-se aqui ao meu lado.

Ela obedeceu, ainda chorando baixinho.

— Você não consegue imaginar como a amei — falou ele.

Anyanwu controlou a voz.

— Com você, foi como se eu jamais tivesse tido outro marido.

— Você precisa viver — disse ele. — Deve fazer as pazes com Doro.

Aquele pensamento a nauseava. Ela não disse nada.

Com esforço, Isaac falou na língua dela.

— Ele será seu marido agora. Abaixe a cabeça, Anyanwu. Viva!

Então não disse mais nada. Houve apenas longos instantes de dor até que ele se rendesse à inconsciência, depois à morte.

10

Anyanwu se levantou, tremendo, quando Doro chegou com uma bandeja de comida. Ela estava ao lado da cama olhando para a ruína do corpo de Nweke. Não pareceu ouvir Doro quando ele colocou a bandeja em uma mesinha ao lado dela. Ele abriu a boca para perguntar por que ela não estava cuidando de Isaac, mas no instante em que pensou no filho, sua consciência revelou que ele estava morto.

A consciência dele nunca falhava. Nos últimos anos, ele impedira que várias pessoas fossem enterradas vivas graças à confiança na própria habilidade. Mesmo assim, se ajoelhou ao lado de Isaac e sentiu a pulsação no pescoço. Evidentemente, não havia nenhuma.

Anyanwu se virou e o olhou, com tristeza. Ela estava jovem. Ao recuperar seu corpo quase destruído, retornara à verdadeira forma. Parecia uma menina em luto pelo avô e pela irmã, e não uma mulher em luto pelo marido e pela filha.

— Ele não sabia — sussurrou. — Achava que tinha apenas sonhado que a machucou.

Doro olhou para o teto, onde o corpo de Nweke havia deixado manchas de sangue. Anyanwu acompanhou o olhar dele, depois olhou para baixo outra vez, depressa.

— Ele estava insano de dor — afirmou Doro. — Então, por acidente, ela o feriu outra vez. Foi demais.

— Um acidente terrível após o outro. — Anyanwu balançou a cabeça atordoada. — Está tudo acabado.

Por incrível que pareça, ela foi até a comida e levou a bandeja para a cozinha, onde se sentou e começou a comer.

Ele a seguiu e a observou, admirado. O dano que Nweke lhe causara devia ter sido bem maior do que ele imaginara, para que Anyanwu conseguisse comer daquela maneira, rasgando a comida como uma mulher faminta enquanto os corpos de quem ela mais amava esfriavam no quarto ao lado.
Depois de algum tempo, ela disse:
— Doro, eles devem ter funerais.
Estava comendo um bolo confeitado do prato que Isaac colocara na mesa para Doro. Ele também sentia fome, mas não conseguia tocar na comida. Ainda mais naqueles bolos. Percebeu que não era de comida que tinha fome.
Fazia pouco tempo que ele assumira o corpo que usava. Era um corpo excelente, forte, tirado do assentamento na colônia da Pensilvânia. Em condições normais, duraria vários meses. Poderia ter usado para gerar o primeiro filho de Nweke. Teria sido uma boa combinação. Havia estabilidade e uma força sólida nos colonos da Pensilvânia. Bons reprodutores. Mas o estresse, físico ou emocional, cobrava seu preço, fazendo-o ter fome quando não deveria, fazendo-o desejar o conforto de outra mudança. Doro não precisava mudar. O corpo atual o sustentaria por mais algum tempo. Mas sentiria fome e desconforto até outra mudança. E não tinha nenhum motivo urgente para suportar o desconforto. Nweke estava morta; Isaac estava morto. Ele olhou para Anyanwu.
— Precisamos dar a eles um funeral — insistiu ela.
Doro assentiu. Deixaria que ela fizesse a cerimônia. Fora boa para Isaac. Depois...
— Ele disse que deveríamos fazer as pazes — disse ela.
— O quê?
— Isaac. Foi a última coisa que ele disse, que deveríamos ficar em paz.

Doro deu de ombros.

— Ficaremos em paz.

Anyanwu não disse mais nada. Arranjos foram feitos para o funeral, os numerosos filhos e filhas casados foram avisados. Não importava se eram filhos de Isaac ou de Doro, haviam crescido e aceitado Isaac como pai. E vários foram adotados, acolhidos por Anyanwu porque os pais deles eram inaptos ou estavam mortos. E havia as outras pessoas. Todos na cidade conheciam Isaac e gostavam dele. Todos viriam prestar homenagem.

Mas no dia do funeral, Anyanwu não estava em lugar nenhum. No senso de rastreamento de Doro, era como se ela tivesse deixado de existir.

Transformando-se em um grande pássaro, ela voou por algum tempo. Então, bem longe, no mar, pousou na água, cansada, e assumiu a forma de golfinho que trazia na memória havia muito tempo. Descera perto de uma região onde avistara um grupo de golfinhos saltando na água. Eles a aceitariam, com certeza, e ela se tornaria um deles. Faria o corpo crescer até ficar tão grande quanto a maioria deles. Aprenderia a viver no mundo deles. Não poderia ser mais estranho para ela do que o mundo que acabava de deixar. E talvez, quando aprendesse o modo de comunicação dos golfinhos, os considerasse honrados ou inocentes demais para contar mentiras e tramar assassinatos diante dos cadáveres ainda quentes dos próprios filhos.

Logo Anyanwu se perguntou quanto tempo poderia suportar longe de parentes, amigos, de qualquer ser humano. Por quanto tempo teria de se esconder no mar até que Doro desistisse de caçá-la ou a encontrasse. Ela se lembrou do pânico repentino que sentiu quando Doro a tirara de seu povo. Lembrou-se da solidão que Doro, Isaac e os dois netos já falecidos haviam amenizado. Como suportaria estar sozinha entre os golfinhos? Como seu desejo de viver podia ser tão forte que mesmo a vida no fundo do mar parecesse preciosa? Doro a remodelara. Anyanwu tinha se submetido, se submetido e se submetido para impedir que ele a matasse mesmo que, havia muito tempo, tivesse deixado de acreditar no que Isaac dissera: que a longevidade fazia dela a companheira ideal para Doro; que ela poderia, de algum modo, impedir que ele se tornasse um animal. Ele já era um animal. Mas ela havia adquirido o hábito da submissão. No amor por Isaac e pelos filhos e pelas filhas, e no medo da morte, em especial do tipo de morte que Doro infligiria, cedera uma vez e outra. Os hábitos eram difíceis de quebrar. O hábito de viver, o hábito do medo... até o hábito do amor.

 Bem. Os descendentes dela já eram homens e mulheres adultos, capazes de cuidar de si mesmos. Anyanwu sentiria falta deles. Nenhum sentimento era melhor do que o de estar cercada pelos filhos, netos e bisnetos. Ela nunca se contentaria em se mudar com frequência, como Doro fazia. Sua maneira de viver era se estabelecer e formar uma tribo ao redor de si, permanecer nessa tribo o máximo que pudesse.

 Seria possível, Anyanwu se perguntou, formar uma tribo de golfinhos? Doro lhe daria o tempo de que ela precisava para tentar? Havia cometido o que era considerado um grande pecado entre seu povo: havia fugido dele. Não importava que tivesse feito isso para salvar a própria vida, que percebesse a intenção dele de matá-la. Depois de toda a submissão, Doro ainda pretendia matá-la. Ele acreditava que era seu direito abater as pessoas a bel prazer. Muitas pessoas do povo dele também acreditavam nisso e não fugiam quando ele vinha buscá-las. Tinham medo, mas Doro era seu deus. Fugir dele era inútil. Ele invariavelmente capturava o fugitivo e o matava ou, o que era raro, o levava de volta para casa vivo e o castigava, para provar aos outros que não havia escapatória. Além disso, para muitos, correr era uma heresia. Acreditavam que, uma vez que Doro era seu deus, tinha o direito de fazer o que quisesse com eles. Em seus pensamentos, ela os chamava de "Jós". Como Jó, da Bíblia, tiravam o melhor da situação. Não conseguiam escapar dele, então encontravam virtude em se submeter.

Anyanwu não encontrava virtude em nada que tivesse a ver com Doro. Ele nunca fora a divindade dela, e se ela precisasse correr por um século, jamais parando por tempo suficiente para formar as tribos que lhe davam tanto conforto, faria isso. Doro não possuiria sua vida. O povo de Wheatley veria que ele não era todo-poderoso. Nunca apareceria para eles usando a carne dela. Talvez outros notassem o fracasso e vissem que ele não era um deus. Talvez corressem também, e quantos Doro poderia perseguir? Com certeza alguns escapariam, e poderiam viver em paz apenas com os medos humanos comuns. Pessoas poderosas, como Isaac, poderiam escapar. Talvez até alguns filhos e filhas dela...

Anyanwu afastou de si a lembrança de que Isaac nunca quisera escapar. Isaac era Isaac, diferente de outras pessoas, e não devia ser julgado. Ele tinha sido o melhor de todos os maridos, e ela sequer comparecera ao seu funeral. Pensando nele, ansiando por ele, ela desejou ter mantido a forma de pássaro por mais tempo. Gostaria de ter encontrado algum lugar solitário, alguma ilha rochosa, talvez, onde pudesse lamentar a morte do marido e da filha sem temer pela própria vida. Onde pudesse refletir, recordar, estar só. Precisava de um tempo sozinha antes de conseguir ser uma companhia adequada para outras criaturas.

Mas os golfinhos a alcançaram. Vários se aproximaram, tagarelando incompreensivelmente, e, por um instante, Anyanwu pensou que poderiam atacá-la. Mas eles só vieram para se esfregar contra ela e se apresentar. Ela nadou com eles e nenhum a incomodou. Alimentou-se com eles, pegando peixes que passavam, com a mesma fome com que comia os melhores alimentos de Wheatley e da terra natal. Era um golfinho. Se Doro não a achara uma companheira adequada, encontraria nela um adversário à altura. Ele não a escravizaria outra vez. Ela jamais voltaria a ser a presa dele.

— Anyanwu...

— Não. — Ela recostou a cabeça nele. — Já decidi. Não vou contar mais nenhuma mentira corajosa, nem mesmo para mim. — Então olhou o rosto jovem dele, o rosto de menino. — Vamos nos casar. Você é um homem bom, Isaac. Sou a esposa errada para você, mas talvez, de algum modo, aqui neste lugar, entre essas pessoas, isso não importe.

Ele a ergueu apenas com a força dos braços e a carregou para a cama grande e macia, para fazer ali as crianças que prolongariam a escravidão dela.

LIVRO TRÊS

CANAÃ
1840

11

O velho vivera na Paróquia de Avoyelles, no estado de Louisiana, segundo os vizinhos contaram a Doro. Ele casara as filhas, mas não os filhos. A esposa dele morrera havia muito tempo e ele morava sozinho na casa de fazenda da propriedade com as pessoas que escravizara; várias delas, dizia-se, eram crianças. Ele era reservado. Nunca se preocupara muito em manter contatos sociais, nem mesmo quando a esposa estava viva; e ela também não.

Warrick era o nome do velho, Edward Warrick. Ao longo do último século, fora o terceiro humano para o qual Doro se vira atraído com a sensação de estar perto de Anyanwu.

Anyanwu.

Fazia anos que ele sequer dizia o nome dela em voz alta. Não havia ninguém vivo no estado de Nova York que a conhecesse. Os filhos e as filhas dela estavam mortos. Os netos e as netas nascidos antes que ela fugisse também haviam morrido. Guerras haviam levado alguns deles. A Guerra da Independência. A estúpida Guerra de 1812. A primeira matou muitos do povo de Doro e mandou outros para o Canadá, porque eles eram isolados e apolíticos demais para o gosto de qualquer pessoa. Os soldados britânicos os consideravam rebeldes e os colonos os consideravam favoráveis à monarquia. Muitos perderam todas as posses ao fugir para o Canadá, onde Doro os encontrou meses depois. Naquele momento, Doro possuía um assentamento canadense, além de uma Wheatley reconstruída em Nova York. Tinha também assentamentos no Brasil, no México, no Kentucky e em outros lugares, espalhados pelos dois grandes continentes vazios. Entre as melhores pessoas do povo dele, a maior parte estava no Novo Mundo, onde tinham espaço para se desenvolver e ampliar seus poderes, onde tinham espaço para sua estranheza.

Nada disso, porém, servia de compensação à destruição quase total de Wheatley, assim como não poderia haver compensação pela perda, em 1812, de várias das pessoas mais valiosas de seu povo em Maryland. Essas habitantes de Maryland eram descendentes do povo que ele havia perdido quando encontrou Anyanwu. Doro os reunira com cuidado e os fizera se reproduzirem de novo. Eles começaram a demonstrar que eram promissores. De repente, os mais promissores estavam mortos. Ele teve de buscar sangue novo para uma terceira recriação, pessoas tão parecidas com aquelas quanto possível. Isso causou problemas porque as pessoas que se mostraram mais parecidas, em termos de habilidades, eram brancas. Havia ressentimento e ódio de ambos os lados, e Doro teve de matar em público duas das pessoas mais encrenqueiras para aterrorizar as outras e fazê-las retomar o hábito da obediência. Gente valiosa para a reprodução foi desperdiçada. Houve problemas em estabelecer acordos com grupos brancos dos arredores, que não sabiam exatamente o que tinham como vizinhos…

Tanto tempo perdido. Houve anos em que ele quase se esqueceu de Anyanwu. É claro que a mataria se a encontrasse por acaso. No passado, perdoara pessoas que fugiram dele, pessoas que eram inteligentes o bastante, fortes o bastante para se manter vários dias à frente e lhe proporcionar uma bela caçada. Mas só as perdoara porque, uma vez capturadas, se submeteriam. Não que implorassem pela própria vida. Em maioria, não imploraram. Apenas pararam de lutar contra Doro. Enfim compreenderam e reconheceram o poder dele. Primeiro, proporcionaram um bom entretenimento, em seguida, plenamente cientes, entregaram-se a ele. Quando perdoadas, ofereceram uma espécie de lealdade, até amizade, semelhante à que ele recebia dos melhores filhos e filhas. Afinal, como nesses casos, ele lhes dera a vida.

Houve épocas em que Doro pensara que poderia poupar Anyanwu. Houve épocas até em que, para o próprio espanto e a própria aversão, apenas sentia falta dela, desejava vê-la de novo. Na maioria das vezes, no entanto, pensava nela quando unia para reprodução descendentes dela de origem africana e americana. Estava se esforçando para criar uma Nweke mais estável, controlada, e teve alguns sucessos, pessoas que conseguiam compreender e, até certo grau, controlar não apenas o funcionamento interno do próprio corpo, mas do corpo dos outros. Porém, as habilidades delas não eram confiáveis. Essas pessoas traziam agonia com tanta frequência quanto traziam alívio. Matavam com tanta frequência quanto curavam. Podiam realizar coisas que os médicos comuns viam como milagres ou, com a mesma facilidade, de forma igualmente acidental, o que o mais brutal senhor de escravos veria como atrocidades. Além disso, não viviam muito. Algumas vezes cometiam erros fatais no próprio corpo e não conseguiam corrigi-los a tempo. Às vezes, eram mortas por parentes de algum paciente que tinham deixado morrer. Outras vezes, cometiam suicídio. As melhores cometiam suicídio, quase sempre depois de um fracasso pavoroso em especial. Precisavam do controle de Anyanwu. Mesmo naquele momento, se pudesse, Doro teria gostado de acasalá-la com alguns dos descendentes dela, fazendo-a dar à luz, para variar, crianças humanas superiores, em vez dos filhotes de animais que ela devia ter gerado ao longo dos anos de liberdade. Mas era tarde demais para isso. Anyanwu fora corrompida. Tinha experimentado muita liberdade. Como a maioria das sementes originárias, fora corrompida muito antes que Doro a encontrasse.

E enfim ele estava para concluir o trabalho inacabado de matá-la e capturar quaisquer dos novos descendentes humanos. Doro localizou a casa dela, uma fazenda, e seguiu as pistas quando ela estava em forma humana. Não foi fácil. A mulher continuava mudando, embora não parecesse se afastar muito. Por dias, ele ficava sem pistas para seguir. Então, ela voltava a ser humana e Doro conseguia sentir que Anyanwu não havia se deslocado geograficamente. Ele se aproximava, temendo o tempo todo que ela assumisse a forma de pássaro ou peixe e desaparecesse por mais alguns anos. Mas ela ficava, o arrastava de um lado a outro do país, para o Mississippi, para a Louisiana, para a paróquia de Avoyelles, depois por bosques de pinheiros e vastos campos de algodão.

Quando chegou à casa que, pelo que indicavam os sentidos dele, escondia Anyanwu, Doro ficou montado no cavalo por vários minutos, observando o local de longe. Era uma casa grande, branca, estruturada em madeira com colunas altas, desnecessárias, e um alpendre com galerias superiores e inferiores, um lugar de aparência sólida, permanente. Ele pôde ver as cabanas da senzala se alastrando para longe da casa principal, quase escondidas por árvores. E havia um celeiro, uma cozinha e outras construções que Doro não conseguiu identificar a distância. Viu pessoas negras circulando pelo terreno, crianças brincando, um homem cortando lenha, uma mulher colhendo algo na horta, outra mulher suando em torno de um caldeirão fumegante com roupas sujas as quais ela, de tempos em tempos, erguia com um bastão. Um garoto, cujos braços não se alongavam além de onde deveria ficar o cotovelo, se abaixava aqui e ali recolhendo o lixo com as mãos minúsculas. Doro olhou por muito tempo para esse último escravo. Será que a malformação era resultado de algum projeto de reprodução de Anyanwu? Sem saber bem por que, Doro seguiu a cavalgada. Planejara se apossar de Anyanwu assim que a encontrasse, apossar-se dela enquanto estivesse desprevenida, ainda humana e vulnerável. Em vez disso, foi embora e encontrou abrigo para pernoitar na cabana de alguns dos vizinhos mais pobres de Anyanwu. Esses vizinhos eram um homem, a esposa, os quatro filhos mais novos do casal e vários milhares de pulgas. Doro passou uma noite sofrida, insone, mas durante o jantar e o café da manhã, obteve na família uma boa fonte de informações sobre o vizinho rico. Foi desses vizinhos que Doro ficou sabendo sobre as filhas casadas, as crianças bastardas escravizadas e o comportamento hostil com a vizinhança do sr. Warrick, um grande pecado aos olhos daquelas pessoas. E havia a esposa morta, as viagens frequentes de Warrick para não se sabe onde e, o mais estranho, o fato de que a propriedade dele era assombrada por algo que os acadianos locais chamavam de *loup-garou*: um lobisomem. A criatura parecia ser apenas um grande cachorro preto, mas o homem dessa família vizinha, nascido e criado a poucos quilômetros de onde morava naquela época, jurou que o mesmo cachorro vagueava por aquela propriedade desde que ele era menino. E era conhecido por desarmar homens adultos e depois pisar nos rifles, rosnando e desafiando-os a recuperar o que lhes pertencia. Segundo os rumores, o cachorro fora baleado várias vezes, bem de perto, mas nunca caíra. Nunca. As balas passavam como se ele fosse fumaça.

Aquilo foi o bastante para Doro. Por quantos anos Anyanwu passara a maior parte do tempo longe de casa ou na forma de um grande cachorro? Quanto tempo tinha se passado até que a mulher percebesse que ele não conseguiria encontrá-la se ela fosse um animal? E, o mais importante, o que aconteceria se ela o tivesse visto, e por isso assumisse forma animal e escapasse? Ele deveria tê-la matado de uma vez! Talvez pudesse usar reféns de novo, deixar os sentidos encontrarem uma boa vítima entre as pessoas que Anyanwu escravizara. Talvez conseguisse obrigá-la a voltar se as ameaçasse. Tinha quase certeza de que aqueles eram os melhores descendentes dela.

Na manhã seguinte, Doro montou o cavalo castrado preto pela trilha rumo à mansão de Anyanwu. Assim que chegou, um adolescente se aproximou para pegar a montaria. Era o garoto com malformação nos braços.

— Seu senhor está em casa? — perguntou Doro.

— Sim, senhor — disse o garoto, baixinho.

Doro colocou a mão no ombro dele.

— Deixe o cavalo aqui. Ele vai ficar bem. Leve-me ao senhor. — Ele não imaginava tomar uma decisão tão rápida, mas o menino era perfeito para seus objetivos. Apesar da malformação, era uma vítima bastante desejável. Sem dúvida, Anyanwu o estimava como a um filho amado.

O garoto olhou para Doro, sem medo, e dirigiu-se à casa. Doro manteve a mão no ombro dele, embora não tivesse dúvidas de que o garoto conseguiria escapar com facilidade. Doro estava usando o corpo de um francês baixo, franzino, enquanto o garoto era musculoso e de aparência forte, apesar da baixa estatura. Todos os filhos e as filhas de Anyanwu tinham tendência a ser baixos.

— O que aconteceu com seus braços? — perguntou Doro.

O garoto olhou para ele, depois para os braços encurtados.

— Acidente, sinhô — disse baixinho. — Tentei tirá os cavalos de um incêndio no estábulo. Antes di consegui, a viga caiu em cima di mim. — Doro não gostou do patoá escravo dele. Parecia falso.

— Mas... — Doro olhou, franzindo a testa, para os braços de criança no corpo do garoto. Nenhum acidente poderia causar uma deficiência daquelas. — Achei que você tinha nascido com os braços assim.

— Não, sinhô. Nasci com dois braços bons, compridos como os seus.

— Então, por que tem os braços malformados agora? — questionou Doro, exasperado.

— Por causa da viga, sinhô. Braços velhos, quebrados e queimados. Tive que crescer novos. Mais duas semanas e eles vão tá bem compridos.

Doro virou o garoto para encará-lo e o garoto sorriu. Por um momento, Doro se perguntou se ele tinha alguma deficiência mental, tão malformado na mente quanto no corpo. Mas os olhos eram inteligentes, debochados, até. Parecia ter inteligência perfeita e estar rindo dele.

— Você sempre conta às pessoas que pode fazer essas coisas... desenvolver braços novos?

O garoto balançou a cabeça, endireitou-se para encarar Doro olhos nos olhos. Ele não tinha o olhar de uma pessoa escravizada. Quando falou de novo, abandonou qualquer esforço para soar como uma.

— Nunca contei a ninguém de fora antes — revelou. — Mas me disseram que se contasse a você o que posso fazer e que sou o único capaz de fazê-lo, teria uma chance maior de chegar vivo ao fim do dia.

Não adiantava perguntar quem havia dito isso a ele. De alguma forma, Anyanwu reconhecera Doro.

— Quantos anos você tem? — perguntou ele ao garoto.

— Dezenove.
— Com quantos anos passou pela transição?
— Dezessete.
— O que você consegue fazer?
— Curar a mim mesmo. Mas sou mais lento do que ela e não posso mudar de forma.
— Por que não?
— Não sei. Acho que é porque meu pai não conseguia.
— O que ele conseguia fazer?
— Não o conheci. Ele morreu. Mas ela disse que ele ouvia o que as pessoas estavam pensando.
— E você consegue fazer isso?
— Às vezes.
Doro abanou a cabeça. Anyanwu tinha chegado quase tão perto do sucesso quanto ele, e com muito menos material.
— Leve-me até ela! — ordenou.
— Ela está aqui — falou o garoto.
Assustado, Doro olhou em volta, procurando por Anyanwu, sabendo que a mulher devia estar na forma animal, já que a presença dela não podia ser sentida. Ela estava a dez passos atrás dele, perto de um jovem pinheiro amarelo. Era um cachorro preto grande, de rosto afilado, imóvel como uma estátua; observava-o. Ele falou, em tom impaciente:
— Não posso conversar com você enquanto está assim!
Anyanwu começou a mudar. Ela demorou a falar, mas ele não reclamou. Havia esperado tempo demais para que alguns minutos tivessem importância naquele momento.
Enfim, humana, mulher e sem se inibir com a nudez, ela passou por ele rumo à varanda. Naquele instante, Doro quis matá-la. Se ela tivesse assumido qualquer outra forma, se tornado qualquer pessoa diferente de seu verdadeiro eu, teria morrido.

Mas era então o que fora mais de cento e cinquenta anos antes, um século e meio antes. Era a mesma mulher com quem ele havia dividido um catre de argila a milhares de quilômetros de distância, muitas vidas atrás. Ele ergueu a mão na direção dela. Ela não viu. Poderia ter tomado posse dela ali mesmo, sem mais problemas. Mas abaixou a mão antes de tocar o ombro liso e escuro. Encarou-a, zangado consigo mesmo, carrancudo.

— Entre, Doro — disse Anyanwu.

A voz era a mesma, suave e jovem. Ele a seguiu; sentia-se suspenso no tempo, em uma confusão estranha, tendo apenas o filho vigilante e protetor dela para trazê-lo à realidade.

Doro olhou para o filho esfarrapado, descalço e sujo. Era de se esperar que o garoto parecesse deslocado dentro da casa lindamente mobiliada, mas de alguma forma, não parecia.

— Venha para a sala — disse ele, pegando o braço de Doro com as mãos infantis. — Espere ela se vestir. Ela vai voltar.

Doro não duvidava. Ao que parecia, o garoto entendia o próprio papel de refém.

Doro se sentou em uma poltrona estofada e o garoto sentou-se à frente dele, em um sofá. Entre os dois havia uma mesinha de madeira e uma lareira de pedra preta esculpida. Havia um grande tapete oriental no chão e várias outras cadeiras e mesas espalhadas pela sala. Uma criada usando um vestido azul simples e limpo e um avental branco trouxe conhaque e olhou para o menino como se o desafiasse a beber. Ele sorriu e negou com a cabeça.

A criada também seria uma boa vítima. Uma filha?

— O que ela consegue fazer? — perguntou Doro, depois que ela foi embora.

— Nada além de ter bebês — disse o menino.

— Ela passou pela transição?

— Não. Nem vai. Não agora que já chegou nessa idade. Era alguém com potencial latente, então. Poderia transmitir a herança aos filhos, mas não usufruir dela por si mesma. Deveria ser acasalada com um parente próximo. Doro se perguntou se Anyanwu havia superado os próprios escrúpulos a ponto de fazer isso. Será que aquele garoto que estava desenvolvendo braços tinha vindo disso? Consanguinidade? Será que o pai dele era, talvez, um dos filhos mais velhos de Anyanwu?

— O que você sabe a meu respeito? — perguntou ao garoto.

— Que você não é o que parece ser, assim como ela. — O rapaz deu de ombros. — Ela fala sobre você, às vezes, como você a tirou da África, como ela foi escravizada por você em Nova York, quando havia escravidão em Nova York.

— Ela nunca foi minha escrava.

— Ela acredita que foi. Mas não acredita que voltará a ser.

***

No quarto, Anyanwu se vestia como um homem com rapidez e casualidade. Manteve o corpo feminino, queria ser ela mesma ao enfrentar Doro, mas depois da liberdade confortável, nua, do corpo do cão, não suportaria as camadas de roupas justas que se esperava que as mulheres usassem. De qualquer maneira, a roupa masculina acentuava sua feminilidade. Ninguém que já a tivesse visto daquele jeito a confundira com um homem ou um garoto.

De repente, ela atirou a camisa ao chão e ficou em pé, com a cabeça entre as mãos, diante da penteadeira. Doro faria Stephen em pedaços se ela fugisse naquele momento. Provavelmente não o mataria, mas o escravizaria. Havia pessoas ali na Louisiana e em outros estados do sul que reproduziam pessoas, como Doro fazia. Davam a um homem uma mulher depois da outra, e quando as crianças nasciam, o homem não tinha autoridade sobre o que era feito delas, não tinha nenhuma responsabilidade com as crianças ou as mães. A autoridade e a responsabilidade eram prerrogativas dos mestres. Doro faria isso com o filho dela, o transformaria em nada além de um animal reprodutor. Anyanwu pensou nos filhos e nas filhas que havia deixado nas mãos de Doro. Era improvável que algum deles ainda estivesse vivo, mas ela não tinha dúvidas de como Doro os usara enquanto viveram. Ela não poderia tê-los ajudado. Tudo o que conseguira fazer fora obter a palavra de Doro de que ele não os prejudicaria durante o casamento dela com Isaac. Fora isso, poderia ter permanecido com eles e morrer, mas não conseguiria ajudá-los. E, crescendo em Wheatley, como cresceram, não teriam aceitado a ajuda dela. Doro seduzia as pessoas. Fazia com que quisessem agradá-lo, fazia com que competissem por sua aprovação. Só as aterrorizava até a submissão quando não obtinha sucesso nisso.

E quando não conseguia aterrorizá-las...

O que ela poderia fazer? Não poderia fugir mais uma vez e deixar Stephen e os outros com ele. Mas ficar não os ajudaria mais do que teria ajudado os filhos e as filhas em Wheatley. Nem podia ajudar a si mesma. O que Doro faria quando ela descesse as escadas? Ela fugira dele, e ele matava fugitivos. E se tivesse permitido que se vestisse apenas para não ter o inconveniente de assumir o controle de um corpo nu?

O que ela poderia fazer?

Doro e Stephen conversavam como velhos amigos quando Anyanwu entrou na sala. Para surpresa dela, Doro levantou-se. Ele sempre parecera preguiçoso e despreocupado com tais cortesias antes. Ela se sentou com Stephen no sofá, notando de imediato que os braços do garoto pareciam estar se formando bem. Stephen fora tão bom, tão controlado, naquele dia terrível em que os perdera.

— Volte para o trabalho agora — pediu a ele, em tom brando.

O garoto a encarou, surpreso.

— Vá — repetiu ela. — Estou aqui agora.

Evidentemente, era isso que o preocupava. Havia lhe contado muito sobre Doro. Ele não queria deixá-la, mas, por fim, obedeceu.

— Bom garoto — comentou Doro, bebericando o conhaque.

— Sim — concordou ela.

Ele balançou a cabeça.

— O que devo fazer com ele, Anyanwu? O que devo fazer com você?

Ela não respondeu. Quando foi que Doro se importara com o que ela dizia? Ele fazia o que bem entendesse.

— Você teve mais sucesso do que eu — prosseguiu ele.
— Seu filho parece controlado, muito seguro de si.

— Ensinei-o a erguer a cabeça — disse ela.

— Eu me referia à habilidade dele.

— Sim.

— Quem é o pai?

Ela hesitou. Ele perguntaria, é claro. Investigaria a ancestralidade dos filhos e das filhas dela como a linhagem de um cavalo.

— O pai dele foi trazido ilegalmente da África — disse Anyanwu. — Ele era um homem bom, mas... Muito parecido com Thomas. Conseguia ver, ouvir e sentir demais.

— E sobreviveu a uma travessia em um navio negreiro?
— Só uma parte dele sobreviveu. Ele estava insano a maior parte do tempo, mas era dócil. Como uma criança. Os traficantes de escravos fingiam que o motivo de ele parecer estranho era que ainda não havia aprendido inglês. Eles me mostraram como os músculos dele eram fortes; eu estava na forma de um homem branco, sabe.
— Eu sei.
— Eles me mostraram os dentes, as mãos e o pênis dele e disseram que ele seria um bom reprodutor. Você teria gostado deles, Doro. Pensavam da mesma forma que você.
— Duvido — disse ele, em tom amistoso. Agia de uma maneira surpreendentemente amável. Estava no primeiro estágio, tentando seduzi-la como fizera quando a tirou de seu povo. Sem dúvida, de acordo com o raciocínio dele, estava sendo generoso ao extremo. Ela tinha fugido dele, feito o que ninguém mais podia fazer, se mantivera livre das garras dele por mais do que uma vida inteira; no entanto, em vez de matá-la de uma vez, Doro parecia estar recomeçando uma conversa, dando-lhe a chance de aceitá-lo como se nada tivesse acontecido. Isso significava que ele a queria viva, se ela se submetesse.

A própria sensação de alívio diante dessa constatação assustou Anyanwu. Ela descera as escadas esperando morrer, pronta para morrer, e ali estava ele, cortejando-a de novo. E ali ela estava correspondendo...

Não. De novo não. Sem mais Wheatleys.

O que aconteceria, então?

— Ou seja, você comprou um escravo que sabia estar insano porque ele tinha uma sensibilidade de que você gostava — disse Doro. — Você não imagina quantas vezes eu mesmo já fiz coisas assim.

— Eu o comprei em Nova Orleans porque, quando ele passou por mim, acorrentado, a caminho das senzalas, me chamou. Disse: "Anyanwu! Essa pele branca cobre seus olhos também?".

— Ele falava inglês?

— Não. Ele era do meu povo. Não meu descendente, acho; era muito diferente. No momento em que falou comigo, estava são e ouvindo meus pensamentos. Pessoas escravizadas passavam diante de mim, todas acorrentadas, e eu pensava: "Tenho de tirar mais ouro de naufrágio do mar, depois ir falar com o banqueiro sobre a compra do terreno vizinho ao meu. Tenho de comprar alguns livros, livros médicos, especialmente, para saber o que os médicos estão fazendo agora...". Eu não estava enxergando as pessoas escravizadas diante de mim. Não imaginaria poder ficar alheia a uma coisa dessas. Fui branca por tempo demais. Precisava de alguém para dizer o que ele me disse.

— Então, você o trouxe para casa e lhe deu um filho.

— Eu teria gerado muitos filhos para ele. Parecia que seu espírito estava se curando do que fizeram com ele no navio. No final, estava são quase o tempo todo. Era um bom marido, na época. Mas morreu.

— De que doença?

— Nenhuma que eu pudesse descobrir. Viu o filho e disse, em louvor, "Ifeyinwa! Aquele que é como uma criança". Escolhi esse para o outro nome de Stephen, Ifeyinwa. Depois, Mgbada morreu. Às vezes, sou uma péssima curandeira. E, às vezes, mal posso ser chamada dessa forma.

— Sem dúvida, o homem teve uma vida melhor e muito mais longa do que teria sem você.

— Ele era jovem — disse ela. — Se eu fosse a curandeira que desejo ser, ainda estaria vivo.

— Que tipo de curandeiro é o garoto?

— Um inferior a mim, em certos aspectos. Mais lento. Mas tem um pouco da sensibilidade do pai. Você não se perguntou como ele o reconheceu?

— Achei que você tinha me visto e o alertado.

— Contei a ele sobre você. Talvez ele tenha reconhecido sua voz por ouvi-la em meus pensamentos. Não pergunto o que ele ouve. Mas não, não vi você antes que chegasse, ao menos não a ponto de reconhecê-lo. — Doro achava mesmo que ela teria ficado para encontrá-lo, mantido os filhos e as filhas ali para que ele pudesse ameaçá-los? Achava que ela se tornara tola com os anos? — Ele pode tocar as pessoas, às vezes, e saber o que há de errado com elas — prosseguiu. — Quando ele diz que algo está errado, está. Mas, às vezes, deixa passar algumas coisas... coisas que eu perceberia.

— Ele é jovem — disse Doro.

Ela deu de ombros.

— Será que algum dia ele envelhecerá, Anyanwu?

— Não sei. — Anyanwu hesitou, então revelou a esperança em um sussurro. — Talvez eu finalmente tenha dado à luz um filho que não terei de enterrar. — Ergueu os olhos e viu que Doro a observava com atenção. Havia no rosto dele uma espécie de avidez, que ele logo mascarou.

— Ele consegue controlar a leitura de pensamentos? — perguntou, em um tom indiferente.

— Nisso, ele é o oposto do pai. Mgbada, como Thomas, não conseguia controlar o que ouvia. Por isso o povo dele o vendeu para ser escravizado. Era um feiticeiro, na opinião deles. Mas Stephen precisa se esforçar para ouvir os pensamentos dos outros. Desde a transição, isso não aconteceu mais por acaso. Mas, às vezes, quando ele tenta, nada acontece. Stephen diz que é como se nunca soubesse quando vai ser tomado pela surdez.

— Esse é um defeito tolerável — disse Doro. — Ele pode ficar frustrado, às vezes, mas nunca perderá a cabeça com o peso dos pensamentos de outras pessoas.

— Eu disse isso a ele.

Fez-se um longo silêncio. Algo estava por vir e tinha a ver com Stephen, Anyanwu sabia. Ela queria perguntar o que era, mas então Doro lhe contaria e ela teria de encontrar um jeito de desafiá-lo. Quando o desafiasse... Quando o desafiasse, falharia e seria morta.

— Ele é para mim o que Isaac foi para você — sussurrou ela. Será que Doro ouviria aquilo pelo que era, um apelo por misericórdia?

Ele a encarou como se ela tivesse dito algo incompreensível, como se estivesse tentando entendê-la. Por fim, sorriu, um sorriso limitado, estranhamente hesitante.

— Você já pensou, Anyanwu, o que são cem anos, ou cento e cinquenta anos, para uma pessoa comum?

Ela deu de ombros. Absurdo. Doro estava falando bobagem enquanto Anyanwu esperava ouvir o que ele pretendia fazer com o filho dela!

— Com o que os anos se parecem para você? — perguntou Doro. — Dias? Meses? O que sente quando bons companheiros ficam velhos, grisalhos e confusos de repente?

Ela deu de ombros mais uma vez.

— As pessoas envelhecem. Morrem.

— Todas elas — concordou ele. — Todas, menos você e eu.

— Você morre constantemente — respondeu ela.

Doro se levantou e foi sentar-se no sofá, ao lado de Anyanwu. De alguma maneira, ela permaneceu imóvel, controlando o impulso de se levantar, de se afastar dele.

— Eu nunca morri — disse Doro.

Ela fixou os olhos para além dele, em um dos castiçais sobre a lareira.

— Sim — concordou Anyanwu. — Eu deveria ter dito que você mata constantemente.

Ele ficou calado. Ela o encarou, olhou em seus olhos, que eram grandes, arregalados e castanhos. Doro tinha os olhos de um homem maior, quer dizer, o corpo atual tinha. Olhos que lhe conferiam uma falsa expressão de gentileza.

— Veio aqui para matar? — perguntou ela. — Vou morrer? Minhas filhas e meus filhos vão se tornar como éguas e garanhões? É por isso que você não consegue me deixar em paz!

— Por que quer ficar sozinha? — ele quis saber.

Anyanwu fechou os olhos.

— Doro, me diga o que vai acontecer.

— Talvez nada. Talvez, em algum momento, eu traga uma esposa para seu filho.

— Uma esposa? — disse ela, incrédula.

— Uma esposa, aqui, como você e Isaac. Nunca levei mulheres a Wheatley para ele.

Era verdade. De vez em quando, ele levava Isaac consigo para longe, mas nunca trazia mulheres. Anyanwu sabia que o marido que ela mais amara tinha gerado dezenas de filhos com outras mulheres.

"Você não se preocupa com eles?", questionara Anyanwu certa vez, tentando compreender. Ela se preocupava com cada uma das filhas e cada um dos filhos, criara todos que dera à luz e amara isso.

"Nunca os vejo", Isaac respondera. "São filhos e filhas dele. Eu os gero em nome dele. Doro garante que eles e as mães sejam bem cuidados."

"Isso é o que ele diz!", Anyanwu estava amarga naquele dia, com raiva de Doro por tê-la engravidado quando o bebê mais novo que ela tivera de Isaac tinha menos de um ano de idade, estava irritada com ele por, depois disso, ter matado uma garota alta e bonita que Anyanwu conhecia e de quem gostava. A garota, compreendendo o que estava para lhe acontecer, ainda o tratara como amante. Fora obsceno.

"Você já o viu negligenciar as necessidades das crianças que assume?", perguntara Isaac. "Já viu o povo dele ficar sem terra ou com fome? Ele cuida da própria família."

Depois disso ela se afastara de Isaac para voar por horas como um pássaro, olhar do alto para a imensa terra vazia e imaginar se não havia nenhum lugar em todas as florestas e montanhas, em todos os rios e lagos, nenhum lugar naquela terra sem fim para onde escapar e encontrar paz e pureza.

— Stephen tem dezenove anos — disse ela. — Ele é um homem. As suas crianças e as minhas crescem muito depressa, acho. Ele é um homem desde a transição. Mas ainda é jovem. Você vai fazer dele um animal se o usar como usou Isaac.

— Isaac tinha quinze anos quando dei a ele sua primeira mulher — disse Doro.

— Mas na época ele tinha sido seu por quinze anos. Para você, Stephen será uma semente originária tanto quanto eu.

Doro acenou com a cabeça, concordando.

— É melhor para mim pegá-los antes que alcancem a transição, caso devam passar por uma. O que você vai me dar então, Anyanwu?

Ela se virou para olhá-lo, surpresa. Ele estava oferecendo uma negociação? Doro nunca tinha negociado antes. Dizia a Anyanwu o que queria e informava-a sobre o que faria com ela ou com os filhos e as filhas caso ela não obedecesse.

Será que ele estava barganhando naquele momento ou brincando com ela? O que Anyanwu poderia perder partindo do princípio de que Doro falava sério?

— Traga a mulher para Stephen — disse ela. — Uma mulher. Quando ele for mais velho, talvez possa haver outras.

— Você imagina que não haja nenhuma agora?

— É claro que não. Mas é ele quem escolhe. Não lhe digo para procriar. Não envio mulheres para ele.

— As mulheres parecem gostar dele?

Ela se surpreendeu sorrindo um pouco.

— Algumas, sim. Não o suficiente para se adequarem a ele, é claro. No momento, existe uma viúva lhe dando muita atenção. Ela sabe o que está fazendo. Por conta própria, Stephen encontrará uma boa esposa quando estiver cansado de perambular por aí.

— Talvez eu não deva deixar que ele se canse disso.

— Estou dizendo, você vai fazer dele um animal se não o deixar! — respondeu ela. — Não viu como os homens escravizados são usados para reprodução neste lugar? Nunca permitem que eles aprendam o que significa ser um homem. Nunca permitem que cuidem das próprias crianças. Para o meu povo, as crianças são tesouros, são mais importantes do que dinheiro, mais importantes do que tudo. Mas para estes homens, desvirtuados e distorcidos por seus senhores, as crianças não são quase nada. Servem para se vangloriarem com outros homens. Um pensa que é melhor do que o outro porque gerou mais crianças. Todos exageram o número de mulheres que lhes deram bebês, ninguém faz nada do que um pai deveria fazer por sua prole e o senhor deles, que é indiferente, vendendo as próprias crianças miscigenadas, ri e diz: "Estão vendo? Esses negros são como animais!". A escravidão aqui abre nossos olhos, Doro. Como eu poderia querer uma vida assim para meu filho?

Houve silêncio. Doro se levantou, caminhou pela grande sala examinando vasos, candelabros, o retrato de uma mulher branca esguia de cabelos escuros e expressão solene.

— Esta era sua esposa? — perguntou.

Anyanwu queria sacudi-lo. Queria usar a força, fazê-lo contar o que pretendia fazer.

— Sim — murmurou ela.

— O que você achou... de ser homem, ter uma esposa?

— Doro...!

— Você gostou? — Ele não queria ser apressado. Estava se divertindo.

— Ela era uma boa mulher. Gostávamos um do outro.

— Ela sabia o que você era?

— Sim. Ela não era comum. Via fantasmas.

— Anyanwu! — exclamou ele, entre desgosto e decepção.

Ela ignorou aquele tom e olhou para o retrato.

— Ela tinha apenas dezesseis anos quando nos casamos. Se eu não tivesse me casado com ela, acho que ela acabaria sendo colocada em um sanatório. As pessoas falavam dela da mesma maneira como você acaba de dizer meu nome.

— Não as culpo.

— Deveria. A maioria das pessoas acredita em uma vida que continua depois que seus corpos morrem. Sempre se ouvem histórias de fantasmas. Nem mesmo as pessoas que pensam ser sofisticadas demais para sentir medo estão imunes. Fale com cinco pessoas e pelo menos três terão visto o que acreditam ser um fantasma, ou conhecerão alguém que já viu. Mas Denice via mesmo. Ela era muito sensível; podia ver quando ninguém mais podia, e como ninguém mais podia: as pessoas diziam que ela era louca. Acho que ela passou por uma espécie de transição.

— E isso deu a ela uma visão particular do além.

Anyanwu balançou a cabeça.

— Deveria ser menos cético. Afinal, você mesmo é uma espécie de fantasma. O que resta de você que possa ser tocado?

— Já ouvi isso antes.

— É claro. — Ela fez uma pausa. — Doro, vou conversar com você sobre Denice. Vou falar sobre qualquer pessoa, qualquer assunto. Mas primeiro, por favor, me diga o que planeja para meu filho.

— Estou pensando nisso. Estou pensando em você e seu valor potencial para mim. — Doro olhou para o retrato mais uma vez. — Você estava certa, sabe? Vim aqui concluir questões antigas, matar você e levar seus filhos e suas filhas para um dos meus assentamentos. Ninguém nunca fez comigo o que você fez.

— Eu fugi de você e sobrevivi. Outras pessoas fizeram isso.

— Apenas porque escolhi deixá-las viver. Elas tiveram liberdade por apenas alguns dias antes que eu as capturasse. Você sabe disso.

— Sim — disse Anyanwu, relutante.

— Agora, um século depois de perdê-la, reencontro-a jovem e saudável, me recebendo como se ainda ontem tivéssemos estado juntos. Descubro que você está em plena competição comigo, criando as próprias bruxas.

— Não há competição.

— Então, por que se cercou do tipo de pessoa que procuro? Por que você procria com elas?

— Elas precisam de mim... essas pessoas. — Ela engoliu em seco, pensando em algumas das coisas feitas àquele povo antes que os encontrasse. — Precisam de alguém que possa ajudá-las, e eu posso. Você não quer ajudá-las, quer usá-las.

Mas eu posso ajudar.

— Por que você ajudaria?

— Sou uma curandeira, Doro.

— Isso não é resposta. Você escolheu ser curandeira. O que você é, na verdade, é o que se chama nesta parte do país de *loup-garou*, um lobisomem.

— Vejo que andou conversado com meus vizinhos.

— Conversei. Eles têm razão, sabe.

— As lendas dizem que lobisomens matam. Nunca matei, exceto para me salvar. Sou uma curandeira.

— A maioria... das curandeiras não dão à luz crianças de seus pacientes.

— A maioria das curandeiras faz o que quer. Meus pacientes são mais parecidos comigo do que com qualquer outra pessoa. Por que não encontrar companheiros entre eles?

Doro sorriu.

— Você sempre tem uma resposta, não é? Mas isso não importa. Fale-me sobre Denice e os fantasmas dela.

Anyanwu inspirou fundo e soltou o ar devagar, se acalmando.

— Denice via o que as pessoas deixavam para trás. Entrava nas casas e enxergava as pessoas que tinham estado ali antes dela. Se alguém tivesse sofrido ou morrido ali, ela percebia com muita clareza. Isso a apavorava. Ela entrava em uma casa e via uma criança correndo, com as roupas em chamas, e depois não havia criança alguma. Mas dois, dez, vinte anos antes, uma criança havia morrido queimada ali. Ela via pessoas roubando objetos dias ou anos antes. Via pessoas escravizadas sendo espancadas e torturadas, mulheres escravizadas sendo estupradas, pessoas tremendo de febre ou cobertas pela varíola. Não sentia essas coisas, como quem está em transição. Apenas via. Mas não sabia se o que enxergava estava de fato acontecendo ou se era passado. Estava enlouquecendo aos poucos. Então, os pais dela deram uma festa e fui convidado, porque parecia jovem, rico e bem apessoado, talvez um bom partido para uma família com cinco filhas. Eu lembro, estava com o pai de Denice contando mentiras sobre minhas origens, e Denice me tocou de leve. Ela me tocou, entende? Conseguia ver as vidas passadas das pessoas quando as tocava, exatamente como conseguia ver o passado da madeira e do tijolo. Viu algo do que sou, mesmo com aquele breve toque, e então desmaiou. Não entendi o que havia acontecido até que ela veio até mim dias depois. Era a primeira vez que ela encontrava alguém mais estranho do que ela mesma. Denice soube tudo a meu respeito antes de nos casarmos.

— Por que ela se casou com você?

— Porque acreditei nela quando ela me contou o que era capaz de fazer. Porque eu não tinha medo nem a ridicularizava. E porque, depois de um tempo, começamos a nos desejar.

— Mesmo que ela soubesse que você era mulher e negra?

— Mesmo assim. — Anyanwu olhou para a jovem solene, lembrando-se daquele flerte adorável e assustador. Elas estavam com tanto medo de se casar quanto de perder uma à outra.

— Primeiro, Denice pensou que não haveria crianças, e isso a entristecia porque ela sempre quis tê-las. Depois, percebeu que eu poderia lhe dar meninas. Demorou muito para que ela entendesse tudo o que eu podia fazer. Mas Denice achou que as crianças seriam negras e as pessoas diriam que ela tinha estado com um escravo. Homens brancos geram crianças mestiças, mas uma mulher branca, se fizer isso, se torna quase um animal aos olhos das outras pessoas brancas.

— As mulheres brancas precisam ser protegidas — disse Doro —, querendo ou não.

— Como propriedades são protegidas. — Anyanwu balançou a cabeça. — Preservadas para uso exclusivo dos proprietários. Denice disse que se sentia como uma propriedade, como uma mulher escravizada tramando uma fuga. Expliquei que poderia dar a ela crianças que não estivessem aparentadas comigo de forma alguma, se ela desejasse. O medo dela me deixou com raiva, embora eu soubesse que ela não era culpada pela situação. Expliquei que minha forma como Warrick não era uma imitação de ninguém. Eu me moldara à minha maneira para criá-lo, mas se ela quisesse, eu poderia assumir a forma exata de um dos homens brancos a quem tratei em Wheatley. Então, como aconteceu com os golfinhos, eu poderia gerar crianças que não herdariam absolutamente nada de mim. Até mesmo do sexo masculino. Ela não compreendeu.

— Nem eu — disse Doro. — Isso é novidade.

— Só no meu caso. Você faz isso o tempo todo: insemina ou dá à luz crianças que não são suas parentes de sangue. São frutos dos corpos que você usa, mesmo que você os chame de seus.

— Mas... você só usa um corpo.

— E você não compreendeu como esse corpo pode mudar por completo. Não posso abandoná-lo, como você faz, mas posso recriá-lo. Fazer tantas alterações segundo a imagem de outra pessoa que de fato deixo de ter parentesco com meu pai e minha mãe. Isso faz com que eu me pergunte o que sou, o fato de poder fazer isso e ainda me reconhecer, ainda retornar à minha verdadeira forma.

— Você não conseguia fazer isso antes, em Wheatley.

— Sempre fiz isso. Cada vez que aprendia a forma de um novo animal, eu fazia isso. Mas não compreendia muito bem, até começar a fugir de você. Até começar a me esconder. Dei à luz golfinhos, e eles eram golfinhos. Nada humanos. Eram os filhotes da fêmea de golfinho que Isaac capturou e nos deu para comer, há tanto tempo. Meu corpo era uma cópia do dela nas menores unidades de vida. Não há palavras para explicar quão profunda e completa é essa mudança.

— Assim você conseguiria se transformar tanto que as crianças que você desse a Denice não seriam de fato suas.

— Conseguiria. Mas quando compreendeu, ela não quis isso. Disse que preferiria não ter filho algum. Mas esse sacrifício não foi necessário. Pude dar a ela meninas do meu corpo. Meninas que teriam o tom de pele dela. Foi um árduo trabalho garantir isso. Existem muitos fatores minúsculos, até mesmo dentro de uma célula do corpo humano. Eu poderia ter dado a ela uma monstruosidade se me descuidasse.

— Fiz você estudar essas coisas ao afugentá-la?

— Fez. Você me fez aprender muito. Na maior parte do tempo, eu não tinha nada para fazer a não ser estudar sozinha, experimentar coisas em que não tinha pensado antes.

— Para que, se você duplicasse a forma de outro homem, pudesse gerar crianças.

— Crianças de outro homem.

Pouco a pouco, Doro esboçou um sorriso.

— É essa a resposta, então, Anyanwu. Você vai tomar o lugar do seu filho. Vai tomar o lugar de uma grande quantidade de pessoas.

— Você pretende... que eu ande por aí fazendo crianças e, depois, me esqueça delas?

— Ou você vai ou trago mulheres para você aqui.

Anyanwu se levantou, exausta, sem nem mesmo a indignação para torná-la inflexível e hostil.

— Você é um completo idiota — falou ela com muita calma e, entrando pelo corredor, atravessou a casa e saiu pela porta dos fundos. De lá, entre as árvores, podia ver a nascente do rio, com as águas tranquilas. Um pouco mais próximas ficavam as dependências e cabanas da senzala, que não eram habitadas por pessoas escravizadas. Anyanwu não possuía escravos. Trouxera algumas das pessoas que trabalhavam para si e recrutara outras, libertas, mas libertara aquelas que comprara. Elas sempre ficavam e trabalhavam para ela, sentindo-se mais confortáveis a seu lado e umas com as outras do que em outro lugar. Isso surpreendia os recém-chegados, que não estavam acostumados a se sentir confortáveis com outras pessoas. Eram desajustados, descontentes, encrenqueiros, embora não causassem problemas para Anyanwu. Eles a tratavam como mãe, irmã mais velha, professora e, quando ela incentivava, amante. De alguma forma, mesmo esta última intimidade não diminuía em nada a autoridade. Eles conheciam o poder dela. Anyanwu era quem era, não importando que papel escolhesse.

E mesmo assim, ela não os ameaçava, não os sacrificava como Doro fazia entre o próprio povo. O pior que fazia era demitir alguém, às vezes. Demissão significava despejo. Significava perder a segurança e o conforto da fazenda e se tornar mais uma vez alguém desajustado no mundo exterior. Significava exílio.

Poucas pessoas sabiam como era difícil para Anyanwu expulsar um deles, ou pior, expulsar uma família. Poucas sabiam como a presença deles a confortava. Ela não era Doro, reproduzindo humanos como se fossem gado, embora, talvez reunisse toda aquela gente especial, um pouco estranha, para concretizar o mesmo propósito dele com a reprodução. Anyanwu era ela mesma, unindo a família. Sem dúvida, algumas daquelas pessoas eram família, descendentes. Sentiam-se como filhos e filhas. Talvez tenham ocorrido casamentos consanguíneos, descendentes dela tenham sido unidos por uma semelhança reconfortante, mas indefinível, e sem conhecer as origens comuns. E havia outras pessoas, provavelmente não aparentadas a ela, que tinham uma sensibilidade rudimentar, com potencial de se transformar em uma verdadeira leitura de pensamentos em algumas gerações. Mgbada tinha lhe dito isso: ela estava reunindo pessoas que eram como os avós dele. Ele dissera que ela estava criando bruxas.

Uma mulher idosa veio até ela, uma mulher branca, mirrada, de cabelos grisalhos, Luisa, que fazia costuras para se sustentar. Ela era uma das cinco pessoas brancas da localidade. Poderiam existir mais brancos que ficassem bem acomodados ali, mas a cultura de consciência racial tornava isso arriscado. Os quatro brancos mais novos tentavam diminuir o perigo dizendo que eram oitavões. Luisa era de origem crioula, uma mistura de franceses e espanhóis, e estava velha demais para se importar com quem sabia disso.

— Algum problema? — perguntou Luisa. Anyanwu assentiu. — Stephen disse que ele estava aqui... Doro, aquele de quem você me falou.

— Vá e diga aos outros que não voltem dos campos até que eu mesma os chame.

Luisa fixou nela um olhar duro.

— E se ele chamar... pela sua boca?

— Então, devem decidir se fogem ou não. Eles sabem sobre ele. Se quiserem fugir agora, podem. Mais tarde, se o cachorro preto for visto na floresta outra vez, podem retornar.

— Se Doro a matasse, não seria capaz de usar as habilidades

de cura ou metamorfose de Anyanwu. Ela descobrira isso durante a estada em Wheatley. Ele podia se apossar do corpo de uma pessoa, usá-lo para ter filhos, mas só conseguia usar o corpo. Quando Doro se apossara de Thomas, havia muito tempo, não adquirira a habilidade de leitura de pensamentos. Ela nunca soube que ele tivesse usado qualquer habilidade extra de um corpo que possuíra.

A velha segurou Anyanwu pelos ombros e a abraçou.

— O que você vai fazer? — perguntou.

— Não sei.

— Nunca o vi e já tenho ódio dele.

— Vá — pediu Anyanwu.

Luisa atravessou a relva correndo. Movia-se bem para a idade. Como os filhos e as filhas de Anyanwu, ela teve uma vida longa e saudável. Cólera, malária, febre amarela, tifo e outras doenças varreram a terra, mas deixaram o povo de Anyanwu quase intacto. Se contraíam alguma doença, sobreviviam e se recuperavam logo. Caso se ferissem, Anyanwu estava lá para cuidar deles.

Quando Luisa desapareceu entre as árvores, Doro saiu da casa.

— Eu poderia ir atrás dela — falou. — Sei que você a enviou para avisar os lavradores.

Anyanwu se virou para encará-lo com raiva.

— Você é muitas vezes mais velho do que eu. Deve ter algum defeito inato que o impede de obter a sabedoria que vem com os anos.

— Você algum dia vai ser condescendente a ponto de me revelar a sabedoria que adquiriu? — Havia contundência na voz dele. Ela estava começando a irritá-lo, levando ao fim a fase da sedução. Isso era bom. Como era estúpido da parte dele pensar que Anyanwu poderia ser seduzida outra vez. Era possível, no entanto, que ela conseguisse seduzi-lo.

— Você ficou feliz em me ver de novo, não é? — disse ela.

— Acho que ficou surpreso ao perceber o quanto ficou feliz.

— Diga o que tem a dizer, Anyanwu!

Ela deu de ombros.

— Isaac estava certo.

Silêncio. Anyanwu sabia que Isaac tinha falado com ele várias vezes. Isaac queria muito que os dois ficassem juntos, as duas pessoas que ele mais amara. Será que isso significava algo para Doro? No passado, não. Mas naquele momento... Doro ficara feliz em vê-la. Ficara maravilhado com o fato de que ela parecia inalterada... como se só então ele começasse a perceber que ela tinha uma possibilidade pouco maior do que a dele de morrer, e nenhuma possibilidade de ficar decrépita com a idade. Como se, até então, a imortalidade dela fosse emocionalmente irreal para Doro, um fato que ele só não tinha aceitado por completo.

— Doro, vou continuar viva a menos que você me mate. Não há motivo para que eu morra, a menos que você me mate.

— Acha que pode dominar o trabalho ao qual me dedico há milênios?

— Você acha que quero? — rebateu ela. — Eu estava dizendo a verdade. Essas pessoas precisam de mim, e eu preciso delas. Nunca me propus a construir um assentamento como o seu. Por que faria isso? Não preciso de novos corpos como você. Tudo de que preciso é estar cercada de minha estirpe. Meus familiares ou pessoas que se sentem como meus familiares. Para você, acredito que a maioria das pessoas deste meu povo nem seriam boas reprodutoras.

— Quarenta anos atrás, aquela velha seria.

— E isso transforma em competição o fato de eu dar uma casa a ela?
— Você tem outras pessoas. Sua criada...
— Minha filha!
— Foi o que imaginei.
— Ela é solteira. Traga um homem. Se ela gostar dele, deixe-a se casar e dar à luz crianças úteis. Se não gostar, encontre outra pessoa para ela. Mas ela só precisa de um único marido, Doro, como meu filho só precisa de uma única esposa.
— É isso que seu modo de vida diz a eles? Ou devo acreditar que você dorme sozinha porque seus maridos estão mortos?
— Se meus filhos mostrarem qualquer sinal de que terão uma vida tão longa quanto a minha, poderão fazer o que quiserem.
— Eles farão, de qualquer maneira.
— Mas sem você para guiá-los, Doro. Sem você para torná-los animais. O que meu filho seria em suas mãos? Outro Thomas? Você viaja por aí cuidando de dez, vinte assentamentos diferentes, e não dá o suficiente de si a nenhum deles. Ficarei aqui cuidando da minha família e me ofereço para permitir que sua prole se case com a minha. Se os descendentes deles forem estranhos e difíceis de lidar, eu vou lidar com eles. Cuidarei deles. Não precisarão viver sozinhos na floresta, beber demais e negligenciar o próprio corpo até estarem quase mortos.

Para surpresa dela, ele a abraçou como Luisa a abraçara, e riu. Pegou o braço dela e a levou até a senzala, ainda rindo. Porém ficou em silêncio quando abriu uma porta qualquer e espiou em uma das cabanas, ordenada e firme. Havia um grande fogareiro de tijolos com uma assadeira sobre brasas quase apagadas. O pão para a ceia de alguém. Havia uma cama grande em um canto, e sob ela, uma cama mais baixa. Uma mesa e quatro cadeiras, todas de produção caseira, mas adequadas. Um berço que também parecia feito em casa e bastante usado. Uma caixa de madeira e um balde de água com uma cabaça. Maços de ervas e espigas de milho pendurados no teto para secar e utensílios para cozinhar em cima e ao lado do fogareiro. No geral, a cabana dava a impressão de ser um lugar simples, mas confortável.

— Isso basta? — perguntou Anyanwu.

— Tenho várias pessoas, negras e brancas, que não vivem tão bem.

— Eu não.

Ele tentou puxá-la para a cabana em direção às cadeiras ou à cama, ela não sabia ao certo, mas Anyanwu impediu.

— Este é o lar de outra pessoa — falou. — Podemos voltar para a casa, se você quiser.

— Não. Talvez mais tarde. — Doro envolveu a cintura dela com um braço. — Você precisa me alimentar de novo e encontrar para nós outro catre de barro para nos deitarmos.

E para eu ouvir você ameaçar meus filhos e minhas filhas de novo, ela pensou.

Como se respondesse, ele disse:

— E eu preciso explicar por que ri. Não é porque sua oferta não me agrade, Anyanwu; me agrada. Mas você não tem ideia do tipo de criatura do qual está se oferecendo para cuidar.

Não tinha ideia? Ela não as vira em Wheatley?

— Vou trazer para você alguns de seus descendentes — disse Doro. — Acho que vão surpreendê-la. Tenho trabalhado muito com eles desde Nweke. Acho que por muito tempo você não vai querer cuidar deles ou das crianças que tiverem.

— Por quê? O que há de errado com eles agora?

—Talvez nada. Talvez sua influência seja exatamente aquilo de que precisam. Por outro lado, talvez abalem a família que você formou para si de um modo que nada mais abalaria. Você ainda os receberá?

—Doro, como posso saber? Você não me explica nada.

Os cabelos dela estavam curtos, arredondados e soltos como na primeira vez que ele os penteou. Naquele momento, Doro colocara as mãos neles, pressionando-os dos dois lados da cabeça dela.

—Mulher Sol, ou você aceita meu povo do modo como você definiu ou vem comigo, aceitando parceiros quando e onde eu mandar, ou então me entrega seus filhos e suas filhas. De uma maneira ou de outra, você servirá a mim. Qual é a sua escolha?

Sim, Anyanwu pensou, com amargura. *Agora as ameaças.*

—Traga-me meus netos e minhas netas — disse ela. — Mesmo se nunca me viram, se lembrarão de mim. Seus corpos se lembrarão de mim até a menor estrutura da carne deles. Você não é capaz de imaginar como os corpos das pessoas se lembram bem dos próprios ancestrais.

—Você vai me mostrar — sentenciou Doro. — Parece ter aprendido muito desde a última vez que a vi. Tenho reproduzido pessoas ao longo de toda a minha vida, praticamente, e ainda não sei por que algumas coisas funcionam e outras não, ou por que algo só funciona às vezes, ainda que o casal seja o mesmo. Você vai me ensinar.

—Você não vai prejudicar meu povo? — perguntou ela, observando-o com atenção.

—O que eles sabem a meu respeito?

—Tudo. Imaginei que, se você nos encontrasse, não haveria tempo para explicar o perigo.

— Diga a eles que me obedeçam.

Anyanwu estremeceu como se estivesse com dor e desviou o olhar.

— Você não pode ter tudo o que deseja — respondeu. — Se for assim, simplesmente tire minha vida. De que adianta continuar vivendo e não ter nada?

Houve um instante de silêncio.

— Eles obedeciam a Denice? — perguntou Doro, por fim. — Ou a Mgbada?

— Às vezes. São pessoas muito independentes.

— Mas a você, obedecem.

— Sim.

— Então, diga que me obedeçam. Se você não fizer isso, eu mesmo terei de dizer, de uma maneira que compreendam.

— Não os machuque!

Ele deu de ombros.

— Se me obedecerem, não machucarei.

Doro estava formando uma nova Wheatley. Tinha assentamentos em todos os lugares, famílias em todos os lugares. Ela só tinha uma, que seria tomada. Ele tirara Anyanwu de um povo, a afastara de outro e naquele momento estava casualmente estendendo a mão para despojá-la de um terceiro. E ela estava enganada. Podia viver sem ter nada. E viveria. Doro garantiria isso.

12

Anyanwu nunca vira um grupo como o dela se dispersar. Não sabia sequer se já houvera um grupo como o dela. Com certeza, assim que Doro começou a ficar na fazenda, exercendo autoridade como queria e ela permaneceu ali, sem dizer nada, as características do grupo começaram a mudar. Quando ele trouxe Joseph Toler como marido para uma das filhas de Anyanwu, o rapaz alterou ainda mais o grupo ao se recusar a fazer qualquer tipo de trabalho. Os pais adotivos o haviam mimado, permitindo que ele passasse o tempo bebendo, jogando e levando moças para a cama. Mas ele era um jovem lindo: pele cor de mel, com cabelos pretos encaracolados, alto e esguio. A filha de Anyanwu, Margaret Nneka, ficou fascinada por ele. Aceitou-o muito depressa. Entretanto, poucas outras pessoas na fazenda o aceitaram. Ele não estava fazendo sua parte no trabalho, mas não podia ser demitido e expulso. Podia, no entanto, causar muitos problemas. Chegara à fazenda faziam apenas algumas semanas quando passou dos limites e perdeu uma briga com o filho de Anyanwu, Stephen.

Anyanwu estava sozinha quando Stephen veio lhe contar o ocorrido. Ela acabara de voltar do tratamento de uma criança de quatro anos que perambulava pela nascente do rio e fora surpreendida por uma cobra mocassim. Anyanwu conseguiu produzir facilmente no corpo um antídoto para combater o veneno, já que uma das primeiras coisas que fez, ao se estabelecer na Louisiana, foi se permitir ser picada por uma cobra daquelas. A essa altura, combater veneno era quase uma segunda natureza para ela. Mas ainda gostava de se alimentar depois; assim, Stephen, machucado e desgrenhado, encontrou-a comendo na sala de jantar.

— Você tem de se livrar daquele homem escroto, preguiçoso e inútil — disse ele.

Anyanwu suspirou. Não precisava perguntar a quem o jovem se referia.

— O que foi que ele fez?

— Tentou estuprar Helen.

Anyanwu deixou cair o pedaço de pão de milho que estava prestes a morder. Helen era a filha mais nova dela, de onze anos.

— Ele o quê?!

— Eu os peguei na cabana dos Duran. Ele estava arrancando a roupa dela.

— Ela está bem?

— Sim. Está no quarto.

Anyanwu se levantou.

— Vou vê-la em um instante, então. Onde ele está?

— Deitado na frente da cabana dos Duran.

Ela saiu, sem saber se daria outra surra no jovem ou se o ajudaria, caso Stephen o tivesse machucado demais. Mas que tipo de animal era ele para tentar estuprar uma criança? Como Anyanwu poderia tolerar a presença dele depois disso? Doro teria de levá-lo embora, para o inferno com a reprodução.

O jovem não estava bonito quando Anyanwu o encontrou. Tinha duas vezes o tamanho de Stephen e era forte, apesar da indolência; porém, Stephen herdara muito da força de Anyanwu. E sabia como dar uma boa surra, mesmo com os braços e as mãos sensíveis e recém-acabados.

O rosto do rapaz era uma massa de tecido ferido e saliente. O nariz estava quebrado e sangrando. A carne ao redor dos olhos estava grotesca com o inchaço. A orelha esquerda quase fora arrancada. Ele iria perdê-la e então pareceria um dos escravizados que eram marcados como fugitivos e vendidos para o Sul.

O corpo dele estava tão machucado sob a camisa que Anyanwu tinha certeza de que havia costelas quebradas. E faltavam-lhe vários dentes da frente. Ele nunca mais seria bonito. O rapaz começou a recobrar os sentidos quando Anyanwu examinava as costelas. Ele grunhiu, praguejou, tossiu e, com a tosse, retorceu-se de agonia.

— Fique parado — disse Anyanwu. — Não respire fundo e tente não tossir mais.

O jovem choramingava.

— Agradeça por ter sido Stephen quem pegou você — disse ela. — Se fosse eu, você nunca mais teria interesse em mulheres, garanto. Pelo resto da sua vida.

Apesar da dor, o jovem se encolheu de medo dela, abraçando-se para se proteger.

— O que pode haver em você que valha a pena impor aos descendentes? — perguntou Anyanwu, enojada. Fez com que ele se levantasse, ignorando a fraqueza e os gemidos de dor. — Agora entre! — ordenou. — Ou vá se deitar no celeiro com os outros animais.

Ele conseguiu entrar na casa e não desmaiou até chegar às escadas. Anyanwu o carregou até um quartinho quente no sótão, lavou-o, enfaixou as costelas e o deixou ali com água, pão e um pouco de fruta. Ela poderia ter lhe dado algo para aliviar a dor, mas não deu.

A menina, Helen, estava na própria cama, dormindo, ainda com o vestido rasgado. Um lado do rosto dela estava inchado, como se tivesse recebido um golpe forte, e ao ver isso Anyanwu quis dar outra surra no rapaz. Em vez disso, acordou a criança, com delicadeza.

Apesar da gentileza, Helen acordou assustada e gritou.

— Você está segura — disse Anyanwu. — Estou aqui.

A criança se agarrou a ela, sem chorar, apenas segurando com todas as forças.

— Está ferida? — perguntou Anyanwu. — Ele machucou você?

A garota não respondeu.

— Obiageli, você está ferida?

A garota se deitou devagar e olhou para ela.

— Ele entrou nos meus pensamentos — falou. — Consegui sentir.

— ... Em seus pensamentos?

— Eu conseguia sentir. Sabia que era ele. Queria que eu fosse para a casa de Tina Duran.

— Ele obrigou você a ir?

— Não sei. — Por fim, a criança começou a chorar. Ela puxou o travesseiro em volta do rosto inchado e chorou. Anyanwu esfregou os ombros e o pescoço dela, e a deixou chorar. Não achava que a garota estivesse chorando porque quase fora estuprada.

— Obiageli — sussurrou. Antes do nascimento da menina, uma mulher branca sem filhos chamada Helen Matthews pedira a Anyanwu para dar seu nome a uma criança. Anyanwu nunca gostou do nome Helen, mas a mulher branca fora uma boa amiga, a ponto de superar a própria educação e a boca maledicente dos vizinhos para ir morar na fazenda. Ela nunca foi capaz de dar à luz uma criança, já havia passado da idade quando conheceu Anyanwu. Por isso, a filha mais nova de Anyanwu recebeu o nome de Helen. E Helen era a filha que

Anyanwu chamava com mais frequência pelo segundo nome, Obiageli. De alguma forma, tinha perdido esse costume com os outros. — Obiageli, conte-me tudo o que ele fez.

Depois de um instante, a garota fungou, se virou e enxugou o rosto. Ficou deitada, quieta, olhando para o teto, com uma pequena ruga entre os olhos.

— Eu estava pegando água — contou. — Queria ajudar Rita. — Era a cozinheira *os rouge*, uma mulher de ascendência negra e indígena e aparência espanhola. — Ela precisava de água, por isso eu estava no poço. Ele veio falar comigo. Disse que eu era bonita. Disse que gostava de garotinhas. Disse que gostava de mim há muito tempo.

— Eu deveria tê-lo jogado no chiqueiro — murmurou Anyanwu. — Deixado o corpo dele chafurdar na merda para que ele ficasse à altura desses pensamentos.

— Tentei levar a água para Rita — continuou a menina. — Mas ele me disse para ir com ele. Eu fui. Não queria ir, mas consegui sentir que ele estava em meus pensamentos. Então, me vi longe de mim mesma, em algum outro lugar, me observando caminhar ao lado dele. Tentei voltar, mas não consegui. Minhas pernas andavam sem mim. — Ela parou e olhou para Anyanwu. — Nunca soube se Stephen estava investigando meus pensamentos.

— Mas Stephen só consegue investigar — explicou Anyanwu. — Não consegue obrigar você a fazer nada.

— De qualquer maneira, ele não obrigaria.

— Não.

Abaixando os olhos, a menina prosseguiu.

— Entramos na cabana de Tina e ele estava fechando a porta quando eu descobri que conseguia mover minhas pernas outra vez. Corri para fora antes que ele conseguisse fechar a porta. Então, ele pegou minhas pernas de volta, eu gritei e caí. Achei que ele me faria voltar andando, mas ele saiu, me agarrou e me arrastou de volta. Acho que foi nesse momento que Stephen nos viu. — Ela ergueu os olhos. — Stephen o matou?

— Não. — Anyanwu tremia, sem querer pensar no que Doro poderia ter feito a Stephen se tivesse matado o inútil Joseph. Se fosse necessário matar, ela é quem devia fazer isso. Provavelmente ninguém na fazenda detestava matar mais do que ela, mas precisava proteger seu povo tanto dos estranhos mal-intencionados de Doro como do próprio Doro. Mesmo assim, esperava que Joseph se comportasse bem até que Doro voltasse e o levasse embora.

— Deveria ter matado — disse Helen baixinho. — Talvez ele faça minhas pernas se moverem de novo. Ou talvez algo pior. — Ela balançou a cabeça. O rosto infantil estava duro, envelhecido.

Anyanwu pegou a mão dela, lembrando-se... lembrando-se de Lale, o irmão improvável e inútil de Isaac. Durante todo o tempo que ela esteve com Doro, não conheceu outra pessoa do povo dele com uma determinação tão cruel quanto Lale. Até aquele momento, talvez. Por que Doro lhe entregara um homem assim? E por que não a avisara, ao menos?

— O que você vai fazer com ele? — perguntou a menina.

— Vou fazer Doro levá-lo embora.

— Será que Doro vai fazer isso? Só porque você decidiu?

Anyanwu estremeceu, "só porque você decidiu"... Há quanto tempo as coisas aconteciam na fazenda só porque ela decidia? As pessoas ficavam satisfeitas com o que decidia. Se tinham problemas que não podiam resolver, a procuravam. Se discutiam e não conseguiam resolver a questão sozinhas, a procuravam. Ela nunca as incitara a procurá-la com seus problemas, mas também nunca lhes virara as costas. Fizeram dela a autoridade maior. No entanto, a própria filha de onze anos queria saber se uma coisa iria acontecer só porque Anyanwu decidira. A filha de onze anos! Fora necessário tempo, paciência e ao menos um pouco de sabedoria para obter a confiança de seu povo. Bastaram algumas semanas da presença de Doro para destruir aquela confiança a ponto dos próprios filhos e filhas duvidarem dela.

— Doro vai levá-lo embora? — a garota insistiu.

— Sim — Anyanwu disse, com serenidade. — Vou cuidar disso.

***

Naquela noite, pela primeira vez na vida, Stephen caminhou dormindo. Saiu para a sacada acima da varanda e caiu, ou pulou.

Não houve tumulto; Stephen não gritou. Ao amanhecer, a velha Luisa o encontrou estatelado no chão, com o pescoço tão retorcido que a mulher não se surpreendeu ao descobrir que o corpo estava frio.

Subiu as escadas sozinha para acordar Anyanwu e a levou para uma sala no andar de cima, longe da filha que dormia com ela. A filha, Helen, continuou dormindo, satisfeita, movendo-se para o lugar quente que Anyanwu havia deixado na cama.

Na sala, Luisa hesitou em silêncio diante de Anyanwu, ansiosa por uma maneira de amenizar o terror da notícia. Anyanwu não sabia o quanto era amada, Luisa pensou. Unia pessoas à sua volta e cuidava delas, ajudava-as a cuidarem umas das outras. Luisa tinha uma sensibilidade que, ao longo da maior parte da vida, transformara a proximidade com outras pessoas em uma tortura. De certa forma, suportara infância e adolescência em uma fazenda de verdade, onde as crueldades comumente aceitas dos proprietários contra as pessoas escravizadas a impeliram a um casamento que ela não deveria ter aceitado. As pessoas achavam apenas que era gentil e irrealista por ter tanta simpatia pelas pessoas escravizadas. Não compreendiam que, na maior parte do tempo, ela sentia o que aquelas pessoas sentiam, compartilhava de fragmentos do escasso prazer e da dor demasiada. Não tinha o controle de Stephen, nunca completara a agonizante transformação que, sabia, acontecera ao rapaz dois anos antes. Aquele homem--coisa chamado Doro lhe disse que isso aconteceu porque sua ancestralidade estava errada. Disse que ela descendia do povo dele. Portanto, era culpa dele que ela tivesse vivido a vida toda ciente do desprezo do marido e da indiferença dos filhos e das filhas. Era culpa dele que tivesse de chegar aos sessenta anos antes de encontrar pessoas cuja presença pudesse suportar sem dor, pessoas que seria capaz de amar e por quem seria amada. Ela era a "avó" de todas as crianças ali. Algumas delas de fato viviam na cabana de Luisa, porque os pais e as mães não podiam ou não queriam cuidar delas. A velha acreditava que alguns pais eram muito sensíveis a quaisquer sentimentos negativos ou rebeldes dos filhos. Anyanwu acreditava que era mais do que isso, que algumas pessoas não queriam ter crianças ao redor delas, rebeldes ou não. Dizia que algumas pessoas do povo de Doro eram assim. A própria Anyanwu acolhia crianças desgarradas, bem como adultos desgarrados. O filho mostrara sinais de ser muito parecido com ela. Porém, aquele filho estava morto.

— O que foi? — Anyanwu perguntou a ela. — O que aconteceu?

— Um acidente — disse Luisa, desejando poupá-la.

— Joseph?
— Joseph! — Aquele homem escroto que Doro trouxera para se casar com uma das filhas de Anyanwu. — Acha que eu me importaria se fosse Joseph?
— Quem, então? Diga-me, Luisa.
A velha respirou fundo.
— Seu filho — disse ela. — Stephen está morto.
Houve um silêncio longo e terrível. Anyanwu ficou paralisada, chocada. Luisa desejou que ela chorasse o luto de mãe, para que pudesse confortá-la. Mas Anyanwu nunca chorava.
— Como ele poderia morrer? — sussurrou Anyanwu. — Ele tinha dezenove anos. Um curandeiro. Como?
— Não sei. Ele caiu.
— De onde?
— Lá de cima. Da sacada.
— Mas como? Por quê?
— Como posso saber, Anyanwu? Aconteceu ontem à noite. Deve... ter acontecido. Só o encontrei alguns minutos atrás.
— Mostre-me!
Ela teria descido apenas de camisola, mas Luisa buscou um manto no quarto e a enrolou nele. Percebeu, ao sair com Anyanwu, que a menina dormia agitada, gemendo baixinho. Um pesadelo?
Lá fora, outras pessoas haviam descoberto o corpo de Stephen. Duas crianças estavam a certa distância, encarando-o sem desviar os olhos arregalados, e uma mulher se ajoelhara ao lado dele, chorando como Anyanwu não choraria.
Aquela era Iye, uma mulher alta, bonita e séria de ancestralidade totalmente obscura: francesa e africana, espanhola e indígena. A mistura se fundira bem nela. Luisa sabia que a moça tinha trinta e seis anos, mas poderia se passar por uma

mulher de vinte e seis ou até menos. As crianças eram o filho e a filha dela, e no ventre ela carregava um bebê de Stephen. Tinha se casado com um marido que adorava vinho, mais do que poderia adorar qualquer mulher, e a bebida enfim o matara. Anyanwu a encontrara desamparada com os dois bebês, vendendo-se para conseguir comida para eles, e considerando muito seriamente se deveria pegar a faca enferrujada do marido e cortar a garganta das crianças e, depois, a própria.

Anyanwu lhe dera um lar e esperança. Quando alcançou idade suficiente, Stephen deu a ela algo mais. Luisa se lembrava de Anyanwu balançando a cabeça diante da união, dizendo:

"Ela é como uma vadia no cio perto dele! Pelo comportamento dela, ninguém diria que ela poderia ser mãe de Stephen."

E Luisa rira.

"Você deveria se ouvir, Anyanwu. Melhor ainda, deveria se ver quando encontra um homem a quem deseja."

"Eu não sou assim!", Anyanwu indignara-se.

"Claro que não. Você é muito melhor, e muito mais velha."

E Anyanwu, sendo Anyanwu, passara do silêncio raivoso para uma risada fácil.

"Sem dúvida ele será um marido melhor algum dia por tê-la conhecido", comentara.

"Ou talvez ele surpreenda você e se case com ela", rebatera Luisa. "Apesar da idade, há mais entre os dois do que mera atração. Ela é como ele. Tem um pouco do que ele tem, um pouco do poder. Não consegue usá-lo, mas é algo que está lá. Posso senti-lo nela às vezes, principalmente nos momentos em que ela mais deseja Stephen."

Anyanwu ignorara aquilo, preferindo acreditar que, um dia, o filho faria um casamento adequado. Mesmo naquele momento, Luisa não sabia se Anyanwu tinha conhecimento da chegada da criança. Não havia nenhum sinal, ainda, mas Iye contara a Luisa. Não ousaria contar a Anyanwu.

E então, Anyanwu foi até o corpo, curvou-se para tocar a carne fria da garganta. Iye a viu e começou a se afastar, mas Anyanwu segurou a mão dela.

— Nós duas lamentamos — disse ela, com brandura. Iye escondeu o rosto e continuou a chorar. Partiu do filho mais novo da mulher, um menino de oito anos, o grito que deteve o choro e a dor mais silenciosa de Anyanwu.

Com o grito, todos olharam para o menino, depois para a sacada para onde ele olhava. Lá, Helen escalava devagar a amurada.

No mesmo instante, Anyanwu correu. Luisa nunca tinha visto um ser humano se mover tão rápido. Quando Helen saltou, Anyanwu estava em posição, embaixo dela. Pegou-a de maneira cuidadosa e amorteceu-a, de modo que, ainda que a menina tenha se lançado da amurada de cabeça, esta não atingiu o chão. Nem a cabeça nem o pescoço dela ficaram feridos. Helen era quase tão grande quanto a mãe, mas era perceptível que o tamanho ou o peso não foram um problema para Anyanwu. Quando Luisa percebeu o que se passava, tudo já acabara. Anyanwu acalmava a filha, que chorava.

— Por que ela fez isso? — perguntou Luisa. — O que está acontecendo?

Anyanwu balançou a cabeça, claramente assustada, perplexa.

— Foi Joseph — explicou Helen, por fim. — Ele moveu minhas pernas outra vez. Pensei que era apenas um sonho até... — Então olhou para a sacada e depois para a mãe, que ainda a segurava. Começou a chorar de novo.

— Obiageli — disse Anyanwu. — Fique aqui com a Luisa. Fique aqui. Vou subir para vê-lo.

Mas a criança se agarrou à mãe e gritou quando Luisa tentou desgarrá-la. Anyanwu poderia tê-la desgarrado com facilidade, mas preferiu passar mais alguns instantes reconfortando-a. Quando Helen estava mais calma, foi Iye, não Luisa, quem a pegou.

— Fique com ela — pediu Anyanwu. — Não a deixe entrar na casa. Não deixe ninguém entrar.

— O que você vai fazer? — perguntou Iye.

Anyanwu não respondeu. O corpo dela já havia começado a mudar. Ela arrancou o manto e a camisola. Quando ficou nua, o corpo claramente não era mais humano. Mudara muito depressa, desta vez se transformando em um grande felino, em vez do imenso cachorro já conhecido. Um grande felino malhado.

Quando a mudança terminou, Anyanwu foi até a porta e Luisa a abriu. A velha começou a segui-la para dentro. Afinal, haveria ao menos mais uma porta que precisaria ser aberta. Mas o felino se virou e soltou um rugido profundo e alto, e impediu a passagem de Luisa até que ela se virasse e saísse.

— Meu Deus — sussurrou Iye quando Luisa voltou. — Nunca tenho medo dela, exceto quando faz algo assim bem na minha frente.

Luisa a ignorou, foi até Stephen e endireitou o pescoço e o corpo, então o cobriu com o manto descartado por Anyanwu.

— O que ela vai fazer? — perguntou Iye.

— Matar Joseph — disse Helen baixinho.

— Matar? — Iye olhou para o rostinho sério, sem compreender.

— Sim — disse a criança. — E ela deveria matar Doro também, antes que ele nos traga alguém pior.

***

Na forma de um leopardo, Anyanwu caminhou pelo corredor e subiu a escadaria principal, depois subiu as escadas mais estreitas até o sótão. Estava com fome. Havia se transformado depressa demais e sabia que, em breve, precisaria comer. Ela iria se controlar, no entanto; não comeria nada da carne nojenta de Joseph. Melhor comer uma carne malcheirosa e cheia de vermes! Como Doro pudera trazer para ela uma peste humana como aquele homem?

A porta estava fechada, mas Anyanwu a abriu com uma única patada. Ouviu-se um som rouco de surpresa lá dentro. Então, quando ela entrou no cômodo, algo puxou as patas dianteiras, e ela foi deslizando sobre o queixo e o peito até imprensar a fronte contra o lavatório. Doeu, mas conseguia ignorar a dor. O que não podia ignorar era o medo. Esperava surpreendê-lo, pegá-lo antes que Joseph pudesse usar a habilidade. Esperava até que ele não fosse capaz de detê-la enquanto adotasse uma forma não humana. Então, ela deu um rugido dilacerante e profundo, com raiva, e com medo de que pudesse falhar.

Por um instante, suas pernas ficaram livres. Talvez ela o tivesse assustado a ponto de fazê-lo perder o controle. Não importava. Saltou, as garras estendidas, como se estivessem se dirigindo às costas de um cervo em fuga.

Joseph gritou e ergueu os braços para proteger a garganta. No mesmo instante, controlou as pernas dela outra vez. Em desespero, agiu com rapidez desumana. Anyanwu sabia disso porque a própria rapidez era desumana o tempo todo.

Ela perdeu a sensibilidade nas pernas e quase caiu de cima dele. Agarrou-se com os dentes, afundando-os em um dos braços do homem, rasgando a carne, com a intenção de atingir a garganta.

Recobrou a sensação nas pernas, mas de repente não conseguia respirar. A garganta parecia fechada, bloqueada de alguma maneira.

Em um instante, localizou o ponto do bloqueio e, abaixo dele, abriu um orifício no pescoço através do qual respirar. E segurou a garganta dele entre os dentes.

Em total desespero, Joseph enfiou os dedos no orifício de respiração recém-aberto.

Em outro momento, com outra presa, Anyanwu poderia ter desmaiado de pura e súbita agonia. Mas naquele momento a imagem do filho morto estava diante dela, e também da filha quase morta. E se ele tivesse apenas fechado a garganta deles como acabara de fechar a dela? Nunca teria ficado sabendo com certeza. Joseph escaparia impune.

Ela rasgou-lhe a garganta.

Ele estava morrendo quando Anyanwu cedeu à própria dor. Joseph já estava destruído para poder feri-la ainda mais. Morreu emitindo ruídos fracos, borbulhantes, e sangrando muito, enquanto ela se deitava sobre o corpo dele, reanimando a si mesma, recuperando-se.

Estava com fome. Deus do céu, como estava com fome. O cheiro de sangue enchia as narinas enquanto ela restaurava a capacidade respiratória normal, e o cheiro e a carne abaixo dela a atormentavam.

Levantou-se depressa e desceu as escadas estreitas, e a escadaria principal. Então, hesitou. Queria comida antes de se transformar outra vez. Estava nauseada de fome. Ficaria furiosa se tivesse de se transformar para pedir comida.

Luisa entrou na casa, viu-a e parou. A velha não tinha medo dela. Não exalava nem um pouco daquele provocante cheiro de medo que teria obrigado Anyanwu mudar depressa antes de perder a cabeça.

— Ele está morto? — perguntou a velha.

Anyanwu abaixou a cabeça de felino com o que esperava que fosse interpretado como um aceno de cabeça.

— Já vai tarde — disse Luisa. — Está com fome?

Mais dois acenos rápidos.

— Vá para a sala de jantar. Vou levar comida. — Então atravessou a casa e saiu em direção à cozinha. Era uma boa amiga, firme e sensata. Fazia mais do que costurar para se manter. Anyanwu a manteria mesmo se ela não fizesse nada. Mas estava tão velha. Mais de setenta anos. Logo alguma fragilidade para a qual Anyanwu não pudesse produzir um remédio tiraria a vida dela, e outra amiga estaria morta. Pessoas eram transitórias. Tão transitórias.

Desobedecendo às ordens, Iye e Helen entraram pela porta da frente e viram Anyanwu, ainda coberta do sangue da matança e fora da sala de jantar. Se não fosse pela presença da criança, Anyanwu teria expressado a raiva e o desconforto em um rugido para Iye. Ela não gostava que as filhas ou os filhos a vissem em momentos como aquele. Saltou pelo corredor até a sala de jantar. Iye ficou onde estava, mas permitiu que Helen seguisse a mãe. Lutando contra o cheiro do medo, do sangue, da fome e da raiva, Anyanwu não percebeu a criança até que as duas estivessem no outro cômodo. Lá, cansada, deitou-se em um tapete diante da lareira fria. Destemida, a criança sentou-se no tapete ao lado dela.

Anyanwu olhou para cima, sabendo que o próprio rosto estava manchado de sangue e desejando ter se limpado antes de descer. Queria ter se limpado e também deixado a filha aos cuidados de alguém mais confiável.

Helen a afagou, passando os dedos pelas manchas da pelagem, acariciou-a como se ela fosse um grande gato doméstico. Como a maioria das crianças nascidas na fazenda, vira Anyanwu mudar de forma muitas vezes. Naquele momento, era tão receptiva ao leopardo quanto fora ao cachorro preto e ao homem branco chamado Warrick que tinha de fazer aparições esporádicas por causa dos vizinhos. De alguma forma, sob as mãos da criança, Anyanwu começou a relaxar. Depois de um tempo, passou a ronronar.

— *Agu* — disse a menina, num sussurro. Era uma das poucas palavras da língua de Anyanwu que Helen conhecia. Significava "leopardo". — *Agu* — repetiu ela. — Fique desse jeito para Doro. Ele não ousaria nos machucar enquanto você está assim.

13

Doro voltou um mês depois do enterro do cadáver assustador de Joseph Toler no canteiro tomado por ervas daninhas que antes servira de cemitério escravo e do de Stephen Ifeyinwa Mgbada no solo que, no passado, fora reservado ao senhor da fazenda e a sua família. Joseph ficaria muito sozinho no pedaço de terra para escravos. Ninguém mais era enterrado ali desde que Anyanwu comprara a fazenda. Doro chegou ciente, graças aos sentidos especiais, de que Joseph e Stephen estavam ambos mortos. Chegou trazendo substitutos: dois filhos, mais jovens do que Helen. E chegou sem anúncio, entrando pela porta da frente como se fosse o dono da casa.

Anyanwu, alheia à presença dele, estava na biblioteca escrevendo uma lista de suprimentos necessários para a fazenda. Tantos itens passaram a ser comprados, em vez de feitos em casa... Sabão, panos comuns, velas... Até mesmo alguns medicamentos comprados prontos podiam ser confiáveis, embora nem sempre para os fins pretendidos pelos fabricantes. E, é claro, novas ferramentas eram necessárias. Duas mulas haviam morrido e três outras estavam velhas e logo precisariam ser substituídas. A mão de obra agrícola necessitava de sapatos e chapéus. Era mais barato ter pessoas trabalhando nos campos e promovendo grandes colheitas do que produzindo itens que poderiam ser comprados a baixo custo em outro lugar. Isso era especialmente importante ali, onde não havia mão de obra escravizada, onde as pessoas eram pagas pelo trabalho e recebiam moradia decente e boa comida. Era mais caro manter as pessoas com dignidade. Se Anyanwu não fosse uma boa gerente, teria de voltar ao mar com muito mais frequência para a tarefa cansativa de encontrar e pilhar navios naufragados, buscando ouro e pedras preciosas, que costumava carregar dentro do próprio corpo.

Ela estava somando uma longa coluna de números quando Doro entrou com os dois meninos. Anyanwu se virou ao som dos passos e viu um homem pálido, magro e de ossos salientes, com cabelo liso e preto, e dois dedos a menos na mão que usou para se apoiar na poltrona perto da mesa dela.

— Sou eu — disse ele, cansado. — Peça uma refeição para nós, sim? Não temos uma decente há algum tempo.

Quanta gentileza da parte dele pedir-lhe que desse a ordem, pensou ela com amargura. No mesmo instante, uma das filhas veio até a porta, parou e olhou, alarmada, para Doro. Afinal, Anyanwu estava na forma feminina jovem. Mas Edward Warrick era conhecido por ter uma amante negra, bonita e educada.

— Jantaremos cedo — disse Anyanwu à garota. — Peça a Rita para preparar o que puder, o mais rápido possível.

A garota desapareceu, desempenhando com obediência o papel de criada, sem saber que o homem branco estranho era apenas Doro.

Anyanwu olhou para o último corpo de Doro querendo gritar com ele, mandá-lo sair da casa. Era por causa dele que o filho dela estava morto. Ele havia soltado uma cobra entre os filhos e as filhas dela. E o que trazia desta vez? Filhotes de serpente? Deus, como ela desejava se livrar dele!

— Eles mataram um ao outro? — perguntou Doro a ela, e os dois meninos o encararam com os olhos arregalados. Se já não fossem filhotes de cobras, ele os ensinaria a rastejar.

Era evidente que não se importava com o que era dito na frente deles.

Anyanwu ignorou Doro.

— Vocês estão com fome agora? — perguntou aos meninos.

Um assentiu, um pouco tímido.

— Eu estou! — respondeu o outro depressa.

— Então, venham comigo — disse ela. — Rita vai lhes dar pão e compota de pêssego. — Percebeu que eles não olharam para Doro em busca de permissão para sair. Levantaram-se de repente, seguiram-na e correram para a cozinha quando ela a indicou. Rita não ficaria contente. Já era o bastante, com certeza, pedir que se apressasse com o jantar. Mas alimentaria as crianças e talvez as mandasse para Luisa até que Anyanwu chamasse por elas. Suspirando, Anyanwu voltou para Doro.

— Você sempre foi do tipo que superprotege as crianças — comentou ele.

— Apenas permito que sejam crianças pelo tempo que quiserem — respondeu ela. — Eles vão crescer e aprender sobre tristeza e maldade com bastante rapidez.

— Fale-me sobre Stephen e Joseph.

Ela foi até a escrivaninha, sentou-se e se perguntou se seria possível discutir o assunto com ele de maneira calma. Chorara e o amaldiçoara tantas vezes. Mas nem o choro nem a maldição o comoveriam.

— Por que você me trouxe um homem sem me dizer o que ele poderia fazer? — perguntou, em tom comedido.

— O que ele fez?

Anyanwu contou a ele, contou tudo e terminou com a mesma pergunta falsamente comedida.

— Por que você me trouxe um homem sem me dizer o que ele poderia fazer?

— Chame Margaret — disse Doro, ignorando a pergunta. Margaret era a filha que se casara com Joseph.

— Por quê?

— Porque quando eu trouxe Joseph para cá, ele não era capaz de fazer nada. Nada. Era apenas um bom reprodutor com potencial para gerar crianças funcionais. Deve ter passado por uma transição, apesar da idade, e isso deve ter acontecido aqui.

— Eu ficaria sabendo. Sou chamada sempre que alguém fica doente. E não houve sinais de que ele estivesse se aproximando da transição.

— Chame Margaret. Vamos falar com ela.

Anyanwu não queria chamar a garota. Margaret tinha sofrido mais do que ninguém com os assassinatos. Perdera o marido, belo e inútil, a quem amava e o irmão mais novo, a quem adorava. Nem mesmo tinha uma criança para consolá-la. Joseph não conseguira engravidá-la. No mês que se seguira às mortes dele e de Stephen, a garota se tornara emaciada e séria. Sempre fora uma jovem cheia de vida, que falava muito, ria e divertia as pessoas ao redor dela. Depois de tudo, quase não falava. Estava literalmente doente de tristeza. Fazia pouco tempo, Helen passara a dormir com ela e a segui-la durante o dia, ajudando-a no trabalho ou apenas fazendo-lhe companhia. No início, Anyanwu observara tudo com atenção, pensando que Margaret poderia se ressentir da menina como a causa dos problemas de Joseph, pois Margaret não estava em um estado de espírito dos mais racionais, mas logo ficou claro que não era o caso.

— Ela está melhorando — Helen confidenciara a Anyanwu. — Estava muito sozinha antes. — A menina possuía uma combinação interessante de ferocidade, gentileza e percepção aguçada. Anyanwu esperava desesperadamente que

Doro nunca a notasse. Mas a garota mais velha era de uma vulnerabilidade dolorosa. E, naquele momento, Doro pretendia abrir feridas que mal começavam a se curar.

— Deixe-a um pouco em paz, Doro. Isso a machucou mais do que a qualquer outra pessoa.

— Chame-a, Anyanwu, ou eu chamo.

Odiando-o, Anyanwu foi procurar Margaret. A garota não trabalhava nos campos, como alguns dos filhos e das filhas de Anyanwu, portanto, estaria por perto. Ela estava na lavanderia, suando e passando um vestido. Helena lhe fazia companhia, borrifando e enrolando outras roupas.

— Deixe isso por ora — disse Anyanwu a Margaret. — Venha comigo.

— O que foi? — quis saber a jovem. Ela colocou um ferro para aquecer e, sem pensar, pegou outro.

— Doro — falou Anyanwu, com brandura.

Margaret congelou, segurando no ar o ferro pesado. Anyanwu tirou-o da mão dela e o colocou sobre os tijolos da lareira, longe do fogo. Afastou os outros dois ferros de onde estavam aquecendo.

— Não tente passar nada — ordenou a Helen. — Já tenho gastado o suficiente com roupas.

Helen não disse nada, apenas observou Anyanwu levar Margaret embora.

Ao sair da lavanderia, Margaret começou a tremer.

— O que ele quer comigo? Por que não pode nos deixar em paz?

— Ele nunca vai nos deixar em paz — disse Anyanwu de forma categórica.

Margaret piscou e a olhou.

— O que devo fazer?

— Responda às perguntas dele, todas elas, mesmo que sejam pessoais e ofensivas. Responda e diga a verdade.
— Ele me assusta.
— Ótimo. Há muito o que temer. Responda e obedeça. Deixe qualquer crítica ou discordância por minha conta.
Houve silêncio até estarem próximas da casa. Então, Margaret disse:
— Nós somos sua fraqueza, não é? Você poderia fugir dele por mais cem anos se não fosse por nós.
— Eu nunca estive contente sem minha família à minha volta — disse Anyanwu. Ela olhou nos olhos castanho-claros da jovem. — Por que você acha que tenho todos esses filhos e filhas? Eu poderia ter maridos, esposas e amantes até o século que vem e nunca ter uma criança. Por que teria tantas, a não ser pelo fato de que as quero e as amo? Se fossem fardos pesados demais para mim, não estariam aqui. Você não estaria aqui.
— Mas... ele nos usa para obrigá-la a obedecer. Sei que usa.
— Usa. É o jeito dele. — Ela tocou a pele macia e marrom-avermelhada do rosto da garota. — Nneka, nada disso deve preocupar você. Vá e diga a ele o que ele quer ouvir, depois esqueça-o. Eu o aguentei antes. Vou sobreviver.
— Vai sobreviver até o fim do mundo — respondeu a garota, solene. — Você e ele. — E sacudiu a cabeça.
Entraram juntas na casa e na biblioteca, onde encontraram Doro sentado na escrivaninha de Anyanwu, examinando os registros.
— Pelo amor de Deus! — disse Anyanwu, com repulsa. Ele ergueu os olhos.
— Para quem é contra a escravidão, você é uma mulher de negócios melhor do que eu esperava — falou.

Para a surpresa dela, o elogio a atingiu. Não gostava de vê-lo bisbilhotado as coisas dela, mas ficou menos irritada. Foi até a escrivaninha e ficou em pé ao lado dele, em silêncio, até que ele sorriu, se levantou e voltou a se sentar na poltrona. Margaret se sentou em outra cadeira e esperou.

— Você contou a ela? — Doro perguntou a Anyanwu.

Anyanwu balançou a cabeça.

Ele encarou Margaret.

— Achamos que Joseph pode ter passado por uma transição enquanto estava aqui. Ele mostrou algum sinal disso?

Margaret estava observando o novo rosto de Doro, mas quando ele disse a palavra "transição", ela desviou o olhar, examinou o desenho do tapete persa.

— Diga-me — disse Doro, baixinho.

— Como poderia? — questionou Anyanwu. — Não houve nenhum sinal!

— Ele sabia o que estava acontecendo — sussurrou Margaret. — Eu também sabia, porque vi acontecer com... com Stephen. Mas foi muito mais demorado com Stephen. Para Joe, veio quase de uma vez. Ele passou mal por uma semana, talvez um pouco mais, mas ninguém percebeu, exceto eu. Ele me fez prometer que não contaria a ninguém. Então, uma noite, quando já estava aqui fazia mais ou menos um mês, ele passou pelo pior momento. Pensei que Joe fosse morrer, mas ele me implorou para não o deixar sozinho ou contar a ninguém.

— Por quê? — quis saber Anyanwu. — Eu poderia tê-la ajudado com ele. Você não é forte. Ele deve ter feito você sofrer.

Margaret concordou com a cabeça.

— Fez. Mas... ele estava com medo de você. Achou que você contaria a Doro.

— Não faria muito sentido ela não contar — admitiu Doro.

Margaret continuou olhando para o tapete.

— Termine — ordenou Doro.

Ela umedeceu os lábios.

— Ele estava com medo. Disse que você matou o irmão dele quando a transição terminou.

Houve silêncio. Anyanwu alternava o olhar entre Margaret e Doro.

— Você fez isso? — perguntou ela, franzindo a testa.

— Sim. Achei que esse poderia ser o problema.

— Mas o irmão dele! Por que, Doro?

— O irmão dele enlouqueceu durante a transição. Ele era... como uma versão inferior de Nweke. Por causa da dor e confusão, matou o homem que o estava ajudando. Eu o detive antes que, sem querer, acabasse por se matar, e me apoderei dele. Tive cinco crianças com o corpo antes de precisar abandoná-lo.

— Você não poderia tê-lo ajudado? — perguntou Anyanwu. Ele não teria recobrado a razão se você lhe desse tempo?

— Ele me atacou, Anyanwu. Pessoas recuperáveis não fazem isso.

— Mas...

— Ele enlouqueceu. Teria atacado qualquer um que se aproximasse. Teria exterminado a própria família se eu não estivesse lá.

Doro se recostou e umedeceu os lábios, e Anyanwu se lembrou do que ele fizera à própria família havia muito tempo. Ele lhe contara aquela história terrível.

— Não sou curandeiro — disse Doro, com calma. — Preservo a vida da única maneira que posso.

— Não pensei que você sequer se importasse em preservá-la — respondeu Anyanwu com amargura.

Ele a encarou.

— Seu filho está morto — falou. — Sinto muito. Ele teria sido um bom homem. Eu jamais traria Joseph para cá se soubesse que eles seriam perigosos um para o outro.

Parecia mesmo sincero. Anyanwu não conseguia se lembrar da última vez que o ouvira pedir desculpas por algo. Olhou para ele, confusa.

— Joe não disse nada sobre o irmão ter enlouquecido — disse Margaret.

— Joseph não morava com a família — explicou Doro. — Não conseguia se dar bem com eles, por isso encontrei pais adotivos.

— Ah... — Margaret desviou o olhar, parecendo entender, aceitar. Nem metade das crianças da fazenda moravam com os pais.

— Margaret?

Ela o olhou, e logo baixou os olhos. Doro estava sendo muito gentil, mas a jovem continuava com medo.

— Você está grávida? — perguntou ele.

— Quem me dera — sussurrou ela. Estava começando a chorar.

— Tudo bem — disse Doro. — Tudo bem, é só isso.

Margaret se levantou depressa e saiu da sala. Depois disso, Anyanwu falou:

— Doro, Joseph estava velho demais para uma transição! Tudo o que você me ensinou indica que ele estava velho demais.

— Ele tinha vinte e quatro anos. Nunca vi ninguém mudar nessa idade, mas... — Ele hesitou, mudando de assunto. — Você nunca perguntou sobre a ancestralidade dele, Anyanwu.

— Eu nunca quis saber.
— Você sabe. Ele é seu descendente, é óbvio.
Ela se obrigou a dar de ombros.
— Você disse que traria meus netos.
— Ele era neto de seus netos. Ambos os pais dele descendem de você.
— Por que está me dizendo isso agora? Não quero mais saber disso. Ele está morto!
— Ele era descendente de Isaac também — prosseguiu Doro, implacável. — As pessoas da linhagem de Isaac às vezes se atrasam um pouco na transição, embora Joseph seja o mais atrasado que já vi. As duas crianças que trouxe para você são filhos do corpo do irmão dele.
— Não! — Anyanwu fixou os olhos nele. — Leve-os embora! Não quero mais gente desse tipo perto de mim!
— Você vai ficar com eles. Ensine-os e oriente-os como faz com seus filhos. Eu avisei que seus descendentes não seriam fáceis de cuidar. Você escolheu cuidar deles mesmo assim.

Ela não disse nada. Doro fazia aquilo soar com uma escolha livre da parte dela, como se não a tivesse coagido a escolher.

— Se eu a tivesse encontrado antes, os teria trazido quando eram mais novos — disse ele. — Como não trouxe, você fará o possível agora. Ensine-os a ter responsabilidade, orgulho, honra. Ensine-os tudo o que ensinou a Stephen. Mas não seja tola a ponto de ensinar-lhes a crença de que vão crescer e se tornar criminosos. Eles serão homens poderosos algum dia e, de um jeito ou de outro, estão sujeitos a corresponder às suas expectativas.

Anyanwu ainda não respondia. O que poderia dizer ou fazer? Ele seria obedecido ou faria com que a vida dela e a vida dos filhos e das filhas não valesse a pena ser vivida; isso se não os matasse de uma vez.

— Você tem de cinco a dez anos até a transição dos meninos — disse ele. — Eles passarão por transições, tenho certeza disso. A ancestralidade deles é perfeita.

— Eles são meus ou você vai interferir?

— Até as transições, são seus.

— E depois?

— Vou reproduzi-los, é claro.

É claro.

— Deixe que se casem e fiquem aqui. Se eles se adaptarem, vão querer ficar. Como podem se tornar homens responsáveis se o único futuro que tiverem for a reprodução?

Doro riu alto, abrindo bem a boca para mostrar os espaços vazios de vários dentes faltantes.

— Você ouve o que está dizendo, mulher? Primeiro você não quer ter nada a ver com eles, agora não quer largá-los nem quando crescerem.

Ela aguardou calada até que ele parasse de rir, então perguntou:

— Acha que estou disposta a jogar fora alguma criança, Doro? Se há uma chance de que esses meninos se tornem melhores do que Joseph, por que eu não tentaria dar a eles essa chance? Se podem, quando adultos, ser homens, em vez de cães que só sabem montar em uma fêmea após a outra, por que eu não tentaria ajudar?

Doro ficou sério.

— Eu sabia que você ajudaria, e não seria a contragosto. Acha que eu não a conheço, Anyanwu?

Ah, ele a conhecia, sabia como manipulá-la.

— Você vai fazer isso, então? Deixar com que se casem e fiquem aqui, caso se adaptem?

— Sim.

Ela olhou para baixo, examinando o desenho do tapete que havia prendido tanto a atenção de Margaret.
— Você os levará se eles não se adaptarem, se não conseguirem se adaptar, como Joseph?
— Sim — repetiu ele. — A semente deles é valiosa demais para ser desperdiçada. Doro não pensava em mais nada. Nada!
— Devo ficar com você por algum tempo, Anyanwu?

Ela o encarou com surpresa, e ele retribuiu o olhar com um rosto inexpressivo, esperando por uma resposta. Estaria, então, fazendo uma pergunta verdadeira?

— Você vai embora se eu pedir?
— Sim.

Sim. Ele dizia a palavra com tanta frequência então, era tão gentil e cooperativo, para os padrões dele. Voltara a cortejá-la.

— Vá — disse ela, com tanta delicadeza quanto lhe era possível. — Sua presença aqui é perturbadora, Doro. Você assusta meu povo. — Pronto. Ele que mantivesse sua palavra.

Ele deu de ombros, assentiu.

— Amanhã cedo — respondeu.

E na manhã seguinte, havia ido embora.

Cerca de uma hora depois da partida dele, Helen e Luisa vieram juntas encontrar Anyanwu para lhe contar que Margaret havia se enforcado em uma viga na lavanderia.

***

Após a morte de Margaret, Anyanwu sentiu por algum tempo um mal-estar que não conseguia dissipar. Luto. Perdera dois descendentes em um período tão próximo. De alguma forma, nunca se acostumava a perder sua cria, em especial os jovens, que pareciam ter ficado com ela apenas alguns instantes. Quantos já teria enterrado?

No funeral, os dois meninos que Doro trouxera a viram chorar; foram segurar suas mãos e ficaram ao lado dela, com ar solene. Pareciam adotá-la como mãe e Luisa como avó. Estavam se adaptando surpreendentemente bem, mas Anyanwu se perguntava quanto tempo durariam.

— Vá para o mar — disse Luisa quando ela não quis comer, quando começou a ficar mais e mais apática. — O mar purifica você. Percebi isso. Vá e seja um peixe por algum tempo.

— Estou bem — respondeu Anyanwu sem pensar.

Luisa rejeitou a resposta com um som de indignação.

— Você não está bem! Está agindo como a criança que aparenta ser! Afaste-se daqui um pouco. Dê um descanso a si mesma e a nós, um descanso de você.

As palavras tiraram Anyanwu da apatia.

— Um descanso de mim?

— Nós, que podemos sentir sua dor como você a sente, precisamos descansar de você.

Anyanwu piscou. A mente dela tinha estado em outro lugar. Era claro que as pessoas se reconfortavam no desejo que ela tinha de protegê-las e mantê-las juntas, pessoas que se alegravam com a alegria dela, também sofreriam quando sofresse.

— Eu vou — declarou para Luisa.

A velha sorriu.

— Vai ser bom para você.

Anyanwu mandou avisar uma das filhas brancas para que viesse visitá-la e trouxesse o marido e as crianças. Não eram necessários nem desejados para administrar a fazenda e sabiam disso. Por isso Anyanwu confiava neles para tomar o lugar dela por algum tempo. Poderiam ser úteis sem assumir o controle. Tinham as próprias estranhezas. A mulher, Leah, era como a mãe, Denice, captando impressões de casas e móveis, de rochas, árvores e da carne humana, vendo fantasmas de acontecimentos do passado. Anyanwu a avisou para ficar longe da lavanderia. A frente da casa principal, onde Stephen havia morrido, já seria difícil o suficiente para ela. Leah logo aprendeu onde não deveria pisar, o que não deveria tocar se não quisesse ver o irmão escalando a amurada e se atirando de cabeça.

O marido, Kane, era sensível o suficiente para ler os pensamentos de Leah, vez ou outra, e saber que ela não era insana, ou pelo menos não mais do que ele. Era um quadrarão e o pai branco o educara, cuidara dele, e infelizmente, morrera sem libertá-lo, deixando-o nas mãos da madrasta. Kane fugira, escapara bem diante do traficante de escravos e saíra do Texas para a Louisiana, onde usara com muita tranquilidade tudo o que o pai lhe ensinara para passar por um jovem branco bem-educado. Não contou nada sobre o próprio passado até começar a compreender o quanto a família da esposa era estranha. Ainda não compreendia por completo, mas amava Leah. Com ela, podia ser ele mesmo sem alarmá-la. Era confortável estar com ela. Para manter esse conforto, aceitava sem compreender. Podia, vez ou outra, vir viver em uma fazenda que funcionava sem a supervisão dele e desfrutar do estranho agrupamento de desajustados de Anyanwu. Sentia-se em casa.

— Que história é essa de você ir para o mar? — perguntou ele a Anyanwu. Dava-se bem com Kane, contanto que ela usasse a identidade Warrick. Caso contrário, o deixava nervoso. Não conseguia aceitar a ideia de que o pai da esposa pudesse se tornar uma mulher, e que, na verdade, nascera mulher. Por ele, Anyanwu usava o disfarce velho e magro de Warrick.

— Preciso sair daqui por um tempo — explicou ela.
— Para onde vai desta vez?
— Encontrar o cardume de golfinhos mais próximo. — Anyanwu sorriu para ele. O pensamento de voltar ao mar tornou-a capaz de sorrir. Durante os anos escondida, não só fora por muito tempo um cão imenso ou um pássaro, mas saía de casa com frequência para nadar livremente como um golfinho. Primeiro, fizera isso para confundir Doro e fugir dele, depois para obter riquezas e comprar terras e, por fim, porque gostava. A liberdade do mar aliviava a preocupação, dava-lhe tempo para resolver a confusão, tirava-a do tédio. Ela se perguntava o que Doro fazia quando estava entediado. Matava?

— Você vai voar até o mar aberto, não é? — perguntou Kane.

— Voar e correr. Às vezes, é mais seguro correr.

— Cristo! — resmungou ele. — Pensei que tinha superado a inveja de você.

Anyanwu estava comendo enquanto ele falava. Comendo o que provavelmente seria a última refeição cozida durante algum tempo. Arroz e ensopado, inhame assado, pão de milho, café forte, vinho e frutas. A família reclamava que ela comia como uma morta de fome, mas Anyanwu os ignorava. Estava satisfeita. Naquele momento, olhava para Kane com os olhos azuis de homem branco.

— Se você não tiver medo — disse ela —, quando voltar tentarei compartilhar a experiência com você.

Ele recusou com a cabeça.

— Não tenho controle. Stephen era capaz de compartilhar coisas comigo... Nós dois, trabalhando juntos, mas sozinho...

— Então deu de ombros.

Fez-se um silêncio desconfortável e Anyanwu se afastou da mesa.

— Vou agora — falou, de repente. Subiu as escadas até o quarto dela, onde se despiu, abriu a porta para a sacada acima da varanda, assumiu a forma de pássaro e voou para longe.

※ ※ ※

Mais de um mês se passou antes que voltasse, voando, com a forma de uma águia, maior do que qualquer outra, revigorada pelo mar e pelos ventos, e faminta, porque na ânsia de retornar para casa, não parara com frequência suficiente para caçar.

Primeiro, fez um sobrevoo para se certificar de que não havia visitantes, desconhecidos que se assustassem e talvez atirassem nela. Havia levado três tiros na viagem. Era o bastante.

Quando se certificou de que era seguro, desceu no espaço aberto e no gramado que era confinado, em três dos quatro lados, pela casa, pelos anexos e pelas cabanas de seu povo. Duas criancinhas a viram e correram para a cozinha. Segundos depois, retornaram, cada uma puxando uma das mãos de Rita.

A mulher foi até Anyanwu, observou-a e declarou, sem nenhuma dúvida na voz:

— Imagino que está com fome.

Anyanwu bateu as asas.

Rita deu uma gargalhada.

— Você é uma bela ave. Imagino que beleza você seria na mesa do jantar.

A mulher sempre teve um estranho senso de humor. Anyanwu bateu as asas, com impaciência, e Rita voltou à cozinha e trouxe para ela dois coelhos, esfolados, limpos, prontos para cozinhar. Anyanwu segurou-os com os pés e rasgou-os, feliz por Rita não ter se dado ao trabalho de cozinhá-los. Enquanto comia, um homem negro saiu da casa, com Helen ao lado. Um desconhecido. Algum liberto local, talvez, ou mesmo um fugitivo. Anyanwu sempre fazia o que podia pelos fugitivos, alimentando-os, vestindo-os e mandando-os seguir seu caminho mais bem equipados para sobreviver ou, nas raras ocasiões em que um deles parecia se ajustar à casa, comprando-o.

Aquele era um homenzinho bonito e compacto, não muito mais alto do que Anyanwu na verdadeira forma. Ela ergueu a cabeça e o observou com interesse. Se ele tivesse uma mente compatível com o corpo, poderia comprá-lo, mesmo se não se adaptasse. Já fazia muito tempo que não tinha marido. Amantes ocasionais deixavam de satisfazê-la depois de algum período.

Voltou a rasgar os coelhos, distraída, enquanto a filha e o estranho a observavam. Quando terminou, limpou o bico na grama, deu uma última olhada no estranho atraente e sobrevoou, vagarosa, a sacada superior, diante do quarto dela. Lá, confortavelmente saciada, cochilou por um tempo, dando ao corpo a chance de digerir a refeição. Era bom não precisar se apressar, fazer as coisas em um ritmo que lhe fosse confortável.

Por fim, voltou a ser ela mesma, pequena, negra, jovem e mulher. Kane não gostaria disso, mas não importava. O estranho gostaria muito.

Vestiu um dos melhores vestidos que tinha e algumas joias bonitas, escovou a cabeleira nova e brilhante e desceu as escadas.

O jantar acabara de terminar sem Anyanwu. O povo dela nunca a esperava quando sabia que ela estava em alguma das formas animais. Conheciam seus hábitos vagarosos. Naquele momento, vários dos filhos e das filhas adultos, além de Kane, Leah e do homem negro desconhecido estavam

sentados comendo nozes e passas, bebendo vinho e conversando tranquilos. Abriram espaço para ela, interrompendo a conversa para os cumprimentos e as boas-vindas. Um dos filhos pegou um copo e lhe serviu o vinho Madeira favorito dela. Anyanwu bebera apenas um único e prazeroso gole quando o estranho disse:
— O mar lhe fez bem. Você estava certa em ir.
Os ombros caíram de leve, mas ela conseguiu não alterar a expressão do rosto. Era apenas Doro.
Ele apreendeu o olhar dela e sorriu, e Anyanwu soube que a decepção tinha sido percebida, e sem dúvida planejada. Ela conseguiu ignorá-lo, passou os olhos pela mesa, para ver exatamente quem estava presente.
— Onde está Luisa? — perguntou. A velha costumava jantar com a família, alimentando primeiro as crianças adotivas e chegando depois, como dizia, para reaprender a conversar com adultos.
Mas naquele momento, à menção do nome de Luisa, todos se calaram. O filho ao lado de Anyanwu, Julien, que servira o vinho, disse com brandura:
— Ela morreu, mamãe.
Anyanwu se virou para olhá-lo, um jovem de pele castanho-amarelada, comum, exceto pelos olhos claríssimos, como os dela. Anos antes, quando uma mulher que ele queria desesperadamente não quis nada com ele, Julien procurara Luisa para se consolar. Luisa contara a Anyanwu, que ficara surpresa ao descobrir que não se ressentia com a velha, não tinha nenhuma raiva de Julien por levar a dor a uma estranha. Com sua sensibilidade, Luisa deixara de ser uma estranha no dia em que chegara à fazenda.
— Morreu, como? — sussurrou Anyanwu, enfim.

— Dormindo — disse Julien. — Ela foi para a cama uma noite e, na manhã seguinte, as crianças não conseguiram acordá-la.

— Isso foi há duas semanas — completou Leah. — Conseguimos que o padre viesse, porque sabíamos que ela queria isso. Demos um bom funeral. — Leah hesitou. — Ela... não sentiu nenhuma dor. Deitei-me na cama dela para verificar e a vi saindo com facilidade...

Anyanwu se levantou e deixou a mesa. Havia partido para encontrar uma trégua das mortes e mais mortes de entes queridos e de outras pessoas cujo envelhecimento rápido a fazia se lembrar que aqueles a quem amava também eram temporários. Leah, com apenas trinta e cinco, tinha muitos fios grisalhos mesclados ao cabelo preto liso.

Anyanwu entrou na biblioteca, fechou a porta (portas fechadas eram respeitadas na casa) e sentou-se à escrivaninha, a cabeça baixa. Luisa tinha setenta... setenta e oito anos. Estava na idade de morrer. Que estúpido sofrer por uma velha que vivera o que, para a estirpe dela, era uma vida longa.

Ela se endireitou e balançou a cabeça. Assistira ao envelhecimento e à morte de amigos e parentes até onde a própria memória alcançava. Por que esta morte a lancinava tão fundo, ferindo-a como se fosse algo inédito? Stephen, Margaret, Luisa... Haveria outros. Sempre haveria outros: de repente, estavam aqui, de repente, já não estavam. Só ela permaneceria.

Como se contradissesse o pensamento dela, Doro abriu a porta e entrou.

Anyanwu o encarou com raiva. Todos na casa respeitavam as portas fechadas, mas Doro não respeitava absolutamente nada.

— O que você quer? — perguntou a ele.

— Nada. — Doro puxou uma cadeira para perto da escrivaninha e se sentou.

— O quê? Chega de crianças para eu criar? — disse ela, em tom amargo. — Chega de companheiros inadequados para meus filhos e minhas filhas? Nada?

— Eu trouxe uma mulher grávida e as duas crianças dela e abri uma conta em um banco de Nova Orleans para ajudar a pagar as despesas deles. Porém, não vim aqui para falar sobre isso.

Anyanwu virou o rosto, sem se importar com o motivo dele para vir. Desejava que fosse embora.

— Isso vai continuar, você sabe — disse ele. — A morte.

— Para você, não dói.

— Dói. Quando meus filhos ou minhas filhas morrem, os melhores deles.

— O que você faz?

— Suporto. O que há para fazer além de suportar? Algum dia, teremos aqueles que não morrerão.

— Você ainda alimenta esse sonho?

— O que eu poderia fazer, Anyanwu, se desistisse?

Ela não disse nada. Não tinha a resposta.

— Eu também acreditava nisso — falou. — Quando você me tirou do meu povo, eu acreditava. Por cinquenta anos, me obriguei a acreditar. Talvez... Talvez, às vezes, ainda acredite.

— Você nunca se comportou como se acreditasse.

— Sim! Permiti que você fizesse tudo o que fez, a mim e aos outros, e fiquei ao seu lado até perceber que você havia decidido me matar.

Ele respirou fundo.

— Essa decisão foi um erro — declarou. — Fiz aquilo por hábito, como se você fosse só mais uma semente originária inteiramente incontrolável, uma mulher que dera à luz sua cota de descendentes. Um hábito secular me dizia que era hora de me livrar de você.

— E quanto a seu hábito agora? — perguntou Anyanwu.

— Agora, em relação a você, foi rompido. — Doro olhou para ela, olhou para além dela. — Eu a quero viva, pelo tempo que você puder viver. Você não consegue imaginar o quanto lutei comigo mesmo por causa disso.

Ela não se importava com o quanto ele lutara.

— Eu me esforcei muito para me obrigar a matá-la — prosseguiu Doro. — Teria sido mais fácil do que tentar mudá-la.

Anyanwu deu de ombros.

Ele se levantou e pegou os braços dela para colocá-la de pé. Ela permaneceu parada, sabendo que se o deixasse fazer o que queria, acabariam juntos no sofá. Ele a queria. Não se importava que ela tivesse acabado de sofrer a perda de uma amiga, que quisesse ficar sozinha.

— Você gosta deste corpo? — perguntou Doro. — É meu presente para você.

Ela se perguntou quem havia morrido para que ele pudesse oferecer aquele "presente".

— Anyanwu! — Doro a sacudiu de leve, e ela o encarou. Não precisou erguer a cabeça. — Você ainda é a mulherzinha da floresta tentando escalar o gradil do navio e nadar de volta para a África — disse ele. — Ainda quer o que não pode ter. A velha está morta.

Outra vez, Anyanwu apenas deu de ombros.

— Todos eles vão morrer, exceto eu — continuou ele. — Por minha causa, você não estava sozinha no navio. Por minha causa, nunca ficará sozinha.

Enfim, levou-a para o sofá, despiu-a e fez amor com ela. Anyanwu descobriu que não se importava. A relação sexual a relaxou e, quando acabou, ela se refugiou com facilidade no sono.

Não se passara muito tempo quando Doro a acordou. A luz do sol e as sombras alongadas diziam que ainda era o início da noite. Ela se perguntou por que ele não a deixara. Tivera o que queria, e querendo ou não, oferecera paz a ela. Se, ao menos, se afastasse... Anyanwu o observou, sentado ao lado dela, meio vestido, ainda sem camisa. Não estavam apinhados no amplo sofá, como estariam se ele usasse um dos corpos grandes de sempre. Ela pensou mais uma vez no dono original daquele corpo novo, belo e improvável, mas não fez perguntas. Não queria descobrir que era um dos próprios descendentes.

Doro a acariciou, calado, por um instante, e Anyanwu pensou que ele pretendia recomeçar a fazer amor. Ela suspirou e decidiu que se não importava. Poucas coisas pareciam importar naquele momento.

— Vou tentar algo com você — disse ele. — Eu queria fazer isso há anos. Antes de você fugir, achei que faria isso algum dia. Agora... agora tudo mudou, mas pretendo ter um pouco disso, mesmo assim.

— Um pouco do quê? — perguntou ela, farta. — Do que você está falando?

— Não consigo explicar — disse ele. — Mas... olhe para mim, Anyanwu. Veja!

Ela se virou de lado e o encarou.

— Não vou machucar você — falou ele. — Ouça e perceba o que puder para ajudá-la a entender que estou sendo sincero. Não vou machucá-la. Você só estará em perigo se me desobedecer. Este meu corpo é forte, jovem e novo para mim. Meu controle é excelente. Obedeça-me e você estará segura.

Anyanwu se deitou de novo.

— Diga o que quer, Doro. O que devo fazer por você agora?

Para a surpresa dela, ele sorriu e a beijou.

— Apenas fique deitada, sem se mexer, e confie em mim. Acredite, não pretendo lhe causar nenhum mal.

Ela acreditava, embora, naquele instante, nem sequer se importasse. Como era irônico que ele estivesse começando a se importar, começando a vê-la como mais do que outro dos animais reprodutores. Anyanwu concordou, com um movimento de cabeça, e sentiu que as mãos dele a agarraram.

De repente, estava na escuridão, caindo na escuridão em direção a uma luz distante, caindo. Sentia-se girar, se contorcer, agarrar em busca de algum apoio. Gritou, em um reflexo de medo, e não conseguiu ouvir a própria voz. Logo, a escuridão que a envolvia desapareceu.

Estava no sofá outra vez, Doro ofegava ao lado dela. Havia marcas ensanguentadas de unhas em seu peito e ele massageava a garganta como se doesse. Anyanwu estava preocupada, contra a própria vontade.

— Doro, machuquei sua garganta?

Ele forçou uma respiração profunda, irregular.

— Não muito. Eu estava pronto para você, ou achei que estava.

— O que você fez? Foi como um sonho, do tipo que as crianças acordam gritando.

— Modifique suas mãos — ordenou ele.

— O quê?

— Obedeça. Transforme suas mãos em garras.

Dando de ombros, ela formou poderosas garras de leopardo.

— Ótimo — disse Doro. — Eu sequer a enfraqueci. Meu controle é tão estável quanto pensei. Agora, desfaça a mudança.

— Ele tocou a garganta levemente. — Não gostaria que você me atacasse com isso.

Anyanwu obedeceu mais uma vez. Estava se comportando como uma das filhas dele, fazendo coisas que não entendia, sem questionar, porque ele mandara. Esse pensamento a incitou a fazer perguntas.

— Doro, o que estamos fazendo?

— Você está vendo — disse ele — que a... a coisa que você sentiu não lhe fez mal algum?

— Mas o que foi aquilo?

— Espere, Anyanwu. Confie em mim. Vou explicar tudo que puder mais tarde, prometo. Por enquanto, relaxe. Vou fazer de novo.

— Não!

— Não irá machucá-la. Será como se você estivesse no ar sob o controle de Isaac. Ele nunca machucaria você, nem eu machucarei. — Ele começou a afagá-la, a acariciá-la outra vez, tentando acalmá-la, e conseguindo. Afinal, ela não se machucara. — Não se mexa — sussurrou. — Deixe-me sentir isso, Anyanwu.

— Isso vai... satisfazer você de alguma forma, como se estivéssemos fazendo amor?

— Ainda mais.

— Tudo bem. — Anyanwu se perguntou com o que estava consentindo. Não se parecia em nada com Isaac lançando-a no ar e pegando-a com aquela habilidade segura dele. Aquilo era um pesadelo de desproteção, uma queda sem fim. Mas não era real. Ela não havia caído. Não se machucara. Enfim, Doro queria algo dela que não faria mal a ninguém. Talvez, se ela lhe oferecesse aquilo, e sobrevivesse, obteria uma margem de manobra, seria capaz de dar às pessoas de seu povo uma maior proteção contra ele. Deixando-as livres para viver as breves vidas em paz.

— Não lute comigo desta vez — avisou Doro. — Não sou páreo para você em força física. Sabe disso. Agora que já sabe o que esperar, pode ficar parada e deixar acontecer. Confie em mim.

Ela ficou olhando para ele, imóvel, esperando.

— Tudo bem — repetiu Anyanwu. Doro se aproximou, colocou o braço ao redor dela para que a cabeça ficasse apoiada nele.

— Gosto de contato — comentou ele, sem explicar nada.

— Não é tão bom sem contato.

Ela o contemplou, depois se acostumou ao fato de que o corpo dele tocava toda a extensão do seu.

— Agora — falou Doro, baixinho.

Lá estavam a escuridão e a sensação de queda. Mas, depois de um instante, era mais parecido com uma lenta deriva. Apenas uma flutuação. Anyanwu não estava com medo. Sentia-se aquecida e confortável, não estava sozinha. No entanto, parecia estar. Havia uma luz bem ao longe, mas nada além disso, e ninguém mais.

Flutuava em direção a ela, observando a crescer à medida que se aproximava. Era uma estrela, distante no início, tênue e tremeluzente. Por fim, era a estrela da manhã, brilhante, dominando o céu vazio.

Aos poucos, a luz se tornou um sol, enchendo o céu com um brilho que poderia ter cegado Anyanwu. Mas ela não estava cega; não estava, de forma alguma, desconfortável. Podia sentir Doro perto de si, embora não estivesse mais consciente do corpo dele ou mesmo do próprio corpo deitado no sofá. Aquele era outro tipo de consciência, que ela não tinha palavras para descrever. Era bom, prazeroso. Doro estava ali. Caso contrário, estaria completamente sozinha. O que ele dissera antes de fazer amor, antes do sono relaxado e fácil? Por causa dele, jamais estaria sozinha. Naquele momento, as palavras não a haviam reconfortado, mas naquele momento sim. A luz do sol a envolveu e não havia nenhuma escuridão. Em certo sentido, estava cega. Não havia nada para ver, exceto uma luz radiante. Ainda assim, não havia nenhum desconforto. E Doro estava ali, tocando-a como ninguém a tocara antes. Era como se ele tocasse seu espírito, envolvendo-o dentro de si, espalhando a sensação do toque dele por cada parte dela. Anyanwu percebeu, aos poucos, a fome dele por ela, fome literal, mas isso, em vez de assustá-la, despertou uma estranha simpatia. Ela sentia não apenas a fome, mas também o controle e a solidão. A solidão estabelecia um parentesco entre os dois. Doro estivera sozinho por tanto tempo. Um tempo tão impossivelmente longo. A própria solidão de Anyanwu, a longa vida dela pareciam insignificantes. Era como uma criança ao lado dele. Mas, criança ou não, Doro precisava dela. Precisava dela como nunca precisara de mais ninguém. Ela estendeu a mão para tocá-lo, abraçá-lo, aliviar a longa, longa solidão dele. Ao menos, pareceu estender.

Não sabia o que ele estava fazendo nem o que ela mesma de fato fazia, mas era surpreendentemente bom. Era uma combinação que persistia, uma união que Anyanwu tinha a impressão de controlar. Só quando descansou, satisfeita, mas exausta, começou a perceber que estava se perdendo. Parecia que o domínio dele não se sustentara. A união de que haviam desfrutado não fora suficiente para Doro. Ele estava absorvendo-a, consumindo-a, tornando-a parte da própria substância. Ele era a luz, o fogo que a envolvia. Naquele

momento, estava matando-a pouco a pouco, digerindo-a pouco a pouco.
Apesar de tudo o que dissera, estava traindo-a. Apesar de toda a alegria que acabavam de dar um ao outro, Doro não conseguia renunciar à morte. Apesar de tentar dar mais valor a Anyanwu, a reprodução e a morte eram o que ainda tinha significado para ele.
Então, que assim fosse; que assim fosse, ela estava cansada.

14

Com meticulosa atenção, Doro se desenredou de Anyanwu. Parar no meio do que poderia ter sido uma morte extremamente satisfatória foi muito mais fácil do que ele pensara que seria. Mas em momento algum tivera a intenção de matá-la. No entanto, fora mais longe com ela do que com os mais poderosos de seus filhos e suas filhas. Com eles, Doro forçara aquele contato de potencial mortal a fim de obter a capacidade de compreender os limites do poder deles, compreender se esse poder o ameaçaria de algum modo. Fazia isso logo após as transições, então os encontrava em um estado de esgotamento físico, exaustão emocional, sem conhecer as habilidades recém-amadurecidas, de modo que não podiam sequer começar a entender como lutar contra ele, se é que podiam resistir. As raras vezes que ele encontrara alguém que conseguisse lutar, esse alguém morrera. Doro queria aliados, não rivais.

Mas ele não estava testando Anyanwu. Sabia que ela não podia ameaçá-lo, sabia que era capaz de matá-la contanto que a mulher adotasse a forma humana. Nunca duvidara disso. Anyanwu não possuía as habilidades de leitura e controle de pensamento consideradas potencialmente perigosas. Ele destruía qualquer pessoa que demonstrasse o potencial, a força para vir a ler ou controlar os pensamentos dele algum dia. Ela tinha quase absoluto controle de cada célula do corpo maleável, mas a mente era tão aberta e indefesa quanto a de qualquer pessoa comum, o que significava que acabaria tendo problemas com as pessoas que lhe eram trazidas. Aquelas pessoas se casariam com alguém da "família" expandida dela e causariam desentendimentos. Tinha sido avisada a esse respeito. Um dia, teria filhos e netos ali que seriam mais parecidos com Joseph e Lale do que com as pessoas dóceis, fracas e sensíveis que ela reunira à sua volta. Mas isso era outra questão, na qual Doro poderia pensar mais tarde. Naquele momento, tudo o que importava era que Anyanwu se reavivasse, inteira e bem. Nada deveria acontecer a ela. Nenhuma raiva ou tolice da parte dela deveria induzi-lo a cogitar mais uma vez sua morte. Aquela mulher era muito valiosa, de muitas maneiras.

Ela acordou devagar, abrindo os olhos, olhando ao redor, encontrando a biblioteca na escuridão, exceto pelo fogo que Doro acendera na lareira e uma única lamparina na mesa ao lado da cabeça dela. Ele se deitou junto, aquecendo-se em seu calor. Desejava-a perto de si.

— Doro? — sussurrou Anyanwu.

Ele beijou-a no rosto e relaxou. Ela estava bem. Fora completamente passiva na dor. Doro tivera certeza de que poderia fazer aquilo com ela sem machucá-la. Tivera certeza de que apenas desta vez ela não seria resistente e não faria com que ele a ferisse ou a matasse.

— Eu estava morrendo — disse Anyanwu.

— Não, não estava.

— Eu estava morrendo. Você estava...

Ele colocou a mão sobre a boca dela, depois permitiu que ela a afastasse, quando viu que ficaria quieta.

— Eu precisava conhecê-la dessa maneira ao menos uma vez — explicou Doro. — Precisava tocar em você dessa maneira.

— Por quê? — indagou ela.

— Porque é o mais próximo que estarei de você.

Por um longo tempo, Anyanwu não respondeu. Enfim, moveu a cabeça para descansá-la sobre o peito dele. Doro não conseguia se lembrar de quando ela fizera aquilo por vontade própria. Cruzou a abraçou, rememorando o outro envolvimento, mais completo. Perguntava-se como conseguira se controlar.

— É tão fácil assim com todos os outros? — perguntou ela.

Ele hesitou, não queria mentir, não queria falar sobre as mortes.

— O medo torna as coisas piores — respondeu. — E estão sempre com medo. Além disso... não tenho motivo para ser gentil com eles.

— Você os machuca? Há dor?

— Não. Sinto o que eles sentem, por isso eu sei. Não sentem mais dor do que você sentiu.

— Foi... bom — disse ela, encantada. — Muito bom, até que imaginei que você iria me matar.

Doro só conseguiu segurá-la e apertar o rosto no cabelo dela.

— Deveríamos subir — disse Anyanwu.

— Daqui a pouco.

— O que devo fazer? — perguntou ela. — Lutei contra você todos esses anos. Minhas razões para lutar contra você ainda existem. O que devo fazer?

— O que Isaac queria. O que você quer. Junte-se a mim. De que adianta lutar? Especialmente agora.

— Agora... — Anyanwu ainda estava, talvez, apreciando aquele breve contato. Doro esperava que estivesse. Ele estava. E se perguntava o que ela diria se ele revelasse que ninguém nunca tinha desfrutado daquilo. Nunca, em quase quatro mil anos. Seu povo achava o contato com ele aterrorizante. As pessoas que liam e controlavam pensamentos e que haviam sobrevivido àquilo logo aprenderam que não poderiam usar as habilidades com Doro sem sacrificar a própria vida. Aprenderam a prestar atenção à vaga prudência que sentiam diante dele quando as próprias transições terminavam. Algumas vezes, ele encontrava um homem ou mulher de quem gostava e com quem apreciava o contato recorrente. Essas pessoas suportavam o que fazia, uma vez que não podiam impedi-lo, embora as atitudes severas e sofridas delas o fizessem se sentir um estuprador.

Mas Anyanwu tinha participado, tinha apreciado, tinha até tomado a iniciativa por um momento, intensificando muito o prazer dele. Doro olhou para ela com admiração e prazer. Ela retribuiu o olhar, com um ar solene.

— Nada está resolvido — falou —, exceto que agora devo lutar contra mim e também contra você.

— Você está falando uma tolice — respondeu ele.

Ela se virou e o beijou.

— Deixemos a tolice, por enquanto — declarou. — Olhou-o em meio à penumbra. — Você não quer subir, quer?

— Não.

— Vamos ficar aqui então. Meus filhos e minhas filhas vão cochichar sobre mim.

— Você se importa?

— Agora é você quem está falando tolices. — Ela riu. — Se me importo! De quem é essa casa? Faço o que quero! — Então cobriu os dois corpos com a ampla saia do vestido, apagou a lamparina e se acomodou para dormir nos braços dele.

***

Os filhos e filhas de Anyanwu cochicharam sobre ela, e sobre Doro. Eles foram descuidados, de propósito, Doro pensou enquanto ouvia. Mas depois de um tempo, pararam. Talvez

Anyanwu tenha falado com eles. Ao menos dessa vez, ele não se importou. Sabia que não o temiam mais, tornara-se apenas mais um dos amantes de Anyanwu. Quanto tempo se passara desde que fora apenas o amante de alguém? Não conseguia se lembrar. Partia, às vezes, para cuidar dos negócios, aparecia em um dos assentamentos mais próximos.

— Traga este corpo de volta para mim sempre que puder — Anyanwu dizia a ele. — Não pode haver dois tão perfeitos assim.

Doro ria e não prometia nada. Quem poderia saber qual castigo teria de infligir, qual homem ensandecido precisaria subjugar, qual político, empresário, fazendeiro ou outro tolo estúpido e teimoso precisaria eliminar? Além disso, usar um corpo negro em um país onde os negros eram o tempo todo obrigados a provar que tinham direitos, mesmo que a uma liberdade limitada, era um obstáculo. Ele viajava com um de seus filhos mais velhos, branco, Frank Winston, cuja tradicional família da Virgínia pertencia a Doro desde que a trouxera da Inglaterra, havia 135 anos. O homem conseguia parecer tão distinto e aristocrático ou tão tímido e ingênuo quanto quisesse, conforme Doro ordenasse. Não tinha uma estranheza inata grande o bastante para ser qualificado como bom reprodutor. Era apenas o melhor ator, o melhor mentiroso que Doro conhecia. As pessoas acreditavam no que ele contava, mesmo quando se tornava expansivo e afrontoso, quando dizia que Doro era um príncipe africano escravizado por engano, mas então libertado para retornar à terra natal e levar a palavra de Deus ao povo pagão.

Embora pego de surpresa, Doro desempenhou esse papel com uma desconcertante combinação de arrogância e humildade, a ponto de os proprietários de escravos ficarem, primeiro, aturdidos entre a perplexidade e a raiva, depois, convencidos. Ele não era como nenhum negro que já tivessem visto.

Mais tarde, Doro avisara Frank para se ater a mentiras mais convencionais, embora achasse que o homem estava rindo demais para ouvi-lo.

Doro sentia-se à vontade, como há anos não se sentia, tão à vontade a ponto de rir de si mesmo e do filho, que gostava de viajar com ele. A inconveniência valia a pena para deixar Anyanwu feliz. Sabia que aquela fase do relacionamento, uma espécie de lua-de-mel, terminaria quando ele precisasse desistir do corpo que tanto a agradava. Ela não fugiria dele de novo, disso Doro tinha certeza, mas o relacionamento deles mudaria. Seriam companheiros ocasionais, como haviam sido em Wheatley, mas com sentimentos melhores. Dali em diante, seria recebido, independentemente do corpo que usasse. Anyanwu teria homens e, se assim decidisse, mulheres: maridos, esposas, amantes. Ele não podia ressentir-se dela por isso. Haveria anos, períodos de muitos anos, em que não a veria. E uma mulher como ela não poderia ficar sozinha. Mas sempre haveria espaço para ele quando retornasse, e Doro sempre retornaria. Por causa dela, não estava mais sozinho. Por causa dela, a vida de repente era melhor do que já fora para ele durante séculos, milênios. Era como se Anyanwu fosse a primeira daquela linhagem que ele estava tentando criar, exceto que não a criara e não fora capaz de recriá-la. Dessa forma, era apenas uma promessa não cumprida. Mas um dia...

A mulher que Doro trouxera, Susan, teve o bebê um mês depois que Iye deu à luz o filho de Stephen. Ambos eram meninos robustos e saudáveis que prometiam se tornar belas crianças. Iye aceitou o filho com um amor e uma gratidão que surpreenderam Anyanwu. Anyanwu fez o parto da criança e tudo que

Iye conseguia pensar em meio à dor era que o filho de Stephen deveria viver e permanecer a salvo. Não foi um parto fácil, mas a mulher claramente não se importou. A criança estava bem. Mas Iye não pôde amamentá-lo. Não tinha leite. Anyanwu produzia leite com facilidade e durante o dia visitava a cabana de Iye com frequência para amamentar a criança. À noite, ela mantinha a criança consigo.

— Estou feliz que você pôde fazer isso — disse-lhe Iye.

— Acho que seria muito difícil para mim compartilhá-lo com outra pessoa. — Os preconceitos de Anyanwu contra a mulher estavam se dissolvendo depressa.

Assim como os preconceitos contra Doro, embora isso a assustasse e perturbasse. Ela não conseguia olhá-lo com a aversão que sentira no passado, mas ele continuava fazendo coisas odiosas. Só não as fazia contra ela. Como previra, estava em guerra consigo mesma. Mas não demonstrava a Doro nenhum sinal dessa guerra. Enquanto ele usava aquele lindo corpo que fora um presente, era prazeroso para Anyanwu dar prazer a ele. Nesse curto período, poderia se recusar a pensar sobre o que ele fazia quando a deixava. Conseguia tratá-lo como o amante muito especial que ele aparentava ser.

— O que você vai fazer agora? — Doro lhe perguntou quando voltou para casa depois de uma curta viagem e a encontrou amamentando o bebê. — Vai me rejeitar?

Eles estavam sozinhos na sala de estar, no andar de cima, então ela lhe lançou um olhar fingido de aborrecimento.

— Devo fazer isso? Acho que sim. Vá embora.

Doro sorriu, sem acreditar nela mais do que ela queria que ele acreditasse. Observou a criança mamando.

— Você será o pai de um desses em mais sete meses — revelou ela.

— Você está grávida agora?
— Sim. Eu queria uma criança desse seu corpo. Estava com medo de que você fosse se livrar dele em breve.
— Irei — ele admitiu. — Terei de fazer isso. Mas, em algum momento, você terá dois filhos para amamentar. Não vai ser difícil?
— Consigo dar conta. Você duvida?
— Não. — Doro sorriu outra vez. — Se eu tivesse mais pessoas como você e Iye. Essa Susan...
— Encontrei um lar para o filho dela — disse Anyanwu.
— Ele não será adotado com os mais velhos, mas terá pais amorosos. E Susan é grande e forte. É uma excelente lavradora.
— Eu não a trouxe aqui para ser uma lavradora. Achei que morar com seu povo poderia ajudá-la, acalmá-la, torná-la um pouco mais útil.
— E ajudou. — Ela se aproximou e pegou a mão dele.
— Aqui, se as pessoas se adaptam, deixo que façam qualquer trabalho que preferirem. Isso ajuda a acalmá-las. Susan prefere o trabalho do campo a qualquer coisa dentro de casa. Está disposta a ter quantas crianças você desejar, mas cuidar delas é demais para ela, que parece especialmente sensível aos pensamentos dos filhos, que a machucam de alguma forma. Fora isso, é uma boa mulher, Doro.

Ele balançou a cabeça como se estivesse tirando Susan dos pensamentos. Olhou para a criança sendo amamentada por mais alguns segundos, então encontrou os olhos de Anyanwu.
— Dê-me um pouco de seu leite — falou, em tom doce.
A mulher recuou, surpresa. Ele nunca pedira tal coisa, e com certeza não era o primeiro filho que a via amamentar. Mas havia muitas novidades entre os dois naquele momento.
— Tive um homem que costumava fazer isso — disse ela.

— Você se importava?
— Não.
Ele a observou, esperando.
— Venha aqui — disse Anyanwu, com suavidade.

***

Um dia depois de Anyanwu lhe dar o leite, Doro acordou trêmulo e soube que chegava ao fim o tempo de conforto naquele corpo pequeno e compacto que tomara como um presente para ela. Não era um corpo particularmente poderoso. Tinha pouco da estranheza inata que ele valorizava. Por isso, a criança de Anyanwu poderia ser linda, mas eram grandes as chances de que fosse bastante comum.

No momento, o corpo estava esgotado. Se o mantivesse por muito mais tempo, Doro se tornaria perigoso para aqueles à sua volta. Uma simples agitação ou dor que mal notasse poderia forçar a transmigração. Alguém cuja vida era importante para ele poderia morrer.

Ele olhou para Anyanwu, ainda dormindo ao lado, e suspirou. O que ela dissera naquela noite, meses atrás? Que nada havia de fato mudado. Os dois enfim haviam se aceitado. Protegeriam um ao outro da solidão a partir de então. Mas, além disso, estava certa. Nada mudara. Depois que ele trocasse de corpo, por algum tempo ela não o desejaria por perto. Ainda se recusava a entender que se ele matasse, por necessidade, acidente ou escolha, era porque precisava. Não havia como evitar. Um humano comum consegue morrer de fome, mas Doro, não. Por isso, era melhor uma morte controlada a simplesmente se deixar levar sem saber de quem se apossaria. Quantas vidas se passariam antes que Anyanwu compreendesse isso?

Ela acordou.

— Você está se levantando? — perguntou.

— Sim. Mas você não tem motivo para isso. Ainda não amanheceu.

— Você está indo? Acabou de voltar.

Ele a beijou.

— Talvez eu volte em alguns dias. — Para saber como ela reagiria. Para ter certeza de que nada havia mudado, talvez na esperança de que ambos estivessem errados e Anyanwu tivesse amadurecido.

— Fique mais um pouco — sussurrou ela.

Ela sabia.

— Não posso — respondeu Doro.

Anyanwu ficou em silêncio por um momento, depois, com um suspiro, falou:

— Você estava dormindo quando amamentei a criança. Mas ainda há leite para você, se quiser.

No mesmo instante, ele baixou a cabeça até o seio dela. Provavelmente, também não teria mais nada como aquilo. Não por um longo tempo. O leite era rico, bom e tão doce quanto essa temporada com ela. Dali em diante, por certo tempo, eles reiniciariam o velho cabo de guerra. Anyanwu acariciou a cabeça de Doro, ele suspirou.

Depois, saiu e levou Susan. Ela era o tipo de presa de que ele precisava naquele momento: muito sensível. Tão doce e benéfica para a mente dele quanto o leite de Anyanwu fora para o antigo corpo.

Doro acordou Frank e, juntos, transportaram o antigo corpo para o antigo cemitério escravo. Não quis que alguém do povo de Anyanwu o encontrasse e corresse para contar a ela. Anyanwu saberia o que acontecera sem precisar disso. Ele queria, dentro do possível, tornar esse momento mais fácil para a mulher.

Quando ele e Frank partiram, um grupo de lavradores marchava em direção aos campos de algodão.

— Você vai usar esse corpo por muito tempo? — perguntou Frank, olhando para a silhueta alta e sólida de Susan.

— Não, já obtive dele o que preciso — disse Doro. — É um corpo bom. Pode durar um ano, talvez dois.

— Mas isso não faria muito bem a Anyanwu.

— Poderia fazer, se fosse qualquer outra pessoa que não Susan. Afinal, Anyanwu teve esposas. Mas ela conhecia Susan, gostava dela. Exceto em emergências, não peço às pessoas que superem sentimentos como esse.

— Você e Anyanwu... — murmurou Frank. — Mudando de sexo, mudando de cor, procriando como...

— Cale essa boca — disse Doro, aborrecido —, ou direi algumas verdades que você não quer ouvir sobre sua família.

Assustado, Frank se calou. Ele era sensível em relação à própria ancestralidade, sua família tradicional da Virgínia. Por algum motivo tolo, considerava aquilo importante. Doro se conteve quando estava prestes a destruir quaisquer ilusões que o homem ainda guardava sobre o sangue azul ou, aliás, a pele totalmente branca. Mas não havia motivos para Doro fazer algo do tipo. Nenhum motivo, exceto que uma das melhores épocas de que ele conseguia se lembrar chegara ao fim e não tinha certeza do que viria a seguir.

Duas semanas depois, quando voltou para casa, para Anyanwu, estava sozinho. Tinha enviado Frank de volta para a família dele e vestia o corpo mais conveniente de um homem branco, magro, de cabelos castanhos. Era um corpo bom e forte, mas Doro sabia que era melhor não esperar que Anyanwu o apreciasse.

Ela não disse nada quando o viu. Não o acusou ou amaldiçoou, não foi nada hostil. Por outro lado, não foi muito acolhedora.

— Você levou Susan, não é? — limitou-se a dizer. Quando ele confirmou, ela se virou e foi embora. Doro achou que, se Anyanwu não estivesse grávida, teria ido para o mar e deixaria com que ele lidasse com os filhos e as filhas dela, que não eram muito respeitosos. A mulher sabia que ele não os machucaria dali em diante.

No entanto, a gravidez a mantinha na forma humana. Ela estava carregando uma criança humana. Era quase certo que a mataria se assumisse uma forma animal. Ela lhe contara isso em uma das primeiras gestações com Isaac, e Doro considerara aquilo uma fraqueza. Não tinha dúvidas de que Anyanwu poderia abortar qualquer gravidez sem ajuda ou perigo para si. Poderia fazer qualquer coisa com aquele corpo, se desejasse. Mas ela não queria abortar. Se uma criança estivesse dentro dela, nasceria. Durante todos os anos em que a conhecera, fora muito cuidadosa com as crianças, tanto antes como depois de nascerem. Doro decidira lhe fazer companhia durante aquele período de fraqueza. Assim que ela aceitasse as duas mudanças mais recentes, achava que não teriam mais problemas.

Demorou muitos dias, longos e pouco comunicativos, para descobrir como estava errado. Por fim, foi a jovem filha de Anyanwu, Helen, que o fez compreender. A menina às vezes parecia muito mais jovem do que os doze anos dela. Brincava com outras crianças, brigava com elas e chorava por machucados triviais. Em outras ocasiões, era uma mulher em um corpo infantil. E era mesmo filha de sua mãe.

— Ela não quer falar comigo — a criança disse a Doro.
— Sabe que sei o que ela vai fazer. — A menina fora se sentar ao lado dele na sombra fresca de um carvalho gigante. Por um tempo, em silêncio, eles observaram Anyanwu capinar o canteiro de ervas dela. Aquele canteiro era vedado a outros jardineiros e crianças prestativas, que consideravam muitas das plantas de Anyanwu nada mais do que ervas daninhas. Naquele momento, porém, Doro desviara o olhar do jardim e olhava para Helen.
— O que você quer dizer? — perguntou à menina. — O que ela vai fazer?
Ela ergueu os olhos para ele, e Doro não teve dúvidas de que uma mulher o observava através deles.
— Ela disse que Kane e Leah vão morar aqui. Disse que, depois de o bebê nascer, vai embora.
— Para o mar?
— Não, Doro. Não para o mar. Algum dia, precisaria sair do mar. Então você iria encontrá-la de novo e ela teria de ver você matando os amigos dela, seus próprios amigos.
— O que você está falando? — Ele a agarrou pelos braços, mal se impedindo de sacudi-la.

A menina olhou para ele, furiosa, claramente o odiando. De repente, abaixou a cabeça e mordeu a mão dele com tanta força quanto pôde com os dentinhos afiados.

A dor fez Doro soltá-la. Ela não sabia como era perigoso para si mesma causar nele uma dor inesperada. Se tivesse feito aquilo pouco antes de ele matar Susan, a teria tomado sem piedade. Mas naquele momento, tendo se alimentado havia pouco tempo, tinha mais controle. Segurou a mão ensanguentada e observou a garota fugir.

Então, devagar, se levantou e foi até Anyanwu. Ela havia desenterrado várias ervas de caules roxos e raízes amarelas.

Doro esperava que a mulher as jogasse fora, mas, em vez disso, ela arrancou as raízes, limpou a sujeira dos talos e os colocou no cesto de colheita.

— O que são essas coisas? — perguntou ele.

— Um remédio — respondeu —, ou um veneno, se as pessoas não souberem como usar.

— O que você vai fazer com isso?

— Transformar em pó, misturar com outras coisas, colocar em água fervente e dar para as crianças que têm vermes.

Doro abanou a cabeça.

— Acho que você poderia ajudá-los de maneira mais fácil produzindo o remédio dentro do próprio corpo.

— Isso funcionará da mesma forma. E vou ensinar algumas das mulheres a prepará-lo.

— Por quê?

— Para que possam curar a si mesmas e suas famílias sem depender do que eles consideram minha magia.

Ele se abaixou e inclinou a cabeça dela para que o olhasse nos olhos.

— E por que eles não deveriam depender de sua magia? Seus medicamentos são mais eficientes do que qualquer erva.

Anyanwu desdenhou, dando de ombros.

— Deveriam aprender a se ajudar.

Doro tirou o cesto dela e a colocou de pé.

— Entre em casa e converse comigo.

— Não há nada a dizer.

— Entre mesmo assim. Faça minha vontade. — Ele colocou o braço em volta dela e a levou de volta para casa.

Começou conduzindo-a à biblioteca, mas um grupo de crianças mais novas estava lá, aprendendo a ler. Estavam sentadas, espalhadas em um semicírculo no tapete, olhando para uma das filhas de Anyanwu. Quando Doro levou Anyanwu dali, pôde ouvir a voz de um dos filhos com Susan lendo um verso da Bíblia: "Tenham uma mesma atitude uns para com os outros. Não sejam orgulhosos, mas estejam dispostos a associar-se a pessoas de posição inferior. Não sejam sábios aos seus próprios olhos".

Doro olhou para trás.

— Isso soa como uma passagem bíblica impopular nesta parte do país — disse ele.

— Eu me certifico de que aprendam algumas das menos populares — respondeu Anyanwu. — Tem outra: "Se um escravo se refugiar entre vocês, não o entreguem nas mãos do seu senhor". Elas vivem em um mundo que não quer que ouçam essas coisas.

— Você as está criando como cristãs, então?

Ela deu de ombros.

— A maioria dos pais é cristã. Querem que as crianças aprendam a ler para que possam ler a Bíblia. Além disso — em seguida olhou para ele, com os cantos da boca voltados para baixo —, este é um país cristão.

Ele ignorou o sarcasmo e a levou para o salão dos fundos.

— Os cristãos consideram um grande pecado tirar a própria vida — disse Doro.

— Eles consideram pecado tirar qualquer vida, mas vivem matando.

— Anyanwu, por que você decidiu morrer? — Não imaginou que conseguiria dizer as palavras com tanta calma. O que ela estava pensando? Que ele não se importava? Anyanwu poderia pensar isso?

— É a única maneira de deixá-lo — disse ela apenas.

Ele digeriu aquilo por um momento.

— Pensei que ficar com você agora iria ajudá-la a se acostumar... às coisas que preciso fazer — falou.

— Acha que não estou acostumada a elas?

— Você não as aceita. Por que mais iria querer morrer?

— Por tudo que já conversamos. Tudo é temporário, exceto você e eu. Você é tudo que tenho, talvez tudo o que um dia terei. — Ela balançou a cabeça devagar. — E você é uma obscenidade.

Doro franziu a testa, encarando-a. Anyanwu não dizia essas coisas desde a noite que haviam passado juntos na biblioteca. E nunca as dissera daquela forma, com naturalidade, como se estivesse dizendo: "você é alto". Ele descobriu que não conseguia sequer forjar um sentimento de raiva contra ela.

— Devo ir embora? — perguntou.

— Não. Fique comigo. Preciso de você aqui.

— Mesmo que eu seja uma obscenidade.

— Mesmo assim.

Ela estava como ficara depois da morte de Luisa: estranhamente passiva, pronta para morrer. Antes, tinha sido efeito da solidão e da tristeza pressionando-a, pesando sobre ela. Naquele momento... o que era, de fato?

— É Susan? — perguntou ele. — Não achei que você tivesse se aproximado tanto dela.

— Não me aproximei. Mas você, sim. Ela lhe deu três filhos.

— Mas...

— Você não precisava da vida dela.

— A mulher não tinha outra utilidade para mim. Teve crianças o bastante e não era capaz de cuidar delas. O que você esperava que eu fizesse com ela?

Anyanwu se levantou e saiu da sala.

Mais tarde, Doro tentou conversar com ela outra vez. A mulher não quis ouvir. Não queria discutir com ele ou xingá-lo. Quando ele repetia a oferta de partir, ela lhe pedia que ficasse. Quando ia ao quarto dela à noite, ela o acolhia, estranha e calmamente. E ainda planejava morrer. Era obsceno. Um imortal, uma mulher que poderia viver milênios com ele, mas tinha a intenção de se suicidar, e Doro sequer estava certo do motivo.

O desespero dele aumentava à medida que a gravidez dela avançava, porque ele não podia se aproximar, não podia tocá-la. Anyanwu admitira que precisava dele, dissera que o amava, mas parte dela permanecia fechada e nada do que ele dizia alcançava essa parte.

Por fim, Doro acabou indo embora por algumas semanas. Não gostava do que estava sendo feito consigo. Não conseguia se lembrar de uma época em que os próprios pensamentos estivessem tão confusos, em que quisesse tanto, tão dolorosamente, algo que não podia ter. Fizera o que Anyanwu parecia ter feito. Permitira que ela o tocasse como se ele fosse um homem comum. Permitira que despertasse nele sentimentos que estiveram adormecidos por um período muitas vezes mais longo do que o tempo de vida da mulher. Doro quase se desnudara diante dela. Ficou surpreso por conseguir fazer algo assim e que ela pudesse vê-lo fazer aquilo e não se importar. Justo ela, entre todas as pessoas!

Ele foi até Baton Rouge ver uma mulher que conhecia. Ela estava casada, mas o marido havia ido a Boston e ela recebeu Doro, que ficou por alguns dias, sempre prestes a contar-lhe sobre Anyanwu, mas nunca conseguia chegar a esse ponto.

Então ele assumiu um novo corpo, o de um negro livre que possuía vários empregados escravizados e os tratava com brutalidade. Depois, se questionou por que matara o homem.

Não era uma das preocupações dele o modo como um senhor de escravos tratava as próprias posses.

Largou o corpo do homem e tomou o de outro negro livre, que poderia ter sido um irmão de pele mais clara daquele de quem Anyanwu gostara, compacto, bonito, de tom castanho-avermelhado. Talvez ela o rejeitasse porque era parecido demais com o outro, mas não era o outro. Talvez o rejeitasse porque era muito diferente do outro. Quem poderia saber para que lado a mente da mulher se voltaria. Mas talvez ela o aceitasse e conversasse com ele, diminuindo a distância entre ela e Doro antes de se fechar em si mesma como uma máquina usada.

Ele voltou para Anyanwu.

A barriga dela atrapalhou quando Doro a cumprimentou com um abraço. Em qualquer outra ocasião, ele teria rido e acariciado o ventre, pensando na criança no interior. Naquele momento, apenas olhara a protuberância, percebendo que ela poderia dar à luz a qualquer momento. Como fora estúpido em ir embora e deixá-la, em deixar de participar do que poderiam ser os últimos dias deles juntos.

Anyanwu pegou a mão dele e o conduziu para dentro da casa enquanto o filho, Julien, cuidava do cavalo. Julien fixou em Doro um olhar longo, amedrontado e suplicante que Doro não reconheceu. Claramente, o homem sabia.

Dentro de casa, recebeu os mesmos tipos de olhares de Leah e Kane, a quem Anyanwu mandara chamar. Ninguém falou nada além das boas-vindas de costume, mas a casa estava cheia de tensão. Era como se todos sentissem isso, menos Anyanwu. Ela parecia não sentir nada, exceto um prazer solene em ter Doro de volta à casa.

O jantar foi silencioso, quase lúgubre, e todos pareceram ter algo a fazer para não se demorarem à mesa. Todos menos

Doro. Ele persuadiu Anyanwu a compartilhar com ele do vinho, das frutas, das nozes e de uma conversa na sala dos fundos, menor e mais fresca. No final das contas, compartilharam vinho, frutas, nozes e silêncio, mas não importava. Era suficiente que ela estivesse com ele.

* * *

O filho de Anyanwu, um menino pequeno e robusto, nasceu duas semanas após o retorno de Doro, que quase adoeceu de desespero. Ele não sabia como lidar com os próprios sentimentos, não conseguia se lembrar de experimentar uma confusão tão intensa de emoções antes. Às vezes, percebia-se observando o próprio comportamento, como se estivesse distante, e notava, com uma confusão ainda maior, que não havia nada externamente visível em si que demonstrasse o quanto estava sofrendo. Passou o máximo de tempo que pôde com Anyanwu. Observou-a preparar e misturar ervas enquanto ensinava várias pessoas de seu povo sobre o cultivo, a aparência e o uso delas, ao mesmo tempo em que cuidava dos poucos que não podiam esperar o preparo.

— O que eles farão quando tiverem apenas as ervas? — perguntou Doro.

— Viverão ou morrerão da melhor maneira que puderem — respondeu ela. —Tudo que está realmente vivo morre, mais cedo ou mais tarde.

Anyanwu encontrou uma mulher para amamentar o bebê e deu instruções pacientes a Leah, que estava assustada. Anyanwu considerava Leah a mais estranha e brilhante das filhas brancas e a mais competente para sucedê-la. Kane não queria isso. O homem se sentia ameaçado e até assustado com a ideia de uma visibilidade mais ampla e repentina. Ele se tornaria mais visível para as pessoas da classe do pai, pessoas que poderiam ter conhecido o pai. Doro achava aquilo improvável demais para despertar preocupações. Viu-se tentando explicar a Kane que, se ele desempenhasse o próprio papel tão bem quanto Doro sempre o vira fazer, e se também dominasse todas as armadilhas de um fazendeiro rico, nunca ocorreria às pessoas que ele era tudo menos um fazendeiro rico. Doro contou a história de quando Frank o fez passar por um príncipe africano convertido ao cristianismo, e ele e Kane riram. Não havia muitas risadas na casa nos últimos tempos, e mesmo aquela foi interrompida de maneira brusca.

— Você precisa detê-la — pediu Kane, como se estivessem discutindo sobre Anyanwu o tempo todo. — Precisa. É o único que consegue.

— Não sei o que fazer — reconheceu Doro com tristeza. Kane não fazia ideia de como aquele reconhecimento era raro nele.

— Fale com ela! Ela quer algo? Dê a ela!

— Acho que ela quer que eu pare de matar — disse Doro. Kane piscou, então sacudiu a cabeça, sem esperança. Até ele compreendia que aquilo era impossível.

Leah entrou na sala dos fundos, onde os dois conversavam, e parou diante de Doro, com as mãos na cintura.

— Não posso adivinhar o que você sente — disse a mulher. — Nunca consegui, de nenhuma maneira. Mas se sente alguma coisa por ela, vá até ela agora!

— Por quê? — perguntou Doro.

— Porque ela vai fazer algo. Está quase chegando ao limite. Acho que planeja não acordar amanhã de manhã, como Luisa.

Doro se levantou para sair, mas Kane o deteve com uma pergunta que fez a Leah.

— Querida, o que ela quer? O que ela realmente quer dele? Leah olhou de um homem para o outro, viu que os dois aguardavam uma resposta.

— Eu mesma perguntei isso a ela — explicou Leah. — Ela apenas disse que estava cansada. Muito cansada.

Anyanwu parecia mesmo cansada, Doro pensou. Mas cansada de quê? Dele? Tinha implorado para que ele não fosse embora de novo, não que ele planejasse partir.

— Cansada de quê? — perguntou Doro.

Leah estendeu as mãos à frente do corpo e o encarou. Então abriu e fechou os dedos como se tentasse agarrar algo, mas pegasse apenas ar. Ela gesticulava, às vezes, ao captar ou rememorar imagens e impressões que ninguém mais podia ver. Em uma sociedade comum, as pessoas decerto pensariam que a mulher era insana.

— Isso é o que consigo sentir — explicou. — Quando me sento onde ela acabou de se sentar ou se manipulo algo que usou. Uma tentativa de estender os braços e de agarrar, e então, as mãos dela, vazias. Não existe nada. Está muito cansada.

— Talvez seja apenas a idade dela — sugeriu Kane. — Talvez a idade tenha chegado para ela, enfim.

Leah balançou a cabeça.

— Acho que não. Não está com dor, não está mais lenta. Só... — Leah fez um som de frustração e angústia, quase um soluço. — Não sou boa nisso — disse ela. — Ou as coisas se mostram para mim nítidas, vivas, sem que eu me esforce e me preocupe com elas, ou nunca ficam claras. Minha mãe costumava pegar algo turvo e deixar claro, para ela e para mim. Eu só não sou boa o bastante.

Doro não disse nada, permaneceu calado, tentando dar sentido à tentativa de agarrar algo, ao cansaço.
— Vá até ela, miserável! — gritou Leah. E então, com mais delicadeza: — Ajude-a. Ela é curandeira desde que morava na África. Agora precisa de alguém para curá-la. Quem poderia fazer isso senão você?

Doro os deixou e foi procurar Anyanwu. Nunca havia pensado na ideia de curá-la. Então, aquilo mudava toda a situação. Faria o que pudesse para curar a curandeira.

Ele a encontrou no quarto, preparada para dormir e pendurando o vestido. Começara a usar apenas vestidos quando a gravidez se tornara aparente. Sorriu, acolhedora, quando Doro entrou, como se estivesse feliz em vê-lo.

— É cedo — disse ele.

Ela assentiu.

— Eu sei, mas estou cansada.

— Sim. Leah acabou de me dizer que você estava... cansada.

Ela o encarou por um instante, soltou um suspiro.

— Às vezes, queria apenas filhas e filhos comuns.

— Você estava planejando... Hoje à noite...

— Ainda estou.

— *Não!* — Doro se aproximou dela, segurou-a pelos ombros como se isso pudesse reter a vida dentro.

Anyanwu o empurrou com uma força que ele não sentia nela desde antes da morte de Isaac. Foi atirado longe e teria caído se não houvesse uma para detê-lo.

— Nunca mais me diga não — avisou ela, em voz suave.

— Não quero ouvir você me dizendo o que não devo fazer.

Ele dissipou uma chama de raiva, olhou para ela enquanto esfregava o ombro que havia atingido a parede.

— O que é? — murmurou. — Diga para mim o que há de errado.

— Eu tentei. — Ela subiu na cama.

— Então, tente de novo!

Anyanwu não se cobriu, ficou sentada sobre o cobertor, observando Doro. Não disse nada, apenas observou. Ele, por fim, respirou fundo, tiritando, e se sentou na cadeira mais próxima à cama dela. Estava tremendo. O corpo novo, forte e perfeito, tremia como se estivesse perto de se esgotar. Precisava impedi-la. Precisava.

Olhou para ela e pensou ter visto compaixão em seus olhos, como se, em um instante, ela fosse se aproximar dele, segurá-lo não apenas como amante, mas como uma das crianças a ser consolada. Doro teria permitido que ela fizesse isso. Teria aceitado.

Anyanwu não se mexeu.

— Já expliquei — falou com brandura — que, mesmo quando odiava você, eu acreditava no que você estava tentando fazer. Acreditava que devíamos ter pessoas mais parecidas conosco, que não devíamos ficar sozinhos. Você teve menos problemas comigo do que poderia, pois eu acreditava nisso. Aprendi a virar a cabeça e ignorar o que você fazia às pessoas. Mas, Doro, não pude ignorar tudo. Você mata seus melhores servos, pessoas que o obedecem mesmo quando isso causa sofrimento. Matar lhe dá muito prazer. Muito.

— Eu teria de matar, com ou sem prazer — respondeu ele. — Você sabe o que eu sou.

— Você é menos do que era.

— Eu...

— Sua parte humana está morrendo, Doro. Está quase morta. Isaac percebeu que isso estava acontecendo e me avisou. Foi uma das coisas que ele me disse na noite em que me convenceu a me casar com ele. Disse que algum dia você não sentiria absolutamente nada que fosse humano, e disse que estava feliz por não viver para ver esse dia. Disse que eu devia viver para salvar sua parte humana. Mas ele estava errado. Não posso salvá-la. Ela já está morta.

— Não. — Doro fechou os olhos, tentando conter o tremor. Enfim, desistiu e olhou para ela. Se ao menos pudesse fazê-la enxergar. — Não está morta, Anyanwu. Talvez eu mesmo pensasse que estava, antes de encontrá-la uma segunda vez, mas não está. No entanto, vai morrer, se você me abandonar.

— Ele queria tocá-la, mas no estado atual, não ousava arriscar ser jogado para o outro lado do quarto mais uma vez. Ela é quem deveria tomar a atitude. — Acho que meu filho estava certo — afirmou. — Partes de mim podem morrer aos poucos. O que vou me tornar quando não restar nada além de fome e reprodução?

— Alguém encontrará uma maneira de livrar o mundo de você — respondeu Anyanwu, com voz inexpressiva.

— Como? As melhores pessoas, aquelas com maior poder, me pertencem. Eu as tenho recolhido, protegido, reproduzido por quase quatro milênios, enquanto as pessoas comuns envenenavam, torturavam, enforcavam ou queimavam qualquer uma que eu deixasse escapar.

— Você não é infalível — afirmou ela. — Por três séculos, consegui escapar de você. — Então suspirou e balançou a cabeça. — Não importa. Não posso dizer o que vai acontecer, mas, como Isaac, estou feliz por não estar viva para ver.

Doro se levantou, furioso, sem saber se praguejava ou implorava. Sentiu as pernas fracas, e estava à beira de um choro indecente. Por que ela não o ajudava? Ajudava a todos! Ele ansiou por ficar longe dela – ou matá-la. Por que ela deveria desperdiçar todas as forças e o poder no suicídio, enquanto ele estava bem ali, com rosto molhado de suor, o corpo trêmulo como o de um velho entrevado? Mas não conseguia ir embora nem matar. Era impossível.

— Anyanwu, você não pode me deixar! — Tinha controle da voz, ao menos. Não usava aquela voz que parecia sair apenas em parte do corpo e que mais assustava as pessoas; aquela voz teria feito Anyanwu pensar que estava tentando assustá-la.

A mulher puxou o cobertor e o lençol e se deitou. Doro soube naquele instante que ela morreria. Bem diante dele, ficaria deitada ali e se desligaria.

— Anyanwu! — Ele estava na cama com ela, puxando-a. — Por favor — falou, sem ouvir mais a própria voz. — Por favor, Anyanwu. Escute. — Ela ainda estava viva. — Escute. Não há nada que eu não daria para poder me deitar ao seu lado e morrer quando você morresse. Você não pode saber o quanto desejei... — Engoliu em seco. — Mulher Sol, por favor, não me deixe. — A voz falhou. Ele chorava. Grandes soluços, quase insuportáveis, sacudiam o corpo já trêmulo. Ele chorava como se lamentasse todos os momentos passados em que não derramara nenhuma lágrima, em que não houvera nenhum alívio. Não conseguia parar. Não percebeu quando ela tirou as botas dele e o cobriu, quando lavou seu rosto com água fria. Percebeu o conforto dos braços dela, o calor do corpo dela a seu lado. Dormiu, enfim, exausto, com a cabeça no peito dela e, ao nascer do sol, quando acordou, aquele peito ainda estava quente, ainda subia e descia suavemente com a respiração.

EPÍLOGO

Mudanças foram necessárias.
Anyanwu não poderia ter tudo o que queria, e Doro não poderia mais ter tudo o que considerava seu por direito. Ela o impediu de destruir os reprodutores depois que desempenhavam a função deles. Não conseguia impedir que ele voltasse a matar, mas conseguiu extrair dele a promessa de que não haveria outra Susan, outro Thomas. Se alguém merecera o direito de estar a salvo dele, de contar com a proteção dele, eram aquelas pessoas.

Doro não a controlava mais. Anyanwu não era mais uma das reprodutoras, nem pertencia mais a ele, uma propriedade, como antes. Ele podia pedir cooperação, ajuda, mas não poderia mais coagi-la a ajudar. Não haveria mais ameaças aos filhos e às filhas dela, e ele não interferiria mais nas vidas deles, de forma alguma. Houve desacordo aqui. Ela queria que ele prometesse interferir na vida de nenhum dos descendentes dela, mas ele se recusou.

— Você tem alguma ideia de quantos descendentes você tem e como estão dispersos? — perguntou. E ela, é claro, não tinha, embora imaginasse que a essa altura formariam um país. — Não vou fazer nenhuma promessa que não possa cumprir — disse ele. — E não vou esperar para perguntar, a cada pessoa desconhecida que me interessa, quem foi a bisavó da bisavó da bisavó dela.

Assim, incomodada, Anyanwu se conformou em proteger os filhos, as filhas, alguns netos e algumas netas ou mesmo gente desconhecida que se tornasse membro da família. Cabia a ela proteger, ensinar, transferir essas pessoas como desejasse. Quando ficou claro que, dentro de alguns anos, haveria uma guerra entre os estados do norte e do sul, Anyanwu decidiu se mudar com seu povo para a Califórnia. A mudança o desagradou. Doro achou que ela estava saindo não só para fugir da guerra que se aproximava, mas para tornar mais difícil que ele quebrasse a promessa quanto aos filhos e as filhas dela. Cruzar o continente, navegar pelo Cabo Horn ou cruzar o istmo do Panamá para chegar até ela não seria uma tarefa rápida ou simples, nem mesmo para ele.

Doro a acusou de não confiar nele, o que Anyanwu admitiu abertamente.

— Você ainda é o leopardo — disse ela. — E nós ainda somos presas. Por que deveríamos provocá-lo? — Então, facilitou tudo beijando-o e dizendo: — Você irá me visitar quando a vontade for forte o bastante. Sabe disso. Quando foi que a distância de fato o impediu?

Nunca. Iria visitá-la. Interrompeu os planos dela de atravessar o país por terra e a embarcou, junto com o povo dela, em um de seus navios, além de lhe devolver um dos melhores descendentes dela e de Isaac, para mantê-la segura das tempestades.

Na Califórnia, a mulher enfim adotou um nome europeu: Emma. Ouvira dizer que significava avó ou mãe ancestral e isso a divertia. Tornou-se Emma Anyanwu.

— Isso dá às pessoas um nome que elas possam pronunciar — explicou na primeira visita dele.

Doro riu. Para ele, não importava como ela se chamava, contanto que continuasse viva. E ela faria isso. Onde quer que estivesse, continuaria viva. Não o abandonaria.

1. Doro é um ser imortal que precisa se apossar do corpo de outras pessoas para continuar existindo, e o grande propósito de sua vida milenar é criar uma genealogia poderosa de seres sobre-humanos. Doro é bem-sucedido nessa empreitada? Qual o custo dessa imortalidade? Pensando na conversa entre ele e Anyanwu na página 338, o fato de Doro precisar de um propósito claro para guiá-lo durante a eternidade justifica seus atos? Discuta.

2. Ao partir da África, Anyanwu precisa se adaptar não só a novos modos de vida durante a viagem para o Novo Mundo como também a outra língua, o inglês. Apesar de reconhecer certos alimentos e objetos, o vocabulário do idioma lhe é totalmente estranho e ela precisa se esforçar para aprender os significados, como ocorre na página 115. É possível dizer que a linguagem também pode ser utilizada como uma forma de dominação? Como Doro a utiliza para tentar domar Anyanwu?

3. Mesmo tendo vivido mais de 300 anos, Anyanwu tem diversos preconceitos em relação aos modos de vida das pessoas na América. Ao mesmo tempo que ela passa a sofrer preconceito racial, reproduz muitos outros enquanto se adapta ao Novo Mundo. Quais são eles? Existem preconceitos por parte de outros personagens?

4. Doro não esconde o propósito utilitário dado aos membros das comunidades formadas por ele e os controla com mão de ferro através de terrorismo psicológico para alcançar seus objetivos reprodutivos. É possível dizer que a dominação de Doro é eterna, uma vez que se perpetua de uma geração para outra? De que forma ela se diferencia ou se assemelha da de outros senhores de escravos na América?

5. O relacionamento entre Doro e Anyanwu é um dos pontos centrais da narrativa. Ainda que tenham uma relação turbulenta, os dois são os únicos imortais que já conheceram. É possível dizer que há uma relação de dependência entre eles? Embora ambos sejam imortais, é uma relação igualitária? Justifique suas respostas.

— Anyanwu! — Doro a sacudiu de leve, e ela o encarou. Não precisou erguer a cabeça. — Você ainda é a mulherzinha da floresta tentando escalar o gradil do navio e nadar de volta para a África — disse ele. — Ainda quer o que não pode ter. A velha está morta.

Outra vez, Anyanwu apenas deu de ombros.

— Todos eles vão morrer, exceto eu — continuou ele. — Por minha causa, você não estava sozinha no navio. Por minha causa, nunca ficará sozinha. (pág. 339)

6. Releia o diálogo entre Frank e Doro na página 356. Qual a importância dada por Doro à ancestralidade e à descendência? E por Anyanwu? Em relação ao ponto de vista de outros personagens, como a imortalidade deles influencia as visões de mundo de ambos?

7. Anyanwu diversas vezes afirma precisar estar cercada de outros membros ou pessoas que considera da própria família para se sentir plenamente confortável. Tanto em Wheatley quanto na própria comunidade que cria mais tarde, ela assume um papel claro de matriarca para as pessoas ao seu redor. Discuta a importância desse papel nas sociedades africanas e na comunidade que você faz parte.

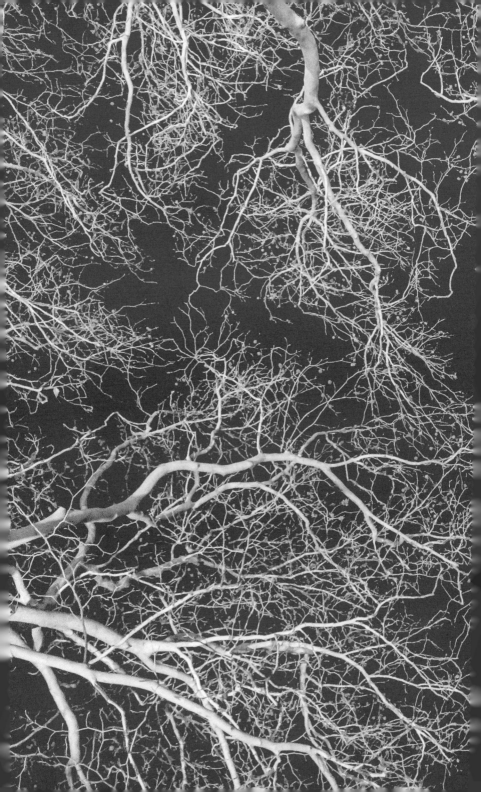

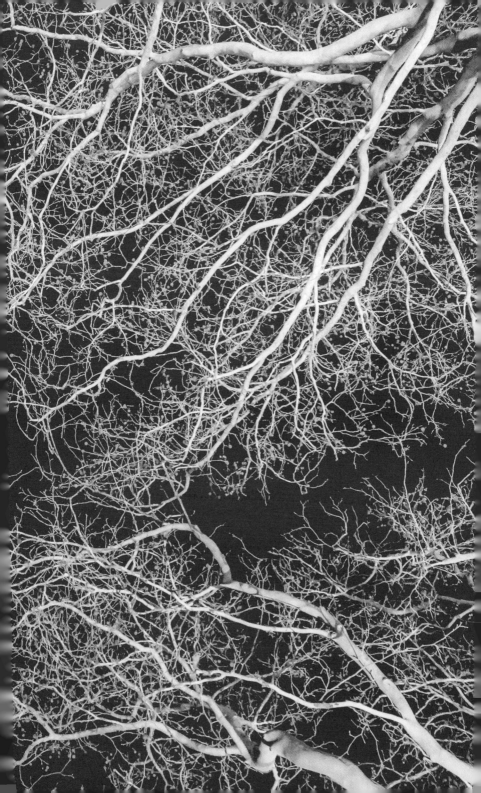

Esta obra foi composta em Caslon Pro e
impressa em papel Pólen Soft 70g com capa
em Cartão 250g pela Gráfica Corprint
para Editora Morro Branco
em outubro de 2021.